KB040773

녹두장군

녹두장군 3

지은이 ┃ 송기숙
펴낸이 ┃ 김성실
편집주간 ┃ 김이수
책임편집 ┃ 손성실
편집기획 ┃ 박남주 · 천경호
마케팅 ┃ 이동준 · 이준경 · 강지연 · 이유진
편집디자인 ┃ 하람 커뮤니케이션(02-322-5405)
인쇄 ┃ 중앙 P&L(주)
제본 ┃ 대흥제책
펴낸곳 ┃ 시대의창
출판등록 ┃ 제10-1756호(1999. 5. 11)

초판 1쇄 인쇄 ┃ 2008년 7월 1일
초판 1쇄 발행 ┃ 2008년 7월 10일

주소 ┃ 121-816 서울시 마포구 동교동 113-81 (4층)
전화 ┃ 편집부 (02) 335-6125, 영업부 (02) 335-6121
팩스 ┃ (02) 325-5607
이메일 ┃ sungkiller@empal.com(책임편집자)

ISBN 978-89-5940-114-7 (04810)
      978-89-5940-111-6 (전12권)
값 10,800 원

녹두장군

3
새 세상으로 가는 길

송기숙 역사소설

시대의창

▍일러두기

1. 이 책은 1994년 창작과 비평사(현 창비)에서 완간한《녹두장군》을 개정하여 복간한 것이다.
2. 지문은 원문을 최대한 살리되 현행표기법에 따라 표준말을 기준으로 바로잡았다. 대화에서는 사투리와 속어를 포함한 입말의 느낌을 살리기 위해 한글맞춤법에 맞지 않더라도 그대로 두기도 했다.
3. 외국 인명人名은 외래어표기법에 따라 고쳤으나, 옛사람들이 쓰던 발음과 크게 달라지는 경우 그대로 두었다.
4. 독자들에게 생소한 어휘와 사투리 및 속담은 어휘풀이를 달았다. 동사 및 형용사는 사전에 등재된 기본형을 표제어로 삼았으나, 그 밖의 용어나 사투리 및 잘못된 표현은 본문 표기를 그대로 표제어로 삼은 것도 있다.

차 례

제3권 새 세상으로 가는 길

백성은 한 사람 한 사람으로는 빗방울처럼 순하디 순하고, 한 사람 한 사람으로는 잡초 한 포기처럼 약하네. 그 한 방울 한 방울의 물이 모여 홍수를 이루고 그 홍수가 세상을 쓸어 버리듯이 앞으로 이 세상은 그 물 한 방울같이 순하고 힘없는 백성이 홍수로 모여서 세상을 뒤엎어 천지개벽을 이룬다이 말이네.

1. 두령회의

삼례에 모였던 교도들이 고향을 향해 길을 떠난 뒤 두령들은 도소에 모여 마무리 회합을 했다. 여기에는 김연국 등 북접 사람들이 몇 사람 더 참석했다. 김연국은 전에도 몇 번 여기 온 적이 있었다. 그때마다 여기 형편을 살펴 최시형에게 보고하기 위해서였다.

모인 사람들은 대소 접주 스무남은 명이었다. 어제 저녁에도 늦게까지 회의를 했지만 교도들에게 내릴 통문 이야기를 하다가 시간이 다 가고 말았다. 우선 교도들을 보내는 일이 급했기 때문에 그것부터 논의한 것인데, 이견이 많아 결의를 보는 데도 시간이 부족했다.

"심고를 올리고 이제 마무리 회합을 합시다."

모두 눈을 감고 고개를 숙였다가 잠깐만에 고개를 들었다. 심고란 한울님께 지금 하고 있는 일을 고하는 가장 기초적인 동학의 종교 의식이었다.

"모두 고생들 하셨습니다. 어제 저녁 회합에 참례 안 하신 분도 계시니, 다시 말씀을 드립니다마는, 감영에서 날짜를 끌고 있을 때는 답답하기만 했는데, 이만한 성과라도 얻어낸 것은 천만다행입니다. 모두 두령들께서 마음을 모아 노력해 주신 덕분입니다. 법헌께서 왕림하셔서 일을 친히 주재하셨더라면 *소루함이 없었을 터인데, 부덕하고 미숙한 이 사람이 일을 맡다 보니 일이 여러 가지로 위각이 난 점이 많았습니다. 이만큼이라도 대과 없이 일을 끝낸 것은 모두 여러 두령들께서 그만큼 이해하고 거들어주신 덕택이라 여겨 거듭 감사의 말씀을 올립니다."

손천민은 고개를 주억거렸다.

"감영에서 감결을 내렸으니 그 결과는 두고 보아야 할 일입니다마는, 앞길이 순탄하지만은 않을 것 같습니다. 차후 무슨 일이든지 법소에서 신중하게 논의를 하여 결정할 것이니 앞으로도 법소의 결정에 따라 주시기 바랍니다. 이번 일의 가장 큰 소득은 두말할 것도 없이 감영에서 각 고을 수령들에게 금포의 감결을 내린 것이라 하겠습니다. 이것은 오로지 도인들이 그 추위를 무릅쓰고 열흘을 넘겨 버텨낸 끈기와 여러 두령들께서 합심협력하여 노력해 주신 결과입니다. 한마디로 말씀드려서 우리가 몸으로 얻어낸 값진 소득입니다. 돌아가시거든 여러 도인들께 법소의 치하를 거듭 전해주시기 바랍니다. 무슨 일이든지 지성으로 하면 이루어진다는 우리 교조님의 말씀을 실중한 것도 같아 감격스럽습니다. 이 점 법헌께서도 매우 흡족하게 여기고 계십니다. 그 동안 느낀 점이나 법소에 하실 말씀이 있으시면 기탄없이 해주시기 바랍니다."

손천민은 상당히 굽히고 나왔다. 이번 성과는 교도들이 전주로 몰려간 결과로 얻어낸 것이므로 그것을 반대했던 자기의 잘못을 솔직히 인정하는 자세였다.

"제가 먼저 급한 것부터 말씀을 드릴까 합니다."

금구 접주 김덕명이었다.

"지금 도인들이 고향으로 돌아가고 있는데, 그냥 그대로 두어서는 안 될 일이 있습니다. 가까운 데 사람들은 상관없지만 먼 데서 온 사람들은 숙식이 여간 불편하지 않을 것 같습니다. 일테면 남도 사람들 가운데 장성 갈재를 넘어갈 사람들은 당장 오늘 저녁만 하더라도 금구 쯤에서 길이 어두워질 것인데, 잠은 도인들 집에서 끼여 잔다고 하더라도 요새같이 두루 어려운 세상에 밥까지 신세를 지기는 곤란할 것이오. 더구나 그들이 모두 도인들 집에서 잔다면 또 모르지만 도인들 집으로 다 갈 수가 없을 것이니, 과객질을 하느라 여기저기 돌아다니며 너무 궁색한 꼴을 보이면 우리 교문의 체면으로 보더라도 안 될 일입니다. 장성 갈재를 넘을 사람들은 첫 밤을 잘 곳이 우리 골이라서 더 염려가 되는데, 우리 금구에서는 내일 아침 원평 장터에다 솥을 걸어놓고 주먹밥이라도 해먹일까 생각 중입니다. 우선 갈재를 넘을 사람들한테는 금구 다음에 정읍 천원역하고 장성 사거리 등 몇 군데서 밥을 해 먹이는 것이 좋을 것 같은데, 어떻습니까?"

김덕명은 평소 사려가 깊은데다가 바로 자기 고을이 남도 가는 첫 길처라 그런 생각을 한 것 같았다.

"미처 그 점을 생각 못했더니, 좋은 말씀이십니다. 열흘 동안이나 한데서 고생을 하고 또 그렇게 먼 길을 가는 사람들은 그 행역만도 말이 아닐 텐데, 먹는 것까지 부실하면 이만저만 고통이 아닐 것입니다. 천원역은 우리 정읍 관내니 거기는 우리 접에서 맡지요.”

정읍 접주 송희옥이었다. 장성 접에서도 맡겠다고 나오고 광주 접에서도 나왔다. 다른 길처도 남원 등 그럴 만한 데서는 모두 선선하게 나섰다. 이 문제는 쉽게 해결을 보았다.

“우리 고을 사람들은 여러 고을 신세를 지게 생겼구만. 내중에 남도에서 이런 집회가 열리면 갚아 드리리다.”

장흥 접주 이방언이었다.

“거 빈말이라도 *방불하게 하시오. 장흥은 우리나라 땅덩어리 맨 끄트머린디 어디서 집회를 할 때 갚는단 말이오?”

김덕명 핀잔에 모두 웃었다.

“이번에 감영에서 감결을 내렸습니다마는, 만약 그 영에 따르지 않는 수령이 있을 적에는 어떻게 조처를 하실 생각이십니까?”

흥덕 접주 고영숙이었다.

“글쎄, 그걸 어떻게 해야 할지 여기서 의논을 해봅시다마는, 그런 수령이 있으면 우선 감영에다 *보장을 올려야겠지요. 허지만, 감사의 영인데 전하고 같기야 하겠습니까?”

손천민이 대답했다.

“그래도 하도 험한 놈들이라 모릅니다.”

“아무리 무지한 놈덜이라 하더래도 명색 즈그 상전 영인디 쉽게 거역을 할 수 있을까요?”

부안 김낙철이었다.

“되레 더 심하게 나오는 자도 있을지 모릅니다.”

"아무런들, 명색 감사가 영을 내렸는데, 되레 더 험하게 나올지도 모르다니 어디 그럴 법이 있겠소?"

고영숙 말에, 김연국은 말이 안 되는 소리라는 조로 반박을 했다. 김연국은 교주의 신임이 누구보다 두터운 사람이었는데, 교주를 등에 업고 고을 접주들을 무시하는 경향이 있었다. 그는 꽤나 유식한 사람이었으나, 그런 태도 때문에 고을 접주들은 그를 별로 좋아하지 않았고 특히 전라도 쪽 접주들은 노골적으로 그를 싫어했다.

"그렇지 않습니다."

전봉준이 단호하게 자르고 나섰다.

"저자들을 우리가 한두 번 겪어보았습니까? 감사의 영이 먹혀들지 않을 것은 불을 보듯 환한 일이고, 아까 고접주께서 말씀하신 대로 어떤 자는 되레 더 험하게 나올지 모릅니다."

전봉준은 단정적으로 말했다.

"수령 위에 감산데, 아무리 세상이 험하다기로 감사의 영이 먹혀들기는커녕 더 험하게 나올 자가 있을 것이라니 도대체 그게 무슨 말이오? 도적들도 위엣 놈들 영에는 복종을 하는 법인데 세상이 아무리 험해졌다고 그런 법도까지 무너졌단 말이오?"

김연국은 그게 도대체 말이 되느냐는 기세였다.

"더러 영이 안 먹히는 일이 있을는지는 모르지만, 더 험하게야 나올까요?"

최경선이었다. 그는 전봉준을 누구보다 따르는 사람이라 전봉준이 실언이라도 하지 않을까 조심스러워서 나선 것이다. 내일 모레면 당장 결과가 나타날 일을 가지고 전봉준이 너무 단정적으로 나오고 있었기 때문이다. 전봉준은 사태 판단이 누구보다 정확하고 또 무슨 일에나 여간 신중하지 않은 사람이었으나, 이 일에는 너무 단정을 하고 나와 위태롭게 느껴졌던 것이다.

"그 까닭을 들어보시오. 그자들이 동학도들을 다스린 것은 세상의 기강을 바로잡자는 것이 아니라 그것을 빌미로 돈을 울궈내자는 것이 목적입니다. 그들은 수령 자리를 얻어올 때 그냥 얻어온 것이 아니고 돈을 주고 사왔습니다. 돈을 주고 수령 자리를 사올 적에는 고을에 내려와서 백성을 늑탈해서 그 벌충을 하자는 것이었습니다. 또 그자들한테서 돈을 받고 수령 자리를 판 사람들도, 그자들이 백성을 늑탈해서 그 벌충을 한다는 사실을 잘 알고 팔았습니다. 그자들이 이렇게 벼슬을 사고파는 것은 마치 농부들이 미리 도지를 주고 도짓논을 부치는 것하고 이치가 똑같습니다. 그러면, 수령들이 백성 울궈내는 것은 농사꾼 농사짓는 것하고 한가진데, 백성 늑탈을 하지 말라면 도지만 주고 농사를 짓지 말라는 소리하고 무엇이 다르겠소? 다른 영이라면 몰라도 이런 영이야 사또가 아니라 상감의 영이라도 먹혀들 수가 없습니다. 당장 감사 스스로가 그렇게 늑탈을 하지 않으면 어떻게 자리보전을 하겠습니까? 사리가 이러하니 수령들한테 감사의 그런 영은 말도 안 되는 소립니다. 더구나 그들을 내려 보낸 자들은 감사보다 훨씬 힘이 센 자들인데, 수령들이 감사의 영을 듣지 않는다고 감사한테 보장을 올린들 무슨 소용이 있겠습니까?"

전봉준의 목소리는 담담했다. 두령들은 조용히 전봉준 말을 듣고 있었다. 전봉준 말에 김연국은 대번에 머쓱해지고 말았다.

"아까 고접주가 더 험하게 나올 수령들도 있을 것 같다는 말씀을 하셨는데, 그 말씀은 그자들 속셈을 깊이 꿰뚫어본 말씀 같습니다. 동학 도인들이 감영에 몰려가서 그렇게 기세를 올리고 감사를 굴복시켰으니 동학 도인들은 고을에 내려가도 그 기세가 남아 있을 것이고, 그러면 수령들 말에 호락호락하지 않을 것은 정한 이칩니다. 그렇게 되면 그 작자들이 제대로 늑탈을 하겠습니까? 고을 수령들 가운데는 동학도들의 그 기세부터 미리 꺾어버리자고 나오는 자가 있을지 모릅니다. 금포를 하지 말라는 감사의 감결 따위는 나는 이렇게 우습게 보는 사람이다, 헛생각 말아라, 이런 소리가 되겠지요. 더 험하게 나올지 모른다는 말씀은 바로 이 소릴 겝니다. 그러니 내 생각에는 이렇게 모인 김에 이 자리에서 그 사후책을 의논하는 것이 좋을 것 같습니다."

"그러면 감사의 영은 헌신짝 같은 것이고, 더구나 우리는 혹을 떼러 왔다가 혹을 붙였다는 이야깁니까?"

부안 김낙철이었다.

"아닙니다. 이번 감사가 영을 내린 것은 엄청나게 큰 뜻이 있습니다. 비록 그 영이 고을 수령들한테는 헌신짝 같은 것일 겝니다마는, 동학도, 아니 백성이 몰려가서 감사가 그렇게 영을 내리도록 굴복을 시켰다는 사실은 이만저만 중요한 일이 아니지요. 따지고 보면 여러 가지 뜻이 있겠습니다마는, 저는 대충 다음 세 가지로 그 뜻이 크다고 생각합니다. 첫째는 이번 감사의 감결이 그게 수령들에게 먹혀들든 안 먹혀들든 관에서 금포의 영을 내린 것은 사실입니다. 그러니까 우리는 폭압에 항변할 수 있는 명분을 얻었습니다. 바로 이 명분을 쥐었다는 것은 우리가 나서기에 따라서는 얼마든지 큰소리를 칠 수 있는 무기를 쥔 셈입니다. 두 번째는 수많은 사람들이 몰려가서 강박을 하니까 감사도 꼼짝을 못하고 굴복을 하더라는 사실입니다. 아마 이번같이 백성이 몰려가서 감사를 굴복시킨 일은 이씨조선 개국 이래 처음 있는 일이 아닐까 싶습니다. 한 고을에서 일어나 고을 수령을 징치하거나 *짚둥우리를 태워 쫓아낸 민란은 자주 있었습니다마는, 이번처럼 한 도도 아니고 여러 도 사람들이 모여가지고 감사를 굴복시킨 일이 언제 있어봤습니까? 세 번째 소득은 더 큰 것 같습니다. 우리 속담에 모기도 천이 모이면 천둥소리를 낸다는 말이 있습니다."

두령들은 손가락 하나 까딱하지 않고 전봉준의 말을 듣고 있었다. 어떤 사람은 김연국의 표정을 힐끔거리기도 했다. 수령을 짚둥우리 태운다는 것은 민란이 일어났을 때 그 고을 백성이 수령을 쫓아내는 방법이었다. 수령의 탐학을 견디다 못해 민란이 일어나면 난민들은 동헌을 점령하고 관속들을 잡아다 곤장을 치는 등 징치를 한 다음 수령은 짚둥우리에다 태워 그 고을 변경으로 떠메고 가서 내쫓아버렸다. 이런 민란들이 고종 연간만 하더라도 그가 즉위한 이래 지금까지 50여 회나 있었다. 철종 연간에도 비슷한 빈도로 민란이 일어났고, 30년 전(1862년) 철종이 죽던 해에는 진주민란 같은 대규모 민란이 일어나 삼남 지방에 널리 번져가기도 했다. 그러나 대부분의 민란은 한 고을 단위로 일어났다가 잦아졌다. 한 고을을 벗어나면 변란으로 취급을 받아 가담사들에 대한 징치가 더 무서웠기 때문이다.

전봉준은 말을 계속했다.

"내가 장막을 돌아다니며 들어보니 도인들 스스로도 모기가 천이 모이면 천둥소리를 낸다는 말을 하고 있었습니다. 도인들은 이번에 그 사실을 스스로 실천을 했고 그 결과를 확인했습니다. 천이 모이면 천둥소리를 낼 뿐만 아니라 감사까지도 놀라 벌벌 떨더라는 사실을 알았다 이 말씀입니다. 스스로를 너무 비천하고 힘이 없다고 생각한 사람들이, 우리 한 사람 한 사람으로는 힘이 없고 비천하지마는 이렇게 모여 소리를 지르고 악발을 부리니까 엄청난 힘을 내는구나 하고 자기들 스스로의 힘을 알게 되었습니다. 나는 무엇보다도 이 소득이 제일 크다고 생각합니다. 우리는 혹을 떼러 왔다가 혹을 붙인 것이 아니냐고 하셨는데, 그 점만 보면 그것이 사실입니다마는 이런 세 가지 소득에 비기면 당장 눈앞의 그런 일쯤 아무것도 아니라는 생각입니다."

까놓고 더 말을 하기로 하면 이번에 법소의 콧대를 꺾어놓은 것도 의의 중의 하나라면 하나였다고 전봉준은 말하고 싶었을 것이다. 그들은 교주 최시형을 끼고 있으면서 교주 말이라면 항상 예예 할뿐만 아니라 법소에 있다고 고을의 접주들을 한참 아래로 내려다보며 거만을 떨었는데, 그 콧대를 이번에 교도들이 꺾어버린 셈이었다. 이쪽 접주들은 그것을 무엇보다 통쾌하게 생각했다.

전봉준의 이로정연한 말에 모두 감탄하는 표정들이었다. 김연국은 씁쓸한 표정이었으나 뭐라 이의를 달지 못했다.

평소 전봉준은 별로 말이 없었지만, 이따금 한마디씩 말을 하면 정곡을 찔렀고 보통 사람들은 상상도 못하는 부분을 생각하고 있었다. 그는 눈앞의 사실만을 보는 것이 아니라 높은 데서 내려다보고 보다 큰 의미를 파헤쳤다. 그래서 전봉준 앞에서는 모두가 자기 생각에 따라 자기 말을 하면서도 은근히 전봉준을 의식하고 그의 눈치를 살필 지경이었다. 내 생각이 단견이 아닌가 하고 전봉준 앞에서는 마음 한쪽이 눌려 있는 것 같았다.

더구나, 이번 집회에 전봉준의 역할은 엄청난 것이었다. 집회가 열린 닷새 뒤부터는 식량뿐만 아니라 많은 경비를 전봉준이 댔다. 법소에서도 돈을 내놨고 손화중과 김개범, 김덕명 그리고 김낙철도 웬만큼 내놨지만, 전봉준이 내놓은 돈에 비할 바가 아니었다. 물론 그 돈은 거의 김덕호한테서 나온 것이었지만, 접주들은 그 돈의 출처를 전혀 모르고 있었기 때문에 전봉준의 그런 실력에 혀를 내두를 뿐이었다. 그 출처를 어렴풋이나마 짐작하는 것은 이방언 정도였다.

김덕호는 도소에는 전혀 얼굴을 내놓지 않고 전봉준을 통해서만 돈을 내놨던 것이다. 김덕호는 손천민 등 법소 사람들을 잘 알고 있었지만, 돈뿐만 아니라 어떤 의견이 있을 때도 전봉준과 의논해서 전봉준을 통해서만 반영했다. 일테면 지난번 교도들에게 돼지를 잡아 먹이자는 것도 김덕호의 제안이었다. 김덕호는 그걸 감영 사람하고 싸우는 계책으로 내놨다. 거기에는 두 가지 효과가 있다고 했다. 하나는 교도들이 찬데서 한뎃잠으로 너무 고생을 하고 있으니 그런 국물이라도 한 끼 제대로 먹여야지 않겠느냐는 순수한 인간적인 면이었고, 또 하나는 감영에서 교도들이 가져온 식량과 동학 법소의 재정 형편을 대충 짐작하고 있기 때문에 날짜를 끌면 추위도 추위지만 우선 식량 때문에 흩어질 것이라 생각하고 시일을 끌고 있는 게 틀림없다, 그러니 돼지를 잡아 먹여 감영 사람들에게 이쪽 재정 형편을 과시하면, 날짜를 끌어 저절로 흩어지게 하려는 생각을 버리게될 거라는 것이었다. 그렇게 해서 하루라도 빨리 결말이 나면 돈만가지고 따지더라도 그만큼 이익이 아니냐는 것이었다. 그러면서 김덕호는 그 돼지 살 돈을 내놨던 것이다.

물론 도소에서 이 의견을 내놓은 것은 전봉준이었다. 접주들은그저 입만 벌리고 있었다. 그 탁월한 계략도 계략이지만 돈까지 내놓는 데는 그저 놀랄 뿐 다른 의견이 있을 수 없었다.

"말씀 잘 들었습니다. 그러면 앞으로 닥칠 수령들의 폭압에 어떻게 대처를 하는 것이 좋겠습니까?"

손천민이 다시 전봉준에게 물었다. 숫제 전봉준의 의견만을 듣자는 식이었다. 전봉준은 주저하지 않고 나섰다.

"이번에 우리가 여기서 얻은 교훈을 살리는 것입니다. 무슨 말이냐 하면, 우리가 이제 믿을 것이라고는 우리 스스로의 힘밖에 아무것도 없다는 사실을 잘 알았습니다. 지금까지 우리가 관에 대처하는방법이 한 가지 있었다면, 그것은 그자들이 아무리 무지하게 닦달을하더라도 돈을 주고는 빠져나오지 말자는 것이었습니다. 그 방법이얼마나 효과를 냈는지는 모르겠습니다마는, 그건 이만저만 어려운일이 아닙니다. 내가 알기만도 그 때문에 몸을 상한 사람이 여럿입니다. 달리는 방도가 없기 때문에 그렇게 몸으로라도 때우자는 것이었는데, 말이 쉽지 그것이 얼마나 어려운 일입니까? 궁여지책으로그런 방법을 썼으나, 효과도 별반 없는 것 같고 많은 사람들이 귀한몸을 상했습니다. 그러니 이번에 여기서 있었던 일을 교훈삼아 그자들이 또 우리 동학도들을 잡아가기만 하면 그때는 그 고을 도인들이 전부 나서서 이번에 감영에 강박을 했듯이 수령을 강박하는 것입니다. 그 고을 도인들의 수가 적거나 나오는 사람이 적을 것 같으면 이웃 고을 사람들까지 몰려가서 힘을 합하는 것입니다. 그러자면 먼저 할 일이 있습니다. 우리가 이번 집회에서 얻은 값진 교훈을 교도들에게 미리 철저하게 인식을 시키는 일입니다. 이런 값진 일을 해놓고도 그것이 얼마나 값진 일인지를 모르면 고생한 보람이 없는 일이고, 또 그것을 알았다 하더라도 그 교훈을 살리지 못하면 역시 보람이 없는 일입니다. 진주가 아무리 값지더라도 그 값을 모르는 사람한테는 돌멩이하고 무엇이 다르겠습니까? 그러니 아까 말씀드린 대로 이번 일이 얼마나 값지다는 사실을 교도들에게 철저하게 인식을 시킨 다음에 관의 늑탈이 다시 시작되면 그 교훈을 살려 접주들이 앞장을 서야 할 것입니다. 한마디로 요약을 하면, 고을 수령들이 동학을 빌미로 다시 늑탈을 시작하면 그 고을 동학 두령들이 앞장을 서서 도인들을 모아가지고 대들어야 한다는 이야깁니다. 아까 말씀드렸듯이 감사가 금포의 영을 내렸으니 우리는 그것을 무기로 삼는 것이지요."

전봉준의 말소리는 낮고 담담했으나, 군소리 한마디 없는 그의 말은 좌중을 완전히 압도하고 있었다. 그의 목소리는 조금 높이면 카랑카랑 쇳소리가 났고, 그 쇳소리는 듣는 사람의 귀가 아니라 가슴을 찌르는 것 같았다. 전봉준은 좌중 가운데서 키가 가장 작았지만, 이럴 때면 어디서나 그렇게 느껴지듯 전봉준보다 키나 *몸피가 큰 사람들은 전봉준보다 큰 만큼이 군더더기로 느껴졌다.

"그리고 신원도 역시나 똑같이 생각해야 할 것 같습니다. 아까 감영에서 내린 금포의 영이 고을 수령들한테 먹혀들든 어쩌든 우리가 그들에게 항변할 수 있는 명분을 얻었다는 점에서 중요한 뜻을 지닌 다고 했습니다. 그러니까, 지금까지 관의 폭압은 그것이 잘못임을 감사가 공식적으로 시인했을 뿐만 아니라 그것을 금지하는 영까지 내렸습니다. 그러나 교조 신원은 감영의 소관사가 아니고 조정의 소 관사니 자기한테 할 말이 아니라고 했잖습니까? 애초에 우리가 소 를 올릴 때 감사보고 신원을 해달라고 한 것이 아니고 그 뜻을 조정 에 전해 달라고 한 것인데, 그렇게 대답을 했습니다. 그건 너희들이 직접 조정에다 소를 올리라는 뜻이라고 할 수가 있습니다. 우리는 여기서 조정으로 몰려올라가 소를 올릴 수 있는 꼬투리를 얻은 셈입 니다. 전국의 동학도들을 다 모이게 해서, 여기서 모인 것보다 더 많 은 동학도들을 모아가지고 한양으로 올라가서 소를 올리는 것입니 다. 그렇게 되면 이번 삼례에서 우리의 기세를 그 사람들이 보았으 니, 법소에서 그러기로 결심만 한다면 동학도들이 한양까지 올라가 기도 전에 그렇게 올라간다는 소문만 듣고도 조정에서는 미리 무슨 조처를 취하는지 모릅니다."

전봉준이 말을 마쳤다.

"고을 수령들이 또 탐학을 하면 고을 사람들이 모여서 이번에 여 기서 감사한테 강박을 했듯이 수령을 강박하자고 하셨습니다. 수가 적으면 다른 고을 사람들까지 합세를 하자고 했는데 그러다가 몽땅 잡아들이기라도 하는 날에는, 특히나 이웃 고을에서 합세한 사람들 은 이만저만 험하게 닦달을 하지 않을 것인데, 그렇게 되는 날에는 어떻게 되겠소?"

손천민이었다.

"그러면 그때는 더 많은 사람들을 모아가지고 이번 같은 집회를 아예 그 고을에서 해버리지요."

"그러다가 민란으로라도 번지면 어떻게 되겠습니까?"

"민란도 일으킬 때는 일으켜야겠지만, 접주들이 단속을 하면 그런 일은 없을 것입니다. 이번에 전주에서 보셨잖습니까? 그때 몰려가던 기세로 보면 당장 무슨 일이 벌어지고 말 것 같았지만, 그런 일은 없었습니다."

"민란이라도 일으킬 때는 일으키자니 그게 무슨 말씀이오?"

김연국이 발끈했다.

"도인들이 당하고 있는 형편을 몰라서 하시는 말씀이오?"

전봉준도 지지 않고 김연국을 노려봤다.

"아니, 전 접주! 큰일 날 말을 그렇게 쉽게 하실 수가 있단 말이오?"

김연국이 다그쳤다.

"큰일 날 소리가 아니고 큰일이 나지 말자는 소리요. 지난번 전주로 몰려갈 때 형편 못 들으셨소? 그때 만약 도인들이 접주들을 제끼고 그대로 전주로 몰려갔다면 일이 어떻게 됐겠소? 그들은 당장 *선화당을 때려 부수고 감사라도 잡아다 요절을 내고 말았을지 모릅니다. 그렇게 사태가 번졌더라면 어느 장사가 그것을 막았겠소? 아까도 말했지만, 도인들은 이번 일을 하고 나서 관이 무서워하는 것이 무엇인가를 똑똑히 눈으로 보아 알고 갔습니다. 두고 보십시오 마는 접주들이 앞장을 서지 않으면 접주를 제끼고 그들 스스로 일어나고

맙니다. 그렇게 되면 그때는 그 고을 접주들은 허수아비가 되고 말 것입니다. 아직 도인들은 접주들의 손안에 있습니다. 자기 접 도인들을 그대로 접주들이 손에 쥐고 있으려면 그들이 바라는 것이 무엇이며 그 향배가 어떠한가 그것을 미리 잘 알아서 조처를 해야 파국을 막을 수 있지 않겠소? 큰일 날 일을 하자는 것이 아니라 큰일 날 일을 미리 막자는 소리가 바로 이 소리요. 이번 집회만 가지고 보십시오. 다행히 법소에서는 크게 용단을 내리기는 했습니다마는, 그런 결정이 법소 스스로 내린 결정이라 생각하십니까? 도인들의 불같은 성화에 못 이겨서 겨우 그들의 뒤를 따라간 것입니다. 이번에 법소에서 그런 결정을 내리지 않았더라면 도인들은 틀림없이 법소에 등을 돌리고 말았을 것이오. 앞으로도 마찬가집니다. 이 사실을 잘 아셔야 합니다."

"그렇습니다. 바로 접주인 나부터도 등을 돌렸을 것입니다."

송희옥이 단호하게 내뱉었다. 새삼스럽게 법소를 규탄하는 꼴이 되고 말았다.

"보자보자 하니 못할 말이 없구려. 아니, 송 접주! 당신부터가 법소에 등을 돌리다니 그런 무엄한 말이 어딨소? 등을 돌린다는 소리는 접주 자리를 내놓겠다는 소린데 내노려면 지금 내노시오!"

김연국은 버럭 소리를 질렀다.

"말조심하시오. 접주를 당신이 임명했소?"

송희옥도 지지 않고 고함을 질렀다. 드디어 법소, 아니 북접에 대한 불만이 터지고 말았다. 남북접의 대립이 표출된 것이다.

"왜들 이러시오."

손천민이 끼어들었다.

"송 접주 말씀은 그런 뜻이 아닌 것 같습니다. 모두 잘해 보자는 것이니 언성을 높일 것이 아니라 *조근조근 이야기를 합시다. 하여간, 방금 전 접주께서 말씀하신 방책은 우리가 여기서 결정할 일이 아니고 법헌께서 단을 내려야 할 일입니다마는, 여기서 충분히 의논을 해봅시다. 전 접주 말씀을 간략하게 다시 말하면, 수령들의 탐학이 다시 시작되면 이번 여기서 얻은 교훈을 살려 고을에서도 이번 같은 취회를 하고, 신원은 전국의 도인들을 모아 한양에서도 이런 취회를 하여 상감께 상소를 하자 이런 이야깁니다. 그럼 먼저 각 고을에서도 취회를 하자는 말씀부터 의견이 있으시면 더 말씀하십시오."

"탁견이라 생각합니다. 지난 가을에 무장에서는 거기 도인들만 천여 명이 모여 옥에 갇힌 두령들을 빼낸 적이 있습니다. 그때는 그자들이 내노라고 하는 비결을 갖다 주기는 했습니다마는, 사형선고까지 내렸던 두령들을 방면한 것은 군중들이 횃불을 들고 고함을 지름시로 강박을 했기 때문입니다. 군중이 무서워서 내놨다 이 말씀입니다. 이제 길은 그 길밖에 없습니다. 아까 그러다가 민란으로 번지면 어쩌느냐고 염려를 하셨는데, 그것은 도인들을 너무 얕잡아보시는 말씀입니다. 도인들도 모두가 다 그만한 사려가 있고 지각이 있습니다."

손여옥이었다. 이어서 김덕명이 나섰다.

"서노 동삼입니다. 믿을 것이라고는 우리 스스로의 힘밖에는 없으니 우리 힘으로 관의 탐학을 물리치자 이런 말씀이신데, 여기서도 보셨다시피 아무리 생각해 봐도 이제 방도라고는 그것밖에는 없을 것 같습니다. 그러니 먼저 이 고을 저 고을 여러 고을에서 우리 힘으로 관의 탐학에서 우리를 건져냅시다. 그렇게 해서 우리 힘을 보인 연후에 그 힘을 모아가지고 한양으로 몰려올라가는 것이 순서일 것 같습니다. 그래야 조정에서도 동학도들의 힘이나 결의가 어떻다는 것을 미리 알 것이고, 그러면 그만큼 효과가 있을 것 같습니다. 여러 고을에서 그렇게 기세를 과시하다가 마지막 한양으로 올려붙여 뿌리를 뽑자는 말씀입니다."

"제 생각은 조금 다릅니다."

남계천이 나섰다. 남계천에게로 눈길들이 쏠렸다. 그러나 그를 보는 남접 사람들의 눈길은 곱지 않았다. 또 법소 사람들 앞에서 무슨 알랑방귀를 뀌려고 나서느냐는 눈초리들이었다.

"수령들이 그렇게 나온다고 해서 각 고을마다 도인들이 일어나기보다는 조정에 상소를 먼저 올리는 것이 좋을 것 같습니다. 상소를 올려 다행히 신원이 되면 그들이 탐학할 꼬투리를 없애버리는 것이니, 고을 수령들 탐학은 제절로 해결이 되잖겠습니까? 그리고 상소를 할 때도 이번처럼 도인들을 모아가지고 갈 것이 아니라 법소에서 몇 사람이 가서 조용히 올리는 것이 어떨까 싶습니다. 조정하고 감영하고는 다른데, 한양으로 그렇게 많은 수가 올라오라고 가만둘 리가 없습니다. 한양까지 가는 도인들의 고초도 고초지만 더구나 가난한 도인들이 그 객비는 또 어떻게 감당을 하겠습니까?"

남접 두령들은 당신은 역시 법소 비위 맞추는 소리밖에 할 줄 모르는 사람이구나 하는 표정들이었다.

"몇 사람이 올라가서 상소를 하면 조정에서 들어줄 것 같소?"

여태 말이 없던 김개범이 툭 쏘았다. 남접 두령들은 거의가 그를 싫어했지만, 유독 김개범은 그를 더 싫어했다.

"그렇게 되면 그때는 또 그때 가서 방책을 생각해야지요."

"내칠 것은 뻔한 일인데 뻔한 일을 가지고 뭣하자고 헛수고를 한단 말이오? 이번에 보지 않았소. 도인들이 바로 여기 턱 앞에 와서 위협을 해도 끄떡도 않고 있다가 감영으로 몰려가서 밀어붙이니까 그때야 놀라 감결을 내렸소. 이제 저자들 대하는 데는 힘밖에 약이 없다는 사실을 저자들 스스로가 우리한테 똑똑히 가르쳐준 것이 아니고, 머요?"

"그렇지마는, 대번에 그렇게 힘으로 밀어붙이는 것하고 말로 한번 한 연후에 그렇게 하는 것하고는 다르지요."

"지금 밑바닥에서 뼈가 부러지고 재산을 강탈당하고 있는 도인들 사정이 그렇게 한가합니까? 저자들은 힘 있는 사람 앞에서만 기는 사람입니다. 이번에 감사가 나온 꼬라지는 그만두고 전에 천주학쟁이들한테 어쨌소? 천주학이라면 불구대천의 원수 대하듯 하던 사람들이 불랑국(프랑스) 놈들이 군함을 끌고 와서 대포로 *욱대기자 벌벌 기지 않았습니까? 권력이란 게 원래 힘 앞에서는 이 꼴입니다. 천주학쟁이 그놈들이 어떤 놈들이오? 남연군 묘까지 파제낀 놈들입니다. 남연군은 대원군 부친이니 상감으로서는 친할아버지 묘를 파제낀 놈들인데, 그런 놈들의 천주학을 포교하라고 윤허를 내렸을 뿐만 아니라, 신분가 멋인가 그자들한테는 그사들 내하기를 심 대하듯 하라고 대신들에게 영을 내리기까지 했소. 세상 사람들은 그때 설마 그러기야 했을 것인가 긴가민가했지만, 헛소문이 아니고 정말이었습니다. 지금 관속배들은 천주학 신부들이라면 정말로 상감 대하듯 하고 있습니다. 지금 그자들 콧대가 얼마나 높아졌는지 모르십니까? 그자들은 지금 관속배들 앞에 유세가 서릿발이 칩니다. 전주 남문 밖 베네튼가 뭔가 하는 신부 서슬이 어떤 줄 아시오? 그자 말 한마디면 감사가 자다가도 일어나 벌벌 깁니다. 이렇게 만든 것이 무엇이오? 하나도 힘이고 둘도 힘입니다. 이번에 도인들 기세 못 보셨소? 우리는 군함도 없고 대포도 없지마는 우리한테는 도인들의 이런 무서운 힘이 있소."

김개범은 남계천을 향해 쏘아붙였다. 그러잖아도 목소리가 거쿨진 김개범이 보기 싫은 사람한테 내지르는 소리라 방안이 쩡쩡 울렸다.

"백번 옳은 말씀이오. 힘밖에는 없습니다. 아까 김덕명 접주께서 말씀하신 대로 각 고을에서부터 기세를 보인 다음에 그 기세로 한양으로 몰려 올라가 *동곳을 빼버려야 합니다."

송희옥이었다.

"옳은 소리요."

남접 사람들 거의가 동조를 했다.

"다른 말씀 안 계시오?"

손천민이 좌중을 둘러보며 물었다.

"이쪽 접주들은 거개가 같은 의견인 것 같습니다. 물론 내 의견도 같습니다. 이쪽 접주들만이 아니라 이쪽 도인들도 전부가 다 같은 생각일 것입니다. 아까 전 접주께서 자칫하다가는 도인들한테 접주들은 허수아비가 된다는 말씀을 하셨는데, 그 말씀은 정말 의미심장한 말씀 같습니다."

여태 말이 없던 손화중이 아퀴를 지었다. 그의 물 흘러가듯 담담한 말은 *어글어글한 김개범의 말과는 또 다르게 묘한 힘이 있었다.

"그러면 아까도 말씀하셨지만, 이런 일은 어디까지나 법헌께서 결정을 하실 일이니 여기서 의논한 것을 법헌께 소상하게 말씀을 드리겠습니다. 그러면 또 달리 하실 말씀 없으십니까?"

모두 잠시 말이 없었다.

"법헌께서 달리 생각하시는 점이 있을지 모르나 그 방책을 낸 전봉준 접주하고 손 접주 등 이쪽 접주들도 몇 사람 같이 가서서 말씀을 드리는 것이 어떻겠습니까?"

손여옥이었다.

"그렇습니다."

여러 사람이 동조했다. 법헌 최시형을 싸고 있는 법소 사람들에 대한 철저한 불신이었다. 당장은 손천민과 김연국한테 면박을 주는 꼴이었다. 손천민은 김연국을 돌아봤다.

"관에서 법소까지도 덮칠지 몰라 늘 걱정을 하고 있는 판인데, 여기서 집회를 했던 사람들이 몰려 올라가면 관에서는 그만큼 더 경계를 할 게 아닙니까? 그리고 이번에 내린 감사의 영이 먹혀들지 어떨지 아직 모르는데, 법소에서 미리 그런 논의를 한다는 것은 합당한 일이 아니오."

김연국은 불쾌한 표정으로 말했다. 그때 여태 말이 없던 장흥 이방언이 나섰다.

"그게 무슨 말씀이오? 지금이야말로 모든 문제를 제대로 논의를 해야 할 땝니다. 이번에 감사가 감결을 내린 것은 금포에 한한 것이고 신원은 자기 소관사가 아니라고 분명하게 못을 박았소. 여기 감사만 그렇게 말한 것이 아니라 지난번에 충청 감사도 그 소리였소. 아까 전 접주께서도 말씀하신 것같이 신원은 감사 스스로도 명백하게 말을 했지마는 그것은 처음부터 조정에다 대고 해야 할 일이니 그 방책은 바로 지금 논의를 해야지요. 금포만 하더라도, 당장 계책을 세워야지 않겠소? 계책을 늦게 세우면 늦게 세운만치 밑바닥 도인들만 뼈가 물러나고 재산이 작살납니다. 그게 어디 밑바닥 도인들뿐이겠소. 이번에는 우리 접주들까지도 닦달을 할지 모를 일입니다. 전봉준 접주하고 손화중 접주, 김개범 접주, 김덕명 접주, 오하영 접주 이렇게 다섯 사람이 가면 어떻겠소?"

이방언은 갈 사람까지 대버렸다.

"저는 마침 집에 일이 있습니다. 이방언 접주께서 같이 가주시지요."

오하영이었다.

"그렇게 가면 좋겠습니다."

"익산 오지영 접주도 같이 가시면 어떻겠소?"

손화중이었다. 좋다고들 했다. 이방언에 대한 최시형의 신망도 어지간한 편이었지만, 오지영에 대한 신망이 높았기 때문이다. 이렇게까지 나오자 김연국은 머쓱한 표정이었다.

"그러면 이렇게 합시다. 지금 법소에서는 관가 사람들이 어떻게 나오는지 몰라 조심을 하고 있습니다. 아까 김연국 씨도 말씀하셨지만, 이런 큰 집회가 끝난 바로 뒤에 여기 두령들이 몰려가면 관가에서 예사롭지 않게 볼 것이니 형편 보아가지고 법소에서 날짜를 잡아 아까 말씀하신 두령들한테 통지를 하도록 하지요. 관가 사람들 하는 짓은 항상 겉 다르고 속 달라서 종잡을 수가 없습니다. 아까 말씀들 하신 대로 겉으로는 감결이니 뭐니 내려놓고, 속살로는 다른 수작을 부려 우리 두령들부터 잡아들이라고 법석을 떨지도 모를 일이지요. 그러니 관가에서 나오는 것 보아가면서 적당한 날을 잡아 모이는 것이 득책이 아닐까 합니다."

손천민이 조심스럽게 말했다. 빤한 속이었다. 남접 두령들이 여기서 올린 기세로 법소를 몰아붙일 것 같아 두려운 것이었다.

"그러면 수를 줄여서라도 지금 가는 것이 어떻겠소? 수백 명 떼몰려가는 것도 아니고 전접주하고 손화중 접주 등 두어 사람만 가도 되지 않겠어요?"

송희옥이 달고 나섰다.

"저쪽 사정도 있으니 그것은 우리한테 맡겨주시오."

손천민은 웃으며 말했다.

"저쪽 사정이란 것이 무엇인지 모르겠습니다마는 털어놓고 말씀을 드리면 법소에서는 밑바닥 사정을 너무 모르고 있는 것 같습니다. 이런 중차대한 계제에 이쪽 사정이나 이쪽 의사를 속 시원하게 듣고 무슨 결정을 해도 해야지 그런 사정도 듣지 않고 이래라저래라 하면 그런 영이 제대로 먹혀들 것 같소?"

송희옥이 감때사납게 나왔다. 그런 영이 먹혀들 것 같으냐는 소리는 아까 이번에 산례 취회를 하지 않았더라면 접주인 자기부터가 법소에 등을 돌렸을 것이라는 소리하고 같은 가락이었다. 기왕 법소의 눈 밖에 난 김에 할 소리 다 해버리자는 배짱인 것 같았다. 김연

국은 아까 자기하고 부딪친 소리를 다시 하고 나오자 소태 섭은 상
판이었다.

"그러면 이렇게 하지요."

김개범이 나섰다.

"법소에서 오신 분들은 먼저 가시고, 여기 접주들은 수령들 나오
는 꼬라지도 잠시 살핀 다음에 올라가는 날짜는 여기서 정해가지고
올라가지요."

"그럼 그렇게 합시다."

손천민은 다른 의견이 없느냐고 물었으나 입을 여는 사람이 없자
서둘러 회의를 끝내버렸다.

이번 삼례집회는 전봉준이 말한 것처럼 여러 가지 의의가 있었지
만, 동학 교단 전체로 보면 여태 소외되었던 남접이 주도권을 잡아버
린 계기가 되었다. 크게 보면 교단의 총지휘부인 법소로 상징되는 최
시형의 권위가 도전을 받아 흔들리게 된 것이다. 현 시국에 대한 최
시형의 노선은 어디까지나 동학의 교리를 널리 펼쳐 종교적인 방법
을 통한 현실 개혁이었고, 남접의 전반적인 분위기는 동학이라는 교
단 조직을 이용하여 관의 폭압이라는 현실적 질곡에 힘으로 대처하
자는 것이었다. 남접의 이런 노선은 어디까지나 교조 신원이라는 종
교적 명분을 앞세우고 있었기 때문에 종교적으로도 나무랄 수가 없
는 것이어서 법소가 밀릴 수밖에 없었다. 더구나 이것은 후천개벽이
라는 동학의 종교적 이상을 현실적으로 실현하자는 것이기도 했다.
남접은 동학 교리상의 명분으로도 이렇게 떳떳했으므로 목소리가
높을 수밖에 없었다. 그러나 최시형은 교단 전체가 와해될지 모르는

위험을 안고 그런 모험을 하지 않으려는 조심성 때문에 현실적인 대처는 항상 소극적일 수밖에 없었다. 그런데 이번 삼례집회를 통해서 남접의 주장이 일정한 효과를 나타냈으니 밑바닥 도인들뿐만 아니라 남접 접주들이 그 기세를 업고 계속 법소를 몰아붙일 것이므로 법소로서는 앞으로 어떻게 해야 할지 고민이 아닐 수 없었다.

남접 두령들도 최시형의 그런 노선을 이해 못한 바는 아니었다. 30여 년 동안이나 무지막지한 탄압을 피해 산으로 숨어 다니고 밤을 낮 삼아 노심초사 포덕(포교)을 한 결과가 오늘 이만한 교세를 이루었으므로 아직도 표면에 나서서 관에 대적할 때가 아니라는 최시형의 시기상조론은 그만한 타당성을 지니고 있었다. 그러나 남접 접주들은 최시형의 이런 태도를 이해하면서도 관의 탐학이 너무나 무자비했기 때문에 이만한 교세라면 조정과 한판 승부를 겨뤄볼 만하다고 생각하고 있었다. 그런 태도는 관의 늑탈이 더 심한 지역 사람들이 그만큼 거셀 수밖에 없었다. 그것은 이번 집회에 나온 교도들이 거의가 그런 늑탈이 혹심한 전라도와 충청도 남부 지역 사람들이라는 사실만으로도 명백했다.

이런 노선 차이는 물론 동학의 두 거두 최시형과 서장옥의 노선 차이이기도 했다. 그러나 이번 집회에 서장옥은 전혀 모습을 드러내지 않았을 뿐만 아니라 어떤 방식으로도 구체적인 간여를 하지 않았다. 사실은 지난번 공주에 소를 올린 뒤로 어디서도 얼굴을 나타내지 않았다. 이것이 서장옥의 영소 태도였다. 그는 그때 서인주라는 이름으로 소를 올려 대중투쟁의 불만 붙여놓고 잠적해버린 것이다. 나는 이렇게 해야 한다고 생각한다. 그러니 그 다음 일은 너희들이 알아서 판단해 보고 실행해라. 이런 소리를 몸으로 보인 셈인데, 그는 전에도 접주들을 만나면 시국의 커다란 대세만을 이야기할 뿐 구체적인 정체분석 같은 것은 꼬치꼬치 하지 않았다. 저만큼 위에서 내려다보고 방향만을 잡아준 셈이었다. 그는 현실적인 문제를 항상 그런 높은 차원에서만 노심초사 참선을 하듯 깊이 생각하다가 어떤 결론을 얻으면 접주들 앞에 나타나는 것 같았다.

달주 집 큰방에는 물레 일곱 틀이 부지런히 돌아가고 있었다. 달주 어머니가 동네 여자들하고 품앗이를 하고 있었다. 품앗이꾼들의 물레는 달주 어머니 것까지 합쳐 다섯 틀이고 남분, 연엽도 한 틀씩 차지하고 명을 잣고 있었다. 연엽도 그냥 놀고 있기가 멋쩍고 심심해서 마침 헌 물레가 하나 있어 그걸 손봐 같이 명을 잣기 시작한 것이다.

품앗이꾼들은 조망태 아내 두전댁, 김이곤 아내 백산댁, 장일만 아내 산매댁, 산매댁 동서 예동댁 등이었다. 거개가 달주 집과 집이 가까운 이웃집 사람들이었다. 이웃집 여자들 가운데는 여기서 같이 품앗이를 하고 싶어 하는 사람들이 더 있었지만, 방이 좁아 물레를 더 차릴 자리가 없었다.

"우리 애기 아부지 이얘기 들어본께 이참에 삼례는 참말로 무서왔든갑습디다. 팔도서 모든 사람이 수수만 맹인디, 그 한한 사람들이 모도 한꾼에 꽝을 지름시로 떼끌어서 전주 감영으로 몰려간게 감사가 어뜨크로 놀래부렀든가, 동학꾼덜한테 고개가 땅에 닿게 절을 함시로 쩔쩔매드라요."

34

조망태 아내 두전댁이었다.

"나도 들어본께 그랬다고 합디다마는 아무런들 감사가 동학꾼한
테 그로코 쩔쩔맸으까라우? 감사라면 전라도 천지에서는 질로 높은
사람인디, 참말로 그랬으까 나는 곧이가 안디킵디다."

장일만 아내 산매댁이었다. 장일만은 동학도 아니고 이번에 삼
례도 가지 않았다. 하학동에서 이번 삼례집회에 나간 사람은 이 동
네 동학 집강 김이곤을 비롯해서 동임 양찬오, 조망태 등 여남은 사
람이었다. 동학에 입도한 사람은 예닐곱이었으나 입도하지 않은 사
람도 김한준 등 몇 사람 나갔다.

"삼례에 첨에 몼을 적에는 아닌 게 아니라 감사가 동학꾼덜을 한
참 시뻐보고 코똥만 똥동 뀌고 있었드라요. 느그덜이 그로코 몰려와
서 으짠다고 내가 누군디 눈 한나나 깜짝할 성부르냐, 이라고 큰기
침만 하고 있드랍디다. 동학꾼덜은 그런 속을 빤히 *디래다봄시로도
매칠간은 죽은 *대끼 참고 있었드라요. 그라고 있다가 을판에는 그
냥 그 한한 수가 배락 총소리 나게 전주로 몰래갔는디, 그 한한 수가
떼끌어간게, 참말로 장관도 그런 장관이 없드라요. 먹구름장에 쏘내
기 몰래가대끼 몰래가는디, 또 이참에는 기그다가 귀갱꾼덜까장 어
뜨크롬 많이 몰래들든지 동학꾼에다 귀갱꾼에다 전주가 골목골목
발 한나 지대로 디래놀 디가 없드라요. 그로코 많은 사람덜이 감영
에다 대고 동학꾼덜 잡아갈래, 안 잡아갈래, 어서 말을 해라, 이라고
소락떼기를 지른께 감사야 아전딜이야 뽀괴널이야 모도가 사시나
무 떨대끼 벌벌 땜시로 다시는 안 잡아갈 것인께 한본만 용소해 달
라고 손이 발이 되게 빌더라요. 그래도 이놈의 새끼덜, 느그덜은 거

짓말을 밥묵대끼 하는 놈덜인께 느그덜 말 못 믿는다. 참말로 안 잡아갈라면 말로 그럴 것이 아니라 문서로 써라, 문서로 써서 우리가 본디서 고을 핸감이야 군수야 느그 부하덜한테 보내라, 이라고 닦달을 한께, 그라니마니 해야고 당장에 문서를 쓰등마는 선 자리에서 골골마당 불이 나게 파발을 띄우더라요. 그래도 저 자석덜은 못 믿는다고 감사가 사는 선화당이라야 멋이라디야 거그다가 불을 질러 불자고 하는 사람도 있더라요마는, 접주 양반들이 *맬개싸서 두고 보자고 돌아섰다요."

두전댁은 입침을 튀기며 신명이 났다.

"오매, 듣고 보니 참말로 무서왔든갑소잉. 말로는 안 된다고 문서로 쓰라고 한께 선 자리에서 써갖고 골 수령들한티로 파발을 띄었어라우?"

산매댁이었다.

"그러드라요. 당장 문서로 쓰라고 한게 말이 땅에 떨어져 흙 묻을 새라 선 자리에서 문서를 쓰등마는, 부하덜한티 어서 안 가냐고 소락때기를 지른께 부하덜은 부하덜대로 정신없이 말을 타고 배락같이 달리더라요."

두전댁은 사뭇 입침을 튀겼다. 두전댁의 호들갑에 연엽이와 남분이는 물레를 돌리며 배실배실 웃고 있었다.

"오매, 그라면 인자 수령 놈들이 백성덜을 쪼깨 덜 뜯어묵으께라우, 으짜께라우?"

예동댁이 돌리던 물레 *꼭지마리를 멈추며 물었다. 예동댁은 장일만 동생 장춘동 아내였다. 나이는 스물둘로 물레꾼들 가운데서는

36

제일 젊었다.

"전라도 감사라면 골 수령덜 상전인디, 상전이 그로코 파발을 띄어서 영을 내렸는디, 즈그덜이 어뜨코 백성덜을 지 맘대로 뜯어묵겄소?"

"아이고, 두고 봐사제 누가 알겄어? 그놈덜이 무지막지해도 을매나 무지막지한 놈들이라고 감사가 영 한본 내렸다고 지 버릇 개 주까 몰라?"

김이곤 아내 백산댁이었다.

"아니라우. 들어본게 그런 버르장머리를 안 고치면 이본에는 일어나도 참말로 크게 일어나서 가만 안둘 것이랍디다. 선화당에다 불질러불자고하는 동학꾼덜을 달램시로 접주님덜이 하시는 말씸이, 이 담에 또 그런 수령 놈이 있기만 있으면 그때는 참말로 가만두지 말자고 하더라요."

"그랬으면 오죽이나 졸까마는……."

"백산 양반은 멋이라고 합디여? 백산 양반은 우리 동네 동학 집강이라디야 멋이라디야 우리 동네 우두머린게 그런 속을 알아도 더 깊이 알 성부르그만이라우."

산매댁은 두전댁 말이 신용이 안 가는지 백산댁을 채근했다.

"그런 것이사 누가 알겄소마는, 시상이 하도 시끌시끌해논게 집강인지 멋인지 그런 것을 해도 나는 한나도 안 반갑소. 동임 하니라고 그만치 속을 씌였으먼 인자 쪼께 젱하게 두레 영좌나 맡고 기신단마제, 이 속없는 양반이 누가 먼 일만 맡으라고 권하기만 하면 죽을 일이든지 살 일이든지 그런 권을 못 *퇴치요그랴."

백산댁은 우거지상을 지었다.

"아이고, 그래도 다 동네서 그만한 분이게 일을 맽기제 우리 집 남정네 같은 사람이사 맡고 잡아도 맡겠소."

산매댁이었다.

"말도 마시오. 그 집강일 맡음시로부텀은 내가 밤에 잠을 지대로 자는지 아요. 어디서 개만 쪼깨 사납게 짖어도 기냥 가심에서 쥐뎃이 텅텅 내려앉소. 이번에 삼례 가신 뒤로는 하루도 지대로 잠을 못 자봤소."

"그래도 동학에 입도한 사람덜은 존 시상 한본 만날 것이라든디라."

"아이고, 존 시상 오기 전에 가슴 *볻아져 죽겄소."

백산댁은 고개를 설레설레 내둘렀다.

"그란디, 동학에 들어가서 그 주문인가 그것을 만 본인가 얼맨가 외면 으짠다든디 그것이 참말이라우?"

"들어본게 저 충청도 큰애기가 유식하기도 하고 동학 속은 손바닥에 놓고 보대끼 한다고 소문이 자자하등만, 어디 우리덜한테도 한본 이야기 해봐."

산매댁이었다. 연엽은 그냥 웃으며 물레만 돌리고 있었다. 얼마 전에 남분의 작은집에 갔다가 그 물레방에서도 동학 이야기가 나와 거기 물레꾼덜한테 이야기를 한게 동네에 소문이 널리 퍼졌다. 그러지 않아도 웬 처녀가 충청도에서 여기까지 와 있는가, 연엽한테 동네 사람들 관심이 쏠리고 있던 판이라 그 소문은 삽시간에 동네에 널리 퍼졌다. 달주 집에서는, 연엽이 달주 외가로 가까운 친척인데, 집안이 거덜이 나서 잠시 여기 와 있다고 둘러대고 있었다. 연엽이 여기

38

올 때 마침 달주 사건으로 남분 모녀가 잠시 외가로 피했다가 올 때라, 그때 연엽을 외가에서 데리고 온 것같이 되어 두루 그럴싸했다. 그러나 동네 사람들은 그걸 얼른 곧이듣지 않는 눈치들이었다.

"어디 한본 이얘기를 해봐라."

달주 어머니가 웃으며 채근했다.

"그 동학 주문을 그로코 외면유, 마음이 바르게 되고, 살기도 오래 살고, 귀신도 함부로 범접을 못한다는구만유. 한울님의 신령스런 기운을 타서 몸에 병이 있는 사람도 병이 지절로 낫구유."

연엽은 동학 주문의 본질을 간단하게 말하고 있었다.

"오래 살고 빙이 낫어? 도술도 부린다든디?"

요사이 동학을 깊이 모르는 사람들은 무엇보다 동학도들이 도술을 부린다는 점에 관심이 많았다.

"동학을 창도하신 이는 경주 사람 최제우라는 이구먼유, 그이를 동학 도인들은 교조님이라기도 하고 대신사나 대선사님이라고 하는디유, 그 대선사님은 말을 타고 강을 건네도 말이 물에 안 빠지셨고, 죽은 사람을 살려내기도 하셨다고 하더만유. 보통 사람은유 그로코 도술까지 부리기는 어렵구유, 주문을 외면 잔병 같은 것은 없어지고 오래 살기는 한다느만유. 그 주문은 '시천주조화정 영세불망만사지' 열석 자구유, 거그다가 '지기금지 원위대강' 여덟 자를 더 보태서 외우기도 하는구만요. 모두 합쳐서 스물한 잔디, 보통으로는 얼석 사만 외우느만유. 그래서 동학 13주문이라고도 하고, 동학 21주문이라고두 하지유."

"오매, 처녀가 잘도 아네."

산매댁이 감탄했다.

"열석 자 주문은 무슨 소리냐 하면유, '시천주侍天主'라는 말은 '마음에 한울님을 모신다'는 뜻이구유, '조화정造化定'이란 말은 '한울님의 조화가 깨달아진다'는 말이구유, '영세불망만사지永世不忘萬事知'라는 말은 '한울님을 오래오래 잊지 않으면 세상만사의 이치가 다 저절로 깨달아진다'는 말이구만유. 그런게 이 소리를 전부 합쳐서 새기면, '마음속에다 한울님을 정성껏 모시면 한울님의 높고 깊은 조화가 제절로 깨달아지고, 한울님을 오래오래 잊지 않고 마음속에 정성껏 모시면 한울님의 신령스런 영기가 우리한테 내려와서 세상만사가 환하게 깨달아진다' 이런 소리구만유. 이것은 열석 자 주문이구유, '지기금지 원위대강至氣今至願爲大降'이란 여덟 자는 '한울님의 지극히 신령스럽고 영험스런 기운이 내 몸에 내려주십시오' 이런 소리구만유. 여그서 내린다는 소리는 *당골레한테 귀신이 내리대끼 한울님 영기가 내린다는 소리지유."

연엽은 차근하게 설명을 했다.

"오매오매, 큰애기가 으짜면 저로코 유식하고 총도 조까? 나는 먼 큰애기가 충청두서 이런 디까장 왔는고 했등마는, 참말고 보통 큰애기가 아니구만잉."

두전댁은 꼭지마리를 맞추고 감탄을 했다.

"유식하기는 멋이 유식해유우. 우리 오라버님이 동학돈디, 그이가 유식한 분이래서유, 이웃 사람덜이나 젊은이덜한티 하는 소리를 곁에서 하도 많이 들어서 들은풍월로 귀에 익은 소리구만유."

연엽이 골을 붉히며 말했다.

"아무리 옆에서 들었다고 함부로 그로코 앞뒤가 딱딱 맞게 하는 소리가 어디서 그것이 들은 풍월이겄어. 진서도 달달달하는구만."

산매댁은 연엽 칭찬에 침이 발았다.

"그란게 그로코 주문을 외아서 한울님 신령스런 기운이 내리면 도술을 부리는 모냥이구만잉. 그 소리를 듣고 본께 도술 부린다는 속을 지대로 알겄구만. 당골레한테 귀신이 내래도 조화를 부리는디, 한울님이 내리면 얼매나 큰 조화를 부리겄어?"

산매댁이 제멋대로 해석을 했다.

연엽은 꽤나 정확하게 동학 주문을 해석하고 있었다. 동학 주문은 한울님의 지극한 기운이 나의 몸에 내려서 그 기운에 내가 화하기를 기원하는 것이다. 이 점에서 동학의 주문은 유교의 축문이나 불교의 다라니주, 기독교의 기도문과도 차이가 있다.

"그라면 후천개백이라디야 시상이 말짱 천지개백을 한다는 것 같던디 그것은 먼 소리여? 동학도덜이 도술을 부리고 나오는 날에는 참말로 천지가 개백할 것인가?"

"지금 우리가 사는 이런 시상을 선천세계라 하고 다음에 올 시상을 후천세계라고 하는디유, 후천개벽이라고 하는 것은 하늘이 땅이 되고 땅이 하늘이 되고 그로코 뒤바뀌는 개벽을 한다는 소리가 아니구유, 이 시상이 바뀌는디 크게 한번 바뀐다는 소리라는구만유. 후천세계는 어떤 시상이냐 하면유, 그런 시상이 되면 양반 상놈이 없고 종도 없고 주인도 없고, 사람이면 다 같이 똑같은 사람으로 한울님같이 서로 받들고, 부자도 없고 가난뱅이도 없이 똑같이 잘 사는 그런 시상이라는구만유."

"오매, 가난뱅이도 없고 부자도 없이 똑같이 잘 살어?"

산매댁이 물레 꼭지마리를 놓고 물었다. 이 동네서 누구보다 가난에 찌든 사람이라 그 소리에 귀가 번쩍 뜨이는 모양이었다. 식구가 여덟인데 자작논 서 마지기에 소작 다섯 마지기로 먹는 날보다는 굶는 날이 많을 지경이었다. 그 동서 예동댁도 마찬가지였다. 그는 *제금난 지가 얼마 안 된 신접살림으로 식구는 내외에다 돌잡이 하나뿐이었지만, 소작논 서 마지기로 제금을 났으므로 큰댁인 산매댁처럼 찢어지는 형편이었다. 친정은 더 말이 아니어서 처녀 때도 새물내 나는 옷 한 가지 변변하게 입어 보지 못하고 살다 시집을 왔다.

"그런다고 하더만유. 아까 한울님을 마음속에다 뫼신다고 했는디유, 그 한울님이 다른 데 기셔서 그런 한울님을 뫼셔갖고 와서 우리 맘속에 뫼시는 것이 아니고유, 한울님은 첨부터 우리 맘속에 기신다느만유. 첨부터 어디 하늘에 기신 것도 아니고 산신령매이로 산에 기신 것도 아니고, 우리 맘속에 기신디유, 우리가 우리 맘속에 한울님이 기신 중을 모르고 안 뫼신게 없는 것이나 마찬가지로 생각되는디유, 첨부터 우리 맘속에 한울님이 기신대유. 그런게 우리 맘속에 한울님이 기시는 중을 깨닫고 그 주문을 외서 정성으로 뫼시면 아까 말씀드린 것매이로 한울님의 깊은 조화가 깨달아지고 한울님의 신령스런 기운이 우리 몸에 가득찬다는 것이지유. 그런디 그로코 한울님이 우리 맘속에 기신 중을 아는 사람이나 모르는 사람이나, 한울님을 뫼시고 안 뫼시고가 다를 뿐이제 한울님을 안 뫼시는 사람이라고 해서 그 사람 속에 한울님이 안 기시는 것은 아니거든이라. 그런게 이 시상에 사람으로 태어난 사람은 누구든지 그 속에 한울님이 들어 기신게 이 시상 사람들은 모두가 한울님하고 똑같이 귀하지 않겄이유. 양반도 사람인게 그 사람이 한울님을 뫼시거나 안 뫼시거나 그 사람 속에 한울님이 기시고, 상놈도 사람인게 그 사람 속에 한울님이 기시고, 종도 사람인게 그 속에 한울님이 기시고, 임금도 사람인게 그 속에 한울님이 기시고, 애기도 어른도 남자도 여자도 병신도 거렁뱅이도 다 사람인게 그 속에 한울님이 기시지라. 양반이라 해서 그 안에 기시는 한울님이 다르고 종이라고 해서 그 한울님이 다르고 임금이라 해서 다른 것이 아니고, 사람 속에 기시는 한울님은 다 똑같은게 사람은 다 귀하고 그 귀하기가 조금도 차별이 없이 똑같이 귀하다는 것이지라. 그런게 이런 동학 시상이 오면 양반 상놈이 없어지고 가난뱅이나 부자도 없어진다는 것이구만유."

"그런게 시방 우리 같은 사람 속에도 한울님이 기신다 그 말이구만잉."

두전댁이 웃으며 뇌었다. 자기 속에 한울님이 계신다는 말이 실감이 나지 않는 모양이었다.

"동학 시상이 되면 가난뱅이나 부자는 으째서 없어지냐 하면 그 이치는 이렇구만유. 사람은 속에다 한울님을 뫼시고 기신게 우리 사람이 바로 한울님이나 마찬가지고, 우리가 밥을 묵는 것도 한울님을 봉양허는 것이나 마찬가지라는 것이시유. 그런디 그런 귀한 밥을 어떤 사람은 배가 터지게 묵고 어떤 사람은 굶고 그런다면 쓰겄이유. 사람이 굶는 것은 한울님이 굶는 것이나 마찬가진디 한울님이 굶으시면 안 되겠지유. 그래서 한울님을 봉양하는 재산은 똑같아사 쓴다는 것이지라. 동학 시상이 되면 그래서 상놈이나 양반이나 종이나 주인이 다 없어져불고 가난뱅이나 부자도 없어져불고 다 똑같이 공평하게 산데유. 바로 이것이 후천개벽이라는구만유."

"부자나 가난뱅이가 없어져분다먼 어뜨코 없어져부까아?"

산매댁은 가난뱅이나 부자가 없어져버린다는 말이 제일 솔깃한 모양인지 고개를 갸웃거렸다. 그는 여전히 꼭지마리 돌리던 손을 놓고 연엽이를 보고 있었다.

"어뜨코 없어지는지 그것까지는 잘 모르겠구만유."

"그란디, 으짜면 나이도 얼매 안 묵은 큰애기가 저로코 유식하고 말도 잘하까. 아들 있으면 매누리 삼었으면 똑 좋겠네."

두전댁의 호들갑에 모두 웃었다.

"우리는 언문도 *청맹과닌디 큰애기가 진서는 어뜨코 그로코 많이 배왔어?"

"우리 오라버니께서유, 그런 동학 시상이 올라면 여자들도 다 그만치 깨어서 심을 합채야 그런 시상이 쉽게 온다고 함시로 저한티도 공부를 하라고 해서 배웠구만유."

"그것은 또 먼 소리여? 그런 시상이 올라면 우리 같은 여자들도 심을 합해사 쓴다 그 말인가? 그렁게 그런 시상이 저절로 오는 거이 아니고 어뜨코 오간디, 여자들도 심을 합해사 온다 말이여?"

두전댁이었다.

"어뜨코 오는지 그것도 저는 잘 모르겄는디유, 저절로 오는 것은 아닌 것 같더만유. 일테면 이번 삼례집회에서 감사가 그러코 벌벌 떔시로 고을 수령들한테 그런 영을 내린 것도 동학도덜이 몰려가서 야단을 친게 그러코 영을 내렸지 않유. 그런 것만 보더래도 지절로 오는 것이 아니고 그로코 모도 심을 모아야 되겠지유."

"그라면, 이 시상 동학도들이 전부 일어나서 시상을 뒤엎어분다는 소리까? 들어보면 그런 것이 아니고 도술로 으째볼 것맨키로덜 이얘기했쌌등만. 손화중인가 그 양반이 지니고 기신다든가 으짠다든가 하는 그 비갤만 하더래도 그것이 그런 영험이 있는 비갤이라는 것 같등만."

"선운사 미륵에서 나왔다는 비갤 말이여?"

두전댁 말에 산매댁이 물었다.

"그려. 그 비갤이 예사 비갤이 아니라여."

"그런 비결도 효험이 있기는 있을 것이라고 말씀덜을 하는디유, 그런 비결만 가지고는 안되고 결국에는 사람들이 나서야 될 것이구만유. 사람이 살자는 일인디 어뜨코 지절로 되는 일이 있겠이유."

연엽이 웃으며 말했다.

"아이고, 그라고저라고 이 징헌 놈의 시상이 뒤집어지든지 개백을 하든지 해사 실제 사람이 어뜨코 살겄어. 다른 것은 놔두고 이런 *군포래도 안 물고 사는 시상만 온닥 해도 춤을 추겠구만. 우리 집구석은 지금 무는 군포만도 허리가 두 벌 시 벌로 휘는디, 이 뱃속에 든 웬수가 또 머시매로 삐져나오는 날에는 우리 집은 살림 다했구나."

산매댁은 한숨이 땅이 꺼졌다. 그 집은 사내아이들이 올망졸방 *아주까리 대에 개똥참외 열리듯 다섯이나 되어 아이들은 이 추운 겨울에도 제대로 살을 가리지 못하고 벌벌 떨고 다니는 형편이었다.

열살박이까지도 홑저고리에 아랫도리는 그냥 고추를 그대로 내놓고 살을 벌겋게 얼리고 다녔다. 포대기에 싸여 있는 젖먹이에서부터 열살박이는 물론 죽은 지가 3년이 된 시아버지 몫까지 군포를 물어야 하니 기가 막혔다.

"누가 아니래. 농사도 그렇고 이런 길쌈도 그렇고, 이녁 손으로 짓는 농사나 이녁 손으로 하는 길쌈만이래도 지가 묵고 지가 입는 시상만 온닥 해도 을매나 좋것냐 말이여?"

두전댁이었다.

"그런 시상만 온닥 해도 누가 마다하겄는가마는, 모도 시방 하는 소리들이 난리가 날 것이라고 해싼게 나는 걱정 중에서도 그것이 질로 걱정이네. 난리가 나노면 *선차에 다치는 사람덜은 남정네덜일 것인디, 아무리 시상이 험해도 목심이 붙어서 사는 것이 낫제 삐뚝했다가 사람이래도 다치는 날에는 멋이 되겄어. 나는 우리 애기 아범이 우리 동네 동학일 맡은 뒤로부텀은 동학 소리만 나오면 가슴이 벌렁그래서 잠이 안 오는구만."

백산댁이었다.

"그 심정 알겠네마는, 그래도 그럴 때 나설 사람은 나서사제 으짤 것이여."

여태 말이 없던 부안댁이 한숨을 쉬며 말했다.

"그런 소리는 듣기만 해도 가심이 벌렁거린게 그런 소리는 냅두고, 아까 최제우락 했제, 그 이야기나 더 해보게. 그이가 동학을 젤 첨에 맨들어낼 적에 산에서 백일기도를 디렸다디야 으쨌다디야 그라등만."

46

두전댁이 말머리를 돌렸다.

"그라면 그 얘기를 더 해드릴까유?"

연엽은 웃으며 물었다. 모두 해보라고 했다.

"수운 최제우 선생은 경상도 월성군에서 태어나셨구만유. 월성군이라면 경주 바로 곁에 있는 골이라 그냥 알기 쉽게 경주 사람이라고도 하는디, 거그서 갑신년(1824년)에 태어나셨구만유. 그런게 그분이 지금 살아기신다면 예순여덟 살이지유. 수운 선생은 함자가 처음에는 건질 제濟 자, 베풀 선宣 자 제선이었는디, 어리석은 세상 사람들을 건지겠다는 결심을 하고 나서 그 결심을 다질라고 아예 함자까지 끝자를 어리석을 우愚 자로 갈아버렸구만유. 그이 집안은 경상도에서 한다는 양반 집안인디, 28대조가 옛날 신라 때 고운 최치원이란 이구만유. 최치원이라면 을매나 유명한 문장이었던지 대국 당나라에까지 이름을 날리신 이라는구만유. 그 8대조는 임진왜란 때하고 병자호란 때하고 두 번이나 크게 공을 세워 *정무공이란 시호가 내린 이구유, 또 그이 부친은 문장하고 도덕으로 경상도 일대를 울리었던 최옥이란 분이구만유."

"아이고, 그런 집안이었구만."

두전댁이 감탄을 했다.

수운은 고운과 그 아버지 근암 최옥의 영향을 크게 받아 이 두 사람의 사상이 동학의 교리 형성에 중요한 사상적 배경이 되었다.

"그이 부친은 그렇게 문명을 널리 날렸지만유, 그때나 지금이나 세상 험하기는 마찬가지라 벼슬길에는 올라보지 못하시고, 그냥 *백두로 일생을 마치셨는디, 이 양반 또 한 가지 한은 환갑이 가까워지도록 아들이 없는 것이었구만유. 상처를 두 번이나 당하셨는디, 후사가 없어 하는 수 없이 양자를 세웠잖겠시유. 그런디 뜻밖에도 예순세 살에 이웃 동네 과부를 봐서 아들을 하나 얻었는디, 바로 그이가 수운 선생이시구만유."

"아들이 없어서 양자를 세웠는디 환갑이 넘어서 이웃 동네 과부를 봐갖고 아들을 낳어? 오매 환갑이 넘어서 자식을 본 것 보면 그이 기력도 대단했던 모냥이네. 깔깔깔."

두전댁이 말을 해놓고 지레 깔깔거리자 모두 따라 웃었다. 연엽과 남분은 골을 붉혔다.

"그 나이에 아들을 봤으면 부모 된 정으로야 금이야 옥이야 했겠제마는, 정실이 아니고 오다가다 만난 사람한테서 태어난 서출이라 그것이 또 한이구만유. 그런디 수운 선생은 어렸을 때 어찌나 총명하셨던지 여덟 살 때 벌써 만 권의 책을 읽어 모르는 것이 없었다는디, 아무리 총명한들 서출인디 대를 이을 수가 있겠이유, 과거를 볼 수가 있겠이유. 부친께서도 그것이 한이었제마는 수운 선생 본인도 두고 두고 그 한을 곱씹었지유. 아마도 만인이 똑같이 평등하다는 동학을 창도하신 것은 당신의 이런 뼈저린 원한 때문인지도 모르겠다고들 하는구만유. 그이는 집안으로는 아주 불행한 분이셔서 여섯 살 때 어무님을 여의시고 13세 때 결혼을 하셨는디, 20세 때는 부친을 여의셨그만유. 부친을 여의신 뒤로부터는 집을 떠나 세상을 이리저리 돌아다니셨는디, 그이가 천하를 주유하신 뜻은 〈*몽중노소문답가〉라는 글에 이로코 씌어 있구만유."

연엽은 음조를 넣어 그 한 구절을 외었다.

재주가 비범하고 기재과인하니
평생에 하신 근심 호박한 이 세상에
군불군 신불신 부불부 자부자

"재주가 뛰어나고 사람됨이 출중해서 평생에 하신 근심이 크고
넓은 이 세상에 임금이 임금이 아니고, 신하가 신하가 아니며, 아비
가 아비가 아니고, 자식이 자식이 아니라 늘 그것이 근심이었다는
소리지유. 그래서 수운 선생은 34세 때 이런 세상을 건질 한울님의
뜻을 알아낼 결심을 하고 공덕을 쌓기 시작했구만유. 그런디 수운
선생은 그전에는 별일을 다 해봤구만유."

연엽이 그 과정을 이야기했다.

그는 한때는 말타기와 활쏘기 등 무술을 익히기도 했으나 벼슬길
에 오를 수 없는 바에는 그 역시 허무한 일이라 나중에는 그것도 집
어치우고 천하를 주유하면서 세상 사람들이 하는 일이라면 무슨 일
이든지 다 해보며 고초를 겪었다. 장사도 해보고 의술도 배워 여기
저기 돌아다니며 가난한 사람들 병을 고쳐주기도 했으며, 점술을 배
워 점을 치고 다니기도 했고 차근히 들어앉아 아이들을 가르치는 훈
장 노릇도 해보았다.

수운은 이렇게 34살까지 14년간 천하를 주유하다가 직접 한울님
께 기구를 하여 세상 건질 방도를 알아내려고 결심했다. 양산군에
있는 천성산(현 원효산)이란 산으로 들어가 그 산꼭대기에 있는 적멸
굴이란 데서 49일간으로 기한을 정하고 한울님께 기구를 했다. 이
산은 이름 그대로 성인에 천 명이 나온다는 산으로 예로부터 명산으

로 일컬어지고 있는 산이었다. 그러나 뜻을 이루지 못하고 구미산 밑에 있는 고향으로 돌아와 그의 아버지가 남긴 유일한 유산이라 할 수 있는 용담정이란 정장에서 소일했다.

"수운 선생이 고향으로 돌아온 그 이듬해, 그런게 신유년(1861)이었구만유. 조카의 생일잔치에 갔다가 갑자기 몸이 이상하여 집으로 돌아왔는디, 몸이 요상스럽게 덜덜덜 떨리고 정신이 어질어질하고 도무지 몸과 마음을 걷잡을 수가 없구만유. 망망대해에서 풍랑에 요동치는 배 속에서 멀미를 하는 것도 같고 정신을 차릴 수가 없는디, 바로 그때였구만유. 공중에서 크게 외치는 소리가 들리는디, 가만히 들어본게 바로 그것이 여태까지 기다리고 기다리던 한울님 소리구만유. 그때 한울님이 내린 소리가 바로 아까 말씀드린 동학 21자 주문이지유."

"우매, 그런게 그 주문이 그로코 해서 한울님이 내린 것이구만. 그로코 말을 해서 듣고 본게 동학이 멋인지 환하게 알겠구만. 그란디 으짜먼 큰애기가 저로코 유식하까잉!"

두전댁은 꼭지머리를 멈추며 또 감탄을 했다.

"그런 양반인게 우리매이로 없는 사람덜 사정도 알고 후천개벽이 되아사 쓴다고 하신 것 같그만. 아까 그런 시상이 될라면 우리 같은 여자들도 심을 합해사 쓴다고 했는디, 그라면 우리 같은 여자들도 동학에 입도를 할 수 있으까?"

예동댁이 물었다.

"아문이유."

"예동댁도 입도를 할라고?"

두전댁이 웃었다.

"우리 애기 아부지도 안직 입도를 안 했는디 지가 몬자 하겠소? 기냥 한본 물어본 말이오."

예동댁은 웃으며 얼버무렸다.

"참말로 그런 시상만 온다면 우리도 모두 입도를 해사 쓰겄구만."

두전댁이 서둘렀다. 여인들은 모두 웃었다.

2. 늑탈

　고부 군아 동헌에는 군수 조병갑이 마루에다 의자를 내놓고 덩실하게 틀거지를 틀고 앉아 형방, 이방과 숙덕이고 있었다. 마당에는 30여 명의 죄수들이 맨땅에 무릎을 꿇고 앉아 있고, 뜰 앞에는 형틀이 놓여 있었으며, 사령들은 곤장을 아름으로 날라오고 있었다.

　"이중에서 이놈이 제일 거세게 나오는 놈입니다. 성질이 고약한 놈이오니 이놈부터 물고를 내면 다른 놈들은 제물에 기가 꺾이지 않을까 하옵니다."

　이방이 문서철 한 군데다 손가락을 짚으며 말했다.

　"삼례에 갔던 동학도 놈들 동정은 어떻소?"

　"삼례서 돌아오기는 거진 돌아온 듯하오나, 관의 눈치를 슬슬 봐 도느라고 집에서 자는 놈은 몇 놈 안되는 것 같사옵니다. 이놈들이 모두 안심하고 집에서 잘 때까지 모른 척하고 있는 것이 어떨까 합니다."

이방이 속삭였다.

"아까 어떤 놈이 제일 거세다 했소?"

조병갑은 동학도들에 대한 말에는 가타부타 말이 없이 다시 서류철을 보며 물었다.

"바로 이놈이옵니다."

조병갑은 문서철을 들고 마당의 죄수들을 이윽이 내려다보았다. 죄수들은 퀭하게 들어간 눈으로 조병갑을 쳐다보고 있었다. 추위와 공포에 쭈그렁밤송이처럼 조그맣게 얼어붙은 죄수들은 바들바들 떨며 조병갑 얼굴만 뚫어지게 쳐다보고 있었다. 날씨가 몹시 추웠으나 옷을 제대로 입은 사람은 몇 사람 되지 않았다. 30여 명 중 솜을 둔 핫바지 저고리를 입은 사람은 너덧 명에 불과하고, 한 겹뿐인 홑바지 저고리가 열 명에 가까웠으며, 나머지는 명색 겹옷이었으나 안은 모기장 같은 금건으로 댄 것이었고 아예 금건으로만 안팎을 지어 입은 사람도 있었다.

금건이란 베는 영국산 수입품인데, 기계로 짠 천이라 광이 넓고 바닥이 골랐으며 *승세로 치면 우리 나라 무명베 여덟새 푼수는 되었으나 *어레미처럼 올이 성겨 베를 눈에 대고 보면 저 뒤가 훤히 보일 지경이었고, 무엇보다 큰 결점은 질기지가 않아 한물 입고 나면 지질지질 처져 내릴 지경이었다. 그러나 싼 맛에 집에서 짠 무명베는 군포로 내고 그 베를 떠다 옷을 해 입었다.

"사령들은 듣거라."

조병갑이 가성으로 조용하게 말했다.

"예, 대령이옵니다."

곤장을 들고 뜰아래 섰던 사령 둘이 허리를 숙이며 정중하게 아뢰었다.

"정삼득이란 죄인을 이리 끌어오도록 하여라."

"예, 분부 거행하겠나이다."

사령들은 죄수들 속에서 정삼득이라는 사람을 끌어 뜰아래다 꿇어앉혔다. 죄수 양옆으로 이속들이 섰다.

"네놈이 정삼득이란 놈이렷다?"

조병갑의 말소리는 낮은 가성이었다. 가성도 관속배들이 위의를 나타내기 위해서 으레 쓰는 그런 가성이었고, 느리고 낮은 말씨도 원래 그렇게 느리고 낮은 것이 아니라 위엄을 나타내려고 부러 그렇게 지어서 하고 있었다.

"예, 정삼득이올시다."

정삼득은 고개를 주억거리며 대답했다. 이방이 말한 것같이 그렇게 성질이 고약해 뵈지는 않았다.

"정삼득은 어떤 연고로 국법을 어기고 있는고?"

"사또 나리, 저는 산골짜기 동네서 농사를 짓고 있는 놈이온데, 우리 동네 열다섯 가호 가운데 시 집은 진황지를 일궜다가 삼 년인가 안 물린다던 세미가 나오는 바람에 도망을 쳐뿌렸고, 두 집은 연년이 색갈이만 내서 묵고 살다가 거덜이 나서 그 사람들도 도망을 쳐뿌렀사옵니다요. 지 앞으로 나온 세미는 한 가지도 빼지 않고 전부 다 물었사온디, 그 내빼뿐 놈의 새끼덜 인징을 닷 섬이나 물라고 나왔습니다요. 애만놈 졑에 있다가 배락을 맞아도 유분수제 시상에"

이로코 억울한 일이 있습니까요?"

작자는 연방 숨을 씨근거리며 주워섬기다가 억울한 일이라는 대목에서는 주먹으로 땅을 치며 하소연을 했다.

"저는 논이 열닷 마지기뱃이는 안 돼옵니다마는 하도 가난한 동네라 그 동네서는 질로 많사온디, 동네가 쬐깐한디다가 지 말고 아홉 집 농사는 다 보태봤자 지 농사보담 너댓 마지기가 더 많을 지갱이라 그놈들이 안 내고 내뺄뿐 인징을 지보고 반 가까이나 물라는 것입니다요. 사또 나리 살펴 주십시오."

작자는 징징 우는 소리였다.

"이속들이 문초를 하면서 그렇게 인징을 물어야 한다는 연유를 소상히 말했을 터인데 듣지 못하였는가?"

조병갑 음조는 한결같이 낮고 느렸다.

"듣기는 들었사옵니다요."

"무엇이라고 했는지 그대로 말을 해보렸다."

"그라제마는 시상에 아무란 불로 이로코 억울한 일이 어딨단 말씀입니까요. 논이 열닷 마지기라고 하제마는 산골짜기 찬물꼬지라 놔서 지대로 따지면 삼등전이 못 된게 한 결도 제대로 못 되는 논입니다요."

전답의 조세 계산 단위인 결結은 면적이 기준이 아니고 그 전답에서 나오는 소출이 기준이었으므로 토질의 비옥 여부에 따라 마지기가 달랐다. 일 결은 일반 파把, 즉 벼를 벨 때의 벼 일만 수먹이었다. 벼 열 주먹이 한 뭇, 열 뭇이 한 짐, 백 짐이 한 결이었다. 평지의 제일 박토인 삼등전 열 마지기가 일 결쯤 되었다.

"여보시오, 무슨 잔소리요. 이속들이 문초를 함시로 무엇이라고 하던가 그 소리를 그대로 해보라지 않소."

형방이 소리를 질렀다.

"*집장사령은 듣거라. 내 말에 헛소리를 하거든 따로 영이 없더라도 그 곤장으로 즉시 닦달을 하렷다. 알겠느냐?"

"예, 알겠사옵니다요."

"인징 물린 것이 억울하다고 했는디, 이속들이 문초를 함시로 그 억울하다는 말에 무엇이라고 하던가, 그대로 말을 하시오."

형방이 채근했다.

"동네서 농사 진 사람이 세미를 띠어묵고 도망을 치면 동네 사람들한테 인징을 물리는 것은 국법인게 지켜사 쓴다고 하셨사옵니다요."

그것이 국법일 리 없었으나 이자들은 그것이 국법이라 하고 있었다.

"음, 인징은 국법이라고 말을 했겠다? 그러하면 국법을 지키는 것이 백성의 도리라는 것을 모르는가?"

조병갑의 목소리는 여전히 느린 저음이었다.

"예, 잘 알고 있사옵니다요. 그러제마는 아무란 불로……."

"그러하면 국법이 지엄하다는 것도 알렷다."

"아옵니다마는, 사또 나리, 제발 반만이라도 탕감을 해주십시오."

"세미가 저잣거리 갈치자반 홍정인 줄 아는가?"

"그러제마는 사또 나리, 아무란 불로……."

"어허, 세미가 저잣거리 갈치자반 홍정인 줄 아느냐고 묻지 않았는가?"

"사또 나리 살래 주십시오."

작자는 이내 흐느꼈다.

"사령은 무얼 하고 있는고?"

"묻는 말에만 대답하라지 않소."

조병갑 말에 사령이 깜짝 놀라 댓바람에 곤장을 휘둘러 작자의 등짝을 사정없이 후려갈기며 악을 썼다.

"세미가 저잣거리 갈치자반 흥정인지 아닌지 어서 대답하시오."

형방이 소리를 질렀다.

"니기미, 그것이사 대답하고 말 것도 없지라우."

작자가 으등그러진 상판으로 형방을 돌아보며 소리를 질렀다.

"멋이, 니기미? 아니, 어느 존전이라고 니기미?"

형방이 시퍼렇게 대들었다.

"내가 묻겠소."

조병갑이 말리고 나섰다.

"나는 전라도 말이 서툴러서 잘 못 알아먹겠는데, 니기미란 말이 무슨 말인고?"

조병갑은 여전히 저음이었다.

"죄송합니다요, 사또 나리."

작자는 조병갑의 저음에 압도되어 허리를 주억거리며 사죄를 했다.

"사령!"

조병갑이 사령을 불렀다.

"묻는 말에만 대답하라지 않았소."

사령은 악을 쓰며 또 정삼득의 등짝에 곤장을 휘둘렀다.

"대답하시오."

형방이 소리를 질렀다.

"니기미란 소리는 기냥 *부애가 쪼깨 났을 적에 허텅지거리로 하는 소립니다요. 그런디 기냥 지가 *무망간에……."

작자는 얼굴이 샛노래지며 떠듬떠듬 말했다.

"니기미 다음에 붙어다니는 말이 있으렸다. 어디 그 말까지 한번 붙여서 말을 해보도록 하여라."

"아이고, 죽을죄를 졌습니다요. 살래 주십시오, 사또 나리."

사내는 어쩔 줄을 몰랐다.

"사령!"

"묻는 말에만 대답하란 말이여."

조병갑이 부르는 소리에 사령은 또 깜짝 놀라 정삼득의 등짝에다 사정없이 곤장을 휘두르며 악을 썼다.

"어서 말하시오."

형방이 소리를 질렀다.

"니, 기, 미, 씨. 하, 하이고, 사또 나리 용서해 주십시오."

"사령!"

조병갑의 사령 소리에, 사령의 곤장이 또 정삼득의 등짝으로 날았다. 형방은 제대로 말을 하라고 악을 썼다.

"니, 기, 미, 씨, 발."

작자는 뜨거운 것을 우물거리듯 떠듬떠듬 말했다.

"음, 니기미씨발이라, 그 니기미씨발이란 말이 무슨 말인지 내가 알아들을 수 있도록 자세하게 말을 해보렸다아."

"하이고."

작자는 미치겠다는 표정이었다.

"어서 말을 하란 말이여!"

형방이 악을 썼다.

"느그 에미하고, 하이고."

작자는 말을 하다 말고 사령을 향해 두 손으로 지레 곤장부터 막으며 울상이었다. 형방이 또 악을 썼다.

"느그 에미하고 썹을 할 놈아, 그 소립니다요."

작자는 더욱 미치겠다는 표정이었다.

"음, 그러면 그 소리는 나한테 하는 소리냐?"

"아, 아닙니다요. 으, 으찌 감히."

그는 손사래를 치다 못해 도리질까지 했다.

"그러면 형방한테 한 소린가?"

"그것도 아닙니다요. 기냥 지 혼자."

"나한테도 아니고 형방한테도 아니라면 누구한테 한 소린고?"

"기냥 지 혼자 하는 소립니다요."

"저자를 형틀에 묶도록 하여라."

사령들이 작자를 끌어다 형틀에 묶기 시작했다. 두 팔을 벌려 팔목을 형틀 끝에 묶고 두 다리를 묶은 나음 볼기를 까재꼈다. 능란한 솜씨들이었다. 허연 볼기가 드러났다.

"죄인은 듣거라. 지엄한 관아에서 방자하게 욕설을 내뱉어 관가의 위풍을 훼욕한 죄가 크니라. 사령!"

"예, 대령이옵니다."

"곤장 20도를 치렷다. 만약 헐장으로 내 눈을 속이는 날에는 살아 남지 못할 것이다. 내 말 알아들었느냐?"

조병갑은 여전히 똑같은 음조였다.

"예 알겠사옵니다."

형틀 양쪽에 선 사령들은 곤장 잡은 손바닥에다 침을 탁 뱉어 곤장 자루를 맵슬러 잡았다.

"쳐라!"

형방이 소리를 질렀다. 오른쪽에 선 사령이 곤장을 맵시 있게 휘둘러 사정없이 내리쳤다.

"아이고매."

정삼득이 죽는다고 악을 썼다. 양쪽에 선 두 사령은 떡메 치듯 *갈마들이로 20대를 쳤다. 작자는 형틀에 축 늘어졌다.

"죄인은 듣거라. 관가의 위풍을 훼욕한 죄가 큰 줄을 알았는가?"

"죽을죄를 겼사옵니다요."

"알았으면 되었다. 그 죄는 그것으로 그치고 아까 국법이 지엄한 줄을 알겠느냐고 물었다."

"예, 그랬사옵니다요."

정삼득이 고개를 외오틀어 조병갑을 쳐다보며 기어들어가는 소리로 대답했다.

"그러면 지키겠는가?"

"하이고, 사또 나리님, 반으로라도 탕감을 해주십시오."

"세미가 저잣거리 갈치자반 흥정이 아닌 줄을 아직도 모르는가?"

"그라제마는 이것은 너무 억울하옵니다요."

작자는 징징 울었다.

"사령은 듣거라. 묻는 말에 대답하지 않고 다른 소리를 하면 어쩌라고 하였는고?"

"예, 이런 쌍."

사령이 깜짝 놀라 또 사정없이 곤장을 휘둘렀다.

조병갑은 정삼득한테서 인징을 그대로 다 물겠다는 다짐을 받고 풀어주었다.

조병갑이 자세를 고치며 마당에 앉아 있는 사람들을 이윽이 건너다봤다.

"거기 앉아 있는 죄인들은 듣거라. 방금 세미를 내지 않아 국법을 어긴 자가 곤장을 맞아보고야 국법이 지엄한 줄을 알았고, 국법을 지키는 것이 백성의 도리라는 것도 깨달았느니라. 너희들도 저자하고 똑같이 세미를 안 내어 국법을 어긴 자들이다. 방금 너희들 눈으로 보아 국법이 얼마나 엄한 줄을 알았을 것이다. 저자를 치죄하는 사이 국법이 지엄한 줄을 깨달은 자들은 일어서서 이쪽으로 나올 것이요, 아직도 깨닫지 못한 자들은 거기 그대로 앉아 있거라. 깨달은 자들은 이쪽으로 나오너라."

조병갑은 한결같이 느리고 낮은 가성으로 뇌까렸다. 마당에 꿇어앉은 사람들은 서로를 돌이보았다. 모두 눈치만 볼 뿐 선뜻 일어서는 사람이 없었다.

"무엇들을 하고 있는고?"

조병갑의 저음이 마당을 무겁게 울렸다. 한 사람이 일어섰다.

"허허, 미치고 환장하겠네."

오만상을 찌푸리며 여기저기서 한 사람씩 일어섰다. 한숨을 푹푹 내쉬며 여남은 사람이 일어나서 한쪽으로 걸어갔다.

"으으."

주먹으로 땅을 내리찍으며 일어서는 사람도 있었고 흑흑 느껴 울며 나오는 사람도 있었다. *반나마 나갔다. 어떤 사람은 나가다가 이를 사려물며 다시 돌아와 앉기도 했다.

"나올 사람은 다 나왔는가?"

조병갑이 아까보다 더 낮은 소리로 물었다.

"크하아."

아까 나가다가 다시 돌아와 앉았던 사내가 느닷없는 괴성으로 흐느끼며 다시 일어서서 나갔다. 얼핏 무슨 웃음소리 같았다.

"이놈의 시상, 집이 가서 새끼를 쪄안고 콱 죽어뿐 것이 질이겄다."

여태 한쪽에 고개만 푹 숙이고 있던 사내가 일어서서 푸념을 하며 나왔다. 모두 그쪽을 보고 있었다.

"목구먹이 웬수다, 웬수."

또 하나가 장탄식을 하며 일어섰다. 더 움직이지 않았다. 열두어 명이 남았다. 잠시 무거운 침묵이 흘렀다. 어떤 사람은 고개를 푹 숙이고 있었고 어떤 사람은 저쪽 하늘을 보고 있었다. 조병갑은 이윽이 그들을 내려다보고 있었다. 그 얼굴에는 아무 표정도 없었다. 나온 사람들은 조병갑과 버티고 있는 사람들을 번갈아 보았다. 잠시 침묵이 흘렀다.

"더 나설 사람 없는가?"

조병갑이 또 조용히 물었다.

"으으."

도 한 사람이 제 손으로 상투를 잡아 뜯으며 괴성을 지르고 일어섰다. 열한 사람이 남았다.

"또 없는가?"

조병갑이 여전한 소리로 물었다. 더 나오는 사람이 없었다.

"한 놈씩 끌어내도록 하여라."

"당신 이리 나와!"

하학동 장일만이었다. 그는 새파랗게 질려 오들오들 떨며 앞으로 나와 꿇어앉았다.

옷이 홑바지 저고리라 추위를 더 탔고 공포까지 겹쳐놓으니 안팎으로 오갈이 들어 거의 죽어가는 상판이었다.

"어디 사는 누군고?"

"우덕면 하학동 사는 장일만이라 하옵니다요."

누덕누덕 기운 바지저고리가 그나마 여기저기 너덜거렸다. 기운 데가 새로 댄 헝겊을 못 이겨 생바탕이 미어진 곳도 있었고 새로 구멍이 난 곳도 있었다.

서류철을 뒤지던 책방이 장일만 이름을 찾아 한 군데를 손가락으로 짚으며 조병갑 앞으로 내밀었다.

"어찌하여 세미를 내지 않았는고?"

조병갑은 서류철을 들여다보며 여전히 높낮이가 없는 가성으로 조용하게 물었다.

"죄송하옵니다요. 농사가 자작논 서 마지기에 소작이 닷 마지기 뿐이 안 되는디, 식구가 야달 맹이나 되아논게 쌀은 폴새 떨어져부렀사옵고 잡곡은 죽을 써묵어도 보름도 못 묵겄습니다요. 나리, 살려주십시오."

장일만은 징징 우는 소리를 하며 머리를 땅에다 조아렸다. 상투에서 풀쳐나온 머리카락이 땅바닥을 쓸었다.

"살려달라는 소리는 무슨 소린고?"

조병갑이 서류철을 옆으로 던져놓으며 물었다.

"집에 쌀 한 톨이 없는디 으짤 것입니까요?"

"그러니까 살려달라는 소리는 세미를 못 내겄으니 그냥 눈을 감아달라 이 소리렷다?"

조병갑이 다그쳤다.

"나리, 당장 굶어죽게 생겠습니다요."

장일만은 징징 울면서 거듭 고개를 굽실거렸다.

"사아리영!"

"이에에."

조병갑은 한껏 느린 소리로 사령을 부르며 노려봤다. 사령은 자다 깨어난 놈처럼 깜짝 놀라 이를 앙다물며 곤장을 휘둘러 장일만 등짝을 사정없이 후려갈겼다. 실수를 만회하려고 치는 곤장이라 등짝이 짝 갈라지는 소리가 났다. 장일만은 몸뚱이를 구렁이가 뻗질러 오는 형상으로 뒤틀었다. 옷이 한 겹이라 그대로 맨살에 맞는 것이나 마찬가지였다.

"사또 나리께서 묻는 말에만 대답하란 말이여."

형방이 깡 소리를 질렀다.

"예, 불쌍한 백성 살려 주십시오."

몸을 뒤채고 난 장일만은 흑흑 느끼며 고개를 땅에다 박았다. 이마가 그대로 땅바닥을 찧었다.

"여봐, 살려달라는 소리는 세미를 못 내겄은게 눈감아 달라는 소리냐고 물으셨어. 그 소리에만 대답하라는데 먼 잔소리여?"

형방이 발을 구르며 악을 썼다.

"예, 그렇사옵니다. 우리 식구들은 다 굶어죽습니다요."

장일만은 아주 고개를 땅에다 처박으며 흑흑 느껴 울었다. 흑흑 소리에 맞춰 두 어깨가 춤추듯 출렁거렸다.

"뉘 앞에서 눈물인가? 사령들은 무얼 하고 있느냐?"

곁에 섰던 이방이 소리를 질렀다. 순간 사령이 곤장으로 또 장일만의 등짝을 냅다 갈겼다.

"워매."

장일만은 등짝을 뒤틀어 몸뚱이를 또 한참 위로 뽑아 올리며 버르적거렸다.

"농사를 지었으면 세미를 내는 것은 백성의 당연한 도리다. 도리를 모르는 놈은 마소와 같으니 매로 일깨울 수밖에 없느니라."

조병갑은 담담한 소리로 말했다.

"나리, 살려 주십시오."

장일만이 울부짖었다.

"그자를 형틀에 묶도록 하여라."

조병갑의 말은 여전히 음조가 똑같았다. 마치 책방한테 냉수 한

그릇 떠오라거나 담배 가져오라거나 하는 소리 같았다.

나졸들은 장일만을 끌어다 능란한 솜씨로 형틀에 잡아맸다. 그는 몸뚱이를 내맡긴 채 그냥 흑흑 느끼기만 했다. 뒤에 앉아 있는 사람들은 새파랗게 질려 발발 떨고 있었다. 기다리는 매가 더 아파 얼굴들이 모두 백짓장으로 사색을 뒤집어쓰고 있었다.

"죄인은 듣거라. 매를 맞으면 백성의 도리가 무엇인지 정신이 날 것이니라. 정신이 났거든 났다고 말을 하여라. 그러면 매를 그칠 것이다."

조병갑은 서당 훈장이 학동에게 매를 때릴 때 이르듯 전과 똑같은 음조로 근엄하게 말했다. 장일만은 그저 느껴 울 뿐이었다.

"집장사령들은 듣거라. 그자 입에서 알겠다는 소리가 나올 때까지 매우 쳐라."

사령들은 곤장 잡은 손에다 다시 침을 뱉어 곤장을 맵슬러 쥐었다. 오른쪽 사령부터 곤장을 휘둘러 내려쳤다.

—딱.

"아이고, 나리!"

장일만이 엉덩이가 훌쩍 솟아오르며 형틀이 들썩했다. 곤장 맞은 자리에 줄이 그어지듯 벌겋게 자국이 났다. 뒤틀던 몸뚱이가 잦아졌다. 뒤에 꿇어앉아 있는 사람들은 몸을 부들부들 떨었다. 매 맞는 꼴을 보지 못하고 고개를 처박은 채 그냥 흑흑 느껴 울고 있는 사람들도 있었다. 아까 정삼득이 매를 맞을 때와는 반응이 또 달랐다.

—딱.

"아이고."

형틀이 들썩했다. 뒤에 앉아 있는 사람들도 몸뚱이를 움찔하며 신음소리를 냈다. 조병갑은 덤덤한 표정으로 내려다보고 있을 뿐이었다. 오른쪽 사령은 한참 내려다보고 있었다. 흐느낌을 그치고 말을 할 수 있는 짬을 기다리는 것 같았다. 장일만은 그냥 흐느끼고 있을 뿐이었다. 사령은 다시 곤장을 꼬나잡았다. 곤장날이 공중으로 솟아올랐다가 공기를 갈랐다.

　—딱.

　"아이고, 사또 나리 살려 주십시오. 제 새끼들 다 굶어죽습니다. 논 서 마지기 있는 것 그것 잽히고 색갈이를 내다 세미를 내면 더는 누가 색갈이도 안 줍니다요. 사또 나리 살려 주십시오."

　장일만은 고개를 외오틀어 조병갑을 쳐다보며 기를 쓰고 소리를 질렀다.

　"사령은 무얼 꾸물거리고 있느냐?"

　형방이 소리를 질렀다. 형방의 고함소리에 튀겨 올라가듯 왼쪽 사령의 곤장이 솟구쳐올라가 공기를 가르며 딱 소리를 냈다.

　"아이고 나리, 살려 주십시오. 늙은 부모들하고 새끼들 다 굶어죽소."

　오른쪽 사령이 흘끔 한번 조병갑을 건너다보며 곤장을 치켜올렸다.

　—딱.

　"아이고 나리이!"

　"어서 쳐라."

　형방이 거듭 소리를 질렀다. 곤장이 계속해서 딱 딱 소리를 냈다.

장일만은 아이고, 아이고 악을 쓸 뿐이었다. 매 떨어지는 횟수가 늘어가자 몸뚱이 움찔거림이 숙어들었다. 어깨만 들썩거릴 뿐이었다.

"매를 그쳐라!"

형방의 말에 곤장이 멈췄다. 모두 여남은 대 맞은 것 같았다. 집장 사령들은 허리끈에서 수건을 뽑아 땀을 닦았다.

"여기 형틀에서 죽겠는가, 세미를 내겠는가? 지엄한 국법을 어기었으니 죽어도 어디다 원망할 데도 없어."

형방은 장일만의 귀에다 대고 이죽거렸다.

"내겠습니다요. 으, 으, 으."

장일만은 말을 해놓고 이제야 새로 서러움이 복받친 듯 큰 소리로 엉엉 울었다. 집장사령들이 곤장을 놓고 장일만의 손발을 풀었다.

"어느 존전이라고 감히 소리 내어 우는가?"

형방이 발을 굴렀다. 그러나 장일만은 형틀에 그대로 엎어져서 엉엉 울고만 있었다.

"싸게 울음을 끈치고 일어나시오."

사령들이 어깨를 잡아 끌어올리며 소리를 질렀다. 장일만이 비틀거리며 일어났다.

"싸게 싸게 이리 나앉으시오."

사령들은 장일만을 한쪽으로 끌었다. 장일만은 기어서 형틀에서 나앉았다. 이내 울음을 그쳤다.

"세미를 어떻게 내겠는가 물어보도록 하시오."

조병갑이 여전한 음조로 말했다.

"어떻게 내겠냐고 물어보라시오."

장일만이 다시 흑흑 느꼈다. 형방이 울음을 그치지 못 하느냐고
발을 굴렀다.

"어뜨코 내겄소?"

형방이 다그쳤다.

"논 그것 서 마지기 잽했다가 그것 날라가불면 우리 새끼덜은 다
굶어 죽소. 으, 으, 으."

장일만은 다시 큰소리로 흐느꼈다.

"무슨 잔소리가 그리 많소? 묻는 말에나 대답하시오."

형방이 악을 썼다.

"당신들이 하란 대로 논을 잽히고 색갈이를 내다 내제 으짜겄소?"

장일만이 연방 흐느끼며 대답했다.

"논을 잡히고 색갈이를 내서 세미를 내겄다고 하옵니다."

형방이 조병갑을 향해 말했다.

"죄인은 듣거라. 논을 잡히고 색갈이를 내서 갚겄다는 말이 허언
이 아니렷다?"

"나리 살려 주십시오."

장일만이 또 느껴 울었다.

"이놈이 아직도 정신을 못 차렸구나."

조병갑은 여전히 같은 음조였다.

"왜 또 딴 소리를 하는가?"

형방이 악을 썼다.

"아니옵니다. 내겄사옵니다요."

"그러면 허언이 아니라고 대답하시오."

"허언이 아니옵니다요."

장일만이 울음을 삼키며 대답했다.

"그러면 순순히 맹약서를 쓴다는 소리렷다?"

"예, 흐흐흐."

장일만은 제절로 터져 나오는 울음을 삼키며 대답했다.

"그럼, 저쪽으로 데리고 가거라."

사령들이 장일만을 끌어 일으켜 끌고 나갔다.

"아직도 국법이 지엄한 줄을 깨닫지 못했는가?"

소병갑은 남은 사람들을 내려다보며 물었다.

다섯 사람이 나고 다섯 사람이 남았다. 남은 사람 가운데서 한 사람을 잡아다 형틀에 묶었다.

경옥은 경대 앞에 앉아 머리를 빗고 있었다. 반듯하게 가르마를 탄 다음 고개를 쳐들어 머리채를 뒤로 넘겼다. 다시 머리채를 모아 앞으로 가져왔다. 세 가닥으로 *모숨을 고르게 갈라 곱게 머리를 땋아내려갔다. 한참 땋아내려 가다가 빨간 댕기를 넣어 꼬리를 마무리 지었다. 손거울을 비춰 뒤태를 보았다. 곱게 따졌다.

경옥은 경대 속의 자기 얼굴을 이윽이 바라보았다. 달주 집에 와 있다는 처녀의 얼굴은 어떻게 생겼을까? 경옥은 가슴이 뛰었다. 어머니 말처럼 정말 달주가 신붓감으로 데려다 논 처녀일까? 그럴 리가 없다. 아무런들 어디서 그렇게 갑자기 신붓감을 데려올 수 있단 말인가?

경옥은 고개를 크게 저으며 다시 자기 모습을 유심히 보았다. 초

70

레청에 달주와 나란히 서 있는 자기 모습을 상상해 보았다. 사모관 대를 의젓하게 한 달주와 나란히 서 있는 자기 모습을 상상해 보았 다. 사모관대를 의젓하게 한 달주 곁에 연지 곤지 단장에 옥잠을 찌르고 *칠보족두리를 쓴 모습이었다. 달주를 가운데 두고 자기 반대 편에 다른 얼굴이 섰다. 달주 집에 와 있다는 처녀였다. 그 얼굴이 유월례의 얼굴과 겹쳤다.

"충청도서 왔다는디, 식자도 많이 들어서 진서를 달달한닥 하고 인물은 유월례 뺨치겄드라."

정말 그렇게 예쁠까? 유월례는 정말 예뻤다. 하학동 삼절이란 동 네 사람들 말이 생각났다. 그런데, 어째서 하필 하학동 삼절이라고 했을까? 우덕면 삼절이나 고부 삼절이 아니고 하학동 삼절이라니, 우덕면이나 고부 전 고을에는 유월례나 나보다 예쁜 얼굴이 그만큼 많고 유월례나 나는 기껏 이 동네 인물밖에 안 된다는 소리였을까? 전에도 그게 조금 섭섭하기는 했으나 그렇게 마음에 걸리지 않았는 데, 그 처녀가 예쁘다는 소리를 들으면서부터는 그 소리가 마음에 걸려왔다.

경옥은 다시 도리질을 하고 나서 고개를 옆으로 조금 돌렸다. 코 옆 자개미께를 유심히 보았다. 보일락말락 마마 자국이 하나 있었 다. 가까이 보아야 겨우 보였다. 경옥은 유월례의 얼굴을 볼 때마다 이 마마자국을 생각하며 얼굴 바탕이 너무 고운 유월례 얼굴에 은근 히 질투를 느꼈다. 그러나 이제는 그 미미 자국은 마음을 쓰시 않아 도 될 만큼 희미해져 가고 있었다. 그런데 별로 마음이 쓰이지 않던 마마 자국이 그 처녀 이야기를 들은 뒤부터 다시 마음이 쓰이기 시작했다.

오늘은 어머니하고 담판을 지어야 한다고 생각했다. 가슴이 두근거렸다. 그러나 정말 그 처녀가 달주 신붓감으로 데려다 논 처녀라면 어쩔까? 달주가 정말 그랬다면 나는 무엇인가? 그럴 리가 없다. 정말 그랬다면 보란 듯이 나도 정읍으로 시집을 가버리고 말까? 그러나 그건 생각만 해도 끔찍한 일이었다. 달주 말고는 누구한테로도 시집간다는 사실을 상상해본 적이 없었다.

자기 혼사 날을 받아놓고 자기한테는 감추고 있다는 사실을 어제 우연하게 알았을 때 경옥은 이제 정말 결판을 내야 할 때가 되었다고 생각했었다. 그러자면 먼저 달주 집에 와 있다는 처녀가 정말로 달주 신붓감인지부터 확실하게 알아야 할 것 같았다. 그런데 그걸 알아낼 방법이 없어 답답했다. 강쇠네만 만나면 대번에 알 수 있을 것인데, 요사이는 어찌나 닦달이 심하든지 강쇠네도 경옥의 방 근처에 얼씬도 못할 지경이었다. 넉살이 좋은 여편네라 웬만하면 핑계를 만들어 한 번쯤 지나칠 법도 한데, 보름이 넘도록 얼굴을 볼 수가 없었다. 그 처녀를 생각하면 바직바직 속이 탔다.

"개릴 것은 웬만치들 개러사제 혼삿날 받아논 사람들이 아무리 친한 집 초상이라고 진 데 마른 데 안 개리고 그러고 댕기면 으짤 것이여?"

어제 아버지가 어디 초상난 데 조문이라도 갔던지 할머니가 핀잔을 주는 소리였다. 그런데 그 말을 하고 난 할머니는 뒷말이 뚝 그치고 말았다. 어머니가 이쪽 방을 가리키며 질겁을 한 것이 분명했다. 경옥은 그런 광경이 눈앞에 환하게 떠오르며 가슴에서 쿵 소리가 났다. 이미 정읍으로 혼사 날이 났는데도 자기한테는 숨기고 있다가 날짜가 닥치면 꼼짝 못하게 밀어붙일 작정인 것 같았다. 혼사 날 받아놓고도 부정을 가려야 하는지 그런 것은 알 수 없었으나 날짜가 가까이 다가오고 있는 것만은 틀림없는 것 같았다.

경옥은 달주가 정말 자기를 포기한 것인가 마지막으로 생각을 가다듬어 보았다. 지난번에 달주가 자기 아버지한테 논흙을 갖다 주고 대문을 나가다가 잠깐 자기를 돌아보던 모습이 떠올랐다. 여태까지 머리에 단단하게 박혀 있는 인상이었다. 달주의 그 굳은 얼굴은 이제 너하고도 그만이라는 얼굴 같기도 했다. 어머니 말대로 달주는 내가 정읍으로 시집을 갈 것이라고 지레 생각하고 나서 그렇게 논흙을 가져다 아버지한테 막보기를 해버린 다음 나까지도 그렇게 싸늘한 눈초리로 바라보다 돌아선 것인가? 그러나 내가 밥을 먹지 않고 버티고 있다는 말을 들으면 마음이 달라질 것이라고 생각했다. 그런데 뜻밖에도 그런 처녀를 집에 데려왔다는 것이다. 그것이 모두 어머니가 전해 준 말이라 곧이곧대로 믿을 수는 없었으나 경옥은 그처녀 생각만 하면 숨이 가빠왔다. 그 처녀가 왔다는 소리를 들은 뒤로는 제대로 잠을 자본 적이 없었다. 뜬눈으로 밤을 샌 것만도 여러 번이었다. 달주는 그때 그렇게 집을 나간 다음 여봐란듯이 그 처녀를 데려온 것이 아닐까? 그럴 리가 없다고 고개를 저었다. 그러나 달주는 겉으로는 부드러운 것 같지만 속은 차돌 같은 데가 있었다. 자기쯤 쉽게 잊어버릴 수 있을지도 모른다는 생각이 들며 어렸을 때 기억 하나가 선명하게 떠올랐다. 달주의 성미를 생각할 때면 언제나 떠오르는 기억이었다.

경옥의 할아버지 고희 잔치 때니까 달주가 열 살이고 자기는 아홉 살 때였다.

잔치 마당에 동네 아이들이 다 왔는데, 달주 모습만 보이지 않았다. 아무리 사방을 두리번거려도 달주는 보이지 않았다. 저쪽에 있는 남분한테 물으려다 그만두고 슬그머니 대문 밖으로 나가 저 아래 들판을 내려다봤다. 얼음판에서 혼자 팽이를 치고 있는 아이가 있었다. 달주였다. 거기는 그렇게 겨울이면 동네 아이들 놀이터여서 예사 때는 동네 아이들이 거기 몰려 썰매를 타고 팽이를 치고 노는 곳이었다. 그러나 그 날은 동네 아이들이 모두 경옥 집에 와 있는데, 달주는 그 썰렁한 얼음판에서 혼자 팽이를 치고 있었다. 경옥은 한참 동안 달주를 건너다보고 섰다가 그쪽으로 발걸음을 옮겼다. 겨울 바람에 볼이 몹시 매웠다. 경옥이 자기 곁으로 가고 있는 줄도 모르고 달주는 팽이만 치고 있었다. 경옥이 바짝 가까이 가자 그때야 고개를 들었다.

"왜 우리 집에 안 와?"

"내가 동냥치냐?"

달주는 촉이 긴 팽이에 팽이 줄을 감으며 툭 쏘았다.

"우리 집에 온다고 동냥친가?"

"멋 얻어묵으러 간께 동냥치제."

"잔치 때는 누 집이든지 다 가드라. 너도 지난 참에 음식이 성님 장개 갈 때 안 갔냐?"

"느그 집은 달라."

"으째서 달라?"

74

"동네 사람들을 동냥치로 안께 다르제 으째서 달라!"

"누가 동냥치로 알아?"

"느그 아부지랑 느그 할무니랑 다!"

달주는 줄을 감은 팽이를 얼음 위에 눕혀놓고 채를 쭉 잡아챘다. 윙 소리를 내며 팽이가 한참 저만치 날아가서 살아났다. 키가 껑충한 건달 팽이가 윙윙 소리를 내며 기세 좋게 돌고 있었다. 촉이 이렇게 긴 팽이를 건달팽이라 했다. 이 팽이는 촉이 길어 키가 껑충한 만큼 살리기도 어려웠고 오래 살리며 치기도 어려웠다. 그만큼 팽이채를 자주 처주고 정확히 처주어야 했다. 그렇게 처주지 않으면 비슬비슬 죽어버리거나 조금만 잘못 쳐 채가 빗맞으면 엉뚱한 데로 날아가 죽어버리고 말았다. 앉은뱅이 팽이하고는 비교가 되지 않았다. 이 팽이를 치기가 어려운 것은 마치 길이가 길고 밑이 좁은 원통을 세우기가 어려운 이치하고 같았다. 앉은뱅이 팽이는 채가 웬만큼 빗맞아도 어지간해서는 죽지 않았다. 세게 쳐놓고 집 *뒤란을 한 바퀴 돌고 올 수도 있었다. 잘 치는 아이들은 웬만한 집이면 두 바퀴를 돌 수도 있었다. 그러나 건달팽이는 거의 숨 돌릴 틈이 없었다. 달주는 그 나이 또래에서는 제일 긴 건달팽이를 가지고 있었고 그걸 누구보다 오래 살리며 칠 수 있었다. 그는 그것이 큰 자랑거리였다. 물론 그는 앉은뱅이 팽이도 가지고 있었는데, 앉은뱅이 팽이도 달주가 제일 잘 쳤다.

달주는 팽이만 이렇게 잘 치는 것이 아니라 납작한 돌멩이로 무논에서 물수제비를 뜰 때도 단연 동네 아이들 중에서 으뜸이었다. 열 땀도 더 뜰 때가 있었다. 사금파리 같은 것으로 뜰 때는 스무 땀까지도 떴다. 사금파리가 살아 마치 물 위를 그렇게 사뿐사뿐 뛰어 가는 것 같았다.

달주는 경옥을 거기 세워둔 채 팽이채만 휘두르고 있었다. 건달 팽이가 윙윙 소리를 내며 기세 좋게 돌고 있었다. 달주는 마치 누구 미운 놈 후려치듯 세차게 건달팽이를 후려쳤고 팽이는 윙윙 소리를 내며 세차게 돌아가고 있었다.

경옥은 볼이 부은 채 그 자리에 서 있었다. 너무 세게 치는 바람에 팽이가 죽고 말았다.

"멀라고 거그 섰냐? 가거라."

달주는 팽이에다 줄을 감으며 퉁명스럽게 내쏘았다.

"피이!"

경옥은 잔뜩 앵돌아진 표정으로 휙 돌아섰다.

달주가 이렇게 싸늘하게 대한 것은 처음이었다. 산에서 머루를 따주고 산딸기를 따주던 예사 때의 달주가 아니었다. 감역 댁이라면 이 동네서 하나의 우뚝한 산봉우리였고 동네 사람들은 어른 아이 할 것 없이 그 밑에 굽실거리지 않는 사람이 없었다. 그런데 이때부터 경옥이한테는 달주만은 그 산봉우리에 들어오지 않는 다른 봉우리로 느껴지기 시작했다. 달주가 어린 아이인만큼 그 봉우리가 비록 작게는 느껴졌지만 자기 집 봉우리와 맞서 무럭무럭 자랄 것 같았다. 호랑이가 새끼 때는 작지만 그게 크면 무서운 짐승이 되듯 달주는 조그마한 아이였지만 그런 호랑이 새끼로 저만치 무섭게 서 있는 것 같았다.

달주가 자기 아버지한테 논흙을 갖다 주고 갔다는 소리를 듣는 순간 경옥이는 그 달주가 어느 사이에 자기 아버지만한 봉우리로 우뚝하게 커 버리고 만 것 같은 느낌이었다.

사실 달주는 자기 아버지가 장독으로 세상을 뜬 다음부터 대번에 어른이 되어버린 것 같았었다. 그의 얼굴에서 웃음이 걷혀버렸고, 항상 혼자 무엇을 생각하는 것 같았다. 여럿이 있을 때도 그는 항상 혼자인 것같이 호젓한 분위기를 거느리고 있었고 그 마음속에서는 불이 타고 있는 것 같았다. 그는 그냥 열네 살짜리가 아니었다.

달주는 그때부터 자기 집안 살림을 떠맡아 집안일을 부지런히 했다. 다른 일도 그랬지만 나무를 해도 나뭇짐이 그 나이 또래 아이들의 나뭇짐보다 훨씬 컸다. 그는 건달팽이를 잘 치고 물수제비를 잘 뜨던 그런 솜씨로 집안일도 그만큼 하는 것 같았다. 경옥은 얼음판에서 혼자 팽이를 치던 달주의 모습이 떠오르며 실없이 가슴이 두근거렸다. 그는 기어코 무슨 일을 저지르고 말 것만 같았던 것이다. 자기보다 한 살 위인 달주가 여남은 살이나 위로 느껴졌다.

그러나 달주는 매양 그렇게 무뚝뚝하지만은 않았다. 봄이면 진달래꽃을 꺾어 나뭇짐에 꽂아오고 가을이면 머루덩굴을 끊어와서 남 분이하고 자기에게 나누어 주었으며, 더러는 보리밭에서 꿩알을 주워다 같이 구워 먹기도 했다. 그래서 경옥은 달주가 들일을 나갔다 들어올 무렵이면 핑계를 만들어 일부러 그 집으로 갔다. 진달래나 머루 같은 것이 탐이 나서라기보다 자기는 항상 그렇게 달주 곁에 있어 주어야 할 것 같아서였다.

그런데 달주 아버지가 죽은 그 이듬해 경옥 아버지는 달주 집에서 자기 집 소작 아홉 마지기 중 여섯 마지기를 떼어버렸다. 농사지을 사람이 없다는 것이 핑계였다. 경옥은 안타까웠지만 어른들이 하는 일이라 가슴만 조일 뿐이었으나, 자기가 그런 죄를 진 것만 같아 전처럼 그 집에 갈 수가 없었다.

그때부터 경옥은 남분을 자기 집으로 불러들였고 어떻게든 말꼬투리를 만들어 남분 입에서 달주 이야기가 나오게 했다. 그러다가 금년 봄 경옥과 달주가 어쩐다는 소문이 났다. 밤에 달주 집에 몇 번 갔던 것이 그런 소문의 꼬투리였다. 그 소문을 들은 아버지는 어머니에게 호통을 치더니 남분도 집에 오지 못하게 했고, 마지막 남은 소작 세 마지기마저 떼어버리고 말았다. 사실은 전에 달주 아버지가 동학을 믿고 등소의 소두가 되고 할 때부터 아버지는 달주 아버지를 못마땅하게 생각하는 것 같았다. 마지막 소작을 떼었다는 소리를 들었을 때 경옥은 큰일 났다는 낭패감이 들었다. 달주 집 밥줄이 끊어졌다는 생각 때문이기도 했지만, 아버지가 멋모르고 호랑이 새끼를 건드린다는 생각에서였다. 아버지는 언젠가 달주한테 엄청난 보복을 당할 것이라는 생각이 들었던 것이다. 틀림없이 그럴 거라는 생각이 들며 경옥은 그때부터 아버지가 싫어지기 시작했다. 그러면서 자기는 무슨 일이 있더라도 달주한테로 시집을 가고 말겠다고 결심을 했다.

달주가 논흙을 갖다 주려고 집에 오는 날 행랑아범이 달주가 왔다고 자기 아버지에게 말할 때 경옥은 올 것이 왔구나 하는 절망감이 들어 밖으로 나와 봤다. 여태 자기 집에 발걸음을 한 적이 없던 달주가 자기 집에 왔다는 것은 예삿일이 아닐 것이라 직감한 것이다.

달주가 그날 자기를 돌아보고 가는 눈초리에서 경옥은 낭떠러지로 떨어지는 것 같은 느낌이었다. 아버지가 어머니에게 달주가 논흙을 갖다 주고 갔다는 소리를 했다. 곁에서 그 소리를 듣는 순간, 경옥은 이미 그것은 아버지가 자초한 일이라 생각하며, 달주는 결코 그것으로 끝내지 않을 것이라는 생각을 했다. 자기를 돌아보던 달주의 표정 위에 얼음판에서 건달팽이를 치던 달주의 모습이 떠올랐다. 자꾸자꾸 쳐주지 않으면 죽어버리는 건달팽이처럼 달주는 어린 어깨에 세 식구 목구멍을 짊어지고 살고 있었는데, 그 팽이가 어렵사리 돌아갈 마지막 한 뙈기 땅마저 빼앗아버리고 말았던 것이다.

저만치의 거리에서 자기 아버지하고 우뚝하게 맞서고 있는 달주 곁에는 꼭 자기가 있어 주어야 한다고 느껴졌다. 이제 자기는 달주 곁으로 달려가야 할 때가 된 것이라고 생각했다.

경옥은 처음 김진사 집하고 혼담이 있다는 소리를 들었을 때 가당찮은 소리라고 혼자 웃었다. 그런데 얼마 뒤 *사성이 와버렸다는 소리를 듣고는 너무나 놀랐다. 달주를 내놓고는 시집이란 상상도 할 수 없는 일이었다. 달주 집이 가난하다고는 하지만 자기 언니가 시집갈 때 그랬듯이 5백 마지기나 되는 자기 집 논 가운데서 이삼십 마지기만 떼어주어도 남부럽지 않게 살 수가 있을 것 같았다. 그것은 소 잔등에서 잔털 몇 개 뽑는 것이나 다를 바가 없었다. 언니가 시집갈 때는 그 시댁도 살림 형편이 웬만했으나 그쪽에 있는 논 열 마지기를 떼어주었던 것이다.

그야 어쨌든, 우선 정작 시집을 가서 살이야 할 자기는 놔두고 혼사가 그렇게 이루어져 버린 것이 너무 터무니없는 일로 여겨졌다. 그런 일은 으레 그러려니 했으나 자기가 당하고 보니 이건 정말 어이없는 일이었다. 같이 살아야 할 당사자들은 저만치 놔두고 집안과 집안 사이가 맺어지는 것이었고, 당사자들은 두 집안이 맺어지는 데 하나의 구색일 뿐이었다. 정읍 김진사 집이라는 세가와 이쪽 이감역 집이라는 세가가 사돈이 되는 것일 뿐이었다.

경옥은 자기의 예쁜 얼굴도 달주로 인해서 소중한 것이었고, 삼단 같은 머리를 곱게 빗는 것도 달주 때문이었다. 연지 곤지 칠보단 장에 족두리를 쓴 자기 모습도 사모관대를 한 달주 곁에 선 모습으로밖에는 생각해 본 적이 없었다. 초례청 기러기의 정절도 달주를 향한 일편단심이었으며 삼현육각 간드러진 가락도 달주와 자신의 결합을 축복하는 소리로만 흥겨울 수 있을 것이었다. 달주와의 결합이 아니라면 그 모든 것이 그냥 온통 설움이고 한이고, 칠보단장도 삼현육각 소리도 한갓 비아냥거림이 아니고 무엇일 것인가? 달주를 내놓고 그런 소리를 어떻게 축하의 소리로 들을 수 있단 말인가? 그 것은 천부당만부당한 일이었다.

경옥은 도망이라도 쳐버리겠다고 어머니에게 을러멨다. 그러나 어머니는 그것이 그냥 한번 해보는 앙탈로 여기는 것 같았다. 경옥은 이러다가 정말 일이 그대로 되면 도망을 쳐버리겠다고 생각했다. 종과도 눈이 맞아 그렇게 도망쳐 깊은 산속이나 섬에 들어가 사는 사람들이 있다는 이야기들이 생각났다. 어머니는 경옥의 결심이 굳은 것을 알자 아버지에게 어렵사리 이야기를 했던 모양이었다.

"양반 집에서 언감생심 그런 소리를 어떻게 입에 올린단 말이오? 당신 지금 제정신이오?"

아버지는 예상했던 대로였다.

"그런 해괴망칙한 소리는 나부터 안 들은 것으로 해두겠소."

감역댁은 어쩔 줄을 몰랐다.

어머니는 중간에서 애를 태울 뿐 남편에게 경옥이 밥을 먹지 않는다는 소리마저 못하는 것 같았다. 그저 아프다고만 하며 경옥이 마음을 돌리기를 기다리는 것 같았다. 경옥은 아버지 성격을 누구보다 잘 알고 있으므로 언젠가는 마음을 돌릴 것으로 생각하는 모양이었다.

경옥은 어머니하고 단단히 담판을 하려고 다시 마음을 사려먹었다. 자기 결의가 단호하다는 것을 보이면 자세부터 그만큼 단정해야 한다고 생각했다. 그래서 머리를 빗고 옷을 갈아입은 것이다.

경옥은 침착해야 한다고 생각했다. 여러 가지로 꼬여드는 생각을 물리치고 달주의 모습을 상상해 보았다. 허연 서리가 앉은 산머루를 나뭇짐에 얹어와 그걸 내밀며 웃던 달주 모습이 떠올랐다. 그날 팽이를 칠 때 싸늘했던 얼굴과는 또 다르게 다정하고 자상한 얼굴이었다. 자기한테 주는 머루 줄기가 더 탐스런 것을 남분이 제 것하고 비겨보며 입을 비쭉거리면 "너는 지난번에 이보다 더 큰 걸 줬지 않아" 하고 웃었다.

경옥은 생각나는 것이 있어 얼른 농문을 열었다. 길쭉한 팽이를 꺼냈다. 달주한테서 억지로 얻은 것이었다.

달주는 무슨 일에나 솜씨가 있었지만 팽이 깎는 솜씨도 좋은 것 같았다. 치기 어려운 건달팽이를 그렇게 잘 쳤던 것은 치는 솜씨도 솜씨였지만 처음부터 그만큼 팽이를 잘 깎았기 때문인 것 같았다. 달주는 팽이를 매끄럽게 깎은 다음 곱게 치장을 했다. 몸뚱이에는 치자 물과 쪽물, 붉은 물을 칠하고 팽이 위의 바탕에도 그렇게 예쁘게 칠했다. 그 팽이가 씽씽 울며 돌아갈 때는 그 색깔이 시원하게 정돈이 됐다. 정말 예쁜 모습이었다. 그렇게 생긴 무슨 짐승이 씽씽 앙증스런 소리를 지르며 팔팔 살아있는 것 같았다.

"그 팽이 나 줘!"

얼음판에서 무색을 당한 얼마 뒤 경옥은 그 팽이를 자기에게 달라고 했다.

"가시내가 팽이를 멋하게?"

"이쁘께 그냥 가질라고."

경옥은 골을 붉히며 말했다.

"칠 때 이삐제 그냥은 이러코 안 이삔디."

"그래도 좋아."

"그럼 이것은 때가 묻었은께 이쁘게 새로 하나 깎아주께."

"그냥 그것이 나는 좋아."

"이것은 안 존께 새로 이쁘게 깎아주께야."

"아냐, 그냥 그걸 줘."

경옥은 기어코 고집을 세워 그 팽이를 달라고 우겼다. 달주는 때가 묻은게 찜찜한 듯 한참 망설였으나 경옥이 한사코 우기자 그냥 주었다. 경옥은 그 팽이에 묻은 때를 닦은 다음 그것을 여러 가지 노리개 속에 소중하게 간직해 두고 달주 생각이 날 때마다 그걸 꺼내 보는 것이 버릇이었다.

어머니가 큰방으로 들어가는 기척이었다. 경옥이 다시 매무새를 가다듬고 어머니를 불렀다. 어머니는 경옥 방으로 들어서며 경옥의 예사롭지 않은 모습에 눈이 둥그레졌다.

"다 알고 있소. 혼삿날이 닥치면 지가 꼼짝 못하리라고 생각하시는 것 같은디 그러다가는 우세를 해도 크게 할 것이오. 나는 절대로 그리 시집 안 가요."

경옥이 눈을 똑바로 뜨고 어머니에게 말했다. 어머니는 빤히 경옥의 얼굴을 건너다봤다.

"그라먼 으짜겠다는 것이냐?"

"기어코 밀어붙이면 집을 나가 중이 되아불든지, 못 나가게 잡아놓고 기어코 밀어붙이면 혼삿날 미친년 숭내를 내볼라요."

"허허."

어머니의 갸름한 얼굴이 대번에 샛노래지며 헛웃음을 쳤다.

"지 말 쉽게 듣지 마시오. 오늘 저녁에라도 아부지한테 말을 할 텐게 어무니가 미리 말씀드리시오."

"이것이 먼 재변이 이런 재변이 있으까?"

어머니는 억장이 무너진다는 표정이었다. 경옥의 예사롭지 않은 매무새를 보고 그냥 한번 해보는 앙탈이 아니라는 것을 알아챈 것 같았다.

삼례집회 다음날 금구 김덕명 집에서 남접 두령들이 모였다. 남접 두령들끼리 따로 앞으로의 대책을 의논해 둘 필요가 있었기 때문이다. 법소의 태도가 어정쩡한 것을 똑똑히 보았기 때문에 경우에 따라서는 남접 사람들이 독자적인 행동까지도 해야 할는지 모를 일이었다.

이 자리에는 남계천은 물론 참석하지 않았다. 그는 이쪽하고 길이 다르기도 했지만, 남계천은 남접의 두령들이 모일 때 나오지 않은 지가 오래 되었다. 아예 그에게는 기별도 하지 않았다.

"법소에서도 한양 상소는 하는 수 없이 할 것 같은데, 그때 우리 쪽에서는 어떻게 해야 쓸런지 대충 이야기들을 해놓는 것이 좋겠소. 법소에서는 보나마나 몇 사람만 올려보내 상소를 할 것 같은데 그래 가지고는 결과가 뻔하잖습니까? 그러면 그 다음에 어떻게 되느냐 이것이 문제입니다. 밑바닥 도인들은 이번 전주에서처럼 밀어붙이자고 나올 것이니 이 점을 내나보면서 의논을 해야 할 깃 같습니다."

손화중이었다.

"그렇습니다. 몇 사람만 가서 상소를 해보았자 뻔한 일이고, 그렇게 되면 밑바닥 도인들이 이제 들고일어나자고 할 것인데, 그렇게 나오는 날에는 말릴 장사가 없습니다. 그렇다면, 결국은 밑바닥 도인들이 기왕에 전주에서 기세를 보였으니 그 기세를 몰아 당장 이번 상소에 전국적인 기세를 보이느냐 이것인데, 상소 결과가 뻔히 내다보이는 마당에 그것을 기다린다는 것은 그 동안 도인들의 저자들한테 당한 것만 공것이 아닐까 하는 생각입니다. 법소에서 어떻게 결정하든지 전라도 쪽에서는 밀고 올라가는 것이 어떨까 싶습니다. 무작정 올라간다기보다 이번 삼례집회 때같이 과천쯤에 머물러 *윤음을 기다리는 것입니다."

송희옥이었다.

"그것은 말이 안 됩니다."

부안 김낙철이었다. 그는 여태 별로 자기 의견을 내놓지 않았다.

84

교단의 위치로는 대접주고 또 동학 접주 가운데서는 이례적으로 재산이 많아 영향력도 그만큼 컸으나 남접에서는 손화중과 의기가 투합할 뿐 법소의 태도를 누구보다 옹호하는 입장이었다.

"우리가 교단에 몸을 담고 있는 이상 법소의 영에 따라야지 우리하고 생각이 틀리다고 해서 우리 멋대로 일을 한다면 법소는 무엇이 되겠소. 우리의 생각이 그렇다면 사전에 법소에 가서 그 사람들하고 한바탕 싸우든지 멱살을 잡든지 거기 가서 우리 의사를 말하는 것은 좋지마는 법소에서 내린 결정을 무시한다는 것은 온당한 일이 아닙니다. 지금 법소에서도 전라도 사람들의 뜻을 대충 알고 있으니, 우리가 여기에서 의논할 일은 어떻게 했으면 우리가 뜻한 대로 법소가 움직이게 하느냐, 바로 이 점이올시다."

김낙철은 점잖게 원칙을 이야기했다.

"저도 그 점을 몰라서 하는 말씀이 아닙니다. 지금까지 법소가 세운 일을 보면 밑바닥에서부터 *종주먹을 대야 겨우 시늉이라도 하기 때문에 조정보다 법소부터 그렇게 강박을 하자는 것이지요."

"그러니까, 그 결정을 내리기 전에 법소에 가서 그렇게 하도록 해야 순서고 법소 밑에 있는 접주들로서의 도리라 이 말씀입니다. 내생각은 이렇소. 법소는 종주먹을 대야 시늉이라도 한다고 하셨는데, 법헌께선들 도인들의 고통을 모르겠소. 교단을 보전하면서 일을 하자니 그렇겠지요. 그 점부터 우리가 깊이 이해를 하고 종주먹을 대도 대야 합니다. 이번에 삼례집회를 열었던 것만 보더라도 앞으로는 전 같지는 않을 것 같습니다. 그러니 이번에 이쪽에서 가서 이쪽 사정이나 도인들의 태도를 저저이 이야기를 하되 모든 것은 법헌께서 판단하도록 하고 우리는 그에 순응해야 합니다. 불만이 있더라도 지금은 따라 주어야 다음에 우리의 주장을 더 강하게 할 말밑천도 될 것입니다."

김낙철은 담담하게 말을 맺었다.

"내 생각은 이렇습니다."

손화중이 나섰다.

"앞으로 우리가 법소에 가서 법헌을 만나뵙고 이야기를 하기로 했습니다마는, 아무리 이야기를 해보아도 이번 삼례집회같이 전국의 도인들을 모두 모이게 하여 조정을 강박하자는 말씀은 받아들일 것 같지 않고 법소에서는 몇 사람만 가서 소를 올리자고 할 것 같습니다. 그렇게 하더라도 이번 전주에서 기세를 보였으니 승산이 있다고 생각할 것 같은데, 기왕 그러기로 한다면 가도 한두 사람만 갈 것이 아니라 방불한 수가 가자고 설득을 하는 것이 어떨까 싶습니다. 무슨 말이냐 하면, 바닥 도인들은 나서지 말도록 하되 도포라도 입고 바깥 출입을 하는 사람들은 웬만큼 많은 수가 가자고 하면 어떠냐 이것입니다. 한 고을에서 2,30명씩 나서기는 어렵지 않을 것이니 그렇게 나선다면 어림잡아도 전라도 53주에서 천 명은 넘지 않겠습니까?"

절충안이었다. 고개를 끄덕이는 사람이 많았다.

"전라도에서 천 명이나요?"

김낙철은 놀랐다.

"저도 손접주 의견이 좋 것 같습니다."

김개범이었다.

"도포 입은 사람만이라도 그런 정도는 나서야 할 것 같습니다. 그렇게 나선다면 여러 가지로 얻는 것이 있을 것 같습니다. 밑바닥 도인들이 이번처럼 몰려가면 조정에서는 변란이라도 일으키지 않을까 겁을 먹겠지만, 그렇게 도포 걸친 사람들이 나서면 조정에 강박감은 크게 주지는 않으면서도 우리 결의가 어떻다는 것은 보여줄 수 있을 것 같습니다. 그리고 또 각 접의 사정으로 보더라도 밑바닥 도인들은 책상물림들을 신용하지 않는 것 같은 눈치들이니, 책상물림들이 그렇게 한번 몸소 나서서 일을 하면 그런 신용도 회복할 수 있을 것 같아 두루 졸 것 같습니다."

"법소에서는 어떻게 생각할 것 같소?"

김낙철이었다.

"거기까지는 들어주도록 말씀을 잘 해야지요. 그렇게라도 나서야 바다 도인들 성화를 누를 수 있지, 그렇지 않으면 말려도 듣지 않고 모두 떼 몰려갈지 모릅니다. 이런 사정을 법소에 말하면서 그렇잖으면 우리도 밑바닥 도인들을 말릴 힘이 없다, 이렇게 대들어야지요."

이의가 없는 듯했다. 모두 전봉준을 봤다.

"그나마도 들을런지 모르겠소마는, 그렇게 하도록 힘을 써보는 것이 졸 것 같습니다."

전봉준이 동의했다.

"그러면 우리가 언제쯤 법소에 가는 것이 좋겠소?"

전봉준이 동의하자 손화중은 다음으로 넘어갔다. 전에도 무슨 의논을 할 때는 그랬지만, 이번 삼례집회 뒤로는 진봉준이 실질적인 남접의 우두머리 꼴이 되고 말았다.

"그 정도 이야기라면 이쪽에도 할 일이 많은데 굳이 여러 사람이 갈 필요가 없을 것 같습니다. 손화중 접주하고 김덕명 접주 두 분만 다녀오시기로 하고, 가는 날짜는 두 분 형편대로 정하시는 것이 좋을 것 같습니다."

전봉준이었다.

"여럿이 가지 않아도 될 것 같기는 합니다마는, 전접주는 동행하시지요."

손화중이었다.

"법소를 설득하는 일도 중요하지만, 이번 집회 뒷일이 바쁠 것 같습니다. 법소에서 우리가 바라는 대로 결정을 한다면 각 접에서 아까 말씀하신 대로 갈 만한 사람들은 웬만큼 가게 설득하는 일도 중요할 것 같고, 이번 집회 뒤 늑탈이 계속되면 바닥 도인들은 실망이 클 것이니 그 점 대비를 하는 것도 중요할 것 같습니다. 각 접에서 힘을 쓰겠지만 일이 일인 만큼 여기 모인 접주님들께서는 자기 접 일을 웬만큼 해둔 다음에는 다른 고을 형편도 살필 겸 교세가 약한 접을 돌아다니며 일을 거드는 것이 어떨까 싶습니다."

"좋은 의견입니다. 접주들끼리 친분에 따라 서로 거드는 것이 좋을 것입니다. 지금 바닥 도인들은 자기 고을 접주들보다 이름 있는 두령들을 한번 만나 이야기를 듣고 싶어합니다. 현인도 제 고향에서는 알아주지 않더라고 이번 삼례집회 뒤 여러 가지로 궁금한 것이 많을 것이니 차제에 겸사겸사 서로 거드는 것도 뜻이 클 것 같습니다."

김개범이었다.

법소에는 손화중, 김덕명 두 사람만 가고 이름 있는 접주들은 자기 접 일을 웬만큼 해놓고 다른 고을을 돌기로 했다.

전봉준은 이번 한양 상소를 시국의 중대 고비로 생각하고 있었다. 조정에서 신원을 해줄 것 같지도 않았지만 설사 신원을 해준다 하더라도 고을 수령들의 늑탈이 그칠 리는 없었다. 동학을 단속한다는 늑탈의 구실 하나가 없어질 뿐이었다. 그래서 전봉준의 관심은 이번 한양 상소로 만에 하나 신원이 된다 하더라도 그 뜻은 신원 그 자체에 있는 것이 아니라 대중들이 스스로의 힘으로 신원이라는 일을 하나 해냄으로써 그들 스스로의 힘에 대한 자신을 한층 크게 갖게 될 것이라는 점에 더 큰 의의를 두고 있었다. 대중의 힘으로 신원이라는 큰일을 하나만 해낸다면 대중들은 그들의 힘에 더욱 자신을 갖게 될 것이고, 그렇게 되면 그 다음에는 그 힘이 관의 늑탈에 대한 항거로 분출할 것은 너무나 자연스런 일이었다. 그래서 전봉준은 이번 한양 상소를 두 가지 각도에서 보고 있었다.

한 가지는 신원이 되었을 경우인데, 그 가능성은 희박했지만, 설사 신원이 되더라도 어디까지나 그것이 민중의 힘에 의해서 이루어지도록 해야 한다는 것이었다. 그러나 법소의 태도로 보아 이번 삼례집회 같은 민중 동원은 불가능할 것이므로 손화중이 제의한 대로 상층부라도 올라가 힘을 보이게 하는 것이었다. 그러니까 그런 사람들만이라도 되도록이면 많은 사람이 올라가도록 해야 할 것 같았다. 두 번째는 그렇게 했을 때도 신원이 되지 않는 경우인데, 그때는 대중이 들고일어날 것이므로 미리 그에 대한 대비를 해두어야 할 것 같았다. 어느 경우든 민중이 일어날 수밖에 없고 민중이 일어나야 무슨 규정이 날 것이므로 그 사전 대비를 어떻게 하느냐가 지금 해야 할 중요한 일 같았다. 그 대비란 이번 삼례집회에서 얻은 성과에 최대한의 의미를 부여하여 많은 사람들이 민중의 힘에 확신을 갖게 하는 일이었다. 그러자면 접주들부터가 그런 확신을 가져야 할 것 같았다. 접주들이 다른 고을을 순회하자는 제의는 그런 뜻에서 한 것이었다.

전봉준은 스스로 전라도 일대를 돌며 대소 접주들과 밑바닥 교도들을 광범위하게 만나고 다닐 작정을 했다.

깜깜하기만 하던 일이 이번 삼례집회로 앞이 훤하게 트이는 것 같았다. 그러고 보면 서장옥은 역시 대단한 사람이라는 생각이 들었다. 그는 지금까지 전혀 얼굴을 내놓지 않고 있었으나, 전봉준은 그의 의중을 너무도 빤히 알 수가 있을 것 같았다. 그는 공주에서 몸소 소를 올려 대중 투쟁의 불을 댕겨놓고 그 불이 어떻게 번져갈지 대충 내다보면서 어딘가에서 조용히 사태의 추이를 지켜보고 있을 것임에 틀림없었다. 지금 그가 나타나지 않고 있다는 것은 일이 자기가 예상한 대로 가고 있을 것이라 생각하고 있기 때문일 것이며, 자신이 나타나서 이래라저래라 하지 않더라도 이런 정도의 사태에서는 여기 두령들이 판단을 그르치지 않을 것이라 믿고 있기 때문일 것이다. 서장옥은 그가 나타나지 않는 행위 자체로 자신의 그런 의사를 전하고 있는 셈이었다. 전봉준은 그런 그의 태도가 답답할 때도 있었으나 이번에는 앞이 훤하게 내다보이고 있었으므로 되레 그런 태도에 깊은 신뢰가 느껴졌다. 서장옥은 자잘한 일에 일일이 개입하여 거기 얽매이지 않음으로써 보다 높은 데서 아래를 내려다보고 맑은 눈을 지탱하고 있는지도 모를 일이었다.

3. 뿌리를 찾아서

    달주하고 용배는 금구 두령회의가 끝난 다음날 고부로 가고 있었다. 삼례집회의 마지막 날 삼례에서 지산서당 동문들을 만나 며칠 뒤 말목에서 만나자는 약속을 했기 때문이었다. 서당 동문들이 모여 동접계를 결성하기로 한 것이다.

    전봉준 밑에서 배운 서당 제자들은 5,60명쯤 되었는데 그중에서 달주 또래가 제일 위로 그 수는 여남은 명쯤 되었다. 그들은 거의가 전봉준의 영향을 받아 동학에 입도를 했는데, 그들은 이번에 거의 삼례집회에 왔다. 그런데 다른 고을 접주들을 보니, 여남은 명씩 심복들이 따라다니며 접주의 신변을 보호하거나 잔일을 거들고 있었다. 전봉준에게는 가장 가까운 사람들이 서당 세사들이므로 우리노 그래야지 않겠느냐는 의논이 돌았던 모양이다. 그들은 달주를 집회에서 만날 줄 알았다가 쉽게 만날 수가 없자 전봉준에게 연락을 해주도록 하여 마지막 날 만났던 것이다. 그들은 그러지 않아도 전봉준이 말목 지산서당에 나타날 때면 만약을 위해서 서로 기별을 하여 전봉준이 거기서 잘 때는 옆방에서 자는 등 사실상 호위를 하는 셈이었으나, 손화중이나 다른 접 접주들처럼 항상 곁에 붙어 있지는 않았다.

달주는 그 제의를 받자 두말없이 동의했다. 우선 동접계를 만들어 3,40명쯤 묶어 전봉준이 필요하다고 할 때는 언제든지 나서서 무슨 일이든지 거들어주기도 하고 또 전봉준이 원한다면 그중에서 호위하고 다닐 사람을 뽑자고 했다. 그렇게 합의를 본 나음 즉시 전봉준을 만나 허락도 받아냈다. 쇠뿔은 단김에 빼랬더라고 당장 돌아가는 대로 결성을 하자고 했다. 전봉준이 말목에 오는 대로 금방 모일 수 있도록 하겠다며, 그때는 아무리 바쁘더라도 달주도 꼭 그 자리에 나와 달라고 했다. 달주는 그 일이 대단히 중요한 것 같아 그러기로 작정을 하고 마침 거기 와 있던 월공에게 이야기를 했더니 좋은 일이라며 며칠간 말미를 주었다.

월공과는 며칠 뒤에 갈재 아래 목란이란 동네에 있는 미륵집에서 만나기로 하고 금구까지 전봉준을 따라와 어제 거기서 잔 다음, 전봉준이 내일 말목으로 오겠다는 말을 듣고 미리 고부로 가는 참이었다.

집회가 벌어지고 있는 동안 달주하고 용배는 김덕호 돈 심부름을 다니느라 여기저기 정신없이 싸댔다. 강경이나 줄포, 멀리는 영광 법성포까지 다녔다.

그들은 그렇게 심부름을 다니는 사이 김덕호라는 사람을 점점 더 알 수가 없었다. 상상하기도 어려울 만큼 크게 돈을 주무르고 있는 것 같고, 또 여기저기 벌이고 있는 일도 많은 것 같았다. 그러면서도 자기 얼굴은 되도록이면 표면에 내놓지 않았으며, 그가 하고 있는 일도 비밀에 붙이고 있었다. 월공이나 알고 있는지 몰랐다.

"가는 길에 오늘은 칠석동을 한번 다녀가자."

"참, 그렇지. 나는 그 일을 깜박 잊고 있었다."

달주가 미안한 듯 받았다. 임문한이 용배를 주워왔다는 동네였다. 그들은 칠석동을 물어 바삐 발걸음을 옮겼다. 점심때가 조금 지나 칠석동에 이르렀다. 그 논임자는 쉽게 찾을 수 있었다. 김업동이라는 사람 논이었다.

"처음 뵙겠습니다."

그 집 마당으로 들어서며 두 사람은 김업동이라는 영감에게 정중하게 인사를 했다.

"저희들은 고부서 왔습니다."

"먼 일인디?"

영감은 눈이 둥그레졌다. 알아볼 것이 있어서 왔다고 하자 방으로 들어오라고 했다. 영감이 그냥 앉으라고 하는 걸 두 사람은 다시 정중하게 큰절을 했다.

"편히들 앉게. 그란디 먼 일들인가?"

"영감님께서 저그 산 밑에 수룽배미라든가 그 논을 버신 지가 오래 되셨습니까?"

8배기 물었다.

"왜?"

영감은 눈이 둥그레졌다. 세상이 세상이라 무슨 일이든 불길한쪽으로만 생각하는 것 같았다.

"17년쯤 전 일입니다마는, 그 논두렁에서 할머니가 한 분 돌아가셨던 일 생각나십니까?"

"아니, 그것을 자네가 어뜨코 아는가?"

영감은 대번에 눈이 주발만해졌다. 마치 자기더러 그 할머니를 죽였다고나 한 것처럼 놀랐다.

"그분이 제 할머님이십니다."

"멋이, 그분이 자네 할무니?"

"예. 그때 그 할머니가 돌잡이였던 저를 업고 다니다가 그렇게 돌아가셨던 모양인데, 그 곁을 지나던 이가 저만 주워다 길렀답니다."

"맞네, 맞어. 동네 사람들이 본게 애기를 업고 댕기더란디, 애기가 없어서 어짠 일인고 했등마는, 그랬구만."

영감은 너털웃음을 터뜨렸다.

"그때 그분 시체를 영감님께서 묻으셨습니까?"

"내 땅에서 죽은 사람인게 내가 묻제 누가 묻겠는가마는……."

영감은 말꼬리를 흐리며 거북살스런 표정을 지었다.

"그럼 묏등은 어디다 쓰셨습니까?"

"그런게 시방 그것이 묏등이라기보담도……."

영감은 더욱 거북살스런 표정으로 연방 담배만 빨며 말꼬리를 흐렸다.

"상관없습니다. 그런 임자 없는 장사를 제대로 격식 갖춰 지냈을 리가 있겠습니까? 저는 뼈만 찾으면 다행이다 싶습니다."

"뼈사 그것이 어디로 갔을 것인가마는, 그때 내가 정신이 정신이

94

아니었네. *관재를 당해서 속이 시끌시끌한 판에 내 땅에서 그런 거리부정까지 났으니 내가 지정신이었겠는가? 묻는 것이나 멋이나 지대로 손이 안 갔어."

영감은 입술을 빨았다.

"알겠습니다. 그렇게 묻어주신 것만도 백 번 감사합니다. 저로서야 유골만 찾으면 감지덕집니다."

"그래도 이로코 임자가 나타나고 본께 그것이 시방."

영감은 노상 거북살스런 표정이었다.

"그럼 지금 좀 가보십시다."

"가세마는, 그 동안에 벌초 한번도 안 해 놔서 묏등이 그것이 묏등이랄 수가 없는께 그리 알게."

"그런 것은 조금도 괘념 마십시오."

일행은 들길을 *무질렀다.

"그 할머니가 저를 업고 다니다 돌아가신 것을 보면 이 근방에서 살았을 법도 한데 그 무렵 혹시 그런 것은 알아보지 않았던가요?"

"그런 생각도 해봤네마는 송장을 그대로 둘 수도 없고 임자가 나타나면 파가라고 묻었는디, 찾는 사람이 없등만."

"너 정신 바짝 차려라."

달주 말에 용배가 놀라 돌아봤다.

"포대기 속에 놓고 가셨던 손자가 20년 가까이나 돼서 나타났느이 심청이 만난 심봉사 같이 묏등에서 벌떡 일어서실 것만 같다."

달주 익살에 모두 웃었다.

산자락에 이르자 영감은 숲속 한 군데를 가리켰다.

"저것이구만."

수풀 속이 조금 *도도록했다. 그게 사람을 묻은 자리라니까, 겨우 그렇게 보일 지경으로 봉분이 땅바닥까지 잦아져 있었다. 봉분에는 잡초뿐만 아니라 다리통만한 잡목까지 자라고 있었다.

"자네들이 이로코 와서 이 꼴을 본게 내가 참말로 면목이 없네마는, 내 일에도 허덕이는 사람이 임자 없는 묏등을 지대로 거뒀겄는가?"

영감은 거듭 면목 없다는 표정이었다.

"상관없습니다."

용배는 묏등을 멍청하게 건너다보며 건성으로 대거리를 했다. 영감은 거기 풀을 헤쳤다.

"그래도 첨인께 성묘라도 하게."

영감은 봉분 앞의 자잘한 잡목을 끊고 풀을 밟아 자리를 만들었다. 용배가 그 앞에 절할 자세를 취했다. 달주도 그 곁에 섰다. 두 사람은 정중하게 절을 했다.

"내일이라도 당장 이장을 하겠습니다. 그때는 영감님께서 좀 거들어주십시오."

"그것이사 염려 말게. 나도 *면례 일은 더러 해봤네."

"그럼 이장할 준비는 되는 대로 오겠습니다."

용배가 은자 20냥을 내밀었다.

"이것이 시방 먼 돈을 이로코 많이 주는가?"

영감은 너무 많은 돈에 깜짝 놀라 한발 뒤로 물러섰다.

"받아두십시오. 이렇게 묻어주신 사례는 나중에 따로 하겠습니다."

영감은 한사코 사양을 했으나 용배는 억지로 맡겼다.

"기분이 얼얼하다."

용배는 들길을 걷다가 뒤를 한번 돌아보고 나서 얄궂은 표정으로 웃으며 말했다.

"참말로 다행이다. 내가 말한 자리로 곧 이장을 하자."

"묏자리가 좋다니 욕심은 나는데 그리 이장을 해서는 안 될 것 같기도 하고……."

용배는 처음으로 이 세상과 자기가 끈이 이어지는 것 같은 기분이 들며 대둔산 임문한 씨나 경천점 식구들의 얼굴이 떠올랐다. 자기 할머니라는 이가 구체적으로 저렇게 있었다는 생각과 함께 그 할머니를 중심으로 한 가족들이 막연하게 떠오르고 그들은 지금 어딘가에서 살고 있을 것이라는 생각이 들며, 임문한 씨나 자기를 길러준 경천점 식구들에게 거리가 느껴졌다. 핏줄이란 이런 것인가 하는 생각이 들며 어딘가에서 살고 있을 자기 가족들에 대한 그리움이 아련하게 느껴졌다. 할머니가 굶어죽은 것으로 보아 틀림없이 가난하기는 하겠지만 다 굶어죽은 것은 아니었을 것이므로 아버지, 어머니 등 가족들이 살아 있을 것 같았다.

용배는 혼자 생각에 잠겨 말없이 길을 걸었다.

말목에 이르자 동문 서너 사람이 모여 있었다. 30명 이상이 참여할 것 같다며 정리하던 명단을 달주 앞에 내놨다.

"이로코 너도 나도 들어오겠다는 건 이번 삼례집회 때문인 것 같다. 이번 삼례집회로 사람들은 이 세상이 동학 세상이 된 것같이 생각하는 모냥이다. 전에는 동학에 입도했다는 소문만 듣고도 속없는 놈들이라고 비웃는 것 같등마는 며칠 새에 세상인심이 싹 달라졌다. 동학도 대하는 것이 꼭 먼 벼슬이라도 하고 온 사람 대하는 것 같다. 그러고 본게 이 계 맨드는 시기를 아주 잘 잡은 것 같어."

용배와 수인사를 끝내고 나자 산매 김승종이라는 젊은이가 말했다.

"첨에 동네 들어간게 동네 사람들이 모두 모여드는디, 그새에 별의별 소문이 다 났던 모냥이더라. 감사가 감결을 내려 보낸 소문은 어떻게 된 줄 아냐? 감사가 동학도들 앞에 물팍을 꿇고 설설 김시로 감결을 썼다고 소문이 났다."

예동 정길남이라는 젊은이였다. 모두 웃었다.

"그뿐인 줄 알아? 우리 동네서는 그 전날 동학 수령 중에 누가 도술을 부려분게 전주 완산 칠봉이 봉마다 한 번씩 일곱 번이나 울었다고 소문이 났더라."

모두 배를 쥐고 웃었다.

달주를 합쳐 이 세 사람은 전봉준 제자들 중에서 우두머리 격이었다.

"나도 살다가 대접 한번 받았다. 장거리에 나온게 저그 모과나무 집 주막 안 있냐? 그 할무니가 총각, 삼례 갔다왔담시로, 참말로 큰일하고 왔네 하고 반색을 하등마는 어서 와서 막걸리 한잔 묵으라고 막걸리를 한잔 안 주냐? *꼽꼽쟁이로 소문난 그 할무니한테 공술 얻어묵기는 말목 생기고 나서 내가 첨일 것이다."

모두 웃었다. 장진호란 젊은이였다. 얼마 전에 달주 어머니가 군아에 잡혀갔을 때 같은 곳간에 갇혀 있던 텁석부리 영감 아들이었다.

두 사람은 그들과 한참 이야기하다 전봉준이 여기 전하라는 말을 전하고 헤어졌다. 전봉준은 내일 저녁나절 여기 당도하겠다며 저녁나절은 동네 집강들을 모아노라 했고, 동접계 결성은 저녁에 했으면 좋겠다고 했다.

하학동에 이르렀을 때는 열사흘 달이 중천에 밝았다. 용배도 지난번 연엽을 데리고 올 때 한번 와봤던 터라 초행이 아니었다. 골목에 들어서니 이 집 저 집에서 불빛이 새어나왔다. 달주는 어느 때 없이 그 불빛들이 정답고 따뜻하게 느껴졌다. 저 불들이 새어나오는 방들에는 질화로의 온기처럼 따뜻한 인정이 있었고 고향의 정다운 목소리가 있었다. 막불경이의 구수한 담배 냄새를 피우며 혼자 누워 호젓하게 생각에 잠겨 천정을 쳐다보시던 아버지의 모습도 어제처럼 생생했다. 골목을 돌아서자 이웃집에서 끼쳐 나오는 *쇠지랑물 냄새가 얼큰했다. 다정한 고향 냄새였다.

달주는 어디 폭풍 속을 헤매다 의지에라도 드는 기분이었다. 실없이 가슴이 두근거렸다. 달주 집은 동네 왼편으로 조금 올라간 데 있었다. 사립문이 열려 있고 역시 불빛이 새어나오고 있었다. 달주는 마당으로 들어섰다. 물레 소리들이 낭자했다. 마루 가까이 다가가서 낮은 소리로 어머니를 불렀다.

"어무니!"

물레 소리늘이 그쳤다. 나시 불렀나.

"에잉!"

문이 벌떡 열렸다.

"나요!"

"오매, 내 새끼야, 어디서 이라고 오냐?"

어머니가 후닥닥 뛰쳐나오며 반색을 했다.

"오빠!"

남분도 뛰어나왔다. 연엽도 뒤따랐다. 품앗이꾼들도 내다봤다.

"밥은 으쨌냐? 안 묵었지야?"

어머니가 다급하게 물었다.

"오다가 주막에서 묵었소."

"아이고, 달주 오랜만이다. 어디 얼굴 잔 보자."

두전댁이 호들갑을 떨었다. 품앗이꾼들도 오늘은 일찍 가야겠다며 서둘러 물레를 치우고 나갔다. 남분은 방을 쓸고 대충 걸레질을 했다.

"절 받으시오!"

달주가 윗목에 서서 절할 자세를 취했다. 용배도 곁에 붙어섰다.

"절은 먼 절이냐? 그냥 앉거라."

달주 어머니는 손을 활활 내저으며 어서 이리 내려와 앉으라고 아랫목을 가리켰다.

"절부터 받으씨오."

달주가 버티고 서서 우기자 어머니는 하는 수 없이 아랫목에 앉고 두 젊은이는 너부죽이 절을 했다. 달주는 어디로 멀리 원행을 해본 일이 거의 없던 터라, 설날 세배 말고는 어머니에게 큰절을 해본 적이 없었다. 지난번에부터 이렇게 절을 하기 시작했다. 그때 집에 돌아와 어머니를 뵈었을 때는 지금보다 훨씬 더 착잡하고 격한 감정이었다. 달주는 이렇게 집에 오자 새삼스럽게 안온한 느낌이 들면서도 한쪽으로는 이제야말로 진짜로 멀리 떠나려고 하직 인사를 드리러 온 것 같은 생각이 들었다. 어째서 그런 엉뚱한 생각이 드는지 모를 일이었으나, 어머니 얼굴을 보니 울컥한 감정이 솟아오르며 어쩌면 이제 다시는 어머니를 보지 못할 것 같은 *새퉁맞은 생각이 들었다.

달주는 절을 하고 나서 자리에 앉으며 방 안을 한번 휘둘러봤다. 낯익은 방 안 모습이 좀 생소하게 느껴졌다. 이 얼마 사이 달주는 여태 자기가 살아온 생애를 전부 합친 것보다 더 긴 세월을 살아버린 것 같았고, 이제 자기는 이 집 사람이 아니라는 생각이 들었다. 좁은 고을에서만 살다가 세상을 한번 휘둘러보니 정말로 엉뚱하고 상상도 못했던 세상이 따로 있었고, 자기가 해야 할 일도 바로 거기에 있었다. 특히 대둔산 산채는 인상적이었으며 그들이야말로 더불어 이 세상을 건질 사람들이었다. 화적 떼라면 천하에 막된놈들인 줄만 알았더니 임군한과 임문한 같은 열혈지사들이 화적의 모양을 하고 세상을 건질 큰 뜻을 품고 있었다. 그리고 그 밑에 모인 졸개들도 다 그런 사람들이었다. 세상이 여차하는 날에는 모두가 목숨을 걸고 나설 사람들이었다.

삼례집회는 또 다른 모습의 어마어마한 사건이었다. 이제 세상은 그런 사람들에 의해서 후천개벽의 새 세상이 열릴 것만 같았다. 누군가가 나를 따르라고 앞장을 서기만 하면 그 사람들은 물불을 가리지 않고 따라나설 것 같았고, 멀지 않은 날에 누군가가 그렇게 앞장을 설 것만 같았다. 그때 앞장서는 사람들 가운데서 전봉준도 크게 한몫할 것 같았고, 그렇다면 자기는 전봉준 접주를 위해서 목숨을 바치겠다고 다짐했다. 김덕호가 전봉준을 크게 평가하고 뒤를 받치고 있는 것을 보고 누구보다 감격한 사람은 달주였으며, 저런 사람을 위해서라면 기꺼이 목숨을 바치겠다고 결심을 했다.

오늘 어머니를 대하는 감개가 한층 착잡한 것은 전봉준에 대한 자기의 그런 결심 때문인 것 같았다. 전봉준에게 신명을 바치겠다는 감개가 팔목 속의 피가 뛰는 비장한 감정이라면 어머니에 대한 감개는 금방 눈물이라도 쏟아질 것 같아 가슴이 찢기는 감정이었다. 충성과 효도가 쌍전할 수 없다는 소리를 실감할 수 있었다.

"이리 아랫목으로 온나. 이리 와서 몸을 녹여!"

어머니의 성화에 두 젊은이는 아랫목으로 내려앉았다.

"잘 있었소?"

용배가 연엽을 향해 장난스럽게 웃으며 물었다. 달주도 웃어 주었다.

"예. 꼭 우리 집에 있는 것매이로 팬하게 지내만유. 삼례집회는 무사히 끝났다매유?"

연엽이 골을 붉히며 물었다. 공주 수정옥에 있을 때의 모습은 씻은 듯이 사라져버리고 수더분한 예사 시골 처녀의 모습 그대로였다.

"무사히 끝나기는 했소마는 저 작자들이 앞으로 어떻게 나올런지는 두고 봐야 알겠소."

용배가 대답했다.

"불편하지는 않았소?"

달주가 물었다.

"불편하기는유, 자당님께서 하도 자상하게 맘을 써주시는 바람에 꼭 우리 집에 온 것 같구만유. 이러코 폐를 끼쳐도 괜찮을라니 모르 겠네유."

"폐는 멋이 폐라고 그런 소리를 하고 있어."

어머니였다.

"나는 언니가 꼭 친언니맨키로 맘에 딱 들어부렀어."

남분의 말에 모두 웃었다.

"밥을 묵기는 어디서 묵어야? 밥을 할란다."

"주막에서 묵었소. 밥은 냅두고 감자(고구마) 쪄논 것 있으면 그것 이나 내노씨요!"

"여깄어!"

남분이 마루에서 시커먼 고구마 바구니를 들어다 두 젊은이 앞에 밀어놨다.

"얼른 나가서 싱건지나 썰어온나!"

남분이 쪼르르 부엌으로 나갔다. 어머니는 다시 밥을 하겠다고 우기는 것을 달주가 한사코 말렸다.

"삼례는 시끄럽다고 야단들이고 날마다 애가 닳어서 동네 들어오 는 길목에다 눈을 박고 살다시피 했다. 동학도들이 관군들한테 몽땅 잡혀갔다는 소문이 없는가, 동학꾼덜이 전주 감영에 불을 질렀다는 소문이 없는가, 들어온다는 소문마다 무선 소문뿐인디 애가 안 닳겄 냐? 인자 어디 가지 말고 집에 있거라. 지난번에 그 일이 있고부텀은 날마다 가슴이 참새가슴으로 생병이 날 것 같다."

"염려 마시오. 지난 참에는 으짜다가 그런 일이 있었제 그런 일이 자꼬사 있을랍디여."

달주는 어머니 말에 새삼 가슴이 찡했으나 태연하게 위로를 했다. 용배는 남분이 썰어온 동치밋국이 맛있는지 그릇째 들고 훌훌 마셨다.

"시상이 한번 뒤집히고 말 것이라고 입 달랬다는 사람덜은 모도 앓으나 서나 그 소리고, 지난본 그 일을 겪고 난 뒤로는 부둥가리 안 옆 조이듯 지나새나 가슴만 죄여들어 똑 죽겄다. 먼 일을 해도 지대로 손에 잽히는 일이 없다그랴."

"지금 지가 하고 댕기는 일은 훈장님께서 지시한 분이 시키는 심부름만 댕기는 일이라 신선놀음도 그런 신선놀음이 없소. 노자도 푼푼한께 어디 가서 잠자리에 들더라도 젤로 존 여각만 골라 들고 밥상도 끼니때마당 진수성찬이라 상을 받으면 집안사람들 생각이 간절하요."

달주는 스스럼없이 둘러대며 웃었다.

"어무니는 오빠가 나간 뒤로는 하루에 열두 번도 더 황토재만 내다보셔."

달주는 남분이 한 말에 다시 가슴이 울컥해 왔다. 전에 아버지가 관가에 잡혀갔을 때의 어머니 모습이 떠올랐기 때문이었다. 그때 어머니는 날마다 아버지 밥을 갖다 주고 와서는 그 사이 혹시 나오게 된 것이나 아닌가 동네 뒷걸 남새밭에 나가 읍내서 넘어오는 천치재를 쳐다보며 건성으로 김을 매고 있었다. 김을 맨다기보다 재에다 눈을 박고 가슴을 후비듯 그렇게 생땅을 후비고 있었던 것이다. 맨데를 또 매고 또 매고 그렇게 땅을 후볐다. 그런 어머니 모습을 생각하니 이 얼마 동안 있었던 일이 새삼스럽게 끔찍하게 느껴졌다.

"집에서 빈둥빈둥 놀고 있는 것에 대면 참말로 보람진 일 같소. 동학 일인데다가 이런 든든한 친구도 있고, 같이 일을 하시는 분네들이 모두가 이만저만 똑똑한 분네들이 아니그만이라. 인자사 지가 할 일을 지대로 찾은 것 같소."

달주가 다시 안심을 시켰다. 그때 용배가 나섰다.

"저는 진직부터 집을 나서서 그런 일을 하고 있습니다마는, 사람이 사내자식으로 태어났으면 사내다운 일을 찾아야지 집에 붙박혀서 농사나 짓다가 죽으면 쓰겠어요. 지금 동학 일은 사내가 나서서 한번 크게 뜻을 펴볼 만한 일입니다. 달주는 저하고 만난 지가 얼마 안 됐습니다마는, 그 사이 저하고는 친형제같이 친해졌지요. 집에서 먹고 사시는 것은 조금도 염려 마십시오. 그런 것은 우리가 다 알아서 하겠습니다. 따님을 *여울 때는 혼수도 방불하게 장만해 드릴 것입니다. 제 말씀이 허황한 소리가 아닙니다. 그건 달주가 잘 알고 있습니다." 용배가 제법 너울가지 있게 말했다.

"그러고 댕기는 사람들이 어디서 돈이 나서 집안 걱정까지 한단 말인가? 그런 소리는 하지 말고 자네들이나 댕김시롱 끼니때 밥이나 지대로 묵고 댕기소."

어머니가 정색을 하고 말했다.

"허허, 두고 보십시오. 지금 제가 안심을 시켜 드린다고 말씀을 하다 보니 말을 앞세웠습니다마는 다 그만한 물정들이 있습니다."

"그런 소리는 당춰 말란 말이지."

"저의 집은 부잡니다. 충청도 계룡산 밑에서 목물객주를 하고 있는데, 아버님이 거기 계룡산에서 나오는 홍두깨야 방망이야 떡살이야 이런 목물들을 사들여 가지고 장사를 하시는디 돈을 잘 법니다."

용배는 여러 가지고 말을 빚어 어머니를 안심시켰다.

"아이고, 다 자기 살기도 어려운 시상 아닌가? 말이래도 고맙네. 가만 있자, *고방에 불을 때사 쓰겠구나."

어머니가 일어섰다.

"지가 때겄이유."

연엽이 나섰다. 어머니가 말렸으나 연엽이 따라나섰다. 남분하고 세 사람 사이에서만 할 말이 있겠다 싶은 모양이었다.

"경옥이 이얘긴디……."

남분이 용배를 보며 달주 눈치를 살폈다.

"왜?"

달주는 대수롭잖은 표정으로 물었으나 가슴에서는 쿵 소리가 났다.

"전에는 동네 사람들 새에서만 숙덕이던 오빠하고 경옥이 소문이 신랑 집에 들어가서 혼사가 깨질라다가 말았다는 것 같어."

남분이 조심스럽게 말했다.

"깨질라다 말다니?"

용배가 성급하게 물었다.

"경옥이하고 오빠 소문이 저쪽으로 들어가서 말썽이 됐다는디, 이쪽에서 사람을 내세워 헛소문이라고 한께 혼사가 깨질라다 말았다기도 하고, 폴쎄 깨져부렀다기도 하고 소문이 종잡을 수가 없소. 요새 또 난 소문은 돌아오는 이월 은제로 혼삿날이 났다기도 하고 그라그만이라."

달주는 얼얼한 기분이었다.

"그럼, 이쪽에서 제대로 소문을 내버리면 어쩌겠어?"

용배가 장난스럽게 말하며 달주를 봤다.

"실없는 소리."

달주가 가볍게 퉁겼다.

"실없다니? 도대체 네 진심이 뭐냐?"

"진심이라니?"

달주가 웃음을 일그러뜨렸다.

"그 처녀한테 마음이 있냐 말이다. 너 이따금 한숨 푹푹 내쉬는 것이 그 처녀 때문인 것 같던데, 그 처녀도 너를 못 잊어 그렇게 안 달이고 너도 못 잊는다면 그냥 이러고 있을 일이 아니잖아?"

달주는 그냥 멀겋게 웃기만 했다.

"나는 너 알다가도 모르겠어. 저쪽에서 너한테 마음이 없는데 너 혼자 짝사랑이라면 모르지만 저쪽에서 그런다면 가만있을 수 없잖아?"

"가만있잖으면?"

달주가 다시 어색하게 웃음을 일그러뜨리며 우물거렸다.

"간단하잖아. 지난번에 내가 말한 대로 저쪽에다 제대로 소문을 퍼뜨려 파혼을 시켜버리면 처녀가 어디로 시집을 가겠어?"

"감역이란 작자가 어떤 작자라고?"

"어떤 작자기는? 제깐놈이 아무리 무지막지한들 그런 일이 완력으로 될 것 같아? 호랑이도 제 새끼는 이뻐하더라고 부모란 자식의 장래에는 무른 법이야. 일이 그렇게 되면 네가 죽이고 싶겠지만, 그런 딸을 어떻게 다른 데로 시집을 보내냔 말이다."

달주는 그냥 웃고만 있었다.

"그 처녀를 네가 차지하는 것도 차지하는 것이지만, 한편으로는 그 작자한테 복수도 되잖아? 내 생각에는 꿩 먹고 알 먹고겠어. 소문만 그럴싸하게 저쪽에 들여보내 놓고 너는 예장 받은 벙어리처럼 배짱만 퉁기고 있는 거야. 그럼 그 처녀 갈 데는 뻔하잖아?"

용배는 지레 신명이 나서 달주 다리를 탁 쳤다.

"마음에 있는 여자를 빼앗기고 나면 평생 한이 되는 거야. 지금 어물어물했다가는 죽을 때까지 한숨으로 지낼 테니 깊이 생각하라고."

달주는 그냥 멍청하게 웃고만 있었다. 용배가 자기 속을 꿰뚫어 보고 있었기 때문이다.

"남분이 네 생각은 어떠냐?"

용배가 장난스럽게 남분이한테 물었다.

"그런 일까지는 잘 모르겠는디라, 강쇠네라고 동네 제지기 여자가 있는디라, 으짜다가 그 여자가 그 집에 가서 그 처녀를 만났던 모양입니다. 그랬등마는 오빠가 어디 갔다더냐고 묻더라요. 그래서 전봉준 접주님이 불러서 갔는디 큰일을 하러 간 것 같다더라고 한께는……."

"큰일이라니?"

달주가 끼어들었다.

"강쇠네가 언제는 있는 말만 하는 사람인가?"

남분이 깔깔거렸다.

"그런 소리를 한께 그냥 닭의똥 같은 눈물을 주룩주룩 흘리더라요. 그 소리를 함시롱 그 강쇠네도 눈물을 찔끔거립디다."

남분이 침통하게 말했다.

"그렇게 애간장이 타는 여자를 두고 저 꼴이니 남분이 너 보기는 어쩌냐? 네가 마음에 둔 사내가 저런다면 아이고 병신 하고 돌아서 버리잖겠냐? 다른 데는 배짱이 웬만한 것 같은데, 사내자식이 배짱이 저래 가지고서야 어떻게 사내라 하겠어?"

용배가 핀잔을 주었다.

"그런디, 잘못하다가는 오빠 다른 혼삿길도 막히겠등만."

남분이 웃으며 엉뚱한 소리를 했다.

"멋이?"

달주가 돌아봤다.

"연엽 언니 소문이 어뜨코 난 중 알어? 오빠 신붓감으로 어디서 데려다 논 처녀랴."

두 젊은이는 허허 웃었다. 그러나 달주는 그 소리를 듣는 순간 뜨끔한 생각이 들기도 했다. 그런 소문을 어렴풋이 예상 못한 것은 아니었으나 정작 그런 소리를 듣고 보니 기분이 이상했다. 그 동안 마음속에 연엽이 너무 크게 자리를 잡고 있었기 때문이다.

"오빠하고 경옥이 새에 난 소문을 감역 댁에서는 그런 엉뚱한 소문으로 죽이고 있는지도 몰라라."

"어라!"

용배가 깜짝 놀랐다.

"이거, 일판이 묘하게 돌아가는걸. 저 작자들한테 좋은 구실을 우리가 만들어 준 셈이 돼버렸잖아? 그런다고 연엽을 다른 데로 보낼 수도 없고 이거 난처한걸. 연엽도 그런 일을 알고 있냐?"

"거기까지는 모르는 것 같은디, 오빠하고 경옥하고 일은 알고 있지라."

"그야 지난번 여기 올 때 이미 알았으니까 상관없지만."

그때 연엽이 들어왔다.

"하여간, 이 일은 나한테 맡겨! 이런 일쯤 땅 짚고 헤엄치기다."

용배는 장난스럽게 웃으며 단호하게 말했다.

"저한테 앞으로 어떤 일을 시킬 것인지 모르는디유, 여그 와서 본게 지가 할 일이 한 가지 있는 것 같그만유."

연엽이 자리에 앉으며 말했다. 모두 연엽을 보고 있었다.

"요새 물레방아를 몇 군데 가서 동학 이얘기를 해주었더니, 동학이 그런 것이냐고 모두들 감탄을 하더만유. 여자들이 입도를 하기는 어렵겠지만유, 여자들도 동학을 알아야 남편이나 자식들을 이해하고 도울 것 같잖유."

연엽이 두 사람을 번갈아 보며 조용하게 말했다.

"연엽 언니는 우리 동네서 이 일로 이름이 쫙 나부렀그만이라. 요새 우리 동네 물레방아에서는 연엽 언니를 서로 데려갈라고 야단들이라요. 엊저녁에는 두 반디서나 오락 해서 초저녁하고 밤중하고 나눠서 갔더라요. 동학 이약도 이야기제마는 사서삼경을 달달한다고 소문이 쫙 퍼져부렀그만이라."

"아, 그래!"

두 사람은 깜짝 놀라는 표정이었다.

"사서삼경을 어쩐다는 소리는 지가 한자 몇 자 아는 것을 보고 그런 소문이 났구만유. 그런 것은 백지 헛소문이구유, 몇 집 댕김시로 이얘기를 해본게 이 동네 저 동네 물레방을 찾아댕김시로 아주머니덜한티 널리 동학을 알려주는 것이 졸 것 같다는 생각이그만유."

연엽은 그 사이 깊이 생각해 보고 하는 소린 듯했다.

"그것 정말 좋은 생각입니다마는, 처녀의 몸으로 그러고 다닐 수 있겠소?"

용배가 물었다.

"동네마둥 웬만한 집강덜이 있을 것인게 그런 사람들 집이나 혼자 사는 처녀들 집에 머뭄시로 하면 쉴 것 같구만유. 요새는 동학 이얘기라면 누구든지 들을라고 한게 대접받고 댕김시로 할 것 같네유."

연엽이 웃으며 말했다.

"그렇겠습니다. 존 생각인데요. 요새 같은 겨울에는 동네마다 모여 품앗이를 할 것이니 그런 물레방마다 찾아다니면서 하면 정말 좋겠습니다."

용배는 대번에 흥분했다. 달주도 크게 고개를 끄덕였다.

"월공 스님한테 물어봐서 기별을 하겠습니다. 요사이는 집강들이 자주 모일 테니 그 자리에서 그런 결정을 해노면 서로 모셔갈라고 하겠구먼요."

그때 어머니가 들어왔다.

"내가 깜박 잊어불고 있었구나. 강쇠네가 말이다, 먼 일인가 니가 오거든 오는 길로 알러딜라고 하너라."

"강쇠네가요?"

달주가 깜짝 놀라 물었다.

"먼 일이까?"

"얼른 가봐."

용배가 씽긋 웃으며 달주 다리를 *찔벅였다.

"가보고 올게."

달주가 방을 나갔다. 달주는 골목을 빠져나가 강쇠 집에 이르렀다. 강쇠가 깜짝 반색을 하며 방에서 퉁겨나왔다.

"만득이가 왔소."

강쇠가 잔뜩 겁먹은 표정으로 속삭였다.

"뭐, 만득이가?"

"예, 호방이 또 어디로 보내는 것을 내빼왔다는디, 매칠 전에 호방을 뚜들애 패놓고 도망쳤다요."

"멋이라고? 그럼 지금 어딨어?"

"산에 숨어 있소. 엊저녁에 왔는디 오늘 저녁에도 올란가 모르겄소. 도련님이 오시거든 꼭 만나야겠답디다."

"이 추위에 산에 어디가 숨어 있단 말이지?"

"모르겄소."

"오늘 저녁에 오면 우리 고방으로 오라고 하게."

"알겄소."

달주는 속삭여놓고 돌아섰다.

말목 지산서당에는 전봉준이 지시한 대로 동네 집강들이 모였다. 고부에도 동학도들이 상당히 많았으나 집강을 둘 만큼 동학도들이 많은 동네는 스무 동네가 조금 넘었다. 서당의 큰 방에는 집강 20여

명과 접주 밑의 임직이며 김승종, 정길남 같은 젊은이 등 30여 명이
모였다. 교장이나 교수 같은 임직은 김도삼과 정익서가 맡고 있었으
나 그런 임직의 이름으로는 뚜렷하게 하는 일이 없어 명색뿐이었고,
중요한 임직은 도집강으로 그건 읍내 신중리 송두호가 맡고 있었다.

전봉준, 김도삼, 정익서 등이 앞자리에 앉았다.

"오늘 모여달라고 한 것은 삼례집회 뒷소식을 전해 드리고 또 요
사이 관가 사람들 나오는 것이 심상치 않아 그 의논을 하자고 모여
달란 것이오. 삼례에서 도인들이 헤어진 뒤에 다시 접주들이 모여
사후책을 의논했고, 그제 저녁에는 금구에서 남접 접주들이 모여 이
쪽대로 사후책을 의논했소. 다른 고을에서는 지금 도인들을 잡아들
이고 있는 것 같으니 우선 그 말씀부터 드리겠소. 지난번에 감영에
서 각 고을 수령들한테 감결을 내린 것은 여러분들이 잘 알고 계시
는 일입니다마는, 그런 감결이 내렸는데도 오늘 들어보니 정읍 같은
데서는 동학도들을 잡아들이고 있는 것 같습니다. 이것은 그때 여러
도인들도 웬만큼 내다본 일이었고 두령회의에서도 대충 예상을 하
고 있는 일이었습니다."

전봉준은 삼례와 금구 회의 내용을 소상히 설명했다.

"그러니까, 법소에서 어떤 결정이 내려올 때까지 당장은 무슨 대
책이 없으니 각자 조심해서 피하는 길밖에는 방도가 없소."

전봉준 말에 집강들은 잠시 웅성거렸다.

"고통스럽더라도 잠시만 참읍시다. 우리는 우리 힘이 크다는 것
을 이번 삼례집회를 통해서 잘 알았습니다. 우리 한 사람 한 사람으
로는 힘이 없지마는 여러 사람이 모여노니 엄청난 힘을 냈으며 관속

배들은 우리의 그런 힘을 무서워하고 있었습니다. 우리는 그것을 우리 눈으로 똑똑히 보았습니다. 솔직히 말씀드리면 저도 놀랐습니다. 백성의 저런 힘을 잘만 모으면 무엇을 못하겠느냐는 확신을 갖게 되었습니다."

전봉준은 자기의 솔직한 심정을 털어났다.

"여러분들은 열하루 동안이나 그 추위를 무릅쓰고 버텼습니다. 우리가 삼례에 모이자 처음에 감영에서는 시일을 끌어 스스로 해산을 하게 하되, 만약 감영에 떼 몰려와 강박을 하면 그 구실로 군사를 풀어 주모자들을 잡아넣는 한편 도중들은 강제로 해산을 시키자는 것이 기본 방침이었던 것 같소. 그 사람들은 우선 우리가 그렇게 오래 버티리라고는 상상도 못한 것입니다. 그러다가 우리가 그렇게 오래 버틴데다 도중들 수가 줄어지기는커녕 점점 불어나자 여기서 자기들의 예상이 빗나갔습니다. 처음에는 그렇게 많은 수가 모일 줄을 전혀 예상하지 못했다가 5천 명이 넘는 수가 모이자 한편으로는 놀라면서도 한편으로는 되레 잘되었다고 생각을 했던 것 같습니다. 그 사람들은 우리가 그렇게 모이는 정상을 속속들이 보고 앉아 있었습니다. 도중들이 식량을 얼마씩이나 싸가지고 오는가, 저 수가 잠자리는 어떻게 하는가 그런 것을 손바닥에 놓고 보듯이 보고 앉아서 잘해야 사오 일 버틸 것으로 생각했던 모양입니다. 아닌 게 아니라 우리한테는 두 가지 큰 어려움이 있었습니다. 하나는 추위고 하나는 식량이었습니다. 우리한테 어려움은 감영 사람들한테는 이로움이니 그 사람들은 그 이로움을 이용하여 우리를 제절로 흩어지게 하자는 생각을 했습니다."

전봉준은 조용한 목소리로 말을 하고 있었다. 평소 전봉준은 말이 짧은 편이었으나 오늘은 차근하게 말을 시작하고 있었고 표정도 밝았다. 좌중은 기침소리 하나 내지 않았다.

"달리 말해서 그것을 싸움으로 친다면, 그 사람들은 추위와 식량이라는 두 가지 어려움을 자기들 편으로 내세워 우리하고 싸움을 붙여논 셈이었습니다. 그 사람들은 달리 무슨 일을 하잘 것도 없이 그냥 가만히 앉아서 날짜만 끌고 있으면 되는 일이었습니다. 그렇게 싸움을 붙여놓고 그자들은 구경을 하고 있었던 셈이지요. 한데서 겪어보셨으니 말씀이지만, 그 싸움은 정말로 어려운 싸움이었습니다. 다행히 식량은 도소에서 해결을 했지만, 동짓달 추위가 그것이 보통 추위겠습니까? 그런데 여러분들은 그 추위를 이겨냈습니다. 이겨냈을 뿐만 아니라 돌아간 사람은 거의 없고 되레 사람들이 불어나고 있었습니다. 그보다 더 놀라운 일은 어지간해서는 몸도 제대로 갱신할 수 없는 그 추위를 이를 악물고 버티는 것이 아니라 날마다 북 치고 장구 치고 무슨 잔치라도 벌리고 있는 것같이 즐겁게 이겨냈습니다. 맨숭맨숭한 정신으로 이를 악물고 버티었더라면, 곧은 나무가 부러지더라고 그렇게 못 버텼을지 모릅니다. 두레 일을 할 때 보면 허리가 부러지게 고된 논매기를 노래로 부름시로 쉽게 해내는데 거기서도 꼭 그짝이었지요. 더구나, 전주로 몰려갔을 때 그날 저녁 추위는 어땠습니까? 나는 그렇게 추운 추위는 여태 겪어보지 못했습니다. 그내도 삼례로 돌아간 사람들은 흥겁세 놀았다니 놀라운 일입니다. 어째서 내가 이 이얘기를 이렇게 길게 하냐 하면 당사자들은 자기들 살아온 대로 쉽게 쉽게 해낸 일이라 그것이 얼마나 놀라운 일인 줄을 모르지만, 그것은 정말로 놀라운 일이라는 사실을 알고 싶어서입니다. 여기 오신 분네들은 동네 가시거든 우선 이 점부터 소상하게 말씀을 해주시기 바랍니다."

사람들은 고개를 끄덕였다.

"하여간, 그 어려움을 우리 접주들도 짐작을 못했을 만큼 쉽게 이겨내 버렸으니 감영에서도 놀랄밖에 없었겠지요. 우선 그 사람들 예상은 여기서 크게 빗나가 버린 것입니다. 그때부터 이 사람들은 어찌할 바를 모르고 곤경에 빠졌습니다."

전봉준이 이렇게 단정적으로 말하는 데는 그만한 근거가 있었다. 손화중과 김덕호가 각각 감영에 대고 있던 연줄을 통해서 알아낸 것이었다. 엿새째 되는 날 그 짤막한 제사를 내렸던 것은 무슨 대책이 있어 그런 것도 아니었으며, 무슨 음모가 있었던 것도 아니었고 되레 전혀 무슨 대책이 없었기 때문이었다. 어디까지나 조정의 문책에 대한 대비였을 뿐이다. 그 동안 아무런 회유나 무슨 대책을 강구하지 못한 것에 대한 문책을 면하기 위해서는 그런 소리나마 해두어야 했던 것이다. 그런데, 전혀 자기들 나름의 의견이 없다 보니 무슨 소리를 길게 쓸 수가 없었다. 동학도들의 비위를 잘못 건드렸다가는 타는 불에 기름을 붓는 격이 될 것 같고, 동학도들 비위에 맞는 소리를 했다가는 조정의 질책이 무서워 *안팎곱사가 되다 보니 그런 토막말을 할 수밖에 없었다.

전봉준은 이 점도 설명을 한 다음 말을 이었다.

"우리가 전주로 몰려갔을 때는 마침 어사 김문현이 와 있었습니다. 우리의 기세를 전보로 조정에다 소상하게 알리자 조정에서는 어사가 알아서 시끄럽지 않게 처리하라는 지시를 내렸습니다. 그래서 감사가 그런 감결이나마 내린 것이지요. 그때 도인들은 거기서 더 밀어붙였어야 한다는 말씀들을 그때도 했지만, 더구나 요사이 또 동학도들을 잡아들이고 있으니 그런 말씀을 하시는 이가 많을 것입니다. 그러나 그때 우리가 더 버티며 밀어붙이기는 어려운 일이었습니다. 교조 신원은 감영의 소관사가 아니니 그것은 처음부터 감영하고는 상관없는 일이고, 동학도들을 탐학하는 것은 백성을 직접 대하는 고을 수령들이니 우리는 고을 수령들에게는 탐학을 하지 말라는 감결을 내렸다, 이랬으면 우리 할 일은 다 하지 않았느냐 이러고 나올 것이니, 우리로서는 더 대들 꼬투리가 없어져 버렸던 것입니다. 그럼, 그런 감결이 내렸는데도 지금 수령들은 동학도들을 잡아가고 있으니, 그럼 우리는 헛수고를 한 것이 아니냐 이런 생각을 하시는 분이 계실지 모르겠습니다. 그러나 그렇지 않습니다. 오늘 말씀을 드리려고 하는 중요한 이야기는 바로 이것입니다."

전봉준은 삼례에서 했던 이야기를 더 소상하게 되풀이한 다음, 다시 목소리를 가다듬었다.

"우리는 우리 힘으로 조정의 판서만큼 높은 감사를 굴복시켰습니다. 이런 일은 내가 알기로는 이씨왕조가 들어선 이래 없는 일입니다. 감사를 순상巡相이라고 합니다. 순상이라는 소리는 지방을 순회하는 재상이란 소리 아닙니까? 조그마한 고을 수령도 아니고 감사를 굴복시켰다는 것은 이만저만 크게 이긴 것이 아닙니다. 이런 소리가 지금 당장 수령들한테 잡혀가서 매타작을 당하는 마당에서는 구름 위에서 노는 것같이 허황된 소리로 들릴밖에 없을 것입니다마는, 그러나 길게 보면 이것은 이만저만 중대한 일이 아닙니다."

전봉준은 이 부분을 말할 때 어느 대목보다 진지하게 말을 했다. 그는 금구 회의 결과를 다시 이야기한 다음 고부 접에서도 그때는 갈 만한 사람들이 30여 명은 가야 할 것이라며 동네 가면 지금부터 그 의논을 하라고 했다.

한양 상소에 대한 몇 가지 질문에 대답한 다음 말을 이었다.

"이제 무엇보다 중요한 일은 우리 고을 동학도부터 한마음 한뜻으로 똘똘 뭉치는 일입니다. 여기에 좋은 방도가 있으면 말씀해 주십시오."

아무도 말이 없자 창동 조만옥이 나섰다.

"도인들이 자주 모이는 것이 질로 존 방도 같습니다. 그런디, 우리끼리 모아봤자 그 소리가 그 소리고, 바쁘시겠제마는 두령님들께서 동네마둥 댕김시로 아까 하신 이야기 같은 이야기를 알기 쉽게 해주시는 것이 졸 것 같소."

"맞소. 이런 디서 두령님들 이야기를 들을 적에는 그럴 듯하게 들리는디 우리가 도인들한테 말을 해볼라고 하면 잘 안 되요. 그런게 지난본 삼례서 모았을 적에만 하더래도 맨날 꽹매기나 치고 놀 것이 아니라 접주님들이 그런 이야기를 더 많이 해주셨더라면 졸 것 같습디다."

전봉준은 크게 고개를 끄덕였다. 여러 가지 이야기가 나왔으나, 동학 임직에 있는 사람들이 동네를 돌며 이야기를 해달라는 것이었다.

"알겠소. 금구 회의에서도 두령들 사이에서 그런 이야기가 나왔습니다. 나는 다른 고을을 돌아야 할 일이 있으니 김도삼 씨하고 정익서 씨가 수고를 해주시도록 부탁을 하겠소. 나도 며칠간 몇 동네 나가겠소."

전봉준은 자기도 다른 고을로 떠나기 전에 몇 동네 나가겠다고 약속을 하고 해거름에 회의를 마쳤다.

집강들이 돌아간 뒤 지산서당 동문들이 모여들었다. 30여 명 가운데는 열댓 살짜리도 있었고 스물댓 살짜리도 있었다. 4,5년간 서당에 꾸준히 나온 사람들도 있었고 1년쯤 다니다 만 사람도 있었다. 동학에 입도한 사람은 3분의 2가량 되었다.

웬만큼 모이자 김승종이 나섰다.

"이렇게 나와 주셔서 고맙소. 따로따로 만나 이미 말씀을 드렸은 게 여기서 이런 모임을 갖게 되는 까닭은 다시 말씀드릴 것이 없을 것 같소. 한마디만 말씀드리면, 우리가 이런 모임을 갖는 것은 어디까지나 큰일을 하시는 접주님 일을 거들어 드리자는 것이오. 접주님은 항상 가난하고 고생하시는 이들 일이라면 당신 일같이 해오신 분입니다. 동학 일도 그런 고결한 정신으로 하시는 것 같습니다. 그런 훌륭한 선생님 밑에서 배운 우리도 선생님의 그런 정신을 받들어서 이 세상이 바른 세상이 되게 하는 데 힘을 합치도록 합시다."

회의는 이미 의논이 돌았던 터라, 일사천리로 진행이 되었다. 계 이름은 지산서당을 따서 지산계라고 하자는 의견이 나왔다. 그러나 지산은 지산 선생 호니 기왕 호로 계 이름을 지을 바에는 지산에서도 한 자 따고 진봉준의 호 해몽海夢에서도 한 자 따서 지해계芝海契라 하자는 의견이 있어 그렇게 하기로 했다. 계 좌장은 김승종의 제안으로 정길남이 추대되었고, 부좌장 격인 도감은 김달주와 김승종이 뽑혔으며, 살림을 맡는 유사에는 말목 장진호가 뽑혔다. 달주는 밖으로 나돌아야하는 자기 사정을 말하며 사양했으나 도감은 두 사람이나 되니 상관없다고 하는 바람에 그대로 맡았다.

"임마, 너는 지금 먼 일을 하고 댕긴지 모르겠는디, 동학 일을 하고 댕긴 것은 분명한게 인자부텀 니 *사날로 동학 일을 하는 것이 아니고 우리 동접계에서 내보내서 일을 하는 것이여. *트릿하게 일을 했다가는 곤장 맞을 줄 알아라."

김승종 익살에 모두 웃었다.

그리고 동문이 많은 여섯 동네서 대표를 한 사람씩 뽑아 중요한 일은 거기서 결정을 하기로 했다. 계원들이 할 일은 접주를 돕는 일이면 무엇이든지 하고 열 사람쯤 뽑아 전접주가 여기 올 때는 잠자리 경비 등 호위를 하며, 그가 원행을 할 때 원하면 그 사람들이 수행을 하기로 했으며, 무슨 일이든지 좌장이 부르면 언제든지 나와 하기로 했다.

조직을 마치자 지산 선생과 전접주의 말을 듣자고 했다. 정길남이 가서 두 사람을 데리고 왔다.

"이야기를 듣기 전에 두 분 훈장님을 오랜만에 뵌 사람도 있은게 두 분 훈장님께 큰절을 한번 올립시다. 모두 일어나시오."

두 사람은 사양했으나 모두 일어서서 앉으시라고 우기자 앞에 나란히 앉았다.

"절을 합시다."

김승종 말에 두 사람 앞에 곱게 절을 했다.

"두 분 훈장님께서 한 말씀씩 해주십시오. 먼저 지산 선생님부터."

지산은 환갑이 지난 나이였으나, 살결이 팽팽하고 여간 건강해 보이지 않았다.

"나는 이것 친구 처갓집에 따라온 것도 같고 사또 덕에 비장 나리 호사하는 것도 같고, 어리둥절한디 말까지 몬자 하라고 한게 더 거북하그만."

지산의 익살에 모두 웃었다.

"그래도 내가 채린 서당에서 모두 이로코 커갖고 훈장님을 위해서 이런 일을 한다고 한게 나도 세상일에 한 부조를 한 것 같아 기분이 괜찮구만. 여러분이 배와 봐서 전접주님을 누구보담도 잘 알겠제마는, 그래도 너무 가까이 보면 안 뵈는 것이 더러 있는디 질로 잘 안 뵈는 것이 사람인 것 같어. 그래서 한마디 하겠는디, 우리 전접주님은 뜻이 크고 높으신 분이라 언젠가는 이 세상을 위해서 큰소리 나게 일을 한본 꼭 하실 분이시로구만. 여러분덜은 그 점을 깊이 알아사 쓸 것이여. 세상에 사람이 많고 많아 언뜻 보면 모도가 키도 고만고만, 생각도 고만고만해서 잘 모르는디, 찬찬히 본다치라면 사람 크기도 산 크기매이로 크고 작기가 천차만별이등만. 여러분덜이 전접주님을 이로코 도와 드리면 난중에 크게 한번 보람을 느낄 때가 있을 것인게 기왕 이로코 나선 김에 잘들 도와 드려."

지산은 평이한 말로 간단하게 말을 끝냈다. 전봉준 차례가 되었다.

"여러분도 오랜만에들 만났을 것이니 피차에 할 이얘기도 많을 것이고, 이 일로도 할 이얘기들이 많을 것인게, 간단하게 한두 마디만 하겠네. 나는 요새 동학 일을 맡아 그 일에 전념을 하고 있은게 동학이 무엇인가 내가 보고 있는 동학 이얘기를 먼저 하지. 동학이 무엇이냐 하면 아주 간단하네. 짐승은 짐승같이 보고 사람은 사람같이 보자는 것이 동학이네. 그런디 이 세상은 지금 사람을 사람으로 보고 있는 것이 아니라 짐승같이 보고 있네. 우선 백성이 뜯기고 하대 받는 것을 보게. 돼지도 먹여서 기르고 소도 먹여서 부르는데, 이것은 사람을 짐승만큼도 못보고 있다는 소리네. 동학에서 사람마다 마음속에 한울님을 모시고 있으니 사람은 하늘만큼 귀하다 이렇게 말을 하고 있는디, 그것은 사람은 한 사람 한 사람 모두가 너무도 귀하다는 소리네. 따지고 보면 사람은 하늘도 아니고 땅도 아니고 그냥 사람이여. 사람은 사람일 뿐 그 이하도 그 이상도 아니네. 그런데 이 세상이 하도 못되어 먹어서 사람을 개돼지만큼도 안 여긴게 사람이 귀하다는 소리를 그렇게 한 것이네. 바로 여기에 크게 주의를 할 점이 있네. 사람이 귀하다는 것을 하늘로 말하는 것까지는 좋은데 너무 한울님 한울님 해싸면 지금 우리가 짐승 취급도 못 받고 있기 때문에 우리 처지하고 너무 동떨어져서 자칫하면 저 구름 위에 있는 다른 세상 이얘기로 생각할 수가 있네. 바로 그것을 젤로 조심해야 하네. 사람이 하늘이다, 이 소리를 사람이 죽어서 극락에나 천당에 가는 것같이 다른 세상 일로 생각해서는 안 된다는 소리여. 후천개벽의 후천은 극락이나 천당같이 사람이 죽은 뒤에 가는 세상이 아니고 바로 지금 우리가 살고 있는 이 세상이네. 바로 이 세상을 개벽해서 이 세상에 그런 세상을 만든다는 것일세. 개벽이란 것도 따지고 보면 별것이 아니네. 종들한테는 주인한테 매이지 않고 제 세상을 사는 것이 개벽이고, 뜯기고 사는 사람들한테는 안 뜯기는 것이 개벽이고, 천대받는 사람들한테는 존대를 받는 것이 개벽이고, 밥을 못 먹는 사람들한테는 밥을 먹이는 것이 개벽이네. 빈부의 차별이 없고 반상과 귀천의 차별이 없는 것, 바로 이것이 동학의 개벽이네. 빈부와 귀천은 사람이 만든 법도니 사람의 힘으로 고칠 수가 있네. 바로 이 일에 확신을 갖는 것이 동학을 믿는 요체네."

전봉준의 말은 담담했다. 목소리가 큰 것도 아니고 흥분하는 것도 아니었다. 마치 달관한 도인처럼 말소리도 담담했고 표정도 담담했다. 그러나 그런 소리가 귀가 아니라 바로 폐부에 맞닿는 것 같은 호소력을 지니고 있었다.

"한울은 한울님이 주관하는 한울님의 세상이고, 땅은 사람이 주관하는 사람의 세상일세. 그러니까, 사람은 이 세상을 주관하는 한울님이여. 동학이 다른 종교하고 다른 것은 극락이나 천당을 다른 세상이 아니라 바로 이 세상에다 세운다는 것이고, 그것을 한울님이나 귀신한테 빌어서 그런 힘으로 세운다는 것이 아니라 사람의 힘으로 세운다는 것일세. 사람이 한울님이다 하는 소리는 사람이 그만큼 귀하다는 소리도 되지만, 우리가 살고 있는 이 세상을 좌지우지하는 것은 한울님이나 귀신이 아니고 바로 우리 사람이 이 세상을 좌지우지하는 한울님이라는 소릴세. 한울님이 하늘에 있는 것이 아니고 우리 사람의 마음속에 있다는 소리는 그 소리여. 그렇게 그 소리를 달리하면 한울님인 사람의 먹을 것을 빼앗고 그런 한울님을 천대하는 모든 이 세상의 법도나 사람은 잘못된 법도고 잘못된 사람이니 한울님인 사람이 그런 못된 법도를 고치고 그런 못된 놈들을 쓸어 없애버린다 이것일세. 나는 이번 삼례집회를 보고 우리 사람들한테는 그런 힘이 있다는 것을 확실하게 믿게 되었네. 지렁이도 건드리면 꿈

틀한다는 것이 무슨 말인가? 지렁이도 건드리면 꿈틀거리는데 하물 면 사람이 건드리는데 가만있어야 되느냐는 소릴세. 지금 이 세상의 법도나 권세를 쥐고 백성을 누르고 있는 자들은 한울님인 사람을 그 냥 건드리기만 하는 것이 아니라 죽이고 있는 것이나 마찬가질세. 그러면 그 법도나 사람은 모두 쓸어 없애야지 않겠는가? 그런데 지 금 많은 사람들이 아직도 이것을 제대로 깨닫지 못하고 있어. 그것 은 대부분의 동학 접주들도 마찬가질세."

제자들은 숨을 죽이고 듣고 있었다.

"자네들이 오늘 이런 계를 만들어 나를 도와준다니 고맙네. 그러 나 나는 어디까지나 이 땅의 밑바닥 백성이 고통을 더는 데 조금이 라도 힘이 되자는 것이지, 나를 위해서 무슨 일을 하자는 것이 아니 네. 자네들이 나를 도와준다기보다 밑바닥 백성의 고통을 더는 데 나하고 자네들이 같이 가겠다는 뜻으로 받아들이겠네. 같은 길을 동 행하는 심정으로 일을 해나가세. 우선 내가 부탁하고 싶은 일이 몇 가지 있는데, 동네에 집강이 있는 동네는 그 집강들을 도와주고, 방 금 내가 말한 동학의 본지를 살려 동학에 입도한 사람이나 동학을 알고 싶어하는 사람들한테는 그런 동학을 널리 펼칠 방도를 한번 생 각해 달라는 것일세. 나는 며칠 뒤에 길을 떠나 한 달 가량 남도 지 방을 돌고 오겠네. 자네들 가운데서 수행을 하겠다고 하는데, 동행 할 사람들이 있은게 당분간은 그 사람들하고 그대로 다니겠네. 여기 남아 계실 김도삼 씨나 정익서 씨하고 의논해서 자네들이 할 일을 찾게."

전봉준은 말을 마쳤다.

동접계원들은 앞으로 할 일 몇 가지를 의논했다. 전봉준이 동접
계원들한테 포교에 대한 부탁을 하자 달주는 연엽이 생각이 나서 전
봉준을 찾아가 그 이야기를 했다.

"그 처자가 그런 처자였더냐?"

전봉준이 깜짝 놀랐다.

"우리도 듣고 놀랐습니다."

"그것 참 기특한 일이다. 요새는 여자들이 밤낮으로 물레방에 모
여 명을 잣은게 그런 여자들한테 포덕을 하는 일에는 그런 처자가
안성맞춤이겠구나. 김도삼 씨하고 의논을 해서 당장 일을 하도록 해
야겠다. 월공을 만나거든 그 처자 할 일로는 그만한 일이 없겠으니
내가 그런 일을 시키겠다더라고 해라."

전봉준은 아주 만족스런 표정이었다.

"그럼 그 처자를 한번 만나보시겠습니까요? 아까 말씀하신 동학
의 본지도 제대로 말씀하실 겸."

"그래라. 그럼 내일 아침나절까지는 내가 여기 있을 테니 한번 오
라고 해라."

"그렇게 하겠습니다. 그런데 선생님께서는 남도 지방을 한 달이
나 도신다고 하셨는데, 행로를 어떻게 정하셨습니까? 월공 스님 말
씀이 우리도 이제 일이 바빠진다고 하는데 무슨 일인지는 모르겠습
니다마는, 저희들도 월공 스님하고 남도 지방에서 일을 할 것 같습
니다."

"영광으로 해서 무안을 거쳐 남쪽으로 돌아 하동까지 다녀올 생
각이다. 혹시 어디서 만날지 모르겠다."

"아까 동행할 사람이 계신다고 하셨는데……."

"최경선 씨가 동행을 하기로 했다."

"그럼 편히 다녀오십시오. 저희들은 내일 아침 일찍 떠나겠습니다."

4. 만득이의 탈출

밤중이 이슥하여 만득이가 왔다.

"어뜨코 내빼왔냐?"

달주가 다급하게 물었다. 만득이는 그 사이 얼굴이 알아보게 해쓱해 있었다. 눈에서는 빛이 나고 있었으나 쫓기는 짐승처럼 안정을 잃고 있었다. 그러나 그 눈은 단순히 불안에 싸인 것만이 아니고 이글거리고 있는 것 같았다. 전같이 미욱한 모습이 아니었다. 얼마 사이에 사람이 딴판으로 달라진 것 같았다.

"호방을 작대기로 패놓고 내뺐소."

만득이는 눈이 더욱 빛나며 그 흥분이 지금도 가시지 않은 듯 숨을 씨근거렸다.

"호방을 패놓고 내빼요?"

용배가 벽에 기대고 있던 윗몸을 일으키며 물었다.

"예."

만득이는 불안한 듯 문 쪽을 흘끔거리며 대답했다.

"지난참에맨키로 한양으로 끌려가다가 내빼온 것이 아니라 호방을 패놓고 내빼왔다는 소리냐?"

"아니라. 그때 다시 한양으로 가서 철원인가 거그까장 갔다가 내빼왔소. 다시 왔다고 호방이 나를 때래죽일라고 하글래 그 몽댕이를 뺏어서 패놓고 내빼뿌렀소."

만득이 눈은 이글이글 타고 있는 것 같았다.

"어디 어뜨코 된 일이냐? 처음부터 차근차근 이애기를 해 봐라."

"예, 말씀드리겄소."

만득이는 말을 하면서도 불안한 듯 연방 앞뒷문을 돌아봤다.

"가만 있자, 내가 섬으로 뒷문을 개래놓고 오께."

달주가 밖으로 나가 뒷문을 가리고 들어왔다.

"어디 말해 봐!"

"예, 그란디 나 쪼깨 살려 주씨오. 혼자 멀리 내빼놓고볼라다가 내빼도 마누래하고 같이 내빼사 쓰겄글래 시방 이로코 숨어 있음시로 두 분 오시기만 눈이 빠지게 지달렀소. 지 마누라 쪼깨 빼내 주시오. 마누래를 놔두고 지 혼자 내빼갖고 멋하겄소? 지난참에 그 스님하고 두 분이 나보고 내빼뿌라고 하실 적에 내빼뿔 것인디, 그때 말씀 안 들은 것은 참말로 잘못했소."

잘못했다고 할 적에는 두 사람에게 고개까지 주억거렸다. 그는 연신 숨을 씨근거렸다.

"당신 마누라는 우리가 틀림없이 빼내 주겄소. 그 동안 어떻게 됐는가, 그 이야기부터 해보시오."

용배가 침착하게 말했다.

"오매, 참말로 고맙소. 우리 마누래만 빼내 주면 그 은혜는 죽을 때까장 안 잊을라요. 빼내 주기만 하씨오."

"알았소. 어서 이야기나 하시오."

용배가 거듭 채근했다.

"예, 그때 달주 도령님하고 작별을 하고 호방나리 댁으로 갔지라. 호방나리한테 사정을 하면 그리 안 보낼 중만 알았제 으쨌드라요."

만득이는 그 후의 이야기를 늘어놨다.

한양으로 보냈던 만득이가 나타나자 호방은 깜짝 놀랐다.

"이놈아, 으째서 돌아왔냐?"

"가다가 화적 떼를 만나 호방 나리께서 주신 서찰을 빼개부렀그만이라."

"화적을? 어디서?"

"함열이라든가, 거그 으슥한 디서 만났는디라 몸을 말짱 뒤지등마는 서찰까장 찾아냈그만이라."

만득이는 용을 쓰고 거짓말을 둘러댔다.

"그럼 그 서찰을 그놈들이 으쨌단 말이냐?"

호방은 튀어나올 것 같은 눈으로 만득이를 보며 물었다.

"그 서찰을 저한테 읽어줌시로 이대로 한양 가면 여영 여그는 못 올 것인께 저보고 내빼뿌라고 하등만이라."

만득이는 호방의 눈치를 살피며 말했다.

"그래?"

호방은 만득이를 이윽이 건너다보고 있었다.

"나리, 저는 그런 디 안 갈랍니다요. 이 댁에서 지 마누래하고 살라고만 하먼 먼 일이든지 다 할란게 살래 주씨오."

만득이는 징징 우는 소리로 이마를 땅바닥에다 사뭇 주억거리며 말했다.

"그놈들이 서찰에 먼 소리가 쓰여 있다고 읽어주더냐?"

호방은 착 가라앉은 목소리로 물었다.

"저를 저 함갱도 끄트머리로 보내갖고 여그는 여영 못 돌아오게 하라고 쓰였다고 읽어주등만이라."

"허허, 그놈들이 화적 떼들이면 화적질이나 할 일이제 맹랑한 짓을 했구만. 때려죽일 놈들 같으니라구."

호방은 능청을 떨며 만득이 눈치를 보았다.

"흥, 저 나이에 자식들도 안 부끄러까?"

그때 호방 마누라가 지나가며 *코똥을 퉁겼다.

"저놈의 여편네가."

호방은 마누라를 흘겼다.

"행랑아범, 어딨는가?"

호방이 큰소리로 행랑아범을 불렀다. 마누라한테 핀잔을 맞고 나서 그 화풀이라도 하듯 목소리가 거칠었다.

"예, 여그 있그만이라."

호방은 행랑아범 귀에다 대고 낮은 소리로 뭐라 일렀다. 행랑아범은 고개를 끄덕였다. 군아 어쩌고 하는 것 같았다.

"날 따라오게."

행랑아범이 만득이 곁으로 와서 힘없는 소리로 말했다.

"나리, 저는 이 집서 삽니다요, 나리."

만득이는 징징 우는 소리로 고개를 굽실거렸다.

"가 있어!"

호방은 퉁명스럽게 내쏘며 방으로 들어가 버렸다.

"어서 일어서게."

"나리, 살려 주십시오."

만득이는 닫힌 방문을 향해 고개를 굽실거리며 우는 소리를 했다. 행랑아범은 난처한 듯 그 자리에 서성거리고 있었다.

"일어서게."

만득이는 처참한 표정으로 일어섰다. 행랑아범은 대문을 열었다. 만득이는 발을 옮기다가 옆을 돌아봤다. 유월례가 부엌문 앞에 서서 치맛자락으로 눈물을 닦고 있었다. 만득이는 그 자리에 우뚝 섰다. 내외는 말뚝이 박힌 듯 서서 서로 바라보고 있었다. 유월례 양쪽 볼에 두 줄기 굵은 눈물이 흘러내리고 있었다. 만득이 눈에서도 눈물이 흘러내렸다. 유월례는 흘러내리는 눈물을 닦을 생각도 않고 그대로 서서 눈물만 주룩주룩 흘리고 있었다. 만득이 모습은 도살장으로 끌려가는 소가 저럴까 싶었다. 행랑아범은 아무 말도 하지 않고 서 있었다.

"가세."

안채 쪽을 흘끔거리던 행랑아범이 한숨을 깔아 쉬며 낮은 소리로 재촉을 했다. 만득이는 발걸음을 옮겼다. 유월례한테서 눈을 떼지 못한 채 발걸음만 옮기고 있었다. 만득이는 대문께서 다시 발을 멈쳤다.

"어응."

마치 짐승의 소리 같은 비명을 질렀다. 창자 속 저기 깊은 데서 터져 나오는 소리 같았다. 행랑아범이 다시 채근하자 만득이는 그 짐승 같은 소리로 울며 행랑아범 뒤를 따랐다.

"저를 어디로 데꼬 가락 합디여?"

눈물을 훔치고 난 만득이가 조심스럽게 물었다.

"어디는 어디겄는가, 군아제."

행랑아범은 한숨을 쉬며 퉁명스럽게 말했다.

"곤장을 칠라고 그라께라?"

"곤장을 칠지 매를 때릴지 누가 알겄는가?"

행랑아범은 여전히 무뚝뚝하게 대꾸했다. 두 사람은 한참 말없이 걸었다.

"화적들이 멋이라고 함시로 내빼라든가?"

한참 만에 행랑아범이 뒤를 돌아보며 물었다.

"거그 가먼 이리 못 오게 꽉 잡아노라고 그 서찰에 씌어 있은께 여그서 내빼부라고 하등만이라."

만득이는 더듬거리며 대답했다.

"그래서 멋이라고 했는가?"

"가라는 심바람을 안 가고 으뜨코 그라겄냐고 했제라. 나는 아무 것도 잘못한 일이 없는디, 그 서찰에 그런 뜽금없는 소리가 씌어 있다고 하글래 여그 와서 호방나리께 사정을 할라고 왔등마는."

만득이는 다시 흐느꼈다.

"아무 잘못도 없는 자네한테 호방이 왜 그랬겠는가 그것은 안 생각해 봤는가?"

행랑아범은 만득이를 흘끔 돌아보며 물었다.

"으째서 그랬으까라?"

"나도 잘은 모르겠네마는 자네 마누래 얼굴이 너무 이쁘등만."

"멋이라? 마누래 얼굴이 이삐기는 이뻐요마는 그것이 으쨌다는 말씸이오?"

만득이는 잠시 어리둥절한 표정이었으나, 이내 짚이는 것이 있는 듯 말꼬리를 흐렸다.

"이런 소리를 해서 쓸란가 모르겠네마는, 저 사람은 이삔 여자만 보면 사죽을 못 쓰는 사람이네. 아까 호방 마누래가 *오금박는 소리 못 들었는가?"

"그라제마는……."

만득이는 눈에 빛이 났으나 그래도 긴가민가한 표정이었다. 호방이 자기 마누라가 욕심이 나서 자기를 그렇게 멀리 보내버리려 한다는 끔찍한 사실을 인정하고 싶지 않은 모양이었다. 행랑아범은 입을 다문 채 앞만 보고 걸었다. 군아가 가까워지고 있었다.

"그라면 나는 으째사 쓰꺼라?"

만득이가 다급하게 물었다.

"낸들 알겠는가?"

행랑아범은 힘없이 밀했다.

"그람, 시방 저를 옥에다 가둘라고 이라께라?"

"자세한 내막이사 알겠는가마는, 도로 그리 보내든지 다른 디 어디 먼디다 다시 풀잖을까 싶네."

"오매, 또 저 혼차만 그리 다시 보내든지 다른 디다 풀아라? 그람 저는 으짜사 쓰께라? 저는 우리 마누래하고 떨어져서는 죽었으면 죽었제 못 사요."

군아 문 앞에 이르고 말았다.

"지금은 시상이 전하고 많이 달라져서 종들도 멀리 내빼서 잘들 살기도 하는가 부데마는……."

행랑아범은 한숨 섞어 푸념처럼 아리송한 소리를 하고 나서 나졸한테 만득이를 넘겼다.

다음날 새벽 나졸이 옥에서 만득이를 불러냈다. 결박을 지어 아 문 밖으로 끌고 나갔다. 읍내를 빠져나갔다. 장정 세 사람이 기다리고 있었다. 나졸들은 그 장정들에게 만득이를 넘겼다. 장정들은 만득이를 앞세우고 북쪽으로 길을 잡아섰다. 전날 왔던 길을 되짚은 것이다.

"아니, 가만 있자. 너 하학동 이주호 집 종 아녀?"

날이 새자 장정 하나가 만득이 얼굴을 알아보고 알은체를 했다.

"아이고, 도련님!"

만득이는 깜짝 놀라 반색을 했다. 이주호의 이복동생 이갑출이란 사내였다.

"허허, 일이 되아도 되하게는 되아뿌렀네. 그란디 니가 시방 으짜다가 이런 꼬라지가 되아뿌렀냐?"

"서방님, 나 잔 살래 주씨오. 아무 죄가 없는디 이라요."

"내가 너를 살래 줄 심이사 있겄냐마는, 으짜다가 이로코 험한 꼬라지가 되았는가 어디 그 사정이나 한본 들어보자."

이갑출은 전에 말목장터를 누비던 건달로 행실이 개망나니였다. 이주호는 그를 항상 눈엣가시처럼 생각하고 있다가 그가 남의 부인을 건드려 말썽이 생기자 그걸 빌미로 말목서 못 살게 쫓아버렸다. 그 뒤 줄포 선창가에서 건들거린다는 소문이었다.

"저를 어디로 델꼬 가락 합디여?"

"한양!"

"오매, 그람 나는 으째사 쓰께라."

만득이는 울상을 지었다. 이갑출은 일이 어떻게 된 것인지 그것부터 말을 해보라고 채근했다. 만득이는 사정을 대충 늘어놨다.

"화적들이 내빼라고 종주먹을 대는 것을 기냥 왔등마는 시방 이꼴이오. 나 잔 살래 주씨오."

만득이는 징징 울었다.

"허허, 그 씨발놈."

이갑출이 이야기를 듣고 나서 욕설부터 퍼부었다.

"니 사정을 듣고 본게 대차나 기가 맥히게 생겄다. 그란디 내가 너를 이로코 델꼬 간다마는 내가 너한테 유감이 있어서 이란 것이 아닌게, 나한테는 섭섭하게 생각 마라잉. 나는 너를 한양까지 데러다 주기만 하면 내 일은 끝나분다. 들어본게 호방 그 씨발놈이 느그 마누래한테 홀닥 반해갖고 너를 시방 이 지랄인 모냥인디, 니기미, 너같이 심덕 좋고 허우대도 그만한 새끼가 으짜다가 팔자를 타고나도 좆같이 해필 종 팔자를 타고나서 이 지랄이냐?"

들떼놓고 욕설을 퍼붓는 것이 호방하고 깊이 배가 맞은 것이 아니고 돈 몇 푼에 이런 일을 맡은 것 같았다.

"서방님, 내 말 쪼깨 들어주시오. 내가 다시 한본만 더 호방 나리께 사정을 해볼랑께 한양 가드라도 호방나리 댁을 다시 한본만 댕겨서 가십시다, 서방님."

이갑출은 자기를 서방님이라 부르는 만득이한테 호감이 느껴졌다. 자기를 이주호와 혈연관계 속에서 부르는 호칭이기 때문이었다. 이주호와 그런 관계로 지내기를 바라서가 아니고, 이주호 식구들은 자기를 개새끼 취급도 제대로 하지 않는데, 서방님이라 부르는 만득이는 자기를 그들과 정성적인 관계로 보고 있었기 때문이다.

"야, 정신 채러, 정신. 니가 시방 호방놈한테 가서 사정을 하면 멀라고 사정을 할래? 우리 각시는 내다 대꼬 살란게 우리 각시한테 그런 맘 잡수지 마시오, 이랄래? 그런 야드레 삶은 호박에 도래송곳도 안 들어갈 소리 할 생각은 첨부터 하지말고, 억울하면 니가 타고난 종 팔자나 한탄해라. 느그 각시 얼굴을 나도 한본 봤은께 말이다마는, 그 얼굴 본께 나도 꼭 하루 저녁만 데꼬 자봤으면 원이 없겄드라. 종놈 팔자에 그로코 이삔 각시 데꼬 산 것부터가 애초에 잘못이여, 이놈아."

이갑출은 뭐가 우스운지 혼자 한참 낄낄거렸다.

"그람 나는 으째싸 쓰께라?"

만득이는 미치겠다는 표정이었다.

"지난번에 화적을 만났을 적에 내빼불제 그때는 먼 충신 났다고 안 내빼불고 기냥 돌아왔디야? 그때 내빼갖고 느그 각시를 몰래 빼내든지 그랬으면 쓸 것 아니냐?"

136

"그때는 아무것도 모르고……."

"활인불을 만나도 지대로 만났는디, 아이고 빙신. 끌끌."

"활인불이 멋이다요?"

만득이가 돌아보며 물었다.

"사람을 살리는 부처님이 활인불이제 멋이기는 멋이여, 이 빙신아."

"그때 지가 잘못해도 크게 잘못한 것 같소."

"가만 있자. 그란디, 으째서 이주호 그 새끼가 느그 내외를 호방놈한테로 냉겼으꺼나? 살림이 어려워서 팔아냉길 행팬도 아니고, 거 참 그 대목이 미오하네."

이갑출 얼굴에서 껄렁하던 장난기가 싹 가시며 눈이 빛을 냈다.

"으째서 느그 내외를 그리 냉겼다디야?"

이갑출이 눈빛을 사뭇 번쩍이며 물었다.

"그것은 잘 모르겄는디라, 이번 살변 일로 저를 호방 나리께서 문초를 했는디……."

"이 씨발놈아, 멋이 이뻐다고 그런 새끼보고 말끝마다 나리 나리냐?"

이갑출은 만득이 말을 채뜨리며 핀잔을 주었다.

"저 같은 놈이 그로코 안 부르면 멋이라고 부르거이오."

"그런 개새끼들한테는 기냥 그 새끼라고 해뿌러."

"지가 지난본 실변에 잽혀갔느니, 그내 호방이 저를 분조함시로 본게 지 심지가 고와서 욕심이 났다는 것 같습니다."

만득이는 자기가 잡혀갔던 경위를 간단하게 말했다.

"아이고 빙신, 그란께 심지가 좋아서 욕심났단 소리만 믿고 끄덕 끄덕 호랭이굴로 다시 기어들었구나."

"지가 그때 참말로 잘못했소."

"그란디, 너같이 죄상이 뻔한 놈을 으째서 다른 사람도 아니고 해 필 호방이 문초를 했으까?"

"그것은 잘 모르겠소?"

"그람, 문초함시로 멋을 묻디야?"

만득이는 또 떠듬떠듬 말을 했다. 이갑출 눈치를 살피며 경옥 이 야기를 묻더란 말은 하지 않았다.

"야, 이 새꺄, 너 시방 나한테 감추는 것이 있어. 내가 누군지 알지야? 시상을 눈치 한나로 살아온 놈이여. 지대로 말해. 지대로 말을 하면 나도 너를 봐줄 수도 있어, 이 새꺄."

"감춘 것 없어라."

만득이는 시르죽은 소리로 이갑출 눈치를 살폈다. 이갑출은 뒤따르고 있는 패거리를 돌아봤다.

"느그들은 저만치 떨어져서 와!"

이갑출이 패거리를 멀리 뒤로 따낸 다음 은근한 소리로 다그쳤다.

"이주호 집안 사정 물었지야?"

"오매, 어뜨코 그것을 아요?"

만득이는 놀라는 표정이었다.

"이 새끼야, 내가 누구냐? 니 뱃속을 손바닥에 놓고 디래다보대끼 환히 디래다보고 있어. 지대로 말해 봐. 가만 있거라, 오라부터 풀어주께."

이갑출이 만득이 오라를 풀었다.

"아따 참말로 고맙소. 이 은혜 안 잊을라요."

만득이는 오라에 묶였던 단사자리를 양손으로 문지르며 이갑출을 향해 사뭇 허리를 굽실거렸다.

"임마, 내 말만 잘 들어봐, 이까짓 오라가 문제냐? 느그 마누래하고 같이 살 수 있는 방도도 나올 수가 있어."

"오매, 먼 수가 그런 수가 있으께라? 나 잔 살래 주씨오."

"살래 주라고 할라면 그런 사정 이얘기부텀 지대로 해사 쓸 것 아니냐. 전후 사정을 내가 지대로 알아사 너를 살래 주든지 죽을 쑤든지 먼 궁리가 터지잖겠어? 내 말 알아묵겄냐 못 알아묵겄냐? 당장 이로코 오랏줄 풀어준 것부터가 으짜냐? 이만하면 내 배짱 알겄지야. 엔간한 배짱 갖고 이로코 오라를 풀어주겄냐? 나무는 큰 나무 덕을 못 봐도 사람은 큰사람 덕을 보는 것이여."

"알겄그만이라."

"그람 어서 말해 봐. 이주호 그 씨발 새끼 사정 봐줄라고 하지 말고 다 털어봐. 그 새끼가 사람 같은 새끼면 너를 그런 무지막지한 호방놈한테 냉개갖고 이로코 험한 졸갱이를 치게 하겄냐? 이런 일이 다 이주호 그 씨발놈 탓이여."

만득이는 호방이 물었던 대로 경옥이 이야기를 대충 늘어놨다.

"가만 있자. 그라면, 그 경옥인가 그년이 달준가 그놈한테 죽자사 자한다는 소리는 참말이냐?"

"짚은 속이사 지가 어뜨코 알겄소마는 그런 소문이 동네에 퍼졌는디, 그것을 호방이 어뜨코 알았던가 알아갖고 꼬치꼬치 묻습디다.

호방은 강쇠가 그러더라고 합디다마는 미리 알고 있었던 것 같등만
이라."

"흐음. 그런께, 그런 것을 묻등마는, 그 매칠 뒤에 느그 각시를 이
주호가 호방집으로 냉기고 너는 옥에서 나오는 길로 한양으로 보내
더라, 이 말이구나잉?"

"맞소."

"그런께 내 짐작으로는 느그 내외를 호방 놈한테 냉긴 것은 경옥
이 소문이 나면 큰일인께 그 말막음을 할라고 이주호가 그놈한테로
느그 내외를 냉긴 것 같은디, 니 생각은 으짜냐?"

"그런 속까지사 지가 어뜨코 알겄소마는, 그로코 말씀을 해서 듣
고 본께 대차나 그란 것 같기도 하그만이라."

"그런 어마어마한 일이면 말이다잉, 느그 내외만 냉기고 만 것이
아니라 돈도 쫀쫀하게 건내갔을 성부르다. 그 호방 놈이 으짠 놈이라
고 그런 일에 느그 내외 갖고 흥정이 끝났겄냐? 으짜냐, 니 생각은?"

"거그까장은 잘 모르겄그만이라."

이갑출 눈에 빛이 번뜩이며 만득이한테 말을 하면서도 연방 혼자
웃었다. 마치 무슨 보물이라도 남몰래 챙긴 표정이었다.

"오냐, 씨브랄 놈. 이주호 너 나한테 잘 걸렸다. 나한테 한번 죽어
봐라."

이갑출은 혼잣소리를 하며 이를 부드득 갈았다.

"지가 한양까장 안 가고 지 마누래하고 어뜨코 같이 살 방도는 없
겄소?"

"니 일은 여그서는 당장 어뜨코 해줄 궁리가 안 선께 한양까장 가

자. 한양까장 가갖고 경주인놈이 다른 데로 너를 넹기거든 그 사람들을 따라가다가 내뺄 궁리를 해라. 시방 나도 호방 서찰을 한 장 갖고 가는디, 보나마나 이 서찰에도 전에 화적들이 뜯어봤다는 그 서찰에 써진 소리가 씌어 있을 것 같다."

"한양까장 가라?"

"그람, 으짤 것이냐? 너한테 한 가지 단단히 일러두겠는디, 이러고 가다가 혹시래도 딴맘 묵었다가는 큰코다칠 거이다잉. 니가 내뺄불면 내 꼴은 멋이 되겠냐? 으짤래? 너한테 여그서 다시 오라를 짓그나 그냥 이대로 풀고 갔그나? 니가 나를 배반하고 내뺄라면 여그서 당장 오라를 질란다."

"아이고 먼 말씸을 그런 말씸을 하시오. 지가 어뜨코 서방님을 배반하고 내뺐겄소."

만득이는 펄쩍 뛰었다.

"참말로 안 내뺐겄다는 소리지야잉. 그라면 기냥 가자. 기냥 가는디, 이로코 니 사정 봐준 은혜를 배반하고 내뺄라면 내빼라. 내뺄라면 내빼는디, 너도 들어서 내 성질 알 거이다마는, 조선 팔도를 다 뒤져서라도 너를 찾을 것이다. 찾아갖고 으짤 것인지 그것은 내가 말을 안 해도 자알 알 거이다. 시방 이것이 먼 소린지 알겄냐, 모르겄냐?"

"아이고, 참말로 그런 걱정은 마씨오. 어뜨코 지가 서방님 은혜를 배반하고 내뺐겄소. 그것은 한나도 걱정 마시고 시 일이나 쏘깨 궁리를 해주씨오."

"알았다. 알았은께 우선 한양까장 곱게 간 담에 내빼와 갖고 줄포로 나를 찾아온나. 그때 가서 방도를 한번 생각해 보자."

"고맙소."

"알았으면 어서 가자. 시방 내가 마음이 사정없이 급하다. 꼭 가 슴속에다 화로를 뒤집어 자채논 속이다. 그 씨브랄 놈."

이갑출이 다시 이를 부드득 갈았다.

"으음, 개새끼. 나도 저하고 한 좆뿌리에서 떨어진 종잔디 울 어매가 첩이라고 니가 나를 참새 무녀리만치도 안 봤겄다. 오냐, 두고 보자. 니놈 살림 반쪽은 절딴내고 말 거이다. 너도 눈꾸먹에서 피 한 번 쏟아봐라."

이갑출은 이를 갈며 혼자 넋두리를 했다. 그는 그때부터 길 재촉 하기를 *곽란에 약 지러 가듯 했다. 그러면서도 그는 제물에 신명이 나서 실없는 농을 하기도 하고 턱없이 큰소리로 낄낄거리기도 했다. 더러는 혼자 무슨 생각에 골똘히 잠겨 있을 때도 있었다.

이갑출 어머니는 이주호의 아버지가 남의 마누라를 논 닷 마지기 를 주고 우격다짐으로 빼앗다시피 하여 첩을 삼았던 여자였다. 그에 게는 따로 논 열다섯 마지기를 주어 말목에서 살게 했는데, 이주호 아버지가 죽자 김제댁이 앞장서서 논도 도로 빼앗아버리고 나중에 는 이갑출 사건으로 모자를 아예 여기서 내쫓고 말았다. 읍내 건달 들을 돈으로 사서 욱대긴 바람에 이갑출은 하는 수 없이 쫓겨났으 나, 그는 지금까지 그 원한을 못 잊어 이를 갈고 있던 참이었다.

한양에 이르자 이갑출은 만득이를 경주인한테 넘겼고 또 경주인 은 평안도 강계 나졸들한테 넘겼다. 그 나졸들은 다른 일로 거기 왔 다가 양쪽 경주인들 사이에 흥정이 이루어져 만득이를 그리 데리고

142

가는 것 같았다. 만득이는 그 나졸들을 따라가며 생각해 보니 정말 영영 못 돌아올 데로 가는 것 같았다.

한양서도 이틀이나 더 가서 철원에 이르렀다. 그 사이 만득이는 이갑출이 가르쳐준 대로 아무 근심도 없는 것같이 천연스러웠다. 나졸들은 안심한 듯 별로 경계를 하는 것 같지 않았다. 나졸들이 곤히 잠이 든 틈을 타서 한밤중에 슬그머니 자리를 빠져나왔다.

도망을 치면서 제일 골칫거리는 기찰이었다. 그러나 이갑출을 따라오면서 모두 봐났기 때문에 기찰을 하던 데 이르면 길을 바꿨다. 나루터 도선목이 제일 곤란했는데 그런 데는 멀리 길을 돌아 강물을 헤엄쳐 건너기도 했다.

용케 고부까지 피해 온 만득이는 유월례를 빼내려고 호방집 근처를 얼씬거리다 그만 *순라 도는 나졸들한테 붙잡히고 말았다. 만득이는 호방 앞에 꿇렸다. 잠을 자다 한밤중에 일어난 호방은 대번에 상판이 똥 집어먹은 곰 상판이 되고 말았다.

"호방 나리 제발 살려 주십시오. 지 마누래하고 같이 살라고만 하시면 먼 일이든지 시킨 대로 잘 할라요, 호방 나리."

만득이는 징징 울며 이마가 땅에 닿게 고개를 처박으며 애원을 했다. 밖에 내건 희미한 장명등 아래 비치는 만득이 모습은 처참했다. 몸뚱이가 큰 만큼 꿇어앉아 고개를 주억거리고 있는 모습은 더 비참하게 보였다.

"이런 때려죽일 놈이 주인 말을 안 듣고 또 내빼?"

얼굴이 시뻘겋게 달아오른 호방은 대번에 마당으로 뛰어내려왔다. 곁에 서 있는 나졸의 창을 빼앗아 만득이 등짝을 사정없이 후려쳤다. 만득이는 그대로 대여섯 대를 끙끙 앓으며 맞았다.

"나리, 살려주십시오."

"저놈 꼴도 보기 싫다. 어서 묶어가지 못할까?"

"나리 제발."

"이런 때려죽일 새끼."

호방은 다시 이를 사려 물며 이번에는 장작더미 옆에서 큼직한 몽둥이를 집어들었다. 거진 발목 굵기였다. 머리끝까지 화가 치솟은 호방은 있는 힘을 다해서 몽둥이를 휘둘렀다. 만득이 등짝에서 떵 소리가 났다. 다시 몽둥이가 날아왔다. 그 순간이었다. 들어오는 몽둥이를 만득이가 한손으로 붙잡아버렸다. 호방을 건너다보는 만득이 눈에 빛이 번쩍했다.

"이놈의 새끼 봐라."

호방이 몽둥이를 빼앗으려고 홱 비틀었으나 만득이 손에 잡힌 몽둥이는 땅에라도 박힌 듯 끄떡도 안 했다. 몽둥이를 잡은 채 호방의 눈을 뚫어질 듯 노려보던 만득이는 호방 손에서 몽둥이를 홱 비틀며 벌써 자리에서 일어섰다.

"이 개새꺄!"

만득이는 이를 앙다물고 있는 힘을 다해서 그 몽둥이로 호방을 후려갈겼다. 몽둥이를 맞은 호방 어깨에서 대번에 딱 소리가 났다.

"아이고."

호방 어깨를 한 손으로 싸안으며 모로 쓰러졌다. 만득이는 호방의 몸뚱이에 거푸 몽둥이질을 했다.

"이 때려 쥑일 놈!"

그때까지 멍청하게 섰던 나졸들이 소리를 지르며 달려들었다. 만득이는 이번에는 달려드는 나졸을 향해 몽둥이를 휘둘렀다. 앞장섰던 나졸이 엉덩이를 맞고 나동그라졌다. 만득이는 다른 놈도 쫓아갔다. 작자는 창을 내던지며 줄행랑을 놨다. 만득이는 숨을 씨근거리며 돌아섰다.

"오매 오매, 으짤라고 이러시오?"

그때 유월례가 뛰어나오며 만득이 어깨를 끌어안았다.

"노씨오. 으짤라고 이러시오. 노씨오. 몽둥이 노씨오."

유월례는 만득이 팔을 잡고 울부짖었다.

"으응."

만득이는 짐승 소리 같은 비명을 내지르며 몽둥이를 떨어뜨렸다. 유월례도 흐느끼며 만득이 팔을 놨다. 만득이는 유월례 두 어깨를 잡았다. 만득이는 처참한 얼굴로 유월례 얼굴을 빤히 내려다보고 있었다. 유월례는 눈물로 맥질이 된 얼굴로 만득이를 쳐다보고 있었다. 유월례 어깨를 잡은 만득이 두 손이 부르르 떨고 있었다.

"가자. 내빼자."

만득이 소리는 여기서도 짐승의 비명 같았고, 유월례 팔을 잡은 몸뚱이 전체가 부르르 떨었다. 이미 대문께는 동네 사람들이 가득 몰려와 안을 들여다보고 있었다. 만득이한테 얻어맞은 나졸은 멍청하게 이쪽을 보고 있었다. 그중 하나는 군아로 달려갔는지 보이지 않았다.

"가자. 얼릉 내빼자!"

이내 만득이는 유월례를 끌었다. 유월례는 그냥 흐느끼기만 하며 빤히 남편 얼굴만 쳐다보고 있었다. 그렇게 쳐다보고 있는 유월례 얼굴은 마치 넋 나간 사람의 얼굴 같았다.

"가자. 얼릉 가자. 얼릉 내빼자!"

만득이가 거세게 유월례를 이끌었으나 유월례 몸뚱이는 그대로 윗몸만 한쪽으로 쏠릴 뿐이었다.

"얼릉 내빼잔 말이다."

만득이는 거세게 유월례를 끌며 소리를 질렀다.

"지가 내빼면 몇 발이나 가다 잽히겠소? 얼릉 당신이나 내빼시오. 잽히면 죽소. 얼릉 내빼란 말이오."

유월례도 이제야 정신이 난 듯 만득이를 떼밀었다.

"저놈 잡아라."

그때 너덧 명의 나졸들이 창을 겨누며 대문께서 쏟아져 들어왔다.

"이 새끼들!"

만득이는 다시 눈에 불이 켜지며 곁에 뒹굴고 있는 몽둥이를 집어들었다. 몽둥이를 집어든 만득이는 마치 절간의 사천왕 같았다. 만득이는 이를 앙다물며 나졸들을 향해 눈알을 부라렸다. 달려들던 나졸들은 그만 뒷걸음질을 쳤다. 그 사이 머슴들이 달려와 나동그라져 있는 호방을 떠메고 저쪽으로 갔다.

"얼릉 내빼시오."

유월례는 애가 닳는 소리로 울먹였다.

"으응."

만득이는 다시 처참한 얼굴로 유월례 얼굴을 보며 또 짐승 소리 같은 비명을 질렀다. 손에 쥔 몽둥이 끝이 파르르 떨고 있었다.

"얼릉 내빼란 말이오."

다시 유월례가 만득이를 밀었다. 만득이는 그대로 몽둥이를 든 채 다른 손으로 자기를 떠미는 유월례 손목을 잡았다. 다시 이윽이 유월례를 내려다보며 흑흑 흐느꼈다.

그때 대문 쪽이 웅성거렸다. 만득이는 홱 고개를 돌렸다. 나졸들이 또 몰려들어오고 있었다. 여남은 명이었다.

"이놈의 새끼들!"

만득이는 다시 몽둥이를 꼬나쥐며 그쪽으로 다가갔다. 나졸들은 주춤했다.

"나를 잡아봐!"

만득이는 악을 쓰며 쫓아갔다. 나졸들은 군중 속으로 우크르 도망쳤다. 만득이 이미 아까까지의 만득이가 아니었다. 길가의 장승이 살아나 그렇게 몽둥이를 휘두르는 것 같기도 했고, 수천 군사를 호령하며 적 앞에 버티고 선 장수 같기도 했다.

만득이는 다시 유월례를 돌아봤다.

"지발 존일 합시다. 얼릉 내빼시오."

유월례가 울부짖었다.

"오냐, 간다. 지금은 고이 간다마는 내 뼈가 뿌서져도 다시 너를 기엉코 댈러 올거이다, 으응."

이를 악문 만득이 입에서 또 짐승 같은 비명이 제절로 흘러나왔다. 그러나 그긴 아까 겉은 울음이 아니있다. 그 동안 가슴속에 응어리진 원한이 그렇게 한마디 비명으로 뭉쳐서 터져 나오는 것 같았다. 저 나이토록 종으로 살아오며 멸시와 천대 속에, 나무에 옹이처럼 천 겹 만 겹으로 맺히고 맺힌 원한이 터지고 있는 것 같았다.

"지발 덕분에 존일 합시다. 어서 내빼시오, 어서 내빼란 말이오. 잽히면 죽소, 잽히면 죽어."

유월례는 *가마솥에 기름 받는 소리로 애걸을 했다. 그때 만득이는 다시 몽둥이 잡은 손에 힘을 주며 소리를 질렀다.

"호방 놈의 새끼야 들어라. 만당간에 우리 마누래한테 손끝 하나만 대 봐라. 그때는 니놈 간을 내서 씹을 거이다."

만득이 고함소리는 그대로 지붕을 날려버릴 것 같았다. 기왓골이 울린다더니 정말 호방집 기왓골이 쩡쩡 울리는 것 같았다. 소리를 지르는 사이 손에 들린 몽둥이가 마치 짐승의 꼬리처럼 수평으로 쳐들리며 소리를 지를 때마다 끝이 파르르 파르르 떨고 있었다. 거진 발목만큼 굵고 제 키만한 생소나무 몽둥이가 저렇게 수평으로 쳐들리고 있다는 것부터가 놀라운 일이었다.

"아녀, 아녀. 니놈 간이 아니라 니놈 몸땡이를 발끄트머리부텀 머리통까장 와삭와삭 다 씹어묵어뿔 거이다. 이놈아, 내 말 맹심해라, 맹심해!"

만득이는 고함을 지르고 나서 금방 튀어나올 것 같은 눈으로 뒤를 돌아봤다. 그 사이 군중 앞으로 나섰던 나졸들이 다시 무춤 뒤로 물러섰다. 만득이는 몽둥이를 쥔 채 그 자리에 장승처럼 박혀 서서 이번에는 그 무서운 눈으로 집안을 한 바퀴 빙 둘러본 다음 다시 눈이 대문게로 갔다. 나졸들이 다시 한발짝 뒤로 물러섰다. 그 사천왕 같은 눈길에 나졸들이 제절로 그렇게 밀리고 있는 것 같았다.

"이놈의 새끼들, 나를 잡아봐라. 단매애 모도 패쥑애뿔 것이다."

만득이가 낮은 소리로 으르며 그쪽으로 뚜벅뚜벅 걸어갔다. 나졸들은 화닥닥 군중 속으로 도망쳤다. 그 순간이었다. 만득이가 휙 몸을 돌려 저쪽 담 곁으로 달려갔다. 거기 장작더미 위로 올라섰다. 훌쩍 뛰는가 하는 순간 만득이 몸뚱이가 사뿐 담 위로 올라앉았다. 만득이는 유월례를 다시 한번 봤다. 이내 담 너머로 만득이 모습이 사라지고 말았다.

"호방 그놈의 새끼 오랜만에 임자 한번 만났구만, 정말로 잘했소. 지난번에는 답답해서 미치겠더니 이제 당신도 당당하게 한몫 사람이 된 것 같소."

만득이 이야기를 다 듣고 난 용배가 감동적인 표정으로 치사를 했다.

"그럼, 이 뒤로는 어쩔 참이냐?"

"어뜨코 해서든지 지 마누래만 빼내면, 지리산 같은 산골로 들어가든지, 먼 데론 내빼서 살 작정이오. 지난번 우리 동네서 도망친 이세곤 씨하고 김칠성 씨하고 두 사람은 지리산으로 내뺐다는 것 같소."

진황지를 일궜다가 터무니없는 세미가 나온 바람에 동네서 도망친 사람들이었다.

"그래서 우리보고 느그 마누래만 빼내주라는 것이냐?"

"예, 유월례를 빼낼 궁리를 쪼께 해주시오. 지난번에 두 분 말씀을 안 들은 것은 참말로 잘못했소. 지 소원을 한번만 들어주씨오. 그 은혜는 평생 안 잊을라요."

달주는 용배를 건너다봤다.

"그 은혜는 죽을 때까장 안 잊을란께 꼭 한번만 저를 살래주씨오."

만득이는 죽을 때까지 은혜를 안 잊겠다고 할 때는 무릎에 올려놓은 주먹에 힘을 주었다. 퀭하게 들어간 눈에서는 눈물이 쏟아질 것 같았다. 만득이는 몸뚱이도 깍짓동만하게 우람했지만, 얼굴도 너무 무뚝뚝해서 그는 무슨 슬픔이나 기쁨 같은 감정은 처음부터 지니지 않았을 것같이 보였는데, 슬픔에 싸인 그의 얼굴을 보니 달주는 가슴이 찌르르했다. 만득이 얼굴은 금방 울음을 터뜨릴 것 같은 어린애의 얼굴이었다. 울음을 터치면 통곡을 터뜨릴 것 같았다.

"그 동안 너는 너대로 마누래 빼낼 궁리를 했을 것 같은디, 어디 니 궁리부터 몬자 들어보자."

달주가 밀했다. 용배는 곁에 앉아 두 사람이 주고받는 말을 그저 듣고만 있었다.

"지가 무슨 궁리가 있겠소. 강쇠 마누래보고 어뜨코 하든지 우리 마누래한테 내빼 나오라고 귀뜸을 쪼깨 해주라고 했등마는 서 발 너 발 도리질만 하요. 그랬다가 들통이 나는 날에는 으짤 것이냐고 똥 묻은 쇠발 털대끼 터요. 줄포로 이갑출을 찾아갈라다가 강쇠한테 지난번에 한양 가다가 달주 도령님 일행을 만났던 말을 했등마는, 강쇠 마누래 말이, 이갑출은 원래가 불량한 건달이라 그 사람은 믿을 사람이 못된다고 달주 도령님이 금방 오실지 모른께 기둘러보라고 해서 이로코 기둘르고 있었그만이라."

달주가 다시 용배를 봤다.

"당신이 다시 한양으로 끌려간 뒤 당신 마누라가 목을 매달았다가 그 집 식구들한테 발각이 나서 무사했다던데 그 소리 들었소?"

용배가 물었다.

"예, 여그 와서 강쇠한테 들었소."

만득이는 얼굴이 일그러졌다. 소처럼 가쁜 숨을 쉬었다.

"군아에서는 당신을 잡으려고 눈에 불을 켰을 것인디, 그 사이 어떻게 피했소?"

용배가 물었다.

"두승산에 숨어 있었지라. 거그 숨어서 내려다본께 나졸들이 산으로 오기는 옵디다마는 뒤지는 시늉만 하다가 가는 것 같등만이라."

"잘못했다가는 당신한테 맞아죽을 것 같아 그런 모양이지요."

용배 말에 달주는 웃었으나 만득이는 웃지 않았다.

"어떻게 할까?"

달주가 용배를 보고 물었다.

"지금 당장은 어려울 것 같소. 당신이 다시 당신 마누라를 데리러 온다고 해놨으니 호방 놈은 눈에다 불을 켜고 지키잖겠소. 또 호방이 그렇게 험한 꼴을 당했으니 어쩌면 당신 보복이 무서워서 마음을 고쳐먹을지도 모를 일이오. 그러니 조금 더 기다렸다가 계책을 세워도 세웁시다. 월공 스님을 만나면 그럴 듯한 계책이 나올 것이오. 전에 그이가 당신한테 하셨던 말씀도 있고 하니 그이를 만나 차근하게 의논을 합시다."

만득이는 눈만 끔벅거리고 있었다.

"그럼 당장 어떻게 피신을 하고 있지?"

달주가 끼어들었다.

"내일 갈 때 같이 데리고 가서 갈재 임두령 산채에 잠시 있게 하자."

"산채?"

달주가 놀라 물었다.

"거기만큼 안전한 데가 어디 또 있겠냐?"

용배가 웃었다.

"그러기는 한데, 아무나 그런 데를 드나들게 할까?"

"염려 마라."

용배는 다시 만득이를 향했다.

"당신은 여기서 눈을 좀 붙였다가 첫닭이 울거던 여기를 떠나시오. 그 길로 장성 갈재로 가서 재를 넘다가 중간에서 우리를 기다리고 있으시오. 우리는 여기서 아침을 먹고 뒤따라갈 테니 거기서 만납시다."

진산 박성삼 부자가 집에 당도하자 동네에는 엉뚱한 일이 벌어져 있었다. 방필만 집에서 내보냈다는 길례가 온데간데없이 어디로 사라져 버렸다는 것이다. 방가 집에서는 틀림없이 내보냈다는데 집에는 오지 않고 어디론가 종적을 감춰버렸다는 것이다. 이 소리를 들은 박성삼은 멍청하게 어머니의 얼굴만 보고 있었다.

"방부자 집에 월촌댁이라든가 그 여자가 그 집에 드산살이하는 여자라는디, 그 여자가 여그까장 바래다 주겠다고 한게 한사코 지 혼자 가겠다고 마다더라잖유. 먼 질을 체니 혼자 보내기도 그러고 해서 다시 바래다 주겠다고 해도 아무렇지 않은게 염려 말라고 혼자만 가겠다고 우기더래유. 그러코 마다는 것을 더 우길 수도 없고 혀서 깨름칙한 대로 그냥 혼차 가는 대로 두었다는디, 제 집에 간다고 간 사람이 온디간디가 없어져부렀으니 괴가 안날 일 아뉴."

길례가 그 집을 나간 며칠 뒤 길례가 옷가지를 놔두고 간 것이 있어 월촌댁이 그것을 가지고 여기 왔다가 집에 안 왔다는 소리를 듣고 깜짝 놀라더라는 것이다. 그러니까, 월촌댁이 여기 왔을 때는 이미 길례가 그 방필만 집을 나간 지 사흘이나 지난 뒤였다. 동네가 발칵 뒤집혔다. 동네 사람들이 말짱 나서서 뒤지동하고 이 동네까지의 길을 산속까지 뒤졌고, 길처 저수지나 냇가 웅덩이를 샅샅이 살피기도 했으나, 길례 종적은 꿩 귀먹은 자리였다는 것이다.

"그 월촌댁이라는 이가 그 집에 같이 있던 시악시들 말을 들어본게 그래 길례가 그 시악시덜한테 머리 깎고 절간에 들어가 중이나 되았으면 젤로 좋겠다라고 하더라잖유. 월촌댁이 그 소리를 듣고 또 배락같이 이리 달래와서 금산댁한테 그 소리를 전해 주었구만유. 그래서 시방 금산댁은 절로 딸을 찾아나섰지 않은게뷰. 떠난 지가 여러 날 되았구만유. 금산댁은 첨에는 지정신이 아니더만, 중이 되고 잡다더라는 소리를 듣고는 배락같이 집을 나섰구만유. 중이 되았더래도 목숨 한나만 붙어 있으면 을매나 다행이겠이유."

어머니는 아버지를 향해 말을 하고 있었으나, 실은 성삼이한테 하고 있는 셈이었다.

박성삼은 그날 저녁 내내 몸뚱이를 자반뒤집기를 하며 뜬눈으로 밤을 샜다. 날이 새자 밥도 먹는 둥 마는 둥하고 읍내 다녀오겠다는 핑계로 뒤지동을 향해 집을 나섰다. 동네를 나오며 박성삼은 길례 집을 한번 돌아봤다. 제절로 한숨이 새어나왔다. 길례로 하여 항상 건너다봐지고 지붕이며 담장까지 귀하고 사랑스럽게 느껴지던 집이었다. 그 집 지붕에서 깍깍거리는 까치마저도 길례하고 무슨 이야기라도 하고 있는 것같이 사랑스러워 보였었다. 동네 한쪽에 자리 잡은 길례 집은 그 집 뒤란으로 울창한 숲이 집 앞의 귀목나무와 함께 집을 넉넉하게 감싸고 있어 여간 아늑하고 여유 있게 보이지가 않았으나 오늘은 나간 집처럼 을씨년스러웠다. 박성삼이 저만치 가다가 다시 동네를 돌아봤다. 그 집 골목에 동네 조무래기들이 몰려 놀고 있었다. 문득 어렸을 때 기억 하나가 떠올랐다.

길례가 예닐곱 살 때였고 자기는 아홉 살 때쯤이었다. 지금도 살아 있지만 동네에 반편이가 하나 있었다. 나이가 스무 살이 넘었는데도 항상 침을 흘리고 헤 웃고만 다닐 뿐 제 나이도 모르는 반편이었다. 길례는 골목에서 같은 또래 계집아이들하고 얼려 그 반편이를 놀려주고 있었다.

"또출이 코는 주먹코, 또출이 자지는 말자지."

아무도 듣는 사람이 없는 줄 알고 낮은 소리로 사내아이들이 또출이를 놀려대던 흉내를 내며 킬킬거리고 있었다. 반편이기는 했지만, 스무 살이 넘은 총각이었으므로 계집아이들은 또출이를 놀려대기는 하면서도 누가 들을까 싶어 목소리가 여간 조심스럽지 않았다.

그때 성삼이 불쑥 나타나자 계집아이들은 깜짝 놀랐다. 서로 다른 아이 등 뒤로 숨으며 킬킬거렸다.

"소문낼란다, 또출이 놀렸다고."

박성삼이 킬킬거리며 왜장을 쳤다. 계집아이들은 어쩔 줄을 몰랐다. 박성삼은 계집아이들이 그렇게 부끄러워 허둥대는 꼴에 한껏 재미가 나서 연방 낄낄거리며 놀려댔다. 계집아이들은 마치 또출이 자지라도 만지다가 들킨 것처럼 골을 붉히며 쥐구멍을 찾았다.

"아, 우습다, 낄낄."

박성삼이 한껏 신이 나서 소리를 질러댔다. 다른 아이들처럼 골을 붉히고 있던 길례가 이내 눈을 오끔하게 뜨고 성삼을 노려봤다. 분한 듯이 숨을 씨근거리며 멀어져가는 박성삼을 노려보고 있었다. 한참 그렇게 노려보고 있던 길례가 갑자기 소리를 질렀다.

"성삼이 코도 주먹코, 성삼이 자지도 말자지."

길례가 앙칼지게 소리를 질렀다. 길례의 앙칼진 소리에 다른 계집아이들도 덩달아 소리를 질렀다.

"성삼이 코도 주먹코, 성삼이 자지도 말자지."

길례를 우두머리로 분풀이라도 하듯 계집아이들은 박성삼을 마구 놀려댔다.

"이놈우 기집애들 내가 소문 낸가 안 낸가 봐라아."

느닷없이 역습을 당한 박성삼이 화가 나서 소리를 질렀다.

"성삼이 코도 주먹코, 성삼이 자지도 말자지."

그들은 계속 놀려댔다. 박성삼은 이 계집애들을 죽인다고 쫓아갔다. 계집아이들은 깔깔거리며 길례 집으로 도망치고 말았다.

계집아이들한테 그렇게 놀림을 당해 버리자 박성삼은 마치 그 계집아이들이 그렇게 한꺼번에 자기한테 달려들어 함부로 자기 자지라도 주물러버린 것처럼 자지 끝이 스멀스멀했다. 그 계집아이들이 또출이 자지를 몰래 만지다가 자기 자지까지 함부로 주물러버린 것 같았다. 박성삼은 여태 숨기고 다니던 자기 자지가 그들 앞에 홀랑

내발겨진 것 같아 몹시 화가 났다. 이놈우 계집애들이 또출이한테 그런 소리 하다가 부끄런게 나를 놀려댔지, 두고 보자. 박성삼이 주먹을 쥐었다.

그 얼마 뒤 골목에서 갑자기 길례와 맞딱뜨리고 말았다. 길례는 벌겋게 골을 붉혔다.

"지난번에 나 놀렸지?"

박성삼이 부러 화난 얼굴로 으르자 길례는 더욱 골을 붉히며 어쩔 술을 몰랐다. 이렇게 골목에서 단둘이 만나자 지난번 앙칼지게 소리를 질러대던 것하고는 딴판으로 절절맸다.

"내가 소문 낸가 안 낸가 봐라."

박성삼이 *질지이심이 울러멨다.

"피이, 말순이한테만 다래 따다 주고."

길례는 엉뚱한 소리를 하며 앵돌아졌다. 박성삼이 당황했다. 실은 그 다래를 따올 때 집에 길례가 놀러와 있었으면 했으나 길례는 없고 말순만 누이하고 놀고 있었던 것이다.

"그 자리에는 니가 없었잖여?"

"피이."

길례는 부러 더 앵돌아진 표정을 짓는 것 같았다.

"이 담에 따오면 너는 더 많이 줄겨."

"또출이 소문내면 나는 느그 집 안가!"

"헤헤, 그 소문은 내불란다."

"그럼 생전 느그 집 안가."

길례는 잔뜩 볼이 부어 울상을 지었다. 박성삼은 킬킬거리며 골목을 빠져나갔다.

박성삼은 그때 소문낸다고 하자 되레 앙칼지게 되받아 분풀이라도 하듯 자기를 놀려대던 길례 모습이 떠오르며 그는 정말 어디론가 멀리멀리 도망쳐버렸을 것만 같았다. 그는 어려서도 성질이 그렇게 앙칼졌고 누구한테 지기를 싫어했다.

휘몰아치는 눈보라 속을 조그맣게 웅크리고 멀리멀리 내닫고 있는 길례 모습이 눈에 잡히는 것 같았다. 그 소문내면 생전 느그 집에 안 간다고 앵돌아지던 어렸을 때의 깜찍한 모습 위에 눈물을 흘리며 들판을 멀리멀리 달려가고 있는 모습이 너무도 선하게 눈앞에 아른거렸다. 연분홍 치마를 휘날리고 갑사댕기 꼬리를 나풀거리며 아지랑이 속을 끝도 없이 달려가고 있었다. 눈물 자국이 말라붙은 얼굴로 먼 데 허공을 바라보며 멀리멀리 내빼고만 있었다. 하늘로 하늘로만 한없이 한없이 솟아오르는 종달새처럼 그는 들판을 바람처럼 안개처럼 날아가고 있었고, 소리만 은은하고 형체가 보이지 않던 봄 들판의 종달새로 한없이 한없이 멀어져가고 있었다.

뒤지동 주막에 이르렀다. 박성삼이 주막 주모를 넣어 월촌댁을 불러냈다. 월촌댁은 금방 박성삼을 알아봤다.

"아이고매, 오셨구만유."

월촌댁은 반색을 했다.

"바쁠 텐디 감사하구만유. 우리 동네까지 발걸음을 하셨더라는디, 몇 가지 물어볼 것이 있어 왔구만유."

박성삼은 힘없이 입을 뗐다.

"멋이든지 다 물어보셔유. 내가 아는 대로는 다 말을 해 드릴 것인게 멋이든지 물어보셔유."

"중이 되고 잡다고 했다는디, 절 이름은 말을 안 했다던가유?"

"그런 것까지는 그 시악시딜한테 안 물어봤구만유. 그런 말 물어보기는 한나도 어렵잖은 일인게 금방 가서 물어봐다가 디리겠구만유."

"그라고, 또 혹시나 죽어불고 잡다는 소리 같은 것은 안 하더라고 하던가유?"

"그런 소리도 못 물어봤구만유."

"그라고, 그 색시들하고 오랫동안 같이 지냈으면 일이 이로코 되았을 적에는 그런 일 말고도 달리 짐작 가는 것이 있을 법한게 그런 것도 같이 물어봐 주셔유. 혹시 절로 갔으면 어느 쪽 절로 간 것 같냐구, 모르겠으면 남쪽으로 간 것 같냐, 북쪽으로 간 것 같냐 그런 것이라도 물어봐 주시면 감사하겠그만유."

"감사하고말고가 어딨겠이유. 그런 것은 한나도 어렵잖은 일인게 그런 심바람이라면 얼마든지 시키셔유. 얼매 안되는 동안이었제마는유 그 체니는 유독 안쓰럽고 또 같이 동학을 믿는 처지라 꼭 지 딸매이로 정이 흠빡 들어부렀구만유. 으짜면 그렇게 참한 시악시가 있는지 몸가짐이나 멋이나 한나도 나무랄 데가 없던 체니더만유. 그로코 마음이 곱고 얼굴이 꽃 같은 체니가 그런 못 당할 일을 당하는 것을 보니 참말로 시상이 면 시상이 이런 시상도 있는고, 그 체니가 어디로 종적을 감쳤다는 말을 듣고는 꼭 내 딸을 잊어분 것매이로유 가심이 아파서 꼭 죽겄구만유."

"지가 여그서 기둘르고 있을 텐게유, 그러면 가서서 물어봐 갖고 오실란가유."

"그라제라. 얼릉 갔다 오께라."

"나는 여그서 오래 기둘르고 있어도 아무 상관없은께 한나한나 조근조근 물어보셔유."

"아믄이라유. 그런 소릴수록 조근조근 물어봐사지라유. 여그 기둘르고 기시유. 얼릉 댕개올께유."

월촌댁은 치맛귀를 거머쥐며 바삐 주막 문을 나갔다.

"말하는 것 들어본게 청동골서 오신 젊은이 같은디, 정혼한 체니가 그 꼴이 되았으면 을매나 맴이 아픈가유? 저 방가놈 그런 짓 하고도 놈의 나이까장 묵는 것 보면 천도가 없는 모냥이어라. 천도가 있다면 하늘은 배락 두었다가 어디다 슬라고 저런 놈한테 안 때리겠이유?"

주모가 끼어들었다. 주막에 사람이 없어 다행이었다.

"염려해 주셔서 고맙구만유."

"워이구, 저런 늠을 놔두고 기룡산 호랭이는 또 멋을 묵고 사는지."

주모는 방필만 악매에 서릿발이 쳤다.

"그런디유, 인자사 퍼뜩 생각이 나는디유, 지가 여그서 그 체니가 옷 보퉁이를 들고 가는 것을 봤는디유, 저그 삼거리에서 잠시 서성 거리는 것 같더만유. 그로코 잠시 서성거리다가 저 아래로 가더만 유. 그때는 그러는가 부다 하고 즈그 집으로 가는 중만 알았지라. 그런디, 금방 총각이 월촌댁한티 어디로 간 것 같냐고 물은게 그때 잠시 저그서 망설이던 것이 생각이 나는디유, 내 짐작에는이라 아랫녘 으로 간 것이 아닌가 싶구만유."

박성삼은 주모 말에 화닥닥 정신이 들었다.

"저 삼거리에서 잠시 서성거리더라구유?"

"예, 잠시 서성거렸이유. 저 알로 갔는디 즈그 집으로 안 갔다면 어디로 갔겠시유. 전라도 쪽 말고는."

박성삼은 전라도 쪽에 있다는 큰절을 몇 개 떠올려보았다. 그러나 그런 큰절보다는 작은 절로 갔을 것 같았다.

"그런디라, 그 체니가 방가늠 첩이 되아부렸었는디, 그래도 시방 총각은 그 체니를 못 잊어서 그 체니를 찾으면 장개를 갈 생각인감유? 하기사, 그 늙은 거이 먼 심이 있어서 지대로 체니를 봤겠이유. 잠시 그놈 곁에 있었제마는, 몸이사 지대로 체니겠지라. 방가늠 나이가 칠십이 넘었는디, 아무리 인삼 녹용으로 장복을 한덜 그런 늙다리 연장이 지대로 심을 쓰겠이유."

주모는 자기가 물어놓고 주변머리 없는 소리를 했다 싶었던지 제 사날로 발명을 하느라 정신이 없었다.

한참 만에 월촌댁이 왔다. 바삐 달려왔는지 숨이 헐떡거렸다.

"아이고, 오래 기둘렀지라? 이런저런 이얘기를 하다 본게 늦었구만이라."

월촌댁은 숨을 헐떡이며 말했다.

"절 이얘기를 하기는 했는디, 절 이름은 말한 적이 읎다는 것 같고라. 죽어불겠다는 소리도 한 적이 읎다고 하더만유. 그 시악시딜 생각은 죽지는 안혔을 것 같고 워디로 갔는지는 모르겠제마는유 즈그들 짐작에는 꼭 절로 가서 중이 되았을 것 같다고 하더만유. 그러고 워느 쪽으로 갔겄냐고 한게 한 시악시는 기룡산으로 들어갔을 것 같다고 하고, 또 한 시악시는 전라도 쪽으로 갔을 것만 같다고 하잖유. 그 체니가 무슨 말을 혀서 그런 것이 아니구유 기냥 짐작이 그런 것 같다고 허구만유. 그리고 다른 짐작은 아무 짐작이 안 간다고 허구만유. 그래서 더 물어볼 말도 읎어서 기냥 왔구만유."

"감사하구만유."

박성삼은 거듭 감사하다고 인사를 하며 일어섰다.

"즈그 어무이도 그 딸을 찾아나섰다는디, 그라먼 총각도 그 체니를 찾아나설 생각인감유?"

월촌댁이 물었다.

"답답혀서 한번 물어라도 볼라고 왔구만유."

"아이고매, 또 한가지 있구만유."

월촌댁은 그제야 뭐가 생각난 듯 말했다.

"집을 나갈 임시에는유, 그 체니가 자꾸 노래를 불렀는디유, 노래를 불러도 서러운 노래만 불르드래유. 전에 나도 그 앞을 지날시로 그 체니가 입안엣소리로 흥얼거리는 소리를 들어봤는디유, 위짜먼 체니가 그로코 청도 좋대유."

박성삼은 새삼스럽게 가슴이 찌르르했다.

"고맙네유, 안녕히 기슈."

박성삼은 침통한 표정으로 월촌댁한테 거듭 고개를 숙이고 주막을 나섰다.

길례의 노랫소리가 귓결에 은은하게 들려오며 그가 노래 부르는 표정이 눈앞에 선했다. 길례는 어렸을 때부터 유독 노래를 잘 불렀는데, 그 할머니는 그가 노래를 부를 때마다 커서 기생질 나갈 거냐고 호령이었다.

추석 같은 때 동네 처녀들이 노래 부르며 노는 놀이를 할 적에는
으레 길례가 선소리를 도맡다시피 했으며, 따로 노래를 부를 때도 길
례가 단연 으뜸이었다. 처녀들 노는 집 울타리 뒤에서 동네 총각들과
숨어서 듣던 길례의 노랫소리가 손에 잡힐 듯이 귓결에 살아왔다.

> 댕기댕기 갑사댕기
> 울 오라비 호령댕기
> 우리 성님 눈치댕기
> 나한테는 사랑댕기
> 성 안에서 널뛰다가
> 성 밖에서 빠치었네
> 뒷집에라 김도령아
> 요내 댕기 줏었걸랑
> 그 댕기를 나를 주소
> 댕길랑은 줏었네만
> 한 솥에서 밥을 먹고
> 한 방에서 잠을 잘 때
> 고이고이 내어줌세

집에 이르자 뜻밖에 어제 같이 오다가 헤어졌던 거먹바위 황방호
가 와 있었다. 자기 집에 가서 길례 소식을 듣고 달려왔다는 것이다.

"그 때려죽일 방가늠을 워째사 쓰겠어?"

황방호는 박성삼을 보자 지레 흥분부터 했다. 자기가 나서서 발

162

랐던 일이 끝이 이렇게 되고 말았으니 더 화가 날 법도 했다.

그때 숨을 헐떡이며 들어서는 사람이 있었다. 거적눈이었다.

"아니, 니가 워쩐 일이냐?"

황방호가 깜짝 놀라 물었다.

"클났구만유."

거적눈은 숨을 발르느라 잠시 말을 멈추고 한참 헐떡거렸다.

"큰일이라니?"

황방호가 새삼스럽게 눈이 둥그레졌다.

"이, 이참에 가, 같이 갔던 고, 곰재 영감을 군아에서 포졸들이 나와갖고 자, 잡아가뿌렀구만유."

곰재 영감은 염소수염의 택호였다.

"멋이, 곰재 영감을 군아에서 잡아가뿌러? 언제?"

"조, 조금 아까유. 바로 잡아가는 것을 보고 지도 피했다가 배락같이 거먹바우로 황도인을 찾아갔잖겠이유. 가서 본게 여그 가셨다고 하글래 또 배락같이 이리 달래왔구만유."

거적눈은 한껏 치켜 올라간 눈을 더욱 치켜뜨며 숨이 넘어갔다.

"가만 있자, 그러면 이것이 시방 방학준가 그 작자 수작인가?"

황방호는 잠시 눈살을 찌푸리며 생각에 잠겼다.

그때 또 뛰어든 사람이 있었다. 이웃 마을 사람이었다. 그 동네서도 이번에 삼례 갔던 사람을 잡아갔다는 것이다.

"어라, 그러면 이것이 보통 일이 아니구만."

황방호가 당황하는 표정이었다.

"그럼 우리도 피해야잖겠이유?"

거적눈이 성급하게 말했다.

"이놈들 나오는 것이 심상찮소. 잠시 피해 있음시로 저자들 나오는 것을 지켜봅시다."

황방호는 거적눈을 달고 바삐 동네를 나갔다.

"금산 외가로 잠시 가 있으거나?"

황방호가 나가고 나자 아버지가 말했다.

"아버님은 그리 가 기십시오. 저는 그쪽 형편도 살필 겸 고산으로 가서 피했으면 으쩔까 싶구만유."

"그럼, 니 솔 대로 해라."

박성삼은 그 길로 집을 나섰다.

5. 갈재의 산채

달주와 용배가 장성 갈재 가는 길처 천원 역말에 이르렀다. 이 역
은 갈재를 앞두고 있는 마지막 역으로 장성까지가 하룻길이라 역이
꽤나 컸다. 앞서 가던 용배가 길을 멈추고 뒤를 돌아봤다. 방금 지나
친 도부꾼을 한참 보고 있었다. 도부꾼은 세 사람이었는데, 그중 하
나는 여자였다. *동구리를 인 것이 방물장수인 듯했다. 무슨 생각에
선지 용배는 그들을 그대로 한참 돌아보고 서 있었다.

"왜?"

달주가 물었다. 용배는 대답하지 않고 그대로 그 도부꾼들의 뒷
모습을 보고 서 있을 뿐이었다.

"왜 그래?"

달주가 거듭 물었다.

"여기 잠깐 있어. 좋은 수가 있을 것 같다."

용배는 달주를 거기 세워놓고 도부꾼들을 쫓아갔다.

"여보시오, 처사님들!"

도부꾼들이 뒤를 돌아봤다. 요사이는 이런 도부꾼들한테도 처사라는 존칭을 쓰고 있었다. 웬만하면 선달이니 생원이니 하는 것과 마찬가지였다. 처사란 초야에 묻혀 사는 선비를 일컫는 호칭이었고, 선달이란 문무과에 급제하고 아직 벼슬을 하지 않은 사람에 대한 호칭이었으며, 생원도 생원시에 합격한 사람을 일컫는 호칭이었다. 그러니까, 선달을 높여 부른 선다님이나 생원을 높여 부른 샌님 같은 호칭은 원래는 상민이 양반을 부르는 호칭이었는데, 요사이 와서는 웬만하면 상민들이 서로를 그렇게 불렀다. 상민도 택호를 가져 아무개 양반 아무개 댁 하는 것과 똑같은 시속의 변화였다.

"아주머니하고 얘기 좀 합시다."

용배는 그 중 방물장수 여자를 한쪽으로 따냈다.

"신발차는 톡톡히 드릴 테니 심부름 하나 해주시오."

"먼 심바람인디라우?"

"신발차는 뚝 잘라 5백 냥을 드리다."

"5백 냥이라우?"

여인은 5백 냥이라는 소리에 입을 떡 벌렸다. 돈이 엄청난 것도 엄청난 것이지만, 돈이 엄청난 만큼 그 심부름이란 것도 예사롭지 않을 것 같아 지레 놀라는 것 같았다. 그러나 여인은 겉으로 내색을 않으려는 눈치가 완연했다. 도부꾼으로 닳은 여자다웠다.

"돈이 많아 겁이 날 것이오마는 그렇게 어려운 일은 아닙니다."

"먼 일인가 들어보기나 합시다."

"어디 임방任房이오?"

"정읍이오?"

"종으로 있는 여자 하나를 빼오는 일이오."

용배는 어수룩한 척 까놓고 말하며 여인의 눈치를 살폈다. 어차피 이런 사람들을 상대하자면 반은 눈치싸움이었다.

"아이고, 그런 얘기라면 입 밖에 내지도 마시오. 우리 도부꾼들이라고 댕긴께 처신을 아무케나 하고 댕긴 줄 아실 것이오마는, 우리 보부상들 임방 법도는 군사들 군율보다 더 엄해라. 도부질 말고 그런 짓거리를 했다가는 도둑질한 것보담 더 무섭게 다스리오. 그런 짓이 짜드락이 나면 관가나 당사자덜한테 졸갱이치는 것은 두말할 것도 없고, 임방은 임방대로 무섭게 닦달을 하오. 당사자덜한티 짜드락이 안 나더래도 임방에서 알아노면 벌은 벌대로 받고 당장 임방에서 출문을 당하지라. 그래노면 호구길은 영영 맥히고 말잖겠소?"

여인은 고개까지 살래살래 저으며 잔뜩 겁먹은 소리를 했다.

"나도 대충 도부꾼들 임방 법도를 알고 있소. 그러길래 신발차를 5백 냥이나 드린다고 하지 않소. 5백 냥이 뉘 애기 이름이오?"

"하이고, 그래도 그러다가 짜드락이 나보시오. 꼴이 먼 꼴이 되겠소?"

여인은 연신 허겁을 떨면서도 말꼬리가 숙어들고 있었다.

"통채로 빼내오기가 정 어렵다면 그 집에 가서 그 여자보고 내빼서 이디로 오라더라는 말만 전해 줘도 돼요. 신발차는 그 반을 드리겠소."

"그래도 *추쇄를 당해서 그 사람이 잽해갖고 문초를 받는 날에는 젤

몬차 그런 소리 전해준 것이 누구였냐고 그것부텀 닦달할 것인디라."

"도부질로 돈 벌러 다니는 사람이 왜 그리 흥정이 답답해요. 아무리 돈이 흔해졌다고 이백오십 냥이 적은 돈이오? 그 여자가 여기까지만 무사히 오면 잡힐 염려는 없은께 그런 것은 안심하시오."

"그런 짓을 했다가 괜찮을란가 모르겠소마는 어디 사는 누군가, 그것이나 지대로 말씀을 해보시오."

적은 돈이 아니라 입맛이 당긴 듯 슬그머니 누그러졌다.

"고부 군아 호방댁 종이오. 유월례라는 젊은 여잔디, 아주머니가 빼내서 그 여자하고 같이 오거나 그 여자 혼자 오거나 인제든지 갈재만 넘어오란다더라고 하시오. 남편이 거기서 기다리고 있겠다더라고 하면 알 것이오. 그 여자 나이는 스물서넛 되고 얼굴이 절색이라 보기만 하면 대번에 아요."

"그람 아자씨가 그 여자 남편이오?"

"그 남편은 따로 있소."

"그러면, 그 여자가 올 때까장 날이면 날마둥 그 남편이 갈재서 지달르고 기실 것이오?"

"그러라고 할 참이오."

"그래도, 그 일이 하루 이틀에 될 일은 아닐 것인디, 날마둥 으뜨코 지키고 기시까라?"

"그것은 걱정 마시오."

용배는 만득이가 호방한테 저지른 일은 말하지 않았다. 웬만큼 귀띔을 해주어야 미리 조심을 할 것 같았으나, 너무 조심을 해도 안될 것 같고 또 지레 겁을 먹고 꽁무니를 빼고 말지 몰라서였다.

"유월례라고 했지라?"

"맞소, 유월례요. 일만 잘 해보시오. 오는 정 가는 정이더라고 그 돈으로 말지 않을 것이오."

"그라먼 몬자 고부 가서 그 집 사정부텀 알아볼라요."

"그러시오. 말씀하시는 것 보니 아주머니가 듬직하요. 말씀을 전하든지 달리 계책이 생기거든 갈재로 오시오. 재 꼭대기에 올라오셔서 수건을 남자들처럼 목에 걸고 앉아 계시면 그것이 아주머닌지 알라고 하겠습니다."

만득이더러 거기서 지키게 할 참이었다.

"알겠구만이라. 그로코 하면 나를 생판 모르는 사람도 영락없이 알아 보겄소. 여자가 목에다 수건을 두르는 법은 없는게라."

여인의 말을 듣고 보니 정말 그랬다. 자기는 별로 생각 없이 말한 것인데, 여자들이 목에다 수건을 거는 모습은 본 적이 없는 것 같았다. 남자들은 목에 수건을 거는 것이 예산데 어떤 경우고 여자들이 목에 수건을 거는 일은 없는 것 같았다. 그런 조그마한 것까지 남녀의 차이가 이런가, 경황 중에도 용배는 놀라운 생각이 들었다.

"선금부터 드리리다. 이거 백 냥이오. 나머지는 일이 성사된 다음에 드리겠소."

"오매, 먼 돈을 이라고 주시오?"

여인은 입이 벌어졌다.

"서로 믿고 하자는 일이니 받아누시오. 내가 그만큼 아주머니를 믿는다는 소리지요. 혹시 못 쓰게 된 어음쪽 하나 없소?"

"없는디라우."

용배는 돈을 건네며 주변을 두리번거렸다. 마침 저만치 오지그릇 조각이 하나 뒹굴고 있었다. 그걸 주워 돌멩이로 동강을 냈다.

"옜수다. 나머지는 갈재 너머 목란 가래주막에 맡겨노리다. 일을 성사시킨 다음에는 이걸 가지고 가서 아무 때나 그 주인한테서 챙기시오."

용배는 어음 한쪽을 여자한테 건네고 하나는 자기가 챙겼다.

"그라먼, 그리 알고 가볼라요."

여인은 어음쪽과 돈을 주머니에 챙기며 일어섰다.

"눈치껏 잘 해보시오."

"하는디까장 해볼라요."

여인은 고개를 꾸벅하고 돌아섰다.

용배는 길을 걸으며 달주한테 방금 했던 수작을 털어놨다.

"제대로 될까?"

달주가 고개를 갸웃거렸다.

"복잡한 일은 간단하게 생각하고 간단한 일은 복잡하게 생각하라는 것이 대둔산 두령님 말씀이다. 그 여자 언뜻 봐도 주변머리가 어지간해 보이더라."

두 사람이 재를 반쯤 올라섰을 때였다.

"오시오?"

숲 속에서 만득이가 불쑥 나타났다.

"무사했소?"

"예, 아무 일도 없었그만이라."

"갑시다."

용배는 만득이한테도 아까 천원역에서 도붓장수에게 했던 수작을 늘어놨다.

"감사하구만이라우. 일이 되기만 하면 그 은혜는 죽을 때까장 안 잊을라요."

만득이는 노상 죽을 때까지 은혜 안 잊겠다는 소리밖에 할 줄을 몰랐다. 자기 아내만 빼내주면 정말 죽을 때까지 은혜를 잊지 않을 것 같았다. 이런 소리를 예사 사람이 할 때는 그저 웬만한 다짐으로밖에 안 들렸으나 만득이의 그 다짐은 그게 단순한 다짐이 아니라 그 말의 액면대로 속속들이 사실인 것같이 느껴졌다.

"혹시 당신 마누라 언문 깨쳤소?"

"야, 깨쳤구만이라. 우리 마누래가 밤이면 갤쳐줘서 지도 언문을 깨쳤소."

만득이는 용배 말이 땅에 떨어질세라 얼른 받았다. 그만큼 자랑스럽기도 한 모양이었으나 그걸로 무슨 일이 더 쉽게 되지 않나, 숨을 죽이고 용배의 다음 말을 기다렸다.

만득이는 사랑방에 굴러다니던 춘향전을 하나 얻어와 그것으로 아내한테서 언문을 배웠다. 아내가 바느질을 하며 기르쳐 주는 깃을 한자 한자 판자에다 숯으로 써가며 배웠던 것이다.

"다행이오. 다음에 무슨 일이 있으면 글로 써서 그 도부꾼한테 보내시오."

"고맙구만이라우."

만득이는 또 고개를 주억거렸다.

"그런데, 아무리 답답한 사람들이라고 요새 같은 세상에 지금까

지 종살이를 하고 있는 사람도 있단 말이오? 당신들 내외는 그 집 씨
종이었소?"

"지는 씨종이고라 우리 마누래는 그 집으로 폴래왔지라우."

"그럼 당신은 몇 대나 그 집에서 종살이를 했소?"

"우리 어무니를 줏어다가 그 집이서 키웠더래요."

만득이는 떠듬떠듬 자기 내력을 이야기했다.

그 집에서 만득이 어머니를 주워온 것이 아니라 흉년에 길거리에
버려진 아이를 관가에서 주워다 그 집에 맡겨 종을 삼게 했던 것이
다. 전에는 대역죄인의 가족이 아니면 종이 될 수 없었으나 조선왕조
중엽부터 이런 제도가 생겼다. 노비를 관장하는 장례원에서는 세 살
미만의 기아를 주워다 원하는 사람에게 맡겨 그를 길러 종으로 삼도
록 했던 것이다. 그러니까 전에는 사육신 같은 대역죄인의 가족을 노
비로 만드는 것과, 그 노비들이 자식을 낳아 노비가 되는 자연증가의
방법밖에는 없었으나, 이때부터 노비 재생산의 새로운 방법이 생긴
것이다. 임진왜란 뒤부터 도망노비가 급증하는 반면 자연증가 이외
에는 노비가 생겨나는 일이 드물어 전체적으로 노비 수가 줄고 있었
는데, 버린 아이를 구하는 길로 이런 법이 마련되자 노비가 생겨나는
새로운 제도가 생긴 셈이었다. 나라가 백성을 제대로 구하는 것이 아
니고 기껏 노비로 만들어 목숨을 이어가게 하는 이런 *군색스럽고
비인간적인 방법을 썼던 것인데, 그런 법이라고 제대로 시행될 리가
없어 여기서도 세 살짜리뿐만 아니라 여섯 살이나 일곱 살짜리 등 제
밥벌이를 할 만한 아이들까지도 그렇게 노비를 삼았다.

만득이 어머니도 그런 경우였다. 다섯 살 때 군아에서 감역 집에

맡겼던 것이다. 그런데 만득이 어머니는 다른 솜씨도 좋았지만 유독 길쌈 솜씨가 소문나게 좋아 이 이주호 집에서는 그를 어금니 아끼듯 했다. 입이 험한 김제댁도 만득이 어머니한테는 싫은 소리 한마디 하지 않았다. 그런데 만득이가 그의 어머니가 죽은 뒤에도 도망칠 생각을 하지 못한 것은 그 어머니로 인한 어쭙잖은 의리에 묶여서였다. 그 어머니가 병이 들어 오래 앓다가 죽었는데 그가 죽을 때 이주호 집에서 너무나 따뜻하게 구완을 해주었기 때문이다. 무슨 병인지 거의 일 년 가까이나 자리지고 누워 있었는데, 그 동안 약을 지어다 구완을 한 것은 물론이고 의원까지 두어 번 데려 보였던 것이다. 다른 집에서 종한테 하는 것에 비하면 이건 너무 과람한 일이었다. 다른 집에서는 종이 나을 수 없는 병에 걸리면 산자락이나 냇가에 움막을 치고 내다버리는 게 예사였다. 만득이가 어렸을 때만도 그렇게 내다버린 종을 여럿 보았다. 도매다리나 상학동 같은 동네서 그렇게 내다버린 종의 움막 앞을 무서무서 하며 지나다니던 기억이 생생했다.

그 어머니가 죽은 뒤로 동네 사람들 가운데서는 만득이더러 도망쳐버리라는 소리를 하는 사람도 여럿이었으나, 만득이는 이주호 집의 그 은혜를 생각하면 도망을 칠 수가 없었다. 유월례도 몇 번이나 도망치자는 소리를 했으나 만득이는 두말 않고 고개를 저어버렸다. 그 어머니가 그렇게 따뜻하게 해준 것은 유독 이주호 아내가 인정을 베푼 탓이었는데, 그런 인정도 배반할 수가 없었지만, 감역 아내의 그런 인정이면 언젠가는 속량贖良을 시켜 줄지도 모른다는 생각이 들기도 했기 때문이다.

일행이 재 꼭대기에 올라섰을 때였다.

"웬 놈들이냐?"

장한 두 사람이 손에 칼을 들고 뛰어나오며 벽력같이 소리를 질렀다. 세 사람은 무춤 멈춰섰다.

"아따, 사람 간 떨어지겠소. 시또 형님 신수가 훤해 보이오."

용배가 웃었다. 작자들도 따라 웃었다.

"신세가 축 늘어져 전라감사 같은 놈도 조카로 뵐 지경이다. 그런디, 씨발놈아, 먼 화상들을 둘씩이나 꿰찼냐?"

시또가 두 사람을 보며 핀잔이었다.

"형님 말뽄새는 어째서 항상 합수통이오?"

"씨발놈, 아가리 찢어지고 잡냐?"

생긴 것이나 말본새나 맞춰온 화적이다 싶었다. 허우대가 장승처럼 멋대가리 없이 껑충하고 상판은 주물러놓은 메주 꼴이었다. 뒤에 선 사내는 시또와는 대조적으로 얼굴도 해사하고 키도 작달막했다. 눈에는 촉기가 팔팔하고 몸매도 다부졌다. 나이는 용배 또래였다.

"망보고 계시오?"

"씨발놈아, 이 화상들은 먼 화상들여?"

턱으로 두 사람을 가리켰다.

"여기는 친구고 여기는 새로 동행이 된 사람이오. 믿을 만한 사람이니 염려 노시오."

"씨발놈아, 두령님께서는 너하고 둘만 올 것이라든디?"

"사정이 있어 그렇게 됐소."

"두령님께서는 저 화상은 모르지야?"

"모르지만 험하게 쏠린 인생이라 받아주실 것이오."

"그런께, 이 씨발놈아, 시방 이 화상들을 다 꿰차고 한 꾼에 산채로 들어가겠다는 소리냐? 산집 밥 죽인 지가 몇 년인디, 생짜를 꿰차고 어느 문전을 얼씬거리겄다는 것이여?"

산집이란 중들이 절을 절집이라 하듯 녹림객들이 산채山砦를 가리키는 말이었다.

"사정이 그렇게 생긴 걸 어떡할 거요?"

"이 씨발놈아, 지금은 두령님도 안 기서. 잘못 들어갔다가는 텁석부리 성님 목침에 니놈 대가리가 온전하들 못할 것이다. 요새 텁석부리 성님 집안 닦달하는 극성은 영감 죽은 시엄씨 극성이다."

텁석부리는 여기 산채 부두령 격인데 그는 수가 틀렸다 하면 우악스럽게 목침으로 조지는 버릇이 있었다. 댓바람에 목침을 내던지는 바람에 갈재 졸개치고 텁석부리 목침에 대갈통 안 맞은 사람은 몇 되지 않았다.

"문전 축객도 유분수지, 그럼 여기까지 왔다가 동지섣달에 한뎃잠 잠을 자라는 거요, 뭐요?"

"씨발놈아, 그것은 니놈 사정이여."

"허 참."

"그것은 그것이고 오랜만인께 술이나 한잔 하자."

그들이 숨어 있다 나왔던 바위 뒤로 갔다.

"벌써 한탕 쳤소?"

"씨발놈아, 출출해서 좀털이 한탕 했다. 요런 잔새미가 아니믄 하루죙일 어뜨코 요런 디 쭈그리고 앉았겄냐?"

젊은이는 *대석작을 벌려 앞으로 밀어놓고, 바위 뒤에서 옹기 술

병을 꺼내왔다. 대석작에는 잘 삶은 통닭 한 마리가 *온새미로 얌전했다.

"인사들이나 합시다. 여기는 달주라고 두령님과는 구면이고, 이이는 이 사람하고 같은 동네 사람이오."

달주하고 만득이는 그들에게 고개를 숙였다.

"나는 성은 기가고라, 이름은 얻은복이오. 그렁께, 성에다 이름을 붙여노면 가만히 앉아 있어도 복이 지절로 기어들지라우."

기얻은복 익살에 모두 웃었다.

"우리 동네서는 좀털이나 뜨내기질은 늙은 서방 첩년 서방질 닭 달하듯 서릿발치는데, 이 동네는 너그럽구만."

용배가 닭고기에 입맛을 다시며 이죽거렸다.

"그라면, 그 동네 사람들은 안주야 멋이야 놈의 살 묵을 목구녁은 천장에다 잡아매 놓고 산디야?"

"동네에서 가져오지요."

술잔에는 술구더기가 둥둥 떴다. 얻은복이는 닭고기를 큼직큼직하게 찢어 났다.

"쌀이나 찬 같은 것은 또 모르제마는 이런 술이나 안주까장?"

"근동 붙박이들이 대거리로 닭을 고아 오기도 하고 돼지를 삶아 오기도 하요."

"허허, 화적들이 *살전으로 목구멍을 에우다니, 그 동네 사람들은 죽어 화장하면 사리가 섬으로 쏟아지겠구나."

"개구리가 움츠리는 것은 멀리 뛰자는 속셈이지요."

"씨발놈아, 그로코 웅크리다가 허리 내려앉겠다."

176

시또의 거듭된 핀잔에 용배는 끝내 허허 웃고 말았다.

"야, 이 씨발놈아, 너 금방 오짐 누둥마는 그 좆 맨친 손으로 괴기를 막 주무르고 자빠졌냐?"

시또가 닭고기 찢는 얼은복 대가리를 쥐어박았다.

"멋이 살로 갈지 모른게 고루고루 먹어둡시다. 소금 안 찍어도 간간할 거이오."

"씨발놈아, 뜨물에도 애기 스더라고, 니놈 좆국 묻은 괴기 묵었다가 깐딱하면 팔자에 없는 애기 스겄다."

"아따, 그람 한나 나뿌시오."

"씨발놈아, 내가 느그 마누래냐?"

모두 한바탕 웃었다.

출출했던 다음이라 용배와 달주는 닭고기를 아귀아귀 우겨넣었다. 그러나 만득이는 잔뜩 주눅이 들어 상전댁 안방에 들어온 놈처럼 닭고기도 조금씩 뜯어 개진거리고 있었다.

"인자부터 마음 푹 노시오. 자, 염치 차릴 것 없이 막 뜯으시오."

용배가 만득이한테 닭다리를 하나 집어주며 말했다.

"술도 한잔 쭉 들고."

용배는 잔이 철철 넘치게 술을 따라 만득이 앞에 내밀었다. 만득이는 조심스럽게 받아 마셨다.

"두령님은 어디 가셨소?"

"모르겄다. 대둔산서 차고 온 졸개들이랑 달고 장성 쪽으로 가신 것 같드라."

그때였다.

"저것이 멋이오?"

얼은복이가 군령다리 쪽을 내려다보며 말했다. 대여섯 명이 지게에 무얼 지고 오고 있었다.

"저것덜이 먼 떼거리디야?"

시또가 그쪽을 보며 이죽거렸다.

"*근친 행차 아닌가 모르겄소?"

"짐은 이바지짐 같기는 같다마는 근친 행차라면 저만한 이바지짐에 으째서 가매가 안 따르까?"

"그로코 말씀을 해서 듣고 본께 대차나 그라기는 그라요."

얼은복도 고개를 갸웃거렸다.

"쩌그 가매가 오요. 말탄 신랑도 오고."

"웅, 그랬으면 그랬제? 씨발놈덜."

저만치 뒤에 산굽이에서 가마가 나타났다. 조랑말을 탄 것은 신랑 같았다. 꽤나 부잣집 근친 행차 같았다.

"지난참에 갔던 그 근친 행차가 *우귀하는 것 같구만이라우. 장성 김부자라던가 그 아들놈 말이오."

"맞다. 그런디 으째서 한 꾼에 안 오고 신랑 신부는 저로코 한참 뒤에 오끄나? 씨발 것들이 그새를 못 참아서 으디서 *한코 조지고 온디야, 으짠디야?"

"아따, 으디서 조지기는 조지라우, 신부가 오짐 눴던 개비요."

모두 킬킬 웃었다. 그 소리에는 만득이도 입을 조금 벙긋했다.

"저 잣것들을 이참에도 그대로 기냥 보내께라우?"

얼은복이 시또를 보며 장난스럽게 웃었다.

"털어봤자 번한 이바지짐인디, 씨발놈들, 저런 거서 한나 털고 뒷말 시끄럽잖겄냐? 더구나, 이바지짐을 여섯 짐이나 털어노면 먹거리 홍수가 날 판인디, 점심 요기하자고 소 잡는 꼴이 되겄고……."

"그라제마는, 저 잣것들이 여그가 어디라고 즈그덜 시상맨키로 왔다갔다 저라고 활개치고 댕기는디 그냥 뒤라우? 저것들이 시방 우리를 시뻐 봐도 사정없이 시뻐 본 것 같그만이라우. 신랑놈우 새끼를 잡아다가 기냥 칵 어플채놓고 좃대가리를 쏙 뽑아불든지 으짜든지 맛을 한번 뵈줘사 쓸 것 같소."

"씨발놈덜, 아니꼽기는 하다마는 신랑까장은 그라고저라고 할 것 없고, 우리 실속이나 쪼깐 챙기게 지난번매이로 퇴깽이몰이나 한바탕 해보끄나?"

"좋그만이라우. 그람, 그 퇴깽이몰이나 한바탕 합시다."

얻은복이가 팔짝 뛸 듯 좋아했다. 시또가 쿡쿡 웃으며 토끼몰이 하는 방법을 설명했다.

누구든지 짐을 이고 이 재를 올라오면 여기 재꼭대기에서 쉬어가기 마련이고 그 짐은 저 건너편에다 받친다는 것이다. 그런 짐 가운데서 털만한 짐을 점찍으면, 미리 한 사람은 저 건너편 숲 속에 숨어 있고 두 사람은 저 아래 숨어 있다가, 그 사람들이 짐을 받치고 쉬어 앉으면, 저 아래 숨어 있던 두 사람이 갑자기 숨을 헐떡거리고 뛰어오며, 금방 토끼가 이리 쫓겨와 저 바위 밑으로 숨었다며 우리가 토끼를 길로 쫓아낼 테니 그쪽을 좀 막아달라고 한다는 것이다. 그래놓고 잔뜩 벼르며 토끼 모는 시늉을 하는 사이 저 건너편에 숨어 있던 놈이 짐을 하나 지고 저쪽으로 내뺀다는 것이다.

시또 설명에 용배는 한참 웃었다. 세 놈 다 꼭 동네 개구쟁이들 같았다.

"우리 싯이 퇴깽이몰이를 할 텐께 당신들은 저쪽에서 퇴깽이 잡는 구경이나 하시오."

시또가 키득거리며 달주와 만득이한테 말했다.

"너는 얼른 건너가서 숨어 있어."

"예."

시또 말에 얻은복이 훌쩍 일어나서 길 건너로 뛰어갔다.

"짐 쉉길 구덩이 곁에는 미리 나무잎삭을 많이 긁어모아 둬라잉!"

"알았소."

얻은복이 대답을 하며 건너편 산속으로 사라졌다.

시또하고 용배는 저만치 내려가 길 아래 은신을 하고, 달주하고 만득이는 숲 속으로 한참 더 들어가 숨었다.

한참 만에 이바지짐 짊어진 패거리들이 땀을 뻘뻘 흘리며 재 꼭대기로 올라섰다. 시또가 말했던 대로 짐꾼들이 길 저편에 자리를 골라 이바지짐을 받치며 가쁜 숨을 길게들 내쉬었다. 이내 가마도 올라오고 신랑도 올라왔다. 신랑은 말에서 내려 걸어오고 있었다.

그때였다. 시또하고 용배가 숨을 씨근거리는 시늉을 하며 뛰어올라왔다.

"저그다, 저 바우 밑에 숨었다. 우그로 올라가서 밑으로 몰아."

아까 자기들이 숨어 앉았던 바위 밑을 가리키며 시또가 소리를 질렀다.

"멋이여?"

수건으로 땀을 닦던 머슴들이 큰소리로 물었다.

"퇴깽이오. 그 길바닥으로 몰아낼 텐께 이쪽으로 가까이 와서 쪼깐 막아주시오. 퇴깽이가 시방 심이 다 팡져나서 대번에 잡을 수 있으거이오."

용배가 바위를 감싸고도는 사이 시또가 숨넘어가는 소리로 말했다. 머슴들이 이쪽으로 다가왔다. 토끼가 도망쳐 오면 잡을 수 있도록 길가로 늘어섰다.

"조깐 더 가까이 오시오. 내려오기만 하면 발로 차든지 주먹으로 치든지 잘 잡으시오잉!"

가마 속에서 신부도 토끼몰이하는 것을 내다보고 있는 것 같았고, 가마 곁의 신랑도 물론 구경을 하고 있었다.

그때 길 건너편에 숨었던 얼은복이 슬그머니 내려와 이바지짐을 하나 짊어지고 다시 산속으로 사라져버렸다.

"살살 몰아내려!"

시또는 길 쪽으로 토끼가 내뺄 수 있는 길을 내주며 용배한테 소리를 질렀다. 용배가 바위 쪽으로 조심조심 다가갔다.

"아이고, 저쪽으로 내뺐다."

용배가 소리를 지르며 저쪽으로 뛰어갔다.

"애끼 빙신!"

시또는 욕설을 퍼부으며 뒤따라 쫓아갔다.

"병신 같은 것들, 그런 솜씨 갖고 퇴깽이를 잡어야? 삶아논 퇴깽이가 웃다가 아가리 찢어지겄다."

머슴들은 한마디씩 핀잔을 주며 제자리로 돌아갔다. 그들은 농을 하며 한참 쉬어 앉아 있었다.

"그만들 가세!"

행수 격인 머슴의 말에 모두 일어섰다.

"우매, 내 짐이 어디로 갔어?"

"아니, 이것이 시방 먼 일이여?"

모두 눈이 둥그레져서 서로를 건너다봤다.

"어디다 받쳐놨디야?"

"여그다 받쳐놨제 으디다 받쳐놔라우."

모두 벼락 맞은 놈들처럼 어리벙벙한 눈으로 서로를 건너다봤다.

"가만있자."

행수 머슴이 뭐가 짚이는 듯 주변을 살폈다.

"금방 그 퇴깽이몰이한다는 놈들 소행이 아니까? 일부러 그런 짓을 꾸미서, 그 패거리 중에 한 놈우 새끼가 이짝에 숨었다가 짐을 짊어지고 이 길로 내뺀 것 같다. 멀리는 못 갔겄다. 어서 쫓아라!"

얻은복이 사라진 산길을 가리키며 행수 머슴이 소리를 질렀다. 머슴들이 우르르 쫓아올라갔다. 신랑, 신부 그리고 행수 머슴만 남고 모두 쫓아갔다. 한참만에 돌아왔다. 맨손이었다.

"없소."

"더 안 쫓아가고 왜 빈손으로 오냐?"

"꿩 궈먹은 자린디 어디로 내뺐지 알아사 쫓지라우?"

"허허, 이런 백여시 간 내먹을 놈들이 있는가?"

행수 머슴이 탄식을 했다.

"그냥 갑시다, 얼른!"

신랑이 다급하게 말했다. 금방 어디서 화적 떼들이라도 들이닥칠 것 같은지 사뭇 겁먹은 표정이었다. 신랑은 말 위로 홀딱 올라타며 거듭 재촉을 했다. 모두 짐을 지고 바삐 재를 내려가 버리고 말았다.

한참만에 저쪽에서 얻은복이 이바지 석작을 지고 나왔다.

"멋이디야?"

"모도 돼아지괴기요."

"허허, 돼아지괴기 풍년 만났구나."

큼직한 대석작에 돼지고기가 그들먹했다. 만득이와 달주도 이쪽으로 왔다. 모두 깔깔거렸다. 만득이 혼자만 겁먹은 표정이었다.

"술 남았지야? 어서 괴기부텀 썰어!"

얻은복이 돼지고기를 듬성듬성 썰었다. 모두 아귀아귀 우겼다.

"물이 쪽 빠져논께 그 괴기맛 한번 기차네."

시또가 돼지고기를 낄룩 삼키고 나서 감탄을 했다. 푸짐한 잔치판이 벌어졌다.

"우리도 그냥 여기 더 있다가 날이 저물면 같이 갑시다. 그렇게 어두울 때 들어가야 못 쫓아낼 것 같소. 설마 밤중에 쫓아내기야 하겠소."

"이 씨발놈아, 그람 나보고 안 쫓아불고 달고 왔다고 지랄하면 으짜게."

"그럼 형님은 먼저 들어가고 우리는 한참 있다가 따로 온 것같이 뒤에 들어가지요."

"씨발놈아, 텁석부리 성님 성미에 무사할 것 같냐?"

"한소리 듣죠, 뭐."

"죽든지 살든지 니 알아서 해라, 씨발놈아."

해질녘에 그들은 산채로 향했다. 빼앗은 돼지고기 세 짝은 만득이와 얻은복이 대거리로 지고 올라갔다.

산채에 가까워지자, 따로따로 온 것처럼 보이려고 시또하고 얻은복은 먼저 들어가고, 용배 일행은 한참 충그리고 있다가 해가 제 구멍을 찾아들어간 뒤에야 천천히 산채로 다가갔다.

산채는 산성 앞에 있다는데 산성은 시늉만 있었고, 무슨 산채라 할 만한 집도 보이지 않았다. 용배가 앞장을 서서 허물어진 성벽 가까이 다가갔다.

"누구냐?"

성벽 위로 얼굴 하나가 불쑥 나오며 소리를 질렀다. 수염이 텁수룩한게 텁석부리라던 부두목인 모양이었다. 망보던 사람이 이들을 발견하고 그에게 말한 것 같았다.

"용배요, 잘 계셨소?"

용배가 넉살 좋게 웃으며 다가섰다.

"달고 온 것은 누구냐?"

"염려 노시오. 이쪽은 두령님께서도 알고 계시고, 여기는 사정을 들어 보시면······."

"이놈우 새끼, 너 일통만 저지르고 댕긴다등마는, 여기가 어디라고 아무나 달고 와?"

"나도 그만한 분별이 있는 놈이오."

용배가 볼멘소리로 톡 쏘았다. 텁석부리는 용배를 잠시 쏘아보고 있다가 눈을 거둬들였다. 용배는 달주를 향해 눈을 찔끔했다. 세 사람은 성벽 무너진 데로 넘어갔다.

산채는 아주 교묘하게 들어앉아 있었다. 성벽 안쪽에 숯굴처럼 넓게 땅을 파고 서까래를 걸친 다음 흙을 덮고 그 위에 산딸기나무를 빽빽하게 심어놓았는데, 키대로 자란 산딸기나무가 성 안을 온통 뒤덮고 있었다. 성벽과 처마 사이에 겨우 사람 하나가 내려갈 만한 계단이 있었다. 그 계단 위만을 빠끔하게 남겨놓고는 성벽과 처마 사이를 마른 산딸기나 무로 뒤덮어놨고 바로 입구 곁에는 마른 산딸기나무를 부러 어설프게 단으로 묶어 놔두고 있었다. 그걸로 입구를 덮어버리면 성 안은 온통 앙상한 산딸기나무 숲이어서 누구도 성 안을 얼씬거릴 엄두를 낼 수 없을 것 같았다.

의외로 넓은 산채 안은 세 칸으로 나뉘어 있었다. 입구를 막 내려선 곳이 부엌이고, 나머지 두 칸은 방이었다. 안에 들어서니 별로 답답한 것 같지 않았다. 두어 사람이 용배한테 알은체를 했다. 시또와 얼은복도 이제 만난 듯 시치미를 떼고 알은체를 했다. 대여섯 명은 투전판을 벌이고 있었던지 다시 둘러앉기 시작했다. 그리고 윗목에는 두 사람이 신을 삼고 있었다.

텁석부리 태도 때문인지 세 사람을 보는 눈들이 싸늘했다.

"인사들이나 해라."

텁석부리가 말했다. 그는 금방 누그러진 것 같았다. 대둔산 두령 아들이라 용배의 위세가 통한 것 같았다.

윗목에 신 삼고 있는 두 사람이 나이가 많아 일행은 그들한테 먼저 절을 했다.

"나는 김확실이네."

광대뼈가 툭 불거진 자가 무뚝뚝하게 이름을 댔다. 서른대여섯쯤, 텁석부리하고 비슷한 나이로 보였다.

투전판에 붙어 있는 사람들은 건성으로 인사를 받았다.

"자네도 동학돈가? 여그 있는 사람들은 거진 동학도들이네."

"여그는 고부 접주 손발이나 마찬가집니다."

텁석부리 말에 용배가 대답했다.

"밥 남았지?"

"남았소."

텁석부리가 묻자 얻은복이 대답했다. 얻은복이 부엌으로 나갔다. 좀 만에 밥상을 들고 들어왔다. 상에는 밥 세 그릇과 큼직한 *투가리 둘이 놓여 있었다. 투가리 하나는 국이고 하나는 김치였다. 배추김치가 포기째로 투가리에 돌려앉혀 있었다. 다문다문 콩을 놓은 하얀 쌀밥을 밥그릇이 미어지게 눌러 담은 감투밥이었다.

"묵어!"

텁석부리 말에 셋은 고개를 주억거리며 숟가락을 들었다. 만득이는 제 밥그릇을 상 밑에 내려놓고 조금 비껴앉으며 숟가락을 들었다.

"왜 내리오?"

용배가 물었다.

"지가 어뜨코 도련님들하고 한 상에서……."

"얼른 상으로 올리시오."

용배가 화를 냈다. 용배 말에 만득이는 잔뜩 굽죄며 황송해 못 견뎌할 뿐 밥그릇을 상으로 올리려 하지 않았다. 용배가 화난 표정으로 거듭 나무라자 만득이는 하는 수 없이 밥그릇을 상에 올렸다. 그러나 만득이는 국 한 숟가락을 떠먹으면서도 조심스럽기가 뜨거운 데다 손 넣는 꼴이었다.

세 사람은 그득하던 밥 한 그릇씩을 마파람에 게눈 감추듯 했다. 얼은복이 숭늉을 뜨러 나가는 사이 만득이가 빈 밥상을 들고 부엌으로 나갔다.

"저 사람을 으뜨코 되아서 달고 왔다고?"

만득이가 나간 쪽을 턱으로 가리키며 턱석부리가 용배한테 물었다. 용배가 만득이 사정을 설명했다. 호방을 두들겨팬 것을 중심으로 대충 설명한 다음 그 마누라가 내일이나 모레쯤 내빼올지 모른다고 했다.

"이름이 멋이라고?"

만득이가 들어오자 턱석부리가 만득이한테 물었다.

"만득이오."

"여편네를 채간 놈이 호방이라고?"

"예."

만득이는 용배와 달주를 번갈아 보며 조심스럽게 대답했다.

"전에 니가 종으로 있던 집서 그놈한테 폴았단 말이지?"

만득이가 어물어물하자 달주가 나서서 대강 경위를 설명했다.

"니가 유월례를 마누라로 맞은 것이 언제냐?"

달주가 말을 하다가 막히자 만득이한테 물었다.

"지가 스뭄시 살 땐께 오년 전이지리."

그때 저쪽에서 신을 삼고 있던 김확실이 험한 상판으로 이윽이 달주를 노려보고 있었다. 웬일인지 눈초리가 한 길이나 추켜 올라가며 눈에 살기가 돋았다.

"니가 도망쳐 온 것을 감역 댁에서는 아직 모르겠지?"

"예, 도련님!"

만득이는 무슨 문초라도 받고 있는 꼴이었다. 그때 김확실이 눈에 불꽃을 튀기며 곁에 있는 목침을 집어들었다.

"야, 이 새꺄!"

김확실이 느닷없이 꽥 악을 썼다. 모두 작자들 돌아보는 순간이었다. 작자는 달주를 향해 사정없이 목침을 던졌다. 목침이 달주 머리를 아슬아슬하게 비켜 저쪽 벽에 텅 맞고 방바닥으로 굴렀다. 투전하던 사내들도 깜짝 놀라 돌아봤다. 달주는 벼락 맞은 꼴로 김확실을 건너다보고 있었다.

"너 이놈의 새끼, 너도 동학도라고 했지야?"

김확실은 일어서며 악을 썼다. 너무도 느닷없는 일인데다 또 엉뚱한 물음이라 달주는 입만 떡 벌리고 있었다.

"귓구먹에다 말뚝 박았냐? 너도 동학도지야?"

"예, 예, 동학돕니다."

달주는 잔뜩 겁에 질려 더듬거리며 대답했다.

"그라먼 인내천이란 소리가 먼 소리냐?"

이건 또 무슨 소린가 하는 표정으로 달주는 멍청하게 김확실을 건너다보고 있었다.

"인내천이 먼 소리여?"

"예?"

달주는 구원이라도 청하듯 시또와 작자를 다급하게 번갈아 보았다.

"야 새꺄, 인내천이 먼 소리냔 말이다."

작자는 깡 고함을 질렀다.

"사람이 곧 하늘."

달주는 떨리는 소리로 자신 없이 대답했다.

"그래, 사람이 곧 한울님이다. 그라먼 저 사람은 누구냐?"

만득이를 가리키며 물었다. 달주는 만득이와 김확실을 번갈아 봤다. 그때 김확실이 다시 목침을 집어들었다.

"이 새꺄, 대가리가 깨져사 정신을 채리겄냐? 사람이 한울님이면 이 사람은 누구냔 말이다."

"하, 한울님."

김확실 서슬이 여차하면 또 목침을 또 날릴 것 같아 달주는 몸을 뒤로 빼며 겨우 더듬거렸다.

"그래 한울님이다, 일어서라!"

김확실이 목소리가 조금 가라앉았다.

"예?"

잔뜩 주눅이 든 달주가 또 멍청하게 물었다.

"일어서!"

김확실이 목침을 을렀다. 달주는 얼결에 벌떡 일어섰다.

"너는 여태까장 아가리는 아가리대로 한울님 따로, 진짜 한울님 따로였다. 한울님한테 절을 해라. 한울님 뵈입시다. 여태까장 한울님을 몰라뵈서 죄만스럽습니다. 용서해 주시오, 이라고 질을 하는 거여."

김확실은 만득이를 가리키며 그에게 절을 하라고 했다. 달주는 또 멍청하게 김확실을 건너다보고 있었다.

"어서 절을 해!"

김확실이 또 목침을 을렀다.

"예, 예."

달주는 손으로 목침을 막으며 얼른 무릎을 방바닥에 꿇었다. 달주가 무릎을 꿇자, 만득이는 목침에 놀란 달주보다 더 기겁을 하며 몸을 한쪽으로 당겨갔다.

"이놈아, 거기 가만히 앉아서 절을 받아!"

김확실은 만득이한테 눈알을 부라렸다. 김확실이 거푸 으르자 달주는 하는 수 없이 만득이한테 큰절을 했다. 만득이는 안절부절을 못했다.

"너 나이가 몇이냐?"

"예, 스물여덟이오."

만득이는 새삼스럽게 눈이 둥그레지며 얼른 대답했다.

"너는?"

이번에는 달주한테 물었다.

"열여덟이오."

"그러먼 여기가 십 년 장이구나. 촘촘히 따진다치라면 성님이라고도 못할 나이다마는 그냥 성님이라고 부른다. 불러!"

달주는 또 멍청한 표정으로 김확실을 올려다봤다.

"너 이 새끼, 아직도 정신을 못 차렸냐? 너 이름이 만득이라고 했지야? 만득이 성님 하고 불러!"

여차하면 목침이 날아올 판이었다.

"서, 성님!"

잔뜩 주눅이 든 데다 억지소리를 하자니 혀가 제대로 돌아가지 않았다. 당하는 달주보다 만득이가 더 부쩍 못하고 똥마려운 놈처럼 오만상을 찌푸리고 있었다.

"다시!"

"성님!"

달주는 다시 제대로 불렀다.

"성님 그 동안 몰라뵈서 죄만스럽습니다, 이래!"

달주는 파탈을 하고 시킨 대로 했다.

"이놈이, 인자사 지대로 정신이 드는 모냥이구나."

김확실은 그제야 잔뜩 일그러진 웃음을 웃으며 목침을 내던졌다.

"가서 술이나 가져오너라!"

이내 텁석부리가 웃으며 얼은복한테 턱짓을 했다. 얼은복이 쪼르르 부엌으로 나갔다. 술방구리가 들어왔다. 돼지고기를 썰고 야단이었다.

"오늘 한 사람 도가 텄은께 걸팍지게 한번 마셔보자."

모두 잔에 술을 따랐다.

"마셔!"

모두 꿀꺽꿀꺽 들이켰다. 서로 잔이 오갔다.

"자!"

김확실은 달주한테로 잔을 내밀었다.

"종이라고 씨가 있는 줄 아냐? 아까 말했제마는 사람은 모두가 한울님이다. 요것이 동학 뼈대여. 기나 고동이나 모두가 절로 찢어진 아가리라고 나는 동학돕네 하고, 인내천이 으짜고 시천주가 으짜

고 아가리는 허벌나게 놀래대는디, 모도가 아가리 따로 행실 따로
다. 접주라고 곤댓짓하는 작자들도 그런 놈이 태반이여. 그래 인내
천이라고 나불대는 아가리는 으떤 아가리고, 종이라고 말을 탁탁 부
지르는 아가리는 으떤 아가리다냐? 한 아가리로 두말 하는 놈은 두
애비 아들놈이여. 나는 다른 것은 몰라도 그런 놈은 못 보는 놈이다.
더구나 여그가 으디냐? 한 작두 바탕에다 모가지를 같이 비고 사는
적굴이다. 이런 디 들어와서까장 도련님 으짜고 지랄이여?"

김학실은 말주변도 제법이었다.

"잘 알았습니다."

달주가 고개를 주억거렸다.

"나는 무식쟁이라 아는 것도 없다마는 사람이 한울님이라는 것은
알고 있어. 한울님이면 한울님인 거여. 땅도 아니고, 나무도 아니고,
짐승도 아니고 한울님이여, 한울님! 사람이면 다 한울님인께, 종 따
로 상전 따로가 아니고, 전부 한울님이라 이 말이다. 알겠냐?"

"예, 잘 알았습니다."

달주가 거듭 고개를 주억거렸다. 정말 크게 깨친 것 같은 표정이
었다. 술판이 무르익자 나이 따라 형이야 아우야, 금방 얼리고 말았
다. 다만 만득이는 아무리 일러도 파겁을 못하고 잡혀온 날짐승처럼
똥그란 눈만 말똥거리고 있었다.

"내가 자네를 달래 오란 것이 아니고 긴하게 의논할 이얘기가 있
어 오라고 했네."

"먼 이얘긴디라우?"

이주호 말에 조망태는 가볍게 물었다. 아까 올 때부터 짐작을 하고 있는 일이라 들으나마나 뻔한 소리였다. 여름 농기 사건이었다. 어제는 두레 영좌 김이곤을 불러다 달랬다. 조망태는 똥줄이 다급했구나 생각하며 자기도 김이곤처럼 부러진 소리를 하지 않을 생각을 하며 왔던 것이다.

"자네가 하도 농사를 근하게 짓글래 하는 말인디, 으짤란가 소작 두어 마지기 더 붙애볼 생각 없는가? 만득이란 놈이 나가고 난께 우리가 다 짓기도 심에 부치고 서너 자리 내놓 생각이네."

엉뚱한 소리에 조망태는 눈을 둥그렇게 뜨며 이주호를 건너다봤다. 순간, 머리를 스치는 생각이 들었다. 이 작자가 그 일이 마음대로 안 될 것 같으니까 소작으로 농간을 부리자는 것이구나. 만득이가 없다는 핑계를 대는데, 그렇다면 머슴을 하나 더 들여세우면 그만이다. 이만한 집에서 잔일만 하더라도 어차피 만득이 대신 머슴을 들여야 할 형편이었다. 속이 환하게 들여다보였으나, 입맛이 당기지 않는 것은 아니었다.

"서너 자리라면 어디어디를 내노실라요?"

"황토재 가기 전에 있는 서 마지기하고 동네 앞 길가 두 마지기하고 또 한 자리나 더 내놀 생각이네. 시방 자네한테 첨 하는 소린께 생각이 있으면 두 자리 중에서 한 자리 고르게."

두 군데 다 상답이었다. 땅도 걸고 물길도 깊었다. 그러나 조망태는 얼른 대답을 못했다. 어제 김이곤이 여기 불려갔다 왔을 내 자기가 했던 소리 때문이었다.

"그때 술이 취해서 거그 농기가 있는지 으짠지도 모르고 그로코 실수를 했은께 그러고저러고 할 것이 없이 양해를 해달라고 하는구만."

김이곤이 동네 사람들 앞에서 이주호한테 다녀온 이야기를 하자 조망태는 그 소리가 땅에 떨어지기도 전에 핀잔부터 퍼부었다.

"멋이 으짜고? 술이 취해서 그랬으면 지난번 씨래씻임할 때는 으째서 코똥을 팅개뿌렀으까? 그라고 팽소에는 농사꾼들이라면 강아지 새끼 무너리만치도 안 보등마는 으째서 초여름에 있었던 일을 여름 지내고 가실까지 지내놓고 겨울에사 생각이 났는가 모르겠구만잉."

"글씨 말이여, 나도 시방 그 생각인디, 그이가 으짜다가 인자사 눈이 지대로 열려서 농사꾼도 사람으로 뵈었으까?"

"환갑이 가까와온께 인자사 철든 모냥이구만."

중구난방으로 핀잔이 쏟아졌다. 동네 사람들은 이주호가 이렇게 나온 것은 동학도들이 전주로 몰려가서 기세를 올렸다는 소리를 듣고 겁을 먹은 것으로 생각하고 핀잔이 한껏 매서웠던 것이다. 아직 고부 군아에서 이렇다 할 조짐이 없었으므로 하학동 사람들은 관의 태도가 수그러진 것이 아닌가 성급하게 생각하고 있었고, 그 효험이 이런 데서도 나타나는 것으로 지레짐작을 한 것이다.

"그래서 멋이라고 대답했어?"

"내가 이러고저러고 할 처지가 아닌게 동계 때 가봐사 알겠다고 했제 멋이라고 하겠어."

"말 잘했구만. 동계 때는 따져도 단단히 따져사 써. 개도 짖는 개를 돌아보고 나무도 *가시 신 나무를 조심을 하는 것이여. 이번 전주 가서 안 봤어. 죽어만 지내던 동학도들이 그러고 나선게 감사란 놈도 벌벌 기잖더냐 말이여. 단단히 따져사 써. 양해를 해주라고 할라

194

면 동네 사람들 앞에 나와서 할 일이제 두레 영좌가 자기 집 머슴이 간디 집에 버티고 앉아서 불러들여다 양해를 해주라 마라? 안될 것이여, 인자부텀은 그로코 쉽게는 안되아. 뻥아리새끼가 발 벗었은게 항상 오뉴월인 중 아는디, 인자는 그로코 쉽게는 안 되아."

조망태는 단단히 별렀다. 동계 때는 정말 한번 야무지게 따질 판이었다.

이주호가 처음에 자기를 보잔다는 소리를 들었을 때는, 이렇게 가시세게 했던 소리가 이주호 귀에 들어간 것이 아닌가 해서 뜨끔하기도 했다. 그 소리가 꼭 귀에 들어가지 않았더라도 이런 일이라면 입이 바른 자기가 마음이 쓰였을 법도 하다고 생각하며 느긋한 기분으로 들어왔다. 그런데, 뜻밖에 소작을 들고 나오니 난처하지 않을 수가 없었다. 소작을 주겠다는 것은 자기 입을 막자는 것인데, 동네 사람들 앞에서 큰소리쳤던 체면상 덥석 받을 수도 없었고 그런다고 쉽게 내치기도 어려웠다. 소작이 탐이 나기도 했지만, 자기한테 제일 먼저 말을 한다며 좋은 눈으로 골라잡으라고까지 호의를 베푸는데, 그런 호의를 내친다는 것은 그만큼 적의를 보이는 것이 되기 때문이었다. 그 사건을 따질 작정이기는 했지만, 원수같이 적의를 보이자는 것은 아니었다.

"생각이 없지는 않습니다만……."

"이 사람아, 나는 자네 형편 생각해서 하는 소린디 으째 그런가?"

이주호는 눈을 둥그렇게 떴다. 저놈의 의뭉주머니, 성실 같아서는 내가 논 안 벌겠다고 뛰쳐나가겠다마는, 아이구, 목구멍이 웬수다, 웬수.

"으짠다기보담도 멋이냐, 저를 생각해 준게 감사하기는 하요마는, 나도 농사가 웬만해 논게 행팬을 생각해 봐사 쓰겠구만이라."

조망태는 결이 오르기도 했으나 누런 벼가 무륵하게 고개를 숙인 논이 눈앞에 아른거려 안 벌겠다는 소리는 선뜻 나오지 않았다.

"자네는 나를 어뜨코 생각하고 있는지 모르겠네마는, 나는 우리 동네서 농사짓는 것이나 멋이나 누구보담도 항상 자네를 질로 치고 있네. 논밭에 곡식이랏 것이 그것이 주인네 발자국 소리 듣고 자라는 것인디, 소작을 내놓기는 내놔도 농사짓는 것 본다치라면, 시언찮은 사람덜이 한둘이 아녀. 논밭에서 알 내는 것 보면 농사는 자네 같이 지어사 써. 논은 내 논이제마는 논속이사 일을 해본 자네가 더 잘 알 것인게 생각이 있으면 은제든지 애러 말고 와서 어뜬 자리 벌겄다고 자네가 찍소."

이주호는 엉뚱한 생색만 낼 뿐 농기 이야기는 입도 짝하지 않았다. 조망태는 맥살없이 물러나오고 말았다.

이주호 집에서 소작을 내논다는 소문은 그날 중으로 동네에 쫙 퍼지고 말았다. 강쇠네가 왜장을 치고 다녔던 것이다. 동네 사람들은 모두 눈이 번쩍 뜨였다.

"소작을 새로 시 자리나 내논다는디, 우리보고 누가 농사를 질로 잘 짓겄는가 말을 해보라고 하는디, 우리가 어뜨코 그런 것을 알겄소?"

강쇠네는 동네방네 쓸고 다녔다.

"소작 몇 마지기 갖고 동네 인심 다 궂히겠구나."

김이곤은 혼잣소리처럼 푸념을 했다.

이주호는 전에도 이런 짓으로 동네 사람들을 자기 밑에 꼼짝 못하게 묶어놓은 적이 있었다. 자기가 자작을 하겠다고 소작을 채뜨려 일년쯤 벌다가 다시 다른 사람에게 소작을 내놨던 것이다. 생논을 떼어 소작을 옮기면 말썽이 생겼으므로 그런 방법으로 소작을 옮겼던 것이다. 소작인들 사이에서는 한바탕 소동이 벌어졌다. 전에 벌었던 사람들은 그 사람들대로 나댔고, 새로 벌고 싶은 사람들은 또 그 사람들대로 잔뜩 굽죄고 기어들며 이주호 집 푸네기들이라면 강아지 새끼한테도 굽실거릴 지경이었다. 그때마다 맨손으로 들어오는 사람은 없었다. 씨암탉이 묶여오고 시루떡에 꿀단지가 줄을 섰다.

이주호는 이번에도 이 소작으로 동네 사람들을 손아귀에다 사정없이 틀어쥐어 버릴 작정이었다. 김이곤의 건방진 태도를 보고 난 이주호는 제 성미를 못 이겨 담배를 빡빡 빨며 속을 끓이다가 퍼뜩 이 생각이 떠올라 재떨이에 담배 대통을 탕탕 치며 이를 사리물었던 것이다.

소작을 세 자리만 공중에 띄워놓으면 동네놈들이 모두 주린 강아지 대궁상 곁에 어슬렁거리듯 제물에 고개를 숙이고 기어들 것은 불을 보듯 뻔했다. 그걸로 농기 사건을 후무리는 것은 물론, 명년 혼사 때까지 동네 사람들 입도 처깔을 시켜 경옥의 소문도 잠을 재워버릴 참이었다. 소작인이 정해질 때까지는 소작 염 있는 놈들이 서로서로 눈치 보며 제 발로 슬슬 기어들어 무슨 일리에는 누가 무슨 소리 하고 무슨 일에는 또 누가 무슨 소리 하더리고 묻지 않은 소리까지 시새워서 나불거릴 것이었다. 소작에 정작 임자를 찾아 규정을 내주는 일은 명년 못자리 때까지 가도 늦지 않을 것이니, 그 동안 자기는 오는 놈마다 응응하고 받자만 해주고 있으면 일은 제절로 되는 것이다. 그 사이 자기 집에 기어들던 놈들은 서로 저놈이 내 험담을 하지 않았는가 눈에 칼을 세울 것이고, 그러다 나중에는 여편네들끼리 머리끄덩이를 잡고 늘어지는 경우도 허다할 것이요, 그렇게 감정에 독이 오르는 날에는 시시덕거리며 귓속말을 하는 연놈들도 그만큼 줄어들 것이니, 동계 때 회의도 몇 놈들 마음대로 될 리가 없었다.

동네서 입이 제일 지저분한 조만옥이 꼬리를 사리고 안절부절 못하는 꼬라지를 보고 난 이주호는 재산 앞에 장사 있더냐고 한껏 느긋한 심정이었다. 이제부터 강쇠네가 이 소리 저 소리 입에 씹히는 대로 나불대고 다닐 것이므로 동네가 한바탕 발칵 뒤집힐 판이었다.

"강쇠네 나 잔 보세!"

예동댁은 집 앞으로 지나가는 강쇠네를 불렀다. 예동댁은 나이가 스물이 조금 넘었지만 타고난 성미가 싹싹하기도 했고, 평소 강쇠네를 여간 살갑게 대해 오지 않았던 터라 강쇠네를 부르는 소리가 한결 스스럼이 없었다. 더구나 예동댁은 요사이 이주호 집에서 며칠간 강쇠네하고 같이 일을 하기도 했던 참이었다.

"먼 일로 그라시오?"

강쇠네는 뻔히 알면서도 실없이 깔깔거리며 능청을 떨었다. 사실 동네 사람들은 하루 사이에 강쇠 내외를 대하는 태도가 싹 달라졌다. 사또 덕에 비장 나리 호사하더라도 강쇠네는 강쇠네대로 웃음소리가 한층 간드러졌다.

"다른 것이 아니고 그 감역나리 댁 소작 말이여, 내가 감역댁한테 말을 쪼께 해보까 으짜까 하는디, 이런 일이 첨이 되아논게 으뜨코 말을 해사 쓸 중을 모르겠구마. 이런 말을 맨입으로 해도 괜찮은 것인지도 모르겠고 말이여잉."

예동댁은 조심스럽게 말했다. 잔뜩 아쉬운 판이라 이런 말 한마디 묻기도 만만찮았고, 저 사람이 지금 속을 어디가 두고 있는가 눈치가 보여졌다.

"날마둥 그 집 드나드는 사람이 그런 소리 하기가 멋이 그로코 애럽다요. 그 집에 안 드나들던 사람들은 감역댁 한본 만나기를 갓 시집온 큰애기 친정어무니 기리대끼 하는디, 예동댁이사 날마다 만난 게 그것만이래도 어디요? 감역댁은 인정이 유달라는게 웬만하면 되껏이오. 슬째기 한번 운을 띠어보시오."

"아무케나 그런 말을 해도 괜찮으까?"

"아따, 걱정도 팔자요잉. 멋이 애러서 말 못하겠소."

강쇠네는 이런 일에는 자기가 미립이 났다는 듯 큰소리를 쳤다.

"그라면, 나도 쫌 봐서 말을 할란게 강쇠네 자네도 옆에서 쪼깨 거들어줘. 예동댁은 식구가 단출하다고 하제마는, 소작 서 마지기 갖고사 어뜨코 살겄냐고, 소작 마지기라도 주어서 묶어놔사 그 내외를 손 바쁠 때 불러내기가 내 사람맨키로 쉽잖겄냐고 지나간 소리매이로 한마디 거들어 줘. 오는 정 가는 정이라고 나도 다 생각이 없잖은게 옆에서 그로코 쫀 거들어 줘잉."

"아믄이라우. 오가는 정이라기보담도 우리 새에 내가 그런 소리 한마디 못하겄소. 글안해도 예동댁 솜씨가 그로코 짠지 몰랐다고 지난본 김장할 때 보고 예동댁 치사가 침이 마릅디다. 스무 살이 갓 넘은 젊은 사람이 양님 버무리는 솜씨나 일 가닥 추래가는 것이나 기

냥 나무랄 디가 없드라고 어뜨코 치사가 침이 붙으든지 곁에서 듣기
에 샘이 나서 똑 죽겄등만이라.”

“아이고, 멋이 그래. 좋게 보잔게 그라겄제.”

“감역댁은 예동댁이 마음에 쏙 든 것 같은게, 웬만하면 다른 사람
한테 안 갈 것이오. 맘 참참하게 묵고 말을 해보씨오.”

“그랄라네. 그런디, 으짠가? 나는 이런 일에는 통 먼 가늠이 안 간
게 묻는 소린디, 자네 짐작에는 내가 말을 하면 참말로 우리 집으로
한 자리 올 성부른가?”

“입안에 샛바닥 놀대끼 하던 유월례 내외가 나간 뒤로 시방 그 내
외 손 빈 자리를 누가 채우고 있소? 웬만하면 두 내외를 자기 사람
부리대끼 뭉꺼놓고 잡아서라도 예동댁 집으로 가제 그것이 어디로
갈랍디여? 기왕 놈 주는 전답 예동댁 집이다 주면 꽁 묵고 알 묵고지
라잉.”

“오매 오매, 그랬으면 을매나 조까. 이참에 소작 한 자리만 준다
면 참말로 먼 일을 못해 주겄어. 은제든지 부르기만 하면 묵던 밥도
내자채놓고 쫓아갈라네.”

“예동댁도 예동댁이제마는 예동 양반 일솜씨사, 이 동네서 누가
덮을 사람이 있겄소? 두레 장원을 두 번이나 하고 *총각대방이 거푸
이 년째지라우?”

“그라기사 하제마는.”

그때 장춘동이 들어섰다.

“아이고 어디 갔다 오시오?”

강쇠네가 반갑게 인사를 했다. 장춘동은 가볍게 인사를 받고 나

200

서 지게를 챙겨 지고 밖으로 나갔다. 원래 별로 말이 없는 사람이었으나 오늘은 더 얼굴이 굳어 있었다. 군아에서 곤장을 맞고 나온 형님 장일만 집에 다녀오는 길이었다. 못 먹어 쇠약한 몸에 곤장을 맞고 나온 장일만은 장독에 끙끙 앓고 누워 있었다. 그런 장독이든 예사 병이든 평소 먹는 것이 어지간해야 그 힘으로 이겨낼 것인데, 끙끙 앓고 누워 있으면서도 허한 창자에다 애꿎은 똥물만 밥 먹듯 들이켜고 있었다.

집에 들어가며 강쇠네가 두레 어쩌고 하는 소리를 들은 장춘동은 골목을 빠져나오다가 *동각 마당에 덤덤히 놓여 있는 들돌을 보며 길게 한숨을 내쉬었다. 열다섯 살에 저 들돌을 들어버리자 동네 사람들은 장사 났다고 혀를 내둘렀다. 그때 동네 사람들이 내지르던 탄성이 은은하게 귓결에 살아오고 놀라는 눈길들이 아련하게 떠오르며 장춘동은 세상이 새삼 허무하게 느껴졌다. 원래 몸이 강단진 내림이어서 형 장일만도 그렇게 힘을 썼다. 형제가 다 그토록 힘이 좋고 그 힘으로 누구보다 부지런히 일을 하고 농사를 짓지만, 지금 사는 꼴은 무엇인가? 부릴 것은 몸밖에 없기 때문에 형님은 이번에도 몸으로 곤장을 이겨내면 세미를 탕감해 줄지도 모른다고 그 무자비한 곤장 밑에 애꿎은 몸뚱이만 들이댔던 모양인데, 끝내 몸만 버리고 온 것 같았다. 매품 파는 흥부 이야기보다 더 처참했다.

장춘동은 그냥 발길 닿는 대로 산으로 올라갔다. 무슨 작정이 있어서 나온 것이 아니고 형님 꼴을 보고 나니 이다나 마음 둘 데가 없어 그냥 지게를 걸치고 나온 것인데, 만만한 데가 산분이라 무작정 산으로 올라가고 있었다. 장춘동은 호방을 패놓고 도망쳤다는 만득이 생각이 문득 떠올랐다. 자기는 비록 종은 아니지만 자기도 만득이처럼 무엇에 잔뜩 옥죄어 있는 것 같았으나 만득이처럼 당장 두들겨팰 호방 같은 놈도 없었다.

장춘동은 천치재 뒤쪽으로 가다가 양지바른 데 지게를 내려놓고 앉았다. 등태에 등을 기대고 호젓이 앉아 아득한 들판을 건너다봤다.

"총각대방이 거푸 이 년째지라?"

아까 집에 들어설 때 강쇠네가 하던 소리가 귓결에 남아 있었다. 그래 총각대방이 이 년째다. 동네 두레꾼들을 거느리고 저 들판을 누비며 모를 심고 논을 맸다. 그렇지만 소작 서 마지기의 내 꼴은 뭔가? 그 풍성한 여름 들판을 휘지르고 다니면서 모두가 내 논같이 뼈가 빠지게 농사일을 했지만, 가을이 되면 나한테 남는 것은 소작 세 마지기의 소출뿐이었고, 그 소출은 저 쓸쓸한 겨울 들판처럼 초라하다 못해 을씨년스러웠다. 만득이가 종으로 누구보다 검시게 일하는 것을 볼 때마다 종으로 저렇게 일을 해보았자 너에게 남는 것이 뭐냐고 안쓰럽게 생각했던 그 안쓰러움이 더러는 자기에게도 느껴지던 것이었는데, 자기를 향한 그 안쓰러움이 오늘은 유독 아프게 느껴졌다.

만득이가 호방을 두들겨패놓고 내뺐다는 사실에 새삼스레 가슴 뻐근한 감동이 느껴지며, 새 세상으로 훨훨 도망쳤을 만득이 모습이 통쾌하고 장하게만 느껴졌다. 자기를 옥죄어 묶고 있는 이 세상도 만득이가 호방을 패듯 그렇게 작살을 내야 할 것 같았으나, 그것은 도대체 막연하기만 한 일이었다.

장춘동은 일판에서 일로는 단연 으뜸이던 만득이와 자기 모습이 어른거리며 그의 생각은 그윽한 추억으로 한가하게 달리고 있었다.

농사꾼들의 일생은 들돌 드는 데서부터 시작되는 셈이었다. 이 동네서 그 들돌 드는 것부터 만득이와 자기는 으뜸이었다. 들돌 드는 일에는 여러 가지 이야기도 많았는데 그중에서 가장 두드러진 것은 누구는 몇 살 때 저 들돌 허리를 했느냐 였다. 들돌 허리 한다는 말은 들돌을 껴안고 허리를 편다는 말인데, 이 동네서 열두 살에 허리한 사람이 있었다는 이야기가 있었으나 그것은 누군지도 모를 만큼 전설처럼 전해지는 아득한 옛날이야기고 이 근래 그것으로 가장 크게 화제가 됐던 사람은 만득이였다. 그는 열세 살에 *해깝게 허리를 해버렸던 것이다. 그는 다른 아이들처럼 평소 들돌을 껴안고 실랑이를 쳐본 일도 별로 없었는데, 몇 번 껴안고 바둥거리더니 들돌을 무릎 위에 껴안고 허리를 펴버렸던 것이다. 동네 사람들은 입을 떡 벌리고 말았다. 그 나이에 들돌 허리를 한다는 것이 얼마나 대견한 일인가는 모두 자기들이 들돌을 들어보아 잘 알고 있던 터라, 만득이가 허리를 하자 동네 사람들은 모두 혀를 내두르며 설레설레 고개를 저었다. 장사 났다고 수군거리며 겁먹은 표정을 짓는 사람도 있었다. 그가 종이었기 때문에 그게 더 예사롭지 않게 보인 것 같았다. 천하를 차지할 장수는 가난한 집이나 종 가운데서 나온다는 옛날이야기 때문이었다. 옛날이야기에 어깨 밑에 날개가 난 아기장수는 한결같이 가난한 집이나 불우한 집에서 나왔다. 그러나 그런 이야기는 말 좋아하는 사람들 사이에서 한때 숙덕이다 말았으나, 그 뒤부터 동네 사람들은 만득이를 종이라고 만만하게는 보지 않았다.

만득이 다음으로 어린 나이에 허리를 한 것이 장춘동이었고 그의 형 장일만도 쉽게 허리를 했다. 장일만은 사람됨이 우직하고 꼬장꼬장하기만 했으나 장춘동은 형과는 달리 너름새가 있고 활달해서 아까 강쇠네가 말한 대로 두레 총각대방을 거푸 이 년째나 하고 있었다.

장춘동은 집이 찢어지게 가난하여 이주호 집에서 여러 해 머슴을 살다가 스물여덟 늙은 총각으로 재작년에야 장가를 들어 형님이 나누어 준 소작 세 마지기로 제금을 났다. 그는 농사가 세 마지기뿐이었지만, 두레 일을 할 때가 되면 동네 일손을 한손에 쥐고 동네 농사일 전부를 추려나갔다. 그가 일 추려나가는 두름성은 누구도 그를 따를 사람이 없었다.

장춘동은 두레 일이라면 항상 제 일같이 몸을 아끼지 않았다. 총각대방이란 두레가 일을 할 때 일을 총지휘하는 사람이었다. 두레에는 제일 우두머리인 영좌가 있고 그 밑에 부영좌 격인 도감이 있었으며, 모심기나 논매기 등 일을 할 때 일판에서 일을 총지휘하는 총각대방이 있었다. 그리고 총각대방을 거드는 조사총각이 있었으며 회계를 맡아보는 유사가 있었다. 그러니까, 두레에는 이 다섯 가지 임직이 있었는데, 모두 중요한 일은 조사총각을 뺀 네 사람이 결정을 했으나 작업 현장에서의 실권은 총각대방에게 있었다.

두레는 16세부터 55세까지 손발에 찬물 묻혀 일하는 사람이면 누구든지 다 들어와 모내기부터 세벌 논매기까지의 동네 농사일 전부를 맡아 해버리는 농촌의 작업공동체였다. 팔도 논농사 짓는 동네치고 두레 없는 동네는 없었는데 농사일이 가장 바쁠 때 동네 일손 전부를 장악해버리는 이 두레는 그만큼 강한 결속력과 구속력이 있었다. 만약 두레에 들어올 나이가 되었는데도 두레에 들어오지 않으면, 우물길을 막아버리거나 심하면 멍석말이를 하는 경우도 있었다. 멍석말이란 사람을 멍석에 말아 몽둥이질을 하는 집단 사형私刑이었다.

두레의 임직은 매년 정월이나 2월 동계 때 늘 새로 선출을 하므로 임기가 1년인 셈인데 얼마든지 연임이 가능했다. 두레의 임직은 두레꾼들이 평소에도 영좌님, 대방님 하고 그 임직으로 호칭을 하여 존경을 나타냈다. 그러나 비록 영좌라 하더라도 기본 조건은 같이 일을 하는 것이었다. 영좌라 하여 두레꾼들 위에 지배자로 군림을 하는 것이 아니라, 어디까지나 평등한 동료 가운데 제일인자일 뿐이었다. 그러나 영좌에게는 대단한 권한이 있었다. 그 하나는 일할 때 오늘은 누구네 집 일, 오늘은 누구네 집 일 하고 그날그날 할 일을 결정하는, 말하자면 작업 배분권이었다. 그리고 두레의 재산을 사용하는 권한도 영좌에게 있었다. 동답에서 나오는 소출과 두레 일로 농사가 많은 집에서 걷어 들이는 품삯, 그리고 정초에 걸립을 쳐서 걷어 들이는 수입 등의 두레 재산은 그 보관은 동임이 하지만 사용권은 영좌에게 있었다. 두레에 나온 일손에 비해 농토가 많은 집에서는 미리 정한 값으로 품값을 받아내는데, 거기서 받아낸 품삯을 농사가 적은 집에 나누어주는 것이 아니라 그게 두레 재산이 되었으므로 두레에는 상당히 많은 재산이 모아졌다. 물론 중요한 씀씀이는 동계에서 결정하고 또 임직들과 의논을 했지만 웬만한 것은 영좌가 사용할 수 있었다.

농촌 노동력의 최성수기인 모내기 때부터 논매기 때까지의 농촌 노동력을 거의 완벽하게 장악해 버린 두레의 영좌는 그만큼 권위와 힘이 있었다. 두레꾼들 사이에서는 그것이 별것이 아니었지만, 농사를 이 두레꾼들 손으로 지을 수밖에 없는 양반이 부호 등 지배세력에 대해서는 그 권한을 행사하기에 따라 큰 힘을 발휘할 수가 있었다. 지주들이 자기 땅이라 하여 소작을 마음대로 옮기지 못하게 한다거나 소작률을 5할 이상으로 올리지 못하도록 그것을 사회적 관행으로 정착시킨 데는 두레의 힘이 크게 작용했다고 할 수 있었다.

일하는 사람들이 자기들의 노동력을 두레라는 조직 밑에 결집시켜 그 노동으로 자기들의 농사를 짓고 남은 노동력을 일하지 않는 양반이나 부호들에게 자기들이 배분해 주고 그에 대한 대가를 받아낸다는 것은 일하는 사람들이 일의 주체로서 제 본디의 권리를 제대로 향유하는 일이었다. 양반이나 부호가 그들을 데려다 부리고 값을 주는 것이 아니라 농민들 스스로가 자기들의 노동력을 나누어주고 값을 받아내는 것이었다.

그리고 이 두레는 단순한 작업공동체가 아니라 양반이나 부호 등 지배세력의 횡포에 대한 사회적인 견제장치로서의 구실도 했기 때문에 두레의 풍속에는 여러 가지로 지배세력에 대항하는 모습들이 은근히 드러나고 있었다. 두레 장원을 뽑는 일에서도 그랬다.

두레 장원이란 그해 두레 일이 끝났을 때 그해에 일을 제일 잘한 사람을 한 사람 뽑아 상을 주는 일인데, 거기에다 과거 장원하고 똑같이 장원이란 이름을 붙였다. 두레 일은 세벌논매기로 끝이 나는데, 그때가 칠월 백중 무렵이어서 백중날, 쎄레씻임 혹은 호미씻임이라 하여 한판 걸퍽지게 마시면서 이 두레 장원을 뽑았다. 이 백중은 농부들의 명절인 셈인데 이 날 술은 그해에 처음 두레에 들어온

신참 두레꾼이 냈다. 이걸 진서턱이라 했다. 일종의 성인례이자 신참례였다.

　두레 장원은 영좌 등 임직들이 두레꾼들의 의견을 대충 들어 그날 선정을 해서 발표를 했다. 장원에 뽑히면 상으로 베가 한 필 내렸으므로 진서술에 거나해진 두레꾼들은 그 베로 소 몸뚱이를 칭칭 감아 치장을 한 다음, 그 소에다 장원한 사람을 태워 꽹과리를 치고 동네 골목골목을 누비며 한바탕 신나게 길놀이를 했다. 이것은 과거에 장원하면 어사화를 머리에 꽂고 삼현육각을 잡힌 다음 한양 장안 거리를 사흘 동안 유가하는 제도에 대응하는 풍속이었다. 양반들은 글이 제일이니 당신들은 글로 장원을 하지만, 농부들은 일이 제일이니 우리는 우리가 하는 농사일로 장원을 뽑는다는 대항심리가 은근히 나타난 풍속이었다. 농사일도 글 못지않게 중요하다는 것을 그렇게 과시하는 것이라 할 수 있었다. 이 두레 장원을 장춘동이 두 번 했지만 그 형 장일만도 젊었을 때 두 번이나 했다.

　영좌님, 도감님, 대방님 하고 두레 임직들을 그 임직으로 호칭하여 유별나게 존경을 나타내는 것도 양반들의 조직인 향약에서 약정 등 임직에 대한 존경에 대응하는 태도라 할 수 있었다. 일을 천시하는 양반들에 대하여 손발에 찬물 묻혀 일하는 상민 자신들의 격을 스스로 높이려는 태도였다. 이런 태도가 가장 두드러지게 나타난 것이 '농자천하지대본'이라 쓴 농기에 대한 존중이었다.

　장춘동은 요사이 소작 이야기가 나오사 이주호에게 새삼스럽게 섭섭한 생각이 들기도 했다. 전에 그 집에서 머슴살이를 그만두고 새살림을 낼 무렵 이주호는 소작을 내놨는데, 장춘동은 그 집에서 여러 해 머슴을 살았으므로 그 정분으로 보더라도 한 자리쯤 줄 법했으나 말이 없었다. 한번 말을 해보라고 권하는 사람도 있었으나 자기 형편을 뻔히 알고 있는 이주호가 말을 한다고 주고 안 한다고 안 줄 것 같지도 않아 말을 하지 않았다.

그 뒤 이주호 집에서는 장춘동의 아내에게 집안 잔일을 해달라고 사람을 보낼 때가 있었는데, 장춘동은 보내지 않았다. 그 집에 섭섭한 감정도 있었지만, 전에 머슴살이하던 것도 지겨워 젊은 아내를 드난꾼으로 내돌리고 싶지 않기 때문이었다.

그런데 이주호 집에서는 만득이 내외가 나가고 나자 강쇠네 말마따나 입안에 혀같이 발밭게 일을 해주는 손대가 아쉬워 장춘동 집에 몇 번 사람을 보냈고 나중에는 감역댁까지 발걸음을 하는 바람에 하는 수 없이 말 대접 삼아 아내를 내보냈고 자기도 며칠 일을 해주고 있었다.

멍청하게 앉아 있던 장춘동은 천태산 자락 한 군데 눈이 멎었다. 달주 아버지 김한수의 묘였다.

"사람은 한울이여. 사람은 한울인디 이로코 사람들을 짐승 취급하는 놈들은 가만둬서는 안 되네."

옥에서 나왔다는 말을 듣고 장춘동이 문병을 갔을 때 가래를 끓이며 하던 말이었다. 꼭 오늘 자기 형님처럼 곤장을 맞고 나와 죽을 상이 되어 있으면서도 온몸을 짜내듯 있는 힘을 다 쏟아 그런 말을 했다. 형님 꼴을 보고 난 뒤라 그때 그이 모습과 함께 그가 했던 말이 귓결에 생생하게 살아났다.

"거그서 멋하고 있는가?"

장춘동이 깜짝 놀랐다. 박문장이었다. 그는 손에 낫을 들고 올라오고 있었다.

"어쩐 일이오?"

"선반 까치발이 가랭이가 찢어져부러서 그런 것이나 하나 없으까 하고 올라와 봤네. 자네도 시방 속이 속이 아니제. 그 개 같은 놈들."

박문장은 담배쌈지를 꺼내며 장춘동 곁에 앉았다.

"자네나 나나 이번 삼례 같은 디도 못 갔는디……."

박문장은 무슨 생각을 했는지 엉뚱한 소리로 허두를 떼놓고 나서 부시를 쳐서 부싯깃을 우기며 담배를 뻑뻑 빨았다. 한참 동안 담배를 빨고 나서 말을 이었다.

"세상이 이로코 들썩들썩한디 우리는 기냥 이라고 있어도 쓸란가 몰라? 꼭 *등장 나간 동네 뻗정다리매이로 못난 놈들 같기도 하고……."

장춘동은 말없이 박문장만 건너다보고 있었다. 등장이란 여러 사람이 이름을 써서 관청에 무얼 호소하는 일로 등소하고 같은 말이었다.

"나는 여태까장 아부님이 맬개서 동학에 입도를 못 했는디, 나도 이 차시에 입도를 해부까, 으짜까 생각 중이그만."

박문장은 말을 해놓고 담배만 뻐끔뻐끔 빨고 있었다.

"나도 몇 번 생각을 해보기는 했소마는, 당장 삼례 같은 디 가는 일만 하드래도 그런 일로 움직일라면 당장 돈이라, 긑이 움직일 수가 있어사제라."

"내 행팬도 자네하고 다를 것이 있는가마는 그래도 그런 일에는 사람 머릿수 하나를 보태주더래도 가만히 있어서는 안 될 것 같아. 묵을 자리에는 없어도 표가 안 나는디, 나설 일에 나설 사람이 안 나서면 표가 크게 나는 법이거등. 당장 자네 같은 사람만 하더래도 동네일에 자네가 안 나서면 을매나 표가 크게 나겄는가? 두고 보게마는, 얼마 안가서 동학도들이 모두 몽댕이 얼러매고 관가로 몰려가네."

"그래서 입도를 하실 작정이오?"

"으짤란가, 할라면 자네도 나하고 한 꾼에 하세."

"생각해 봅시다."

장춘동은 동학도들이 몽둥이 을러매고 관가로 몰려간다는 소리에 주먹을 쥐었다.

6. 유혹

만득이가 휘두른 몽둥이에 어깨뼈가 부러진 호방은 뼈를 맞춰 대목을 댔다. 그래도 다른 데는 크게 다친 데가 없었다. 등짝이며 다리에 피멍이 들었을 뿐이었다. 유월례는 죄 없는 죄인이 되어 집안사람들 눈치 보기에 눈길 하나 제대로 둘 데가 만만찮았다.

아침을 먹고 나서 얼마 뒤였다. 도부꾼 여자가 하나 대문을 들어왔다.

"이 집에는 시방 멋 사고 으짜고 할 정황 없은게 다른 집으로 가 보시오."

행랑아범이 귀찮은 듯 쏘았다.

"아이고, 멋이 이란다냐?"

돌아서려던 도부꾼은 갑자기 손으로 눈을 비볐다.

"아이고매, 눈으로 멋이 들어가서 이라까?"

여인은 동구리를 행랑채 마루에 내리며 연신 눈을 비볐다.

"여그 와서 쪼깨 봐주시오. 눈에 티가 든 것 같소."

한손으로 눈을 가린 채 유월례를 보고 말했다. 유월례가 다가갔다.

"어디 봅시다."

도부꾼은 유월례한테 눈을 맡겼다. 유월례가 도부꾼 눈꺼풀을 깠다.

"자네가 유월례제?"

유월례가 깜짝 놀라 멈췄다.

"아이고, 밑으로 보시오, 밑으로!"

도부꾼은 큰소리로 말했다.

"내 말에 놀래지 말고 잘 듣게. 자네 남편이 전하라는 소리네. 아이고, 밑으로 봐, 더 밑으로!"

여인이 한참 엄살을 부렸다.

"내가 장성 갈재서 만났는디, 거그서 지두르고 있겠다고, 으찌께 빠져나오든지 빠져나와서, 밑으로 보시오. 밑이란게."

여인은 말을 하다 말고 또 엉뚱한 소리를 했다. 유월례도 그렇게 보는 시늉을 하고 있었다.

"그리만 오라고 하대. 거그서 지둘르고 있겠다고. 장성 갈재여 갈재."

"알겠소."

유월례가 옷고름으로 티를 찍어내는 척하며 대답했다.

"아따 살겄네. 이런 것 한나가 들어간다고 그로코 징상스럽그만 잉. 아이고 참말로 고맙소. 소원 성취하시오."

여인은 너스레를 떨며 동구리를 이고 대문을 나갔다.

유월례는 가슴이 벌렁거렸다. 눈치를 채이지 않으려고 애를 썼으나 그러면 그럴수록 가슴이 뛰었다. 도망치면 어떻게 칠 것인가, 밤에는 머슴들이 대문을 지키고 있었다. 만득이가 다시 온다고 했기 때문에 겉으로는 만득이 오는 것을 지키는 것이었지만, 만득이보다 유월례 자기를 지키라는 속셈 같았다.

약사발을 가지고 호방 방에 갔던 찬모가 유월례 귀에다 대고 속삭였다.

"나리가 잠깐 오랴."

유월례는 실없이 깜짝 놀라 멀거니 찬모를 봤다.

"얼른 가봐."

유월례는 가슴이 두근거렸다. 무슨 벼락이 떨어지려나, 지레 숨이 가빠왔다. 유월례는 조심스럽게 안방문 앞으로 갔다. 호방 마누라는 무슨 마가 끼어서 집안에 이런 횡액이 닥치는지 모르겠다고 한숨이 땅이 꺼지더니 점을 치러 가고 없었다.

"부르셨는가라?"

유월례는 안방 문 앞에 서서 기어들어가는 소리로 말을 들여보냈다.

"들어와."

호방은 자리에 누웠다가 일어나는 기척이었다. 유월례는 호방 마누라가 들이닥치지 않나 바깥쪽을 한번 살피고 나서 안으로 조심스럽게 들어갔다.

"앉아라."

유월례는 호방의 얼굴을 한번 보고 나서 조용히 자리에 앉았다. 호방은 알아보게 얼굴이 초췌했다. 대목을 처맨 오른쪽 어깨는 줄을 걸어 목에 걸고 있었다.

　"재수가 없을란게 별 망신을 다 당하는구나. 지난번에도 한번 말을 했제마는, 이번 일로 니가 맘을 다리 묵을지도 모르겄글래 그 다짐도 받고 또 한 가지 더 해줄 말이 있어서 불렀다. 나는 너를 우리집으로 데러올 적부팀 종으로 데러온 것이 아니다. 너를 안방에 정실로 들어앉힐 수는 없제마는, 내 생각은 너를 정실보다 더 위해 주고 편하게 살릴 생각이다. 내가 종문서를 가져왔은께 두말할 것도 없이 면천을 시켜 양인을 맨들어 줄 것이고 따로 니 앞으로 전답도 여남은 마지기 달아줄 생각이다. 이런 소리는 지난번에 대충 했던 소리고, 내가 오늘 너한테 꼭 해줄 소리가 있다. 그 소리는 다른 소리가 아니고 쩌그 정읍에 종으로 있다는 느그 어무니도 내가 사서 면천을 해갖고 너하고 한 지붕 밑에서 살도록 해주겄다."

　순간 유월례는 자기도 모르게 얼굴을 번쩍 들어 호방을 봤다.

　"놀랍지야. 니가 좋아할 일이라면 내 살이라도 깎아줄 생각이다. 집도 덩실한 기와집으로 장만을 하고 있고 거그다가 따로 종도 한나 딸래 줄 참이다. 그러면 느그 모녀가 하루아침에 신선이 되잖겄냐? 누가 종을 이렇게 호사를 시켰다는 소리 들어본 적이 있냐? 어디, 있으면 있다고 말을 해봐라. 너를 데러온 뒤로 나는 이 세상을 새로 태어난 것 같다. 너한테 명색 남편이란 것이 있다마는, 그놈은 너를 데리고 살 팔자가 못되는 놈이다. 사람마다 제 형편이 있고 분수가 있는디, 종 팔자에 어뜨코 너 같은 절색을 데리고 살겄냐? 니가 그 남편을 못 잊을란지 모르겠다마는, 그것은 처음부터 잘못된 생각인께 혹 간에 그런 생각을 가지고 있다면 지금부터라도 그런 생각을 버려라. 너 같은 얼굴이라면 나 아니고도 보는 사람마다 욕심을 낼 것인디, 너 같은 인물이 그런 종놈하고 어뜨코 살아질 것이냐? 누구든지 돈을 주고 너를 사서 차지해불면 아무리 남편이라도 종놈이 어짤 것이냐? 그런게 그런 생각은 일찍 버리고 나하고 새살림 채릴 생각이나 해라. 나만치 해주는 사람도 없을 것이다. 내가 시방 집을 구하고 있은께 얼마간만 참고 있어라. 아무 집이나 구할라먼 폴새 구했겠다마는 덩실한 집으로 구할란께 이라고 날짜가 걸린다. 우리 집 여편네가 투기가 심해서 지랄이다마는, 투기 없는 예팬네가 있겠냐? 아무리 안달을 해도 투기는 칠거지악인게 따로 살림을 내고 나면 간섭을 못할 것이다. 얼마간만 꾹 참고 지둘러라. 알았냐?"

호방은 사뭇 은근하게 말했다. 유월례는 다소곳이 앉은 채 방바닥만 내려다보고 있었다.

"어째서 대답이 없냐? 내 말 알아들었냐?"

"예."

유월례는 거듭 다그쳐서야 모깃소리만하게 대답했다.

"어디, 이리 가까이 온나. 손이라도 한번 만져보자."

호방이 한걸음 이쪽으로 다가오며 손을 내밀었다. 유월례는 몸만 더욱 조그맣게 옹송그렸다.

"허허, 이리 기끼이 오린 말이다. 이미 몸을 쉬은 처시에 새삼스럽게 멋이 부끄럽다고 그러냐?"

"마님이라도 오실까 싶사옵니다."

기어들어가는 소리로 말했다.

"발소리 나면 뇌불면 그만 아니냐? 내가 이 꼴이 되아갖고도 생각이라고는 온통 니 생각뿐이다. 어서 이리 가까이 와."

유월례는 하는 수 없이 호방 곁으로 내려갔다. 호방이 손을 끌어갔다. 호방 손이 닿는 순간 뱀이라도 만진 것같이 몸서리가 쳐졌다.

"어쩌면 이로코 손도 곱고 얼굴도 곱고 고루고루 곱기만 하냐. 어쩌다가 너 같은 것이 이로코 내 차지가 되았는지 자다가도 일어나서 생각해보면 꿈만 같다. 시방 집을 보고 있은께 금방 구할 것이다. 너도 급할 것이다마는 나도 일일이 여삼추다."

호방은 한 손으로 유월례 손을 만지다 볼을 만지다 제정신이 아니었다. 유월례는 그때마다 손과 얼굴에서 벌레가 기는 것 같았다. 열세 살에 주인 늙은이한테 첫정을 빼앗긴 이래 숱한 사내를 건더봤지만 이렇게 징그럽기는 또 처음이었다.

"어디, 입이나 한번 맞쳐보자."

호방은 입을 똥그랗게 모아 내밀며 보챘다.

"누가 올 것 같사옵니다."

유월례는 애원하는 표정으로 말했다.

"허허."

호방이 가볍게 노기를 띄었다. 유월례는 하는 수 없이 호방 곁으로 갔다. 호방은 한손으로 유월례를 끌어당겼다. 유월례는 호방한테 몸을 맡기고 있었다. 호방은 입술을 빨다 볼을 핥다 몸부림을 쳤다.

"아이고, 안 되겄다. 얼른 그리 누어라."

젖을 만지던 호방은 한쪽으로 유월례를 눕혔다.

"마님이 오십니다."

유월례는 상체를 버티며 애원하듯 말했다.

"점치러 간 예편네가 그새 오겠냐? 어서 그리 누워."

호방은 방문을 걸어 잠그며 서둘렀다. 유월례는 윗몸을 일으키려 했으나 호방은 날쌔게 유월례 윗몸을 쩌눌렀다. 하는 수 없는 일이었다. 유월례는 언제나 그랬듯이 그냥 눈을 감고 몸을 맡겼다. 호방은 숨을 씨근거리며 제정신이 아니었다.

전에 다른 상전들한테 당할 때도 이랬다. 반항한다고 놔주는 사람은 없었다. 들키든지 말든지 그대로 가만히 있을 수밖에 없었다. 그중에서도 이상만의 버릇이 제일 험했다. 어찌 된 일인지 이 작자는 좋게 일을 추리는 것이 아니라 치마를 들추고 사타구니에다 아가리를 처박고 지랄발광이었다. 누가 올까 가슴이 죄어터질 지경인데, 두더지처럼 치마 속에서 요변덕을 부리며 놔줄 줄을 몰랐다. 그 꼴을 그 마누라한테 들킨 것만도 두 번이나 되었지만, 그게 타고난 버릇인지 고치지 못했다. 그 마누라도 마누라지만 만득이한테 들킬까 싶어 미칠 지경이었다. 그렇게 한 번씩 애가 닳고 나면 그만 목이라도 매어 죽어버리고 싶을 때가 한두 번이 아니었다.

만득이도 이상만과의 관계를 어느 만큼 눈치를 챈 것도 같았으나, 설마 하는지 별로 경계하는 것 같지 않았다. 이상만이 만득이한테만은 들키지 않도록 마음을 쓰는 것 같아 들킨 적이 없었지만, 어찌 된 일인지 자기 마누라는 안중에 없는 것 같았다. 부러 들키자고 그러는 것이 아닌가 싶게 마누라가 부엌에서 일을 하고 있는데도 바로 그 옆 외양간에서 그 발광이었다.

그렇게 당하고 날 때마다 만득이에게 도망치자고 졸랐다. 그러나 만득이는 듣지 않았다. 그 집에서 어머니한테 너무도 잘해 주었고 자기를 철석같이 믿고 있는데 주인을 배반할 수는 없다는 것이다. 그러나 유월례는 이상만 때문에 견딜 수 없다는 소리는 차마 할 수가 없었다. 그래서 이번 호방 집으로 오면서는 이제야말로 도망칠 때가 왔다고 생각했다. 만득이가 이주호 집에 묶인 의리에서 벗어났기 때문이었다. 그런데 만득이가 먼 데로 팔려갔다는 소리를 듣자 땅이 꺼진 것 같았다. 만득이는 자기가 없이는 못 살 사람이었다. 부부간의 정분도 정분이었지만, 만득이는 부부 사이를 떠나 자기를 마치 어머니를 겸하는 것같이 생각하고 있었고, 자기도 만득이를 그렇게 마음으로 넓게 껴안고 있었다.

"너는 으짜먼 몸도 그로코 부드럽고 기가 맥히냐? 너 같은 몸은 첨이다."

호방은 욕정을 채우고 나서 또 감탄을 했다. 유월례는 매무새를 얼른 고치고 밖으로 나왔다.

'덩실한 기와집에 어무니까지 모셔다 살게 해준다!'

유월례는 가슴이 두근거렸다. 어머니를 생각하면 눈물이 나왔다.

'면천에 전답도 채워주고 종까지 달아준다!'

그러나 만득이 얼굴이 떠올랐다. 호방의 얼굴 위에 짐승처럼 울부짖던 만득이의 그 처참한 얼굴이 겹쳤다.

'너 같은 절색을 종놈이 어뜨코 데리고 살겄냐? 내가 아니더라도 너를 본 사람이면 욕심 안낼 놈이 없을 것이다. 만득이 그놈이 분수를 몰라도 너무 모르는 놈이여.'

분수? 유월례는 채 치던 무 토막을 잡은 채 잠시 멍청하게 앉아 있었다. 다시 만득이 얼굴이 떠올랐다. 그는 나 없으면 못산다. 그가 소처럼 고진했던 것도 나 때문이었다. 그는 이미 어제까지의 만득이가 아니었다. 그가 눈에 불을 켜고 호방을 후려갈길 만큼 그렇게 무서운 사람이 된 것도 나 때문이었다. *불뚝성이 살인 내더라고 내가 그를 버린다면 그는 나부터 죽이든지 스스로 죽어버리든지 할 것이다. 그는 이 세상에 나 하나밖에는 없고 나밖에 모르는 사람이다.

감역 댁에서는 그 고진한 심성 때문에 감역댁의 은혜에 묶여 있었지만, 이제 그는 그 집과는 연이 끊어졌고 이 집에서는 도망쳤다. 정읍에 있는 어머니를 빼내다가 그이하고 같이 살아야 한다. 내가 어떻게 그를 배반할 수 있단 말인가. 그렇지만, 그러다가 그가 붙잡히는 날에는 무슨 꼴이 될 것인가? 우선 그는 죽는다. 파리 목숨보다 못한 것이 종 목숨 아닌가? 그는 상전을 쳤을 뿐만 아니라 도망친 도망노비다. 상전을 친 것도 목을 벨만큼 큰 죄지만 도망친 것도 큰 죄다. 그는 두 가지나 죄를 짓고 있는 것이다. 잡히는 날에는 죽는 수밖에 길이 없다. 그에게는 항상 추쇄의 칼날이 따라다닐 것이다. 나까지 도망을 치는 날에는 호방이 이를 갈고 붙잡으려 할 것이다. 그러다가 붙잡히면 나는 괜찮을지도 모르지만, 그는 영영 살아날 길이 없다. 내가 호방 곁에 있는 사이에는 설사 그가 붙잡힌다 하더라도 그의 목숨 하나는 살릴 수 있을 것이다. 내가 호방하고 사는 것은 그를 살리는 길이다. 그리고 어머니의 그 서러운 고생을 면하게 하는 길이다. 얼마나 서럽게 살아온 어머니의 인생인가? 내가 호방하고 살면 어머니는 말년만이라도 천대받지 않고 살 수가 있다. 만득이 목숨도 구하고 어머니도 편히 모시는 길은 호방하고 같이 사는 길밖에 없지 않는가?

호방 마누라가 왔다. 호방의 약탕관에 숯불을 지피고 있는 유월례를 불렀다.

"나 쪼깨 보자."

유월례는 실없이 가슴이 쿵했다. 오래 매여 사는 사이 생긴 버릇이기도 했으나, 요사이는 일판이 일판이다 보니 어디서 문소리만 크게 나도 가슴에서 쿵쿵 쥐덫이 내려앉았다. 더구나 오늘은 아까 호방한테 불려갔던 일이 있었다.

호방댁은 무슨 일인지 부엌에 붙어 있는 고방으로 유월례를 데리고 들어갔다. 중년을 넘어선 광파짐한 몸집이 오늘따라 여간 위압스럽게 느껴지지가 않았다.

"너도 팔자를 험하게 타고나서 고상이 많다. 그만치 반반한 얼굴에 으짜다가 해필이면 종 팔자를 타고나서 이 고상이냐? 우리 집 저 놈의 영감태기가 저 나이에 노망이 났는가 으쨌는가 시방 지정신이 아닌 것 같다. 그로코 험하게 당했으면 정을 다실만도 한디, 아직도 정을 지대로 못 다신 것만 같다. 니 행팬도 행팬이다마는 영감태기가 정신을 못 채래갖고는 우리 집이 망하게 생겼다. 시방 내가 생각이 있어서 하는 소린게 달리 생각 말고 내 말에 지대로 대답을 해라. 그 영감태기가 오늘 나 없는 새에 너를 불러디랬다는디 불러서 멀라고 하디야?"

유월례는 깜짝 놀라 호방댁을 빤히 건너다보았다. 겉으로는 살갑게 말을 하고 있었으나 속에 무슨 갈고리가 들었는지 모를 일이었다.

"너한티 먼 탓을 하자고 묻는 것이 아니다. 저 영감태기 속을 내가 환히 알고 있다마는 너한티 한 소리를 한번 들어보고 잡아서 그런다."

유월례는 어찌할 바를 몰라 호방댁 얼굴만 건너다봤다.

"집 사서 살림 채래 주겄다고 했지야?"

"야."

유월례는 빤히 짐작하고 묻는 소리라 아니라고 할 수가 없었다.

"집 구하고 있는 것을 내가 빤히 알고 있다. 속량도 해준다고 했을 것이고 또 멋을 해준다고 하디야?"

"전답도 달아준다고."

유월례는 시르죽은 소리로 말했다. 호방 쪽으로 기울고 있던 마음을 버리고 본심을 붙잡고 싶었다. 그렇게 제 입으로 말하고 나니 흔들리던 마음에 중심이 잡히는 것 같아 스스로도 후련했다. 호방댁은 자기 남편에게 이를 갈고 있으므로 이렇게 곧이곧대로 말을 하여 호방댁 편이 되면 자기가 이 집에서 벗어날 길이 열릴 것도 같았다. 그런 길만 열어준다면 오늘이라도 떠나자고 속으로 작정을 했다. 정작 그렇게 작정을 하자니 어머니가 눈앞에 아른거리고 덩실한 기와집도 아른거려 아쉬움이 없는 바도 아니었으나, 호방댁은 보통내기가 아니어서 그가 이렇게 시퍼렇게 버티고 있는 다음에는 속 편하게 첩 노릇을 하고 살 수도 없을 것 같았다.

아까 호방 말이 귀에 솔깃할 때 어째서 호방댁이 있다는 것을 생각하지 못했던지 스스로 이상하게 생각될 지경이었다.

"그만하면 알겄다. 그런디 니 생각은 으짜냐? 속을 한본 씨언하게 털어놔 봐라. 종살이보담 첩살이가 낫을 것인게 첩살이를 하고 싶냐?"

"아니라."

유월례는 그것이 원하는 대답일 것이기도 할 것이라 얼른 대답을 했다.

"바른 생각이다. 아무리 종이라고 하제마는 눈알이 화등잔 같은 서방이 너를 못 잊어서 그로코 미치는디, 목구녁 한나 살기 팬하자고 본서방을 배반한다면 그것이 사람이겄냐? 또 나도 너한테 집 사주고 논 사주고 젊은 첩년 끼고 자는 것을 가만 보고 앉았을 사람이 아니다."

유월례는 고개를 숙였다.

"그람, 으찌께 할래?"

"으쨌으먼 쓰께라?"

아까 생각하는 것이 있다던 소리가 바로 여기서 하자는 소리가 아닐까 싶어 구원이라도 청하는 심정으로 물었다.

"니가 우리 집을 나갈 생각만 있다면 거들어 줄 방도가 있다마는 니 생각은 으짜냐?"

"그로코 내빼서 살다가 잽히면 지도 지제마는 그이는 죽을 것만 같은게 그것이 걱정이그만이라."

"낸중 일까지는 모르겄다마는, 우리 집이서 내보내 주기는 어렵잖겄다. 여그서 나가면 느그 서방을 만날 길은 있냐?"

유월례는 얼른 대답을 못하고 얼핏 호방댁 얼굴을 봤다.

"나는 너를 내보내 줄 사람인디 나한테 기일 것이 멋이 있냐? 지대로 대답을 해사 내가 거들어 줘도 지대로 거들어 줄 것 아니겄냐?"

"만날 수는 있을 것 같구만이라."

"그라면 되았다. 으짤래, 그라면 오늘 밤이래도 바로 갈래?"

오늘밤이라니 너무 갑작스럽게 느껴져 또 잠시 어리둥절했다.

"느그 서방을 만날 길만 있다면 쇠뿔은 단김에 빼랬드라고 오늘
밤으로 가는 것이 으짜겄냐? 샛문 열쇠를 내가 지니고 있은께 그리
나가면 쉴 것이다."

정작 이렇게 나갈 수 있다고 생각하니 갑자기 휭렁 허공에 내던
져진 것같이 허탈감이 느껴졌다. 새삼스럽게 겁이 나며 일이 제대로
될까 싶었다.

"달이 있은께 밤중에는 큰 부조가 되겄다마는 여자한테 밤길은
쉬운 일이 아닌께 남자 옷으로 갈아입고 가거라. 이따 내가 남자 옷
한 벌하고 노자 맻 푼하고 싸서 샛문 곁에 나무벼늘 뒤에 놔두겄다."

자기 마음은 어리둥절하기만 한데 자기 의사와는 상관없이 일은
저만치 앞으로 달려나가고 있었다.

"더 할 말 있냐?"

"아니라. 가기는 첫닭이 운 뒤에 갈라요."

"너 줄 대로 해라. 이로코 보내잔께 나도 맘이 안 좋다마는, 어디
가서 살든지 종살이보담이사 못 할라디야. 가서 잘 살아라. 보따리
는 밤중에 챙개다 거그다 갖다 놀란께 그리 알아라."

호방댁은 일어서서 먼저 방을 나갔다. 유월례는 눈물이 쏟아지려
는 것을 가까스로 참으며 뒤따라 방을 나왔다.

유월례는 찬모하고 밤늦게까지 다듬이질을 하다가 밤이 이슥해

서야 자리에 누웠다. 오늘 하루가 일 년이나 긴 것 같았다. 도붓장수가 다녀간 것이 한 달이나 먼 일 같고 호방 방에 불려갔던 것도 아득한 것 같은데, 모두가 오늘 하루 사이에 일어난 일이었다. 자기를 기다리고 있을 만득이 생각을 하면 지레 가슴이 뛰었다.

머슴들은 대문간에 대거리로 파수를 섰다. 담장이 높아 대문만 잘 지키면 누구도 쉽게 들어오거나 나갈 수가 없었다. 담장이 그렇게 단단하기 때문에 머슴들은 담장 걱정은 하지 않고 대문에만 정신을 쓰고 앉아 있는 듯했으므로 샛문으로라면 활개치고 나갈 수가 있을 것 같았다.

이런 엄청난 일을 앞두고 잠이 오리라고는 생각도 못했으나 어느 사이에 까무룩했다. 번쩍 정신이 들었다. 내가 잠이 들었던가, 그럼 지금이 어느 때쯤일까. 한참 정신을 가다듬어보았다. 깊이 잠이 들었던 것은 아닌 것 같았다. 방이 설설 끓는데다 낮에 이 일 저 일 하도 무섭게 정신을 쓴 다음이라 잠이 더 퍼붓는 것 같았다. 용을 쓰고 있었지만, 어느새 또 가라앉듯 까무룩 정신이 내려앉았다. 자리에 누워 잠 안 들기가 이렇게 고역인 줄은 미처 몰랐다. 염이 없는 뒷간을 두 번이나 다녀왔다. 밤이 길기도 했다.

이내 닭이 울었다. 새삼스럽게 가슴이 쿵했다. 여태 무심하게만 들었던 닭소리가 무슨 나팔소리 같았다. 은밀한 약속을 알리는 소리 같기도 하고 너는 이제 네 세상을 찾아가라는 소리 같기도 했다. 조심스럽게 일어나 방문을 열고 나왔다. 대문간에 파수 선 머슴은 잠이 든 듯했다. 아까 뒷간에 갔다 올 때도 고즈넉하기만 했다. 달그림자에 몸을 숨기며 집 모퉁이를 돌았다. 나무벼늘 뒤로 조심조심 다가갔다. 하얀 보자기가 있었다. 보자기도 숨을 죽이고 있는 듯했다. 보자기를 보자 호방댁이라도 본 듯 반갑고 고마웠다. 보자기를 집어 들었다. 호방댁은 자기대로 이래야 할 까닭이 있었지만, 여기까지 마음을 써준 그가 너무도 고마웠다. 숨을 죽이고 샛문을 밀쳤다. 문도 자기를 거드는 것같이 조용히 열렸다. 밖에서 가만히 닫았다.

골목을 빠져나갔다. 옷은 읍내를 빠져나가 갈아입을 참이었다. 저쪽에서 개가 짖는 소리가 요란스러웠다. 발걸음을 빨리했다. 한참 골목을 빠져나왔다. 뒤에서 발자국 소리가 나는 것 같았다. 온몸에 소름이 끼쳤다. 잘못 들은 것이 아닌가 했으나 발자국 소리가 바삐 자기를 따라오고 있었다.

"거그 서!"

낮으나 힘진 소리였다. 칼로 가슴을 에는 것같이 섬뜩했다. 못들은 척 그대로 걸었다.

"거그 서란 말이여."

호방집 머슴 소리였다. 유월례는 뒤를 돌아봤다. 장승같은 사내가 다가오고 있었다.

"아이고, 나 쪼깨 살래주씨요. 존 일 합시다."

유월례는 보퉁이를 껴안고 조그맣게 오그라지며 다급하게 애원했다.

"거그한테 존 일 하다가 나는 죽으라고? 으째서 해필 내가 번을 섰는디, 지랄이여. 어서 가."

머슴은 호방집 쪽으로 길을 내놓으며 낮은 소리로 이죽거렸다.

"존 일 합시다. 사람 한본 살래주씨요예."

유월례는 그 자리에 서서 애원을 했다.

"댁네 목숨도 아깝제마는 내 목숨도 아까운께 눈감아서 살래주든 못 하겠는디, 내 말을 한본만 들으면 댁네가 내빼는 것을 내가 잡았다는 소리는 안 하겠구만."

작자는 엉뚱한 소리를 했다. 유월례는 무슨 소린가 잠시 어리둥절했다.

"들어 드릴란게 한본만 살래주씨오."

처음부터 드세게 나오지 않았던 게 이런 *꿍심으로 그랬던 모양이었다.

"그럼 얼릉 가!"

작자는 여전히 낮은 소리였다.

"예 말이요예. 말 들을란게 지발덕분에 한본만 눈감아주씨오. 존 일 합시다예."

유월례는 작자의 손을 잡고 애원을 했다.

"허허, 그 소리는 거그 살자고 나 죽으란 소리하고 한가진께 그런 소리는 더 하덜 말어. 댁네가 내빼는 것을 내가 잡았다는 소리 안 하는 것만도 고맙다고 하란 말이여."

사내는 낮은 소리에 힘을 주어 이죽거렸다. 아무리 비대발괄을 해봤자 소용이 없을 것 같았다. 호방 마누라가 있으니 다음 기회를 보려면 사내 말대로 여기서 조용히 돌아가는 것이 상책일 것 같았다. 유월례는 그만 포기하고 돌아서서 다소곳이 앞장을 섰다.

저쪽에서 개가 짖었다.

"가만있어."

작자가 유월례 팔을 잡았다. 그때 골목에서 불쑥 나타나는 그림자가 있었다.

"누구여?"

유월례는 그 자리에 주저앉을 뻔했다. 순라 도는 나졸들이었다.

"먼 사람들이여?"

나졸들은 창을 들이댔다. 유월례는 애꿎게 보퉁이만 힘껏 끌어안고 있었다.

"호방 댁 종인디 내빼는 것을 시방 내가 잡아갖고 오요."

머슴이 다급하게 실토를 해버렸다.

"호방 댁 종? 호방 나리 때리고 내뺐다는 그 종 마누랜가?"

"맞소."

"그라면 멀라고 여그서 잡아부렀어, 이 멍충이 같은 작자야. 잡지 말고 따라가 보면 그 남편 놈이 기다리고 있을지도 모르는디."

"거그까지는 미처 생각 못했그만이라."

"하애간 잡았은께 끗고 가."

"이 일을 으쨰사 쓰꼬?"

예동댁은 가슴이 벌렁거리고 숨이 차올라 어쩔 줄을 몰랐다. 저녁에 이상만이 집에 오겠다는 것이다. 남정네도 없이 젊은 여자가 혼자 자는 집에 온다는 것은 뻔한 속 아닌가?

이상만은 오늘 해거름에 예동댁 남편 장춘동을 정읍에 심부름을 보내놓고 얼마 뒤 예동댁한테 오늘 저녁 집에 오겠다고 넌지시 귀띔을 했던 것이다. 그 집에서 허드렛일을 하고 있던 예동댁은 이상만이 자기 남편을 심부름 보낼 때까지만 하더라도 이제 소작일은 그만큼 쉬워지는 것이 아닌가 그쪽으로만 좋아서 지레 가슴이 뛰었다. 더구나 그것이 돈 심부름이다보니 자기 남편을 그만큼 믿는다는 소리여서 이상만이 그렇게 고마울 수가 없었다. 소작을 놓는다는 바람에 눈들이 벌개있는 판에 그런 심부름을 보낸다는 것은 그게 반은 승낙이 아니냐 싶었다. 그런데 남편이 길을 떠나고 나서 담배 한 대 짬도 안 되어서였다. 이상만하고 길을 지나치게 되었다.

"오늘 저녁에 내가 댁에 갈 것인께 그리 아씨오."

이상만은 은근한 목소리로 앞도 뒤도 없이 이런 소리를 하고 지나쳤던 것이다. 예동댁은 처음에는 자기가 무슨 소리를 잘못들은 것이 아닌가 했다.

"오늘 저녁에 우리 집에 온다니?"

자기가 남편을 정읍까지 심부름을 보내며 거기서 자고 내일 오라고 했으니 우리 집에 애아버지가 없다는 것을 뻔히 알고 있으면서, 우리 집에 오겠다니 무슨 소릴까? 뻔하게 짚이는 생각이 있으면서도, 그럴 만한 무슨 다른 일이 있는 것이 아닌가 한참 생각을 해보았다. 그러나 비록 이웃집이지만, 자기 남편이 있을 때도 자기 집에 와본 적이 없는 사람이었다. 예동댁은 눈앞이 노래지는 것 같았다. 턱없이 숨이 가빠오고 건성건성 일이 손에 잡히지 않았다.

밥을 먹을 때도 밥맛을 몰랐다. 곁엣 사람들한테 눈치 채이지 않으려고 안간힘을 썼으나, 모두 자기 속을 환히 들여다보고 자기를 흘금거리는 것만 같았다. 천연스러워야 한다고 생각하면서도 그러면 그럴수록 손발이 더 굳어지고 가슴만 더 두근거렸다. 유독 이상만 아내의 눈길이 자기한테 올까 싶어 부쩝 못했다. 애를 밴 지 일곱 달 된 이상만 아내의 배가 유독 불러 보이며 숨이 가빠왔다.

집에 오자 남편이 없는 집 안은 한결 썰렁하고 남의 집같이 낯설기까지 했다. 등에 업힌 아이마저 새록새록 잠을 자고 있어 더욱 고적하게 느껴졌다. 예동댁은 부엌으로 들어가 군불부터 한 아궁이 지폈다. 그냥 모른대끼 물레방으로 가버릴까? 그랬다가 내가 없는 새에 와서 나를 부르다가 누가 보면 큰일이다. 기다리고 있다가 존 말로 일러서 돌려보내자. 그러면 돌아갈까? 온다면 언제 온다는 것일까? 여자들이면 너나없이 모두 품앗이 물레방에 댕기는 걸 알고 있을 테니 품앗이방에서 돌아올 임시나 되어서 한밤중에 온다는 소릴까? 미리서 그런 말을 할 적에는 물레방에 가지 말고 기다리고 있으란 소릴까? 자기 여편네 눈을 *기이려면 밤중에는 나댕길 수가 없을 것인게 초저녁에 온다고 기다리고 있으라는 소리가 틀림없다. 오매오매 웬수가 따로 없네. 누가 보든지 말든지 여기 와서 나를 부르다가 없으면 가라고 모른대끼 물레방에 가버릴까? 그러면 소작 이야기는 영 입도 벙긋 못 해볼 것인데, 이 일을 어째야 쓸고? 우리 형편에 소작이 두 마지기나 서 마지기면 그것이 어딘가? 그렇지마는, 놈의 남정네한테 어뜨코 허신을 한단 말인가? 나를 하늘만치나 믿고 있는 남편을 놔두고 논이 천 마지긴들 만 마지긴들 그런 천벌 맞을 짓거리를 어뜨코 할 수가 있냐 말이여? 누구한테 들키기라도 하는 날에는 그 꼴은 또 멋이 되겠어? 엊그제까지만 하더라도 내가 천녁 꾸러기로 놈의 집 드난살이하는 꼴은 못 보겠다고 하던 그이가 아니던가? 어뜨코 그런 남편을 배반할 수가 있단 말인가? 나는 그이한테 아무것도 해줄 것이 없는 사람인게 몸이나 그이가 믿고 있는 대로 천금같이 지켜 주어야 할 것이 아닌가? 안 된다, 안 돼. 사람을 얼마나 얕보았으면 소작 몇 마지기로 *입갑을 땡개놓고 꼭 지 사람매이로 저녁에 가겠다 낮에 가겠다 한단 말이냐? 소작이 아니라 금덩어리를 쏟아놔도 소용없다. 기다리고 있다가 참말로 오기만 오면 뜨끔하게 쏘아주자.

예동댁은 마음을 도사려먹으며 달주 집으로 갔다.

"감기 꼬뿔인지 멋인지 속이 씨릿씨릿하고 한속이 들어서 통 갱신을 못하겠소예. 오늘 저녁에는 물레방에 못 오겠그만이라."

예동댁은 얼굴까지 찡그려 보이며 엄살을 부렸다.

"오매 *몸친갑네. 불 따땃하게 때고 쉬소. 푹 쉬어."

부안댁이었다.

예동댁이 다시 골목을 돌아와 사립문을 들어서자 아궁이에서는 마른 장작에 붙은 불이 부엌 안을 환하게 비추며 기세 좋게 타고 있었다. 예동댁은 불이 그렇게 환하게 타고 있는 것을 보자 실없이 가슴이 찔끔했다. 마치 자기가 이상만을 맞아들이려고 저렇게 불을 때고 있는 것이고 불은 또 덩달아 신명이 나서 저렇게 활활 잘도 타고 있는 것같이 느껴졌기 때문이다. 그러고 보니 자기는 지금 겉으로는 마음을 도사리면서도 속살로는 이상만을 맞아들이려고 하고 있는 것이 아닌가 하는 생각이 불쑥 고개를 들었다. 잠시 멍청해 있던 예동댁은 야무지게 고개를 저었다. 아녀 아녀. 내가 그로코 마음이 눅은 사람이냐. 예동댁은 섶나무에서 나뭇가지를 뚝뚝 끊으며 거세게 고개를 저었다. 나뭇가지 젓가락으로 아궁이에서 *불잉걸을 하나 집

230

어 들고 방으로 들어갔다. 사기 등잔에 불잉걸을 대고 후후 길게 불어 불을 켰다.

등에 업힌 돌잡이는 잠이 깊이 들어 방바닥에 눕혀도 칭얼대지도 않았다. 이 녀석이나 깨어 있으면 고적이 덜하겠는데, 이 녀석마저 나몰라란 듯 잠이 들어버린 게 야속하게 느껴졌다.

예동댁은 아이를 자리에 눕히다가 깜짝 놀라 귀를 쫑긋했다. 밖에서 발자국 소리가 나는 것 같아서였다. 벌써 올 리가 없다고 생각하면서도 금방 올 것만 같아 겁이 났다.

예동댁은 문고리를 걸고 자리에 누웠다. 오면 멋이라고 할까? 문을 잠근 채 바깥에다 세워놓고 야무지게 닦아세울까, 남정네도 없는 집에 멋 하러 왔소. 가시오. 이러다가 누가 보면 얼마나 크게 숭이 나겠소. 어서 가시오. 그러면 멋이라고 할까? 그래도 문을 열라고 할까? 못 여오. 어서 가시오. 없이 산다고 사람을 사정없이 시뻐본 모양인디, 나는 그런 여자가 아닌게 어서 가시오. 그래도 버티고 있으면 어떻게 할까? 다른 여자들도 이런 일을 당했을 것 같은데 다른 여자들은 이럴 때 어떻게 했을까? 다른 여자들은 지주들한테 이렇게 예사로 당하고 살까? 지주들이 소작 몇 마지기에 숫처녀를 첩으로 데려갔다는 이야기는 너무도 많이 들었다. 숫처녀는 또 숫처녀지만 남정네가 있는 여자들도 그럴 수가 있을까? 다 그래도 나는 안 된다. 안 되제, 안 돼. 예동댁은 거세게 고개를 저었다. 안 돼요, 안 돼요. 금덩어리를 쏟아놔도 싫은게 어서 가시오. 사람을 잘못 뵈도 크게 잘못 봤소. 그러면 좋다 두고 보자. 이러고 돌아설까? 그럼 소작 이 얘기는 영영 입도 벌리지 말아야 하고 그 집에는 발도 들여놓지 말아야 할 것이다.

　예동댁은 처녀 때 동네서 서방질하다 쫓겨난 한몰댁이란 여자를 본 적이 있었다. 그때 그 처참하던 꼴이 아른거리며 정신이 번쩍 들었다. 예동댁은 절로 한숨이 새어나왔다. 오늘 저녁 그 집에서 먹던 밥이 눈앞에 떠올랐다. 잡곡밥이라고는 하지마는 콩을 다문다문 넣은 밥이 밥그릇에 수북했고 빨갛게 양념을 한 김장김치가 그렇게 입에 감칠 수가 없었다. 그 밥그릇이며 김치가 눈앞에 그림처럼 아른거렸다. 가을걷이한 지가 엊그젠데 자기 집에서는 아침저녁으로 얼굴이 비치게 멀건 죽이었고, 반찬이라고는 짠지쪽 한 가지에 점심은 숫제 이름도 없었다. 처녀 때부터 집에서 점심을 먹어본 기억은 까마득했다. 명절 때 인절미 하나를 배부르게 먹어본 적이 없었다. 쌀밥 한 그릇을 배부르게 먹어보기가 지금까지도 제일 큰 소원이었다. 처녀 때나 지금이나 자리에 누우면 항상 눈앞에 떠오른 것은 다문다문 콩이 박힌 쌀밥이었다. 요새 와서는 자기 배고픈 것은 견딜 수 있었으나, 젖이 나오지 않아 아이가 빈 젖꼭지를 아프도록 빨며 울어대는 것은 견딜 수 없었다. 서 마지기, 아니 두 마지기만 더 벌어도 배메기 반타작이면 한 마지기에 쌀이 한 섬, 쌀이 두 섬이면 아침에는 밥을 해먹어도 두 식구 반 년 양식이 너끈했다.

　예동댁은 지금까지 배곯으며 살아온 지난날이 눈앞을 지나갔다. 친정은 자작논 두 마지기에 소작 너 마지기였는데 아이들이 올망졸망 여섯이나 되었다. 양친에 할머니까지 여덟 식구가 논 그것에다 목줄을 대고 살아왔다. 한번도 배부르게 밥을 먹어본 적이 없었고, 옷가지 하나 변변한 것을 얻어 입어본 적이 없었다. 추석 같은 때는 있는 집 아이들이 치자 물에 쪽물에 색색으로 물을 들인 옷을 차리고 나오는 것을 먼발치로 건너다보며 부모들 몰래 얼마나 눈물을 흘렸던가. 처녀 때 꿈이라면 형편이 웬만한 집으로 시집을 가서 양명절에 동생들 옷가지 하나씩이라도 해다 주는 것이었다. 그것이 지나새나 한결같은 꿈이었다. 금년에도 설이 돌아오면 스무 살짜리에서 세 살짜리까지 누더기들을 걸치고 방구석에 틀어박혀 눈 오는 날 들쥐들처럼 말없이 바깥만 내다보고 앉아 있을 것이다. 열 살잡이 사내는 배꼽 떨어지고 지금까지 바지 하나 얻어 입어 보지 못한 채 여름이나 겨울이나 고추를 내놓고 자라고 있었다.

새록새록 잠이 든 아이 숨소리가 골랐다. 요사이 며칠간은 감역 집에 일을 나가며 세 끼를 제대로 먹었더니 젖줄이 장정 오줌발 같아 뱃구레가 벙벙하도록 빨더니 잠도 저렇게 곱게 잤다. 이 아이 고추라도 제대로 가려주고 친정 아이들 옷 한감이라도 해주자고 이를 물고 길쌈을 했으나, 아무리 겨우내 밤늦도록 물레를 돌리고 베를 짜보았자 아이놈 몫까지 군포 물기도 허리가 휠 지경이었다. 베 일곱 자만 가지면 친정 사내 동생 설빔 한 벌을 할 수 있을 것인데, 그 하찮은 생각이 작년부터 마음뿐이었다. 무명베는 과람하고 돈 열 냥이면 요새 그 흔한 금건 몇 자 떠서 서운면을 할 수가 있을 것인데도, 그것이 그렇게 수월하지가 않았다.

저쪽에서 개가 짖고 있었다. 귀를 쫑그렸다. 가슴속에서 방망이질 소리가 귀에 들릴 것 같았다. 어째야 할까? 가라고 억기차게 내시를까, 그냥 못이긴 듯이 한 번만 당해 줄까? 그냥 문고리를 끌러놓고 알아서 하라고 잠자는 듯이 가만히 있어버리면 어떨까? 몇 번 부르다 대답이 없으면 문고리를 잡아당길 것이고, 문이 열리면 그러라는 것인 줄 짐작하고 들어올까.

예동댁은 마치 사내의 몸뚱이에 눌린 것처럼 숨이 차오르고 있었다. 이상만이 엉금엉금 더듬어 와서 몸이 손에 닿는다. 젖무덤을 만지고 나서 그 손이 배로 내려가고 치마를 걷고, 아, 예동댁은 젖무덤을 껴안고 몸뚱이를 뒤챘다. 어느새 몸이 화끈하게 달아올라 있었다. 남편 얼굴이 떠올랐다. 오매 오매, 내가 왜 이런다냐. 아녀 아녀, 그 염병할 놈. 그 염병할 놈이 누 몸에다 손을 대? 그 염병할 놈, 급살이나 맞아 뒈져버려라. 예동댁은 벌떡 일어나 문 곁으로 갔다. 문고리를 더듬었다. 잠겨 있었다. 문고리가 헐거워 안으로 힘껏 밀었다 채면 열어질 것만 같았다. 그는 바삐 윗목으로 기어가 등잔받이를 더듬었다. 아까 불잉걸을 집어왔던 나뭇가지가 잡혔다. 나뭇가지를 쥐고 다급하게 문으로 기어갔다. 문고리에 찔렀다. 자기 마음에 고리를 잠가 그렇게 나뭇가지라도 찌르듯 꾹꾹 찔렀다. 다시 자리에 누웠다.

'천금을 준들, 천금을 준들.'

예동댁은 그런 잡스런 생각을 몰아내기라도 하듯 소리를 내며 거세게 도리질을 했다. 이를 악물었다. 숨을 씨근거리며 누워 있었다. 어느새 벼가 누렇게 익어가는 논이 눈앞에 아른거리고, 하얀 사기그릇에 수북한 쌀밥이 눈앞에 아른거렸다. 멀건 죽그릇을 들고 허겁지겁 퍼 넣으며 어미 죽그릇을 흘끔거리던 동생들의 그 탐욕스런 눈짓들이 떠오르고, 산에서 *송기를 얼마나 많이 발라먹었던지 똥구멍이 막혀 막힌 똥구멍을 대꼬챙이로 파내자 똥구멍이 찢어져 피를 쏟던 동생의 모습이 아른거리고, 고추를 내논 채 아랫도리가 추위에 벌겋게 익은 동생들 모습이 아른거리고, 저지난 장에도 실없이 만져보기만 했던 하얀 색깔의 금건이 아른거리고, 이상만 아내 얼굴이 아른거리고, 저녁에 가겠다고 하던 이상만의 은근한 표정이 아른거리고, 속삭이는 듯하던 그의 말소리가 귓결에 은은하게 앵앵거리고, 눈을 부릅뜬 남편의 얼굴이 눈앞에 덩실하게 멈추었다. 예동댁은 두 손을 맞잡고 비틀었다.

'안 돼, 안 돼제. 하늘이 두 쪽으로 뻐개져도 안 돼제. 내가 전에 한몰댁 당한 꼴 안 봤간디? 그 꼴이 되는 날에는 소작이 멋이고 돈이 멋이여? 친정 식구들 얼굴에 똥칠하고 단매에 맞아 죽어. 마음 한번 삐뚝했다가는 다 죽는당께.'

컹컹 이웃집 개 짖는 소리가 요란스러웠다. 오매 오는갑네. 세상에 이 일을 어째야 쓸까. 안 돼제, 안 돼. 예동댁은 벌떡 일어났다. 문고리를 나뭇가지째 꽉 붙잡았다. 밖에다 귀를 쫑그렸다. 귀에서 앵 소리만 날 뿐 무슨 소리가 잡혀오지 않았다. 정신을 바짝 차리고 다시 귀를 쫑그렸다. 개소리가 멈추었으나 아무 기척이 없었다. 후유, 오매 사람 가슴 받아져 죽겠네. 그 염병할 놈이 어째서 생사람을 요로코 말려서 쥑이까잉. 예동댁은 문고리를 놓고 후유 한숨을 내쉬며 던지듯 몸뚱이를 자리에 눕혔다.

예동댁은 머리가 띵했다. 머리에 손을 얹고 가만히 있었다. 아무 생각도 하고 싶지 않았다. 갑자기 친정어머니 모습이 떠올랐다. 가난에 찌들어 다른 여자들보다 십 년은 더 늙어버린 어머니 모습이었다. 시집 올 무렵 어머니는 며칠 동안을 눈물로 지새웠다. 명절에 옷

가지 하나 제대로 입혀서 키워 보지 못했던 가난을 울고 있었고, 배불리 밥 한 끼 먹여서 키워 보내지 못한 한을 울고 있었고, 당장 옷가지 하나 제대로 해보내지 못하는 군색을 울고 있었다. 백 년을 울고 천 년을 울어도 다 풀리지 않을 설움이었다. 가마에 오르려는 딸의 손을 잡은 채 눈물을 닦을 생각도 못하고 울기만 하던 어머니가 걷잡을 수 없이 쏟아지는 눈물을 닦으려고 걷어 올린 치맛자락은 나닥나닥 기워 있었다. 기운 치마폭을 보자 예동댁도 참았던 눈물이 봇물처럼 터지고 말았다. 딸 시집보내는 날 갈아입을 치마 하나가 없었던 것이다. 그 서럽고 고달픈 인생이 아이들이 커나면서 점점 더 고달프고 그 설움이 켜켜이 한으로 쌓여가고 있었다.

예동댁은 흐르는 눈물을 닦을 생각도 하지 않았다. 눈물이 베개를 적시고 있었다. 새록새록 아이 숨소리가 고르게 들려왔다. 후북하게 젖을 먹여놓으니 이렇게도 잘 자는 것을. 예동댁은 눈물을 닦고 아이의 볼을 만져보았다. 보드라운 살에서 따뜻한 온기가 느껴졌다. 내 새끼야, 니가 클 때까지 이 가난을 못 벗어나면 서럽고 불쌍해서 어떻게 살거나. 끼니를 굶는 날 칭얼거리는 친정 동생들을 껴안고 흐느꼈던 기억이 어제 일 같이 돌아왔다.

그때였다. 이웃집 개 짖는 소리가 또 요란스러웠다. 예동댁은 벌떡 일어났다. 또 문고리를 꽉 틀어잡았다.

'안 된다, 안 돼. 그것만은 죽어도 안 된다.'

예동댁은 빠듯 적개심이 끌어올라 이를 악물었다. 자기도 모를 갑작스런 감정이었다. 어째서 느닷없이 이런 감정이 일어나는지 스스로도 알 수 없었다. 그러나 그것은 걷잡을 수 없이 격렬한 감정이었다. 이상만이 자기 부모들과 자기 내외를 이런 가난 속에 빠뜨린 그 원한의 장본이라도 된 것같이 이가 갈렸다. 예동댁은 거듭 이를 앙다물며 문고리를 잡고 밖에다 귀를 쫑그렸다. 아무 기척이 없었다. 한참 동안 숨을 죽이고 있었다. 역시 기척이 없었다. 아닌가? 문고리를 놓고 다시 자리에 누웠다.

예동댁은 다시 가슴이 떨려왔다. 방금 이상만이 나타났더라면 어서 가라고 소리라도 질러버렸을 것 같았다. 그랬더라면 어떻게 됐을까? 생각만 해도 가슴이 벌렁거렸다. 어쩌자고 그런 모진 마음을 먹었을까? 자기한테 그런 무서운 독기가 있었다니 놀라운 일이었다. 예동댁은 가슴을 쓸며 숨을 발랐다.

또 개 짖는 소리가 났다. 저놈의 개가 자꾸 허투루 짖는 것이 아닌가 싶어 이번에는 그대로 누워 있었다. 누운 채 귀만 쫑그렸다. 마당에서 다시 무슨 기척이 느껴졌다. 잔뜩 귀를 쫑그리며 조심스럽게 윗몸을 일으켰다. 발자국 소리 같았다. 예동댁은 터질 것 같은 가슴을 안고 조심조심 앉은걸음으로 다가가 문고리를 으스러져라 틀어잡았다. 분명 발자국 소리였다. 가슴이 무너지는 듯 가슴속에서 텅 소리가 나는 것 같았다. 아, 저 원수가 기어코 오고야 말았구나. 신을 벗고 마루로 올라오고 있었다. 아이고매, 이 웬수. 예동댁은 한숨을 깔아쉬며 힘없이 문고리에서 막대기를 뽑아내고 말았다. 제자리에 와서 누웠다. 눈을 감았다. 가만히 문이 열렸다.

"나요."

이상만은 제 방에라도 들어온 것처럼 천연스럽게 속삭였다. 예동댁은 그냥 눈만 감고 있었다.

'알아서 해라. 너는 하룻저녁 욕정을 쏟는 장난이제마는 내 가슴에는 얼마나 큰 못이 박히는 줄이나 아냐? 나한테는 목숨보다 소중한 것을 느그들은 소작 두서너 마지기로 이렇게 쉽게 빼앗아가는구나. 그래 뺏어 가거라.'

예동댁은 남편의 얼굴이 떠올랐다. 남편한테 이 일을 숨기고 살 것을 생각하니 자기의 생애에 이 밤처럼 어두운 생애 하나가 따로 시작되는 것 같았고, 자기는 그 어두운 생애 하나를 덤으로 짊어지고 내내 고달픈 인생을 살아가야 할 것 같았다. 저 음흉한 발자국 소리처럼 내내 자기를 짓누를 그 생애는 어머니의 한숨처럼 끝없는 눈물로 얼룩지어질 그런 설움이었고 고달픔이었고 가슴을 에는 회한이고 살을 찢는 고통으로 이어질 그런 생애였다.

월공과의 약속 때문에 미륵집으로 갔던 달주하고 용배는 다시 갈재로 돌아오고 말았다. 월공이 볼 일을 다 못 봐서 이틀 뒤에 온다는 기별이 왔기 때문이었다. 만득이만 시또 곁에 남겨두며 마누라가 오거든 맞으라고 했던 터라 도무지 안심이 안 되어 뒤가 여간 당기지 않았는데 다행이었다.

가래바위 바로 아래 있는 미륵집은 상상했던 것과는 달랐다. 예사 미륵은 그냥 논밭둑에 혼자 서 있고 더러 미륵집이 있는 경우도 집이란 게 기껏 시늉뿐인 움막인데, 여기 미륵집은 우선 집이 세 채나 되었다. 그리고 마루 밑에는 여자들 미투리와 짚신이 수십 켤레 있었다. 불공을 드리러 온 사람들이 그만큼 붐비는 듯했다.

보살할미를 찾았더니 늙수그레한 할머니가 나왔다. 월공 스님을 댔다. 보살할미는 그들을 한쪽으로 데리고 갔다.

"어지께 기별이 왔는디, 시님이 볼 일을 다 못 봐서 모레 저녁에 오신다고 총각들이 오면 여그서 기다리고 있으라느만."

"그럼 우리도 모레 저녁에 다시 오겠소."

"알았네."

두 사람은 오던 길을 되짚어 목란 마을 지나 부리나케 갈재로 올라왔다.

이 목란 마을에는 재미있는 전설이 하나 있다. 이 마을에서 남쪽을 내려다보면 바로 건너편, 그러니까 방금 달주하고 용배가 다녀온 미륵집 위쪽 조그마한 산봉우리에 커다란 바위가 하나 있는데, 이 바위에는 사람의 눈썹 형용이 너무 뚜렷하여 그 바위가 얼핏 사람 얼굴같이 보인다. 이 바위 이름이 가래바위로 그 바위에 그런 이름이 붙은 것은 옛날 이 목란 마을 어느 주막에 가래라는 예쁜 기생이 있었는데, 그 기생이 죽어 저 바위가 됐기 때문이라는 것이다. 그 건너편의 한 면이 판판한 바위가 명경바위요, 그 왼쪽에 뾰족한 바위가 촛대바위다. 가래가 촛대바위에다 촛불을 켜놓고 거울을 보며 화장을 하고 있다는 것이다.

그 가래가 살았다는 이 목란 마을은 남쪽에서 북쪽으로 재를 넘어갈 때는 마지막 마을이고 북쪽에서 넘어올 때는 물론 첫째 마을이다. 재를 넘어가는 사람들은 이 마을 주막에서 막걸리를 한잔 걸치며 쉬어가지 않을 수가 없었다. 그러니까 이 목란 마을은 처음부터 주막촌으로 발달한 마을인 듯했다.

그런데 이 가래라는 기생이 어찌나 예쁘든지 그 얼굴을 한번 보왔다 하면 누구나 정신이 가물가물할 지경이었다. 그래서 남도에서 과거를 보러 가는 유생들 가운데는 이 가래의 예쁜 얼굴에 홀딱 빠져 과거고 뭐고 그 주막에서 헤롱거리다가 노자가 떨어져 고향으로 돌아가기 십상이고, 한양서 이쪽 어느 고을 수령으로 *직첩을 받아 견마성도 요란스럽게 거드름을 피우며 내려오던 신관 사또들도 이 가래를 한번 보았다 하면 눈이 뒤집혀 한 달이고 두 달이고 신선놀음에 도끼자루 썩는 줄 모르다가 패가망신하고 돌아가는 자가 수두룩했다는 것이다. 한번은 어떤 한림학사가 내려오다 가래한테 뽕당 빠졌는데 노자가 떨어지자 이자는 저 건너편 산자락에다 아주 움막을 치고 거기서 가래가 있는 주막을 건너다보며 살다가 죽었다는 것이다. 그래서 이 동네 앞 손바닥 만한 들에 한림들이라는 이름이 붙었다.

세상 사람들은 이 갈재에는 남북을 가로막은 것이 셋 있다고 했다. 노령산맥이 그 산줄기로 남북을 가로막고 있고, 갈재의 화적들이 칼을 들고 칼로 막고 있고, 이 가래가 미모로 막고 있다는 것이다.

가래라는 이름을 유식한 사람들은 갈희라고 부르는데 그것은 갈재의 갈자가 갈대에서 온 말이므로 그 기생 이름도 필경 거기서 왔을 것이라는 유추에서였다. 그렇다면 가래라고 부른 것은 그게 부르기도 쉽거니와 농기구에 가래가 있다 보니 그에 끌린 와음訛音일 터이다.

하여간, 이 전설은 한양의 조정을 흘겨보는 남도 사람들의 의식을 그만큼 잘 반영해 주고 있는데, 이 가래바위 전설은 지금도 여기를 넘나드는 사람들의 입에 매양 오르내리고, 목란 마을에는 숫제

가래주막이라는 주막까지 있다.

이 주막 주인 어금박이는 임군한과 깊이 맥을 통하고 있는 사람으로 대둔산 밑 당마루의 김오봉처럼 임군한이 내보낸 졸개는 아니지만 졸개나 진배없이 임군한의 수족 노릇을 하고 있다.

저녁 새참 무렵이었다. 여자들 두 사람이 불쑥 나타났다. 지난번 그 도부꾼과 유월례였다.

"저기 왔다."

달주가 속삭였다.

"왔구나."

용배가 벌떡 일어서다가 같이 일어서는 달주를 붙잡으며 주저앉았다. 여자들 뒤에 남자들이 세 사람 따르고 있었기 때문이다. 남자들도 도부꾼 행색이었으나, 매무새가 어딘가 미심쩍었다.

"멋이 쪼깐 수상한 것 같다."

용배가 그들을 내려다보며 속삭였다. 만득이는 대변을 보러 가고 자리에 없었다. 모두 숨을 죽이고 내려다보고 있었다.

"멋이 수상하단 말이냐?"

시또가 묻자 용배는 손가락을 입에 가져다 조용히 하라는 시늉을 하며 그들을 빤히 내려다보고 있었다. 그때였다.

"워매, 저 빙신!"

만득이가 그리 달려가고 있었다. 저쪽에서 대변을 보다가 유월례를 보았던 모양이다. 만득이는 벙긋 웃으며 유월례 앞으로 나가섰다. 그러나 유월례는 웃지 않고 뒤에 따르고 있는 사내들을 돌아봤다. 새파랗게 질린 표정이었다.

"아이고, 저 씨발 새끼!"

시또가 주먹을 쥐었다.

그 순간이었다. 만득이를 노려보던 사내 하나가 옆의 놈이 지고 있는 짐에서 칼을 쑥 뽑아들었다.

"꼼짝 마라!"

시퍼런 칼날이 햇빛을 받아 날카롭게 번득였다. 만득이는 앗 뜨거라, 한발 뒤로 물러섰다. 그러나 다행히 만득이는 이쪽을 돌아보지는 않았다.

그들은 처음부터 짐을 길쭉하게 만들어가지고 거기다 칼을 그렇게 넣고 왔던 모양이었다. 다른 사내들 두 사람도 서로 상대방의 짐에서 칼을 뽑아들었다. 세 사람이 만득이를 빙 둘러싸며 주변을 두리번거렸다.

"저 도부꾼 여편네가 붙잡혔던 게로구나."

용배가 낮은 소리로 뇌며 입술을 깨물었다. 달주도 얼굴이 새파래지고 말았다. 만득이는 겁먹은 얼굴로 멍청하게 서 있었다. 그러나 만득이는 끝내 이쪽을 돌아보지는 않았다.

"패거리 두 놈은 어디 갔어?"

먼저 칼을 빼들었던 키다리가 만득이 코앞에 칼을 들이대며 소리를 질렀다. 우두머린 듯했다.

"저 아랫동네 있으것이오."

만득이는 목란 쪽을 가리키며 멍청한 소리로 대답했다.

"이 새끼 거짓말했다가는 단칼에 모가지가 날아가!"

키다리는 칼을 더 바짝 들이대며 을렀다. 만득이는 칼을 피해 뒤로 물러섰다.

"저놈들을 해치워버릴까?"

용배가 시또를 보며 말했다.

"씨발놈아, 미쳤냐?"

"저 사람이 잡혀노면 큰일이오. 여기 달주 집이 작살이 나요."

용배가 일어서며 한쪽에 있는 얻은복의 칼로 손이 갔다. 그때였다. 어디서 나타났는지 포교가 나졸들을 달고 꼭대기로 올라서고 있었다. 포교 하나를 합쳐 벙거지들이 여섯 명이나 되었다. 그들도 칼을 꼬나들며 만득이를 둘러쌌다.

키다리는 만득이한테 계속 무얼 묻고 있었다. 만득이는 생각했던 깐으로는 의외로 침착했다. 나름대로 앞뒤를 재고 있는 것 같았다. 자기 목숨 살 일이라 저런 침착성이 나오는가 싶었다. 키다리는 계속 묻고 있었고 만득이는 손가락으로 목란 쪽을 가리키며 뭐라고 대답했다.

키다리가 패거리를 모두 데리고 한쪽으로 가서 한참 뭐라 하는 것 같더니 다시 돌아섰다.

"앞장서!"

만득이와 두 여인을 앞장세웠다. 키다리와 평복을 한 두 사람은 다시 칼을 아까처럼 짐 속에 찌른 다음 그들 뒤를 따르고 벙거지들은 뒤에 처졌다. 벙거지들은 한참 우물거리고 서 있더니 그들이 내려간 뒤에 천천히 그들 뒤를 따랐다.

"목란으로 가는 것 같다."

"어쩌지?"

달주가 떡심이 탁 풀린 소리로 물었다.

"수가 없지도 않을 것 같다. 키다리가 벙거지들을 보고 한참 뒤에 따라와 동네 뒤 어디에 매복을 하고 있으라는 것 같다. 우리가 예사 행인처럼 뒤따라가는 벙거지들을 앞질러 가서 평복한 세 놈을 해치 워버리자!"

"씨발놈아, 느그덜 둘이 저 수를 당하겠냐?"

"이판사판이오. 만득이라도 빼내야 하요. 산채에 올라가서 사정 이나 전해 주시오!"

"산채? 씨발놈아, 어림없는 소리 말어. 텁석부리 성님이 이런 일 에 쉽게 뛰어들 것 같냐?"

"그럼 좋소. 가자!"

용배가 벌떡 일어섰다.

"아니, 맨손으로 갈래?"

"염려 마시오."

"씨발놈아, 맨손으로 어뜨코 저놈덜을 당한단 말이냐?"

"염려 마시오."

용배가 자신 있게 말하며 앞을 섰다.

"씨발놈아, 그람 샛길이나 알아갖고 가. 이 길로 쪼끔 내래가면 아래쪽으로 빠지는 샛길이 나온다. 그 길로 한참 내래간다치라면 새 터란 쪼깐한 동네가 나오는디, 거그서 산모퉁이를 하나 돌면 목란이 다. 그른께, 앞에 간 새끼들하고 맞부딪칠라면 목란서 다시 큰길로 올라오면 될 거여."

"고맙소."

"씨발놈아, 조심해."

두 사람은 길로 내려서자 바람같이 내달았다. 한참 달려가자 벙거지들 꽁무니가 보였다. 바람만바람만 뒤를 밟았다. 벙거지들은 한참 뒤에 가기로 되어 있는 듯 부러 충그리며 천천히 걷고 있었다. 조금 더 내려가자 정말 샛길이 나왔다.

샛길로 들어섰다. 윗길하고 사이가 뜨자 뛰기 시작했다. 정신없이 뛰어내려갔다. 새터가 나왔다. 새터에서 산모퉁이 하나를 돌았다. 목란이었다.

달주는 길가에서 돌멩이를 줍기 시작했다. 몽실몽실한 걸로 대여섯 개를 주워 양쪽 옷소매에 챙겼다.

재로 올라가는 큰길이 나왔다. 키다리 일행은 아직 내려오지 않고 있었다. 천연스런 걸음으로 큰길로 잡아 섰다. 한참 올라갔다.

"여기서 양쪽으로 숨자. 너는 저리 숨어."

두 사람은 길 양쪽으로 잽싸게 몸을 숨겼다.

"저놈들이 오면 네가 팔매질부터 해서 한 놈을 먼저 거꾸러뜨려라. 네가 팔매질을 하는 사이 나도 한 놈을 맡을 테니 그 사이 네가 또 한 놈을 해치워. 칼을 꺼내기 전에 세 놈을 다 해치워야 한다."

"알았다."

"해치우고 나서는 만득이만 차고 금방 오던 길로 튀자. 혹시 여기서 서로 갈리게 되면 재 꼭대기에서 만나. 수건으로 얼굴을 가려!"

용배가 꽁무니에서 수건을 뽑으며 소리를 질렀다. 두 사람은 수건으로 코와 입을 싸서 단단히 잡아맸다. 달주는 양손에 하나씩 갈라 들었던 돌멩이를 다시 바꿔 들었다.

"저기 온다."

용배가 소리를 질렀다. 포교들은 세 사람을 앞세우고 천연스럽게 내려오고 있었다.

"그놈들 있는 디 가서도 천연스럽게 말을 해야 한다. 만당간에 시킨 대로 안했다가는 그 자리에서 모가지가 날아갈 줄 알아."

키다리가 만득이를 을러멨다. 달주가 키다리 옆얼굴을 겨냥했다.

─슛.

"어쿠!"

키다리가 얼굴을 싸안고 풀썩 주저앉았다. 그때 용배도 뛰어나오며 한 놈 옆구리를 향해 발을 날렸다.

"아이고!"

용배가 발이 허공으로 빗나가며 뒤로 발랑 나가떨어지고 말았다. 발이 삐끗 미끌렸던 것 같았다. 달주가 다른 놈을 향해 돌멩이를 겨냥하는 순간 두 놈은 날쌔게 몸을 날려 도부꾼과 유월례를 붙잡고 뒤로 몸을 숨겼다. 달주가 다가가며 돌멩이를 겨냥했다. 작자들은 요리조리 몸을 피하며 한 놈이 패거리 등에서 칼을 뽑아들었다. 다른 놈도 어느새 칼을 뽑았다. 한 놈이, 땅바닥에서 버르적거리며 일어서려는 용배 목에 칼을 댔다. 도부꾼 뒤에 숨었던 놈이 제대로 칼을 겨누며 달주 앞으로 다가들었다. 달주는 돌멩이를 겨냥하고 한 발 한 발 물러서며 틈을 노렸다. 키다리는 돌멩이 맞은 볼을 싸안고 주저앉아 있었다. 저만치 서 있던 만득이가 이내 이를 앙다물며 돌멩이를 하나 집어들었다.

그때였다.

"저놈들 잡아라!"

위에서 나졸들이 소리를 지르며 쏟아져 내려왔다. 달주가 용배 목에 칼을 겨눈 자를 향해 돌멩이를 겨냥했다.

"돌멩이만 땡기면 푹 찔러부러."

작자는 달주를 향해 돌멩이를 피할 자세를 취하며 용배 목에다 칼을 찌르는 시늉을 했다. 달주는 벼르기만 할 뿐 돌멩이를 던지지 못했다. 그때 만득이가 그자를 향해 돌멩이를 날렸다. 그러나 빗나가고 말았다.

벙거지들은 소리를 지르며 까마귀 떼처럼 몰려 내려오고 있었다.

"내빼자. 나를 따라와!"

달주가 만득이한테 소리를 지르며 아래로 뛰었다. 만득이는 듣지 않고 또 돌멩이를 집어 겨냥하고 있었다.

"참말로 찔러."

돌멩이를 던지기만 하면 대번에 찔러버릴 자세였다.

"빨리 와!"

달주가 소리를 질렀다. 만득이도 하는 수 없이 도망쳐왔다. 달주는 벌써 혼자 저만치 뛰어가고 있었다. 새터 쪽을 향해 뛰었다. 만득이도 뒤따라 뛰었다.

"저놈들 잡아라!"

나졸들이 소리를 지르며 쫓아왔다. 두 사람은 있는 힘을 다해서 뛰었다. 만득이가 달주를 따라잡았다. 벙거지들이 여남은 발 간격으로 쫓고 있었다. 그러나 나졸들과의 사이는 점점 벌어지고 있었다.

달주와 만득이는 새터를 지나 죽을힘을 다해 재를 올라챘다. 달주는 복면한 수건에 콧김이 서려 물에 젖은 빨래처럼 코에 찰싹찰싹 달라붙었다. 수건을 풀어버리고 뛰었다. 나졸들과의 간격은 크게 벌어졌다. 그러나 그들은 포기하지 않고 끈질기게 따라왔다. 목구멍에 숨이 꺽꺽 막혔다. 마치 목구멍에서 따끔따끔 가시가 찌르는 것 같았다.

가까스로 꼭대기에 올라섰다. 한숨을 내쉬던 두 사람은 우뚝 걸음을 멈추고 말았다. 복면을 한 장정 셋이 떡 버티고 있었기 때문이다. 다음 순간 숨을 후 내쉬었다. 산채 사람들이 분명했다. 턱석부리와 시또 그리고 얻은복 세 사람인 것 같았다.

"용배가 붙잡혔소."

달주가 숨을 헐떡거리며 소리를 질렀다.

"알고 있어! 쌔꺄."

턱석부리는 화가 머리끝까지 치솟아 깡 고함을 질렀다. 달주는 무춤했다. 턱석부리의 퉁명스런 소리에 소름이 끼치기도 했으나 용배가 붙잡힌 것을 알고 있다니 어리둥절하지 않을 수 없었다. 도대체 여기 서서 용배가 붙잡힌 것을 어떻게 알고 있다는 것인지 알 수가 없었다. 턱석부리가 산채에서 벌써 여기 내려와 있다는 것도 모를 일이었다. 달주는 자세한 사정을 말해야 할 것 같았으나, 그의 눈빛은 이미 사태를 다 알고 무슨 대비를 하고 있는 것 같았고 뭐라 더 이죽거렸다가는 이번에는 고함이 아니라 칼이 날아올 것 같았다. 그들은 저 아래만 뚫어지게 내려다보고 있었다. 시또와 얻은복도 복면을 하고 턱석부리 곁에 서 있었다.

아래서 벙거지들이 떼 몰려오고 있었다. 아까 달주, 용배와 맞섰던 평복 둘을 합쳐 모두 여섯 명이었다. 셋은 뒤에 남은 모양이었다. 달주는 다시 수건으로 얼굴을 가렸다.

"이놈들, 웬 놈들이 이리 설치고 댕기냐?"

텁석부리가 고함을 질렀다.

"보면 모르겠는가? 범인을 쫓고 있다. 섣불리 참견했다가는 살아남지 못할 것이다."

포교가 숨을 헐떡거리며 소리를 질렀다.

"하하."

텁석부리가 배포 좋게 웃었다.

"이 똥강아지들아, 어디 네놈들 칼맛 한번 보자."

텁석부리가 고함을 질렀다.

"멋이 으짜고 으째?"

포교가 악을 썼으나 얼른 대들지는 못했다. 샛길을 뛰쳐올라온 피로에다 텁석부리의 기세에 눌려 숨을 헐떡이며 어물어물 서 있었다.

"이놈들 어디 한번 칼을 써봐."

텁석부리는 매양 껄껄 웃으며 길 한가운데 버티고 서서 소리를 질렀다. 달주와 만득이는 이만치 뒤에서 숨을 헐떡거리고 있었다.

"관에 대적하는 죄가 어떠한지 모르는가?"

"이놈들, 탐관오리를 치는 것은 하늘의 뜻이다. 우리는 하늘의 뜻을 받드는 사람들이여. 하늘의 뜻에 거역하면 그 죄가 어떠한지 모르느냐?"

"저놈 목을 쳐라!"

어지간히 숨을 발라잡자 포교가 나졸들을 돌아보며 악을 썼다.

나졸들이 포교의 지시에 따라 세 사람을 빙 둘러쌌다.

"열명길이 바쁜 모양이구나. 어서들 오너라. 바쁜 놈부터 보내주마!"

"이 찢어 죽일 놈!"

포교가 텁석부리 앞으로 나갔다. 나졸들도 대들었다. 텁석부리한테는 포교를 합쳐 세 놈이 붙고 시또한테는 두 놈 그리고 얻은복이는 나머지 한 놈과 붙었다.

저만치 섰던 달주가 돌멩이를 꼬나들고 다가섰다. 만득이도 덩달아 돌멩이를 주워들었다. 텁석부리와 포교의 칼이 쨍쨍 소리를 내며 불을 튀겼다.

텁석부리 칼솜씨는 만만찮았다. 세 놈을 상대로 몸을 이리저리 획획 날리며 칼을 휘둘렀다. 굼떠 보이던 텁석부리가 팔팔 나는 것 같았다. 단칼에 베기는 아까운 듯 부러 그렇게 놀리는 꼴이었다.

되레 두 놈과 붙은 시또가 밀리고 있었다. 달주는 시또하고 붙어 있는 놈 하나를 골라 돌멩이를 겨냥했다. 제대로 겨냥해서 획 날렸다.

"윽!"

나졸이 쨍그랑 칼을 떨어뜨리며 볼을 싸안고 주저앉았다.

달주는 텁석부리하고 붙어 있는 놈 하나를 향해서 또 돌멩이를 겨냥했다.

─슛!

돌멩이가 빗나가고 말았다. 다시 던졌다. 돌멩이가 된통으로 뒤통수를 갈겼다.

"윽!"

그놈도 칼을 떨어뜨리며 나가떨어졌다. 그때 텁석부리한테 붙었던 다른 나졸 하나가 텁석부리 칼을 맞고 어깨를 싸안으며 칼을 떨어뜨렸다. 만득이가 이를 앙다물며 시또한테 붙어 있는 나졸을 향해 돌멩이를 겨냥했다.

─숫!

그러나 어림없이 빗나가고 말았다.

칼싸움들이 어금지금했다. 달주는 돌멩이를 들고 싸움판을 지켜보고 있었다. 여차하면 또 돌멩이를 날릴 판이었다. 텁석부리는 정신없이 칼을 휘둘러 포교를 한쪽으로 몰아붙였다. 다시 뒤로 한발 한발 물러섰다. 텁석부리는 한참 밀리는 듯하다가 마치 장난하듯 다시 또 정신없이 몰고 갔다.

그때 시또가 홱 칼을 휘둘렀다.

"어쿠!"

나졸이 어깨를 싸안으며 비명을 질렀다. 그걸 본 포교는 당황하는 기색이었다.

그때였다.

"이놈들 칼을 멈추지 못할까?"

목란 쪽에서 복면한 사람들이 올라서면서 소리를 질렀다. 그쪽을 본 달주는 입이 떡 벌어지고 말았다. 저놈들 패거리가 아니었다. 모두 복면을 해서 얼굴을 알아볼 수가 없었으나 산채 졸개들이 분명했다. 아까 달주 돌멩이에 맞은 키다리 등 세 놈을 묶어가지고 올라오고 있었으며 따로 용배와 유월례가 뒤를 따르고 있었다. 용배는 발을 몹시 절름거렸다.

도대체 산채에 있던 졸개들이 날개라도 달려 그리 날아갔단 말인
가? 복면을 한 수는 여섯 명이었다. 텁석부리와 붙었던 포교가 얼핏
그쪽을 보더니 우뚝 멈춰서고 말았다.

　용배와 달주가 아까 나졸들 뒤를 따라 내려간 뒤 시또는 얼은복
을 산채 쪽으로 보내 저만치 산등성이에서 산채에 위급을 알리는 휘
파람을 불었다. 그 소리를 들은 텁석부리는 졸개들을 이끌고 바람같
이 내려오다가 얼은복을 만나 사정을 들었다. 한참 내려오다가 새터
쪽에서 달주와 만득이 두 사람만 나졸들한테 쫓겨오는 것을 보고 용
배가 붙잡힌 것을 안 것이다. 일판을 짐작한 텁석부리는 김확실한테
졸개들을 달려주며 가서 용배를 구해오라고 했던 것이다.

　"이놈들, 모두 꿇어!"

　텁석부리가 악을 쓰자 모두 무릎을 꿇었다.

　"모두 모가지를 무시토막 자르대끼 잘라불겄다마는, 칼에다 너
같은 똥개덜 피를 묻히고 싶잖아 살래준다. 어서 가서 더러운 수령
놈한테 빌붙어 천한 목숨 연명해라. 어서 가, 이 똥개들아!"

　텁석부리는 포교 엉덩짝을 발로 걷어찼다. 정말 똥개 엉덩이라도
차는 것 같았다. 다른 졸개들도 나졸들 엉덩이를 걷어차며 한마디씩
욕설을 퍼부었다.

　놈들은 살았다는 듯이 벌떡벌떡 일어나 도망쳤다.

7. 조병갑

밤이 이슥해서 월공이 미륵집으로 왔다. 월공은 만득이 내외 이야기를 듣고 잘했다고 칭찬을 하면서 만득이 내외를 반겼다.

"저도 세상에 태어나서 모처럼 보람 있는 일을 한 것 같습니다. 그런데 이 일이 잘된 것은 두 분 운수가 그만치 좋았던 것 같소. 처음에는 만득 씨만 갈재에 남아 거기 망보는 패거리와 함께 소식을 기다리라 하고 우리는 스님을 만나려고 이리 내려왔거던요. 그런데, 스님이 안 오시다기에 다시 올라갔더니, 마침 우리가 만득 씨하고 같이 있는 사이에 그자들이 왔던 것입니다. 우리가 없을 때 일이 벌어졌더라면 큰일 날 뻔했소."

"정말 큰일 날 뻔했습니다."

달주가 끼어들었다.

"하여간 다행이오. 만득 씨 이름이 늦을 만晚 자 얻을 득得 자 같은데 모두가 이름대로 된 것 같소. 느지막이 인생을 제대로 얻었고 빼앗길 뻔했던 부인도 다시 얻어냈고."

월공의 말에 두 젊은이는 크게 웃었다. 그러나 만득이 내외는 아직도 어리둥절한지 덤덤한 표정이었다.

"더구나, 이런 철부지들 계책이 들어맞았으니 운수 대통한 것 같소. 앞길이 훤하게 열릴 것이오."

"사람을 그렇게 막 얕보깁니까?"

용배가 뽐내는 가락으로 튀겼다.

"임마, 철부진가 아닌가 한번 생각을 해봐라. 호방이 저이한테 그렇게 험하게 당했으니, 저쪽에서는 눈에다 불을 켜고 있을 것은 뻔한데, 그런 불 속에다 사람을 집어넣었으니 얼마나 미련한 일이었냐? 결국 저 부인도 붙잡히고 그 도부꾼도 붙잡혀서 네 꾀에 네가 되감길 뻔하잖았어? 만득 씨가 붙잡혔다고 생각해 봐라. 달주 집은 말할 것도 없고, 갈재 산채까지 들통이 났을 것이니, 그랬으면 얼마나 큰 낭패였겠어? 그때 텁석부리가 왜 나선 줄 아느냐? 용배 너도 너지만 산채가 들통이 날까 그게 겁났던 거야."

"하긴 그렇습니다."

용배가 뒤통수를 긁었다.

그날 밤 유월례가 순라 도는 나졸들한테 붙잡혀 끌려왔을 때 호방은 유월례한테는 아무것도 묻지 않고 집안사람들에게 그날 집에 드나든 사람이 누구누구였냐고 그것만 다잡았다. 동네 사람 몇 사람 드나든 사람과 도부꾼이 왔다 갔다는 말을 하자, 호방은 그 도부꾼을 잡으라고 불같이 다그쳤다. 머슴과 나졸들이 나서서 여기저기 물어보니 그 여자가 호방 집을 나가서 도부질을 하고 다닌 행적이 환히 드러났다. 한 나절도 채 못돼서 그 도부꾼이 잡혀왔다. 몽둥이로 한번 으르자 도부꾼은 묻는 데로 다 뱉어 놓았다.

"계교를 쓸 때는 언제든지 그 계교가 실패를 했을 때를 먼저 생각해야 한다. 계교가 안 먹히더라도 뒤가 없어야지 뒤가 있으면 자칫하다가 제가 다친다. 이번 계교가 얼마나 서툰 계교였는지 그건 호방이 바로 그 계교를 거꾸로 이용했다는 것으로 나타났지 않았느냐?"

"그렇습니다. 지난번 박, 아니 그때 그 계교는……."

"정말 그때 그 계교는 그런 점에서도 빈틈이 없었습니다. 유독 그 정가가 도망쳐 가서 살아갈 돈을 준 것은 유독 잘한 일이었습니다."

"하여간, 이번에 이 일이 성공한 것은 행운도 겹쳤지만 무엇보다 중요한 일은 만득 씨 당신이 무서운 결단을 했기 때문입니다. 당신은 호방을 두들겨팬 걸 가지고 무슨 죄를 지은 것같이 생각하실지 모르지만, 그것은 결단코 그렇지가 않소. 그놈은 남의 마누라를 넘보고 빼앗으려고 한 놈이니 그놈이야말로 죄를 지어도 천륜을 어기는 죄를 졌소. 그런 놈은 응당 법이 다스려야 하나 이 세상 법도가 못돼먹어도 너무 못돼먹어 그런 놈들을 못 다스리오. 당신은 당신 손으로 그런 못된 놈을 다스리고 당신 인생을 찾았을 뿐만 아니라 당신 부인까지 찾았소. 동학으로 말하면 당신 스스로 당신 세상을 개벽했고, 불교로 말하면 해탈을 한 것이오. 동학에서 말하는 후천 개벽이란 것이 다른 것이 아니고 바로 그것이오. 당신들은 이제 당신들 손으로 개벽한 당신들 세상을 잘 지키고 사시오. 내가 그때 함열서 약속했듯이 두 분이 살아갈 방도를 마련해 주겠소. 장흥 가서 사시오. 내일 아침에 편지를 한 장 써 드릴 것이니 그것을 가지고 가면 농사짓고 편하게 살아갈 길을 열어줄 사람이 있소."

월공은 담담하게 말했다. 월공은 이렇게 정색을 하고 말을 할 때도 말소리는 예사 때처럼 담담했으나, 표정은 여간 엄격해 보이지가 않았다. 단정한 자세와 말마디가 그만큼 빈틈이 없었기 때문이다. 오래 도를 닦아 거기서 우러나는 기품이 아닌가 싶었다.

월공은 잠깐 밖으로 나가더니 보살할미와 무슨 이야기를 하는 것 같았다. 여기 보살할미는 월공과 깊이 맥을 대고 있는 듯 월공을 부처님 대하듯 했다. 달주하고 용배 두 사람이 처음 여기 왔을 때도 그랬고, 이번에 만득이 내외를 데리고 왔을 때는 두말없이 방을 두 개나 비워 주었다.

좀 만에 월공이 다시 들어왔다.

"마침 내일 광주 갈 할머니들이 셋이나 있소. 그이들이 당신 내외를 배행꾼처럼 데리고 가기로 했으니 우선 광주까지는 안심하고 갈 것 같소. 거기서 샛길로 가면 화순 읍내나 능주 읍내를 거치지 않고 도암면으로 가는 길이 있소. 거기 운주사란 절에 가서 지허 스님이란 스님을 만나시오. 그이도 당신처럼 종 출신이라 내 편지를 가지고 가면 반갑게 맞아줄 것이오. 그리고 그 스님보고 장흥까지 바래다주라고 편지에 쓸 테니, 그렇게 가면 장흥까지 무사히 갈 수 있을 것이오. 장흥 가면 남상면 묵촌이란 동네에 가서 이방언이란 이를 만나시오. 그 근방 동학 거두요."

"아, 이방언 접주!"

용배가 뇌었다. 삼례서 그가 김덕호를 찾아왔을 때 두어 번 만난 적이 있었다.

"웬만한 일은 그분이 다 거들어 줄 것입니다마는, 혹시 아주 어려운 일이 있거든 이 미륵집으로 알리시오. 여기다 알리기만 하면 나한테 금방 기별이 닿소. 그리고 가까운 시일 안에 우리도 장흥 갈 일이 있을 테니 그때 다시 만납시다."

어려운 일이란 혹시 붙잡히는 일을 말하는 것 같았다. 용배는 전에 박목수는 어디로 보냈느냐고 물으려다 말았다.

월공은 밤이 이슥하여 만득이 내외를 자기들 방으로 보냈다.

"이제 우리 일이 바빠진다. 이번 삼례집회서 보았지만, 앞으로 세상은 전 같지 않을 것이다. 이번에 백성은 그들 스스로가 자기 힘을 알았고, 또 이판사판 목숨을 걸고 나설 사람들이 자기 한 사람뿐이 아니라 모두가 그렇다는 것도 서로들 알게 되었다. 더구나, 그렇게 악발을 부리고 몰아붙이니까 감사도 굽히더라는 것을 눈으로 똑똑히 보았다. 지금 접주들은 거개가 일이 크게 벌어질까 싶어 벌벌 떨고 있는데, 밑바닥 도인들이 몰아붙이고 나가면 이번 삼례집회 때처럼 하는 수 없이 나서게 될 것이다. 지금 세상 형편이나 도인들의 기세로 보면 밑바닥 도인들은 계속해서 접주들을 치받을 것이고 그걸 감당 못하는 접주들은 밀려나갈 것이다. 마치 파 껍질 벗겨지듯 겁많은 접주들은 벗겨져나가고, 백성하고 생사를 같이 할 진짜 알맹이 접주들만 남는다는 소리다. 지금 모두들 접주입네 하고 뻗대고 있지만, 겨울이 되어봐야 솔이 푸른 줄을 알듯 그런 어려움이 닥치면 다 제 본색을 드러내는 법이다. 이번에는 한양에 올라가 상소를 올릴 모양인데, 그것을 고비로 다시 백성이 들고일어날 것 같다. 조정에서 신원을 해줄 리가 없기 때문이다."

"그러면 변란이라도 일어난단 말씀인가요?"

용배가 성급하게 물었다.

"교도들이 삼례서 전주로 몰려갔을 때 감영에서 그런 감결을 내리지 않았더라면 어떻게 됐을 것 같냐? 이번 한양 상소에서 신원이 안 되면 지난번에 감영에서 감결을 내리지 않았을 때의 일이 벌어질 건 뻔한 일이다. 그것은 불을 보듯 환하다. 지난번 삼례집회를 생각해 봐라. 밑바닥 도인들이 견디다 못해 하도 성화를 부리니까 이쪽 접주들이 안 움직일 수가 없었고, 그렇게 이쪽 접주들이 움직이니까 법소도 안 움직일 수 없었던 것이다. 겉으로는 법소가 통문을 내고 일을 주도를 했지만, 그것은 백성 성화에 밀려간 것일 뿐이다. 그때 법소가 안 나서면 이쪽 사람들이 독단적으로 일어설 것 같으니까 하는 수 없이 나선 것이다. 이쪽 사람들을 법소 휘하에 묶어두자면 그 길밖에 없었던 것이다. 교주 해월이나 교주를 둘러싸고 있는 법소 사람들 면면을 보면 아마 한양 상소가 그 사람들로는 마지막으로 할 수 있는 일일 것이다. 그러니까, 한양 상소 다음에는 법소는 물론이고 이쪽 접주들 중에서도 뒤로 처지는 사람들이 나올 것이다. 이번 삼례집회 때 법소의 본색은 다 드러났다. 날짜가 예상 밖으로 오래 걸리니까, 식량 팔 돈이 필요하게 되었는데, 법소에서는 돈을 쥐고도 풀지 않았다. 웬만하면 그대로 해산하기를 바랐던 것이다. 그런데, 이쪽에서 돈이 나오자 하는 수 없이 밀려갔던 것이다."

"허 참!"

용배는 어이없다는 듯 헛웃음을 쳤다. 그때 달주가 나섰다.

"한양 상소는 하기에 따라 상당히 효과가 있지 않을까요? 지난번 삼례서 마지막 회의 때 그 문제를 의논한 것 같은데, 전국의 도인들이 이번 삼례집회처럼 한양으로 몰려 올라가면 삼례서 동학도들의 기세를 봤으니 지레 수그러질지도 모르지 않습니까? 삼례집회 때 감영에는 김문현이란 사람이 어사로 내려와 있었다고 하는데, 그가 직접 자기 눈으로 동학도들의 기세를 보고 갔으니 이번에도 동학도들이 떼 몰려 올라오면 승산이 없지 않을 것 같은데요."

"잘 본 것이다. 그렇게만 떼로 몰려간다면 틀림없이 승산이 있다. 그런데 문제는 법소의 태도다. 그 사람들은 그렇게 일을 크게 벌이는 것을 무서워하고 있다. 조정은 힘이 없는데도, 그런 조정을 보고 법소가 벌벌 떨고 있으니 답답하지 않느냐? 모르긴 해도 법소에서는 상소를 하기는 하되 몇 사람만 올라가자고 할 것이다."

"그럼 조정에서 내칠 것은 뻔하고, 그렇게 되면 밑바닥 도인들은 밀로 올라가자고 들고일어날 것이다, 이런 말씀이신데, 법소가 움직이지 않는다면 도인들이 아무리 많이 모여 보았자 오합지졸이 아닐까 싶은데요."

달주가 다시 조심스럽게 말했다.

"그렇지 않다. 법소는 움직이지 않더라도 접주들만 움직이면 된다. 이번에 도인들이 교조 신원을 들고 나왔지만, 그것은 교조를 위한 것이라기보다는 관에서 동학 단속을 구실로 늑탈을 하기 때문에 그 늑탈에 항거하기 위해서 이쪽에서도 교조 신원이란 구실을 들고 나온 것뿐이다. 그러니까, 관가 놈들도 동학 단속이 목적이 아니고 백성 늑탈이 목적인데 겉으로는 동학 단속을 내세웠듯이, 백성도 교조 신원이 목적이 아니라 늑탈에 대한 항거가 목적인데 그 구실로 교조 신원을 들고 나선 것이다. 그러면 벌써 양쪽 다 알맹이는 따로 있지 않느냐? 이번 집회에 동학 도인들뿐만 아니라 일반 백성도 수 없이 나왔다는 사실이 바로 그것을 말해 주고 있다. 염불보다 잿밥 이라 했는데 양쪽 다 잿밥 싸움을 놓고 겉으로는 염불타령을 하고 있는 셈이다. 교조 신원만이 문제라면 일반 백성이 나섰을 리가 없 다. 불교도 지금 험하게 당하고 있는 셈이지만 백성은 되레 잘코사 니야 하고 있다. 지금 동학도나 일반 백성이나 목전의 관심사는 관 의 늑탈일 뿐이다. 그 점에서 동학도가 따로 없고 일반 백성이 따로 없다. 지금 당하고 있는 것은 이 나라 전체 백성이 다 당하고 있는 것이다. 앞으로 일어나면 동학도들도 동학도로가 아니라 일반 백성 으로 일어나는 것이다. 그러나 앞으로도 당분간은 계속 겉으로는 신 원이라는 염불타령을 할 수밖에 없다. 명분도 그럴듯하고 무엇보다 거기에는 동학도라는 집단을 묶어논 동학 교문이라는 조직이 있으 니 그 조직을 뼈대로 해서 백성을 얽어매야 하기 때문이다. 고을마 다 접주가 있고 대접주가 있기 때문에 그 조직 속에다 백성을 묶어 가지고 머리가 깨인 접주들이 앞장을 서는 것이다."

일반 백성은 조직이 없으므로 동학의 조직에다 묶어야 한다는 소 리였다.

"그렇지만 법소가 움직이지 않으면 거기 나선 접주들은 교단에 항명을 하는 것이 되는데 제대로 움직여질까요?"

"그것은 실질적인 힘이 법소에 있냐 밑바닥 도인들한테 있냐 하 는 문제다. 법소라는 게 뭐냐? 밑바닥 도인이 없다면 법소는 껍데기다. 법소가 밑바닥 도인들의 고통을 외면하면 도인들도 법소를 외면하게 될 것이다. 그렇게 되면 법소는 동학이라는 종교만 껴안고 공중에 떠버리고, 일반 백성의 고통을 자기 고통으로 느끼는 접주들이 교도들의 지지를 얻어 동학도들을 좌지우지할 게 아니냐? 그렇게 생각해 보면 되레 법소가 처음부터 움직이지 않는 것이 좋을지 모른다. 그때는 목숨을 걸 접주들만 앞으로 나설 것인데, 지금 접주들은 교단을 위해서도, 백성의 고통을 위해서도 목숨을 걸 각오가 되어 있는 사람들은 몇 되지 않는다. 거개가 제 먹을 것 있는 사람들이 접주들이다. 아까 껍질을 벗는다는 소리를 했는데, 그때가 되면 그런 껍질을 다 벗어버리고 백성과 함께 목숨을 걸 접주들만 남게 될 것이다. 아까 말했듯이 이때 법소는 명색은 있겠지만 허수아비만 남게 될 것이고, 알맹이 접주들이 동학이라는 조직을 장악하게 될 것은 뻔한 일이다."

"그러면, 그렇게 끝까지 남을 접주들은 누구누굴까요?"

용배가 물었다.

"글쎄, 그것은 두고 봐야 알 일이고, 때가 되면 거기에 알맞은 인물이 나서기 마련이다. 그것보다 우리가 할 일이 바빠졌다고 했는데, 앞으로 일이 어떻게 되든 돈이 필요하다. 지난번 삼례집회에서 여러 가지 교훈을 얻었다마는 거기에서 절감한 것이 무슨 일이든지 큰일을 하자면 돈이 있어야 한다는 것이었다. 그때 이쪽에 돈이 없었더라면 어떻게 됐겠냐? 그런 점에서 보면 김덕호 씨는 보통 사람이 아니다."

"정말 이번에 보니 예사 인물이 아닌 것 같던데, 도대체 그분은 어떤 분이십니까?"

용배가 물었다.

"나도 잘 모른다. 그러나 이 세상 백성의 고통을 덜어주자는 생각을 가지고 있는 것은 틀림없는 것 같다. 나도 그것만 믿고 같이 일을 할 뿐이다. 그분 때문에 나는 천하에 둘도 없는 협잡꾼이 되었지만."

월공은 공허하게 웃었다. 두 젊은이는 머쓱하게 월공만 보고 있었다.

"그럼 이제 너희들하고 같이 협잡을 의논하자. 미리 한 가지 말해둘 것은 앞으로 만날 사람이 여럿인데, 그쪽에서 말을 않거든 굳이 누군지 알려고 하지 말라는 것이다."

월공은 다짐을 둔 다음 말을 이었다.

"이 일은 머리를 깎은 나로 보면 중생을 건지는 보살행菩薩行이고, 돈속으로 보자면 떼돈을 버는 일이다. 간단히 말하면, 지난번 삼례집회 때 혼쭐이 났다는 진산 방부자 같은 놈들 돈을 덜어내는 것이다. 부자란 자들이 대부분 그렇지만 유독 방가 같은 자는 돈으로 남을 괴롭히는 것은 물론이고, 스스로의 인생까지 망치고 있지 않느냐? 그런 자들 돈을 덜어내는 것은 그 본인을 위해서나 세상 사람들을 위해서나 두루 좋은 일이므로 중인 나로서는 그런 불쌍한 중생들을 건지는 보살행 아니겠냐?"

월공은 조용히 웃었다.

"나는 이 가사를 걸치고 신불의 영험에 의탁해서 협잡을 한다. 신불을 두려워하는 놈들은 신불의 영험을 빌어 다스리고, 또 요사이 유독 묏자리에 환장한 자들이 많으니 그런 자들한테서는 묏자리를 잡아주고 돈을 덜어온다. 신불도 두려워하지 않고 묏자리 탐도 없는 놈들은 여러 번 혼쭐을 내어 어느 쪽으로나 마음이 기울게 해서 울궈낸다. 이런 일을 지금부터 시작하자는 것이 아니고 벌써부터 그루를 앉혀놨다. 어떤 데서는 그것이 익어 지금 돈이 나오고 있는 데도 있고 또 어떤 데는 반쯤 익어가는 데도 있다. 여기 장성만 하더라도 두 군데 그루를 앉혀놨다. 그루를 앉힌다는 게 무슨 소리냐 하면, 우리가 지목한 부잣집에다 우리 사람을 머슴이나 종으로 미리 짱을 박아놓고 그 집 형편을 살피면서 돈을 울궈낼 밑자리를 잡는다는 소리다. 장성 두 집만 하더라도 이미 일 년 전부터 믿을 만한 놈들을 짱을 박아놓고 일을 하고 있다. 여기에는 여러 사람이 일을 하게 되는데, 너희들이 할 일은 이따금 그런 동네 다니면서 주로 그 집에서 일이 얼마나 익어가는가 염탐을 해오는 것이다."

"어떻게 염탐을 합니까?"

용배가 성급하게 물었다.

"어려운 일이 아니다. 과객질을 하는 것처럼 그 집에서 하룻저녁 자면서 그 짱박이한테서 이야기를 듣기도 하고 그 동네로 누구를 찾아간 것처럼 가서 그 짱박이가, 일테면 그 집 대문에다 동그라미를 그려논다거나 하면 그런 것을 보고 일이 잘 되어가는지 어쩐지를 알아오는 것이다. 내일 아침에 장성읍내로 가다가 스님을 두 분 만날 텐데, 그 스님들은 거기 부잣집에 초벌일을 하고 올 것이다. 그리고 또 한 집은 깅'성읍낸디, 이놈은 무도하기가 천하에 짝이 없는 놈이다. 지금 혼쭐을 내서 한참 주무르고 있는 중이다. 너희들은 내일 그 집에 과객으로 들어가 사랑방에서 자면서 우리가 지금까지 해온 일이 얼마나 먹혀들었는가 그걸 알아와야겠다. 그놈은 진산 방필만보다 더 나쁜 놈이다. 색을 바쳐도 험하게 바쳐 꼭 남편 있는 여자들만 후리고, 소작료 짜기가 소태 같은 놈이다. 소작료를 짊어지고 오면 우선 낟알을 깨물어서 똑 소리가 나야 하는데 그렇게 똑 소리가 나는 것은 첫 관문이고, 그 다음에는 소작인에게 키를 주며 본인더러 키질을 해보게 해서 쭉정이가 몇 낱만 날았다 하면 소작료를 퇴쳐버린다. 아무리 키질을 잘 해가지고 간들 쭉정이 없는 벼가 있겠냐? 그렇게 까다롬을 부려놓고 일 년이면 한두 바퀴씩 제 소작지를 돌면서 마름 집에 죽치고 앉아 소작인들이 차려다 주는 진수성찬으로 부어라 마셔라 배가 터지는데, 그렇게 퍼마시고만 마는 것이 아니라 술에 계집은 바늘에 실이라, 소작인 여편네들 가운데서 반반한 여자를 골라 수청을 들게 하는 것이다. 그러니까, 그놈 마름들은 모두가 그놈 뚜쟁이를 겸한 셈인데, 은밀하게 한다고 하지만, 그 수청 든 것이 짜드락이 나서 집구석 결딴난 소작인들이 한둘이 아니다."

"때려죽일 놈도 가지가지구만요."

용배가 흥분을 했다.

"이 작자는 지난봄부터 일을 시작했다. 먼저 임두령 졸개들이 손을 봤다. 어느 동네 마름 집에서 술을 마시고 뚱땅거리다가 술이 취해 어느 소작인 여편네를 껴안고 자는 놈을 가만히 떼메고 나와서 안 죽을 만큼 두들겨팬 다음에 옷을 홀랑 벗겨서 동네 앞 정자나무에다 달아매 놨다."

"아이고, 그 작자 시원하게 잘 해주었습니다."

용배가 좋아서 한참 웃었.

"입에는 재갈을 물리고 실오라기 하나 안 걸친 몸뚱이를 그렇게 매달아놨으니 그 꼴이 어쨌겠냐? 아침에 동자들이 우물에 가다 그걸 보고 소동이 벌어져 그때야 끌어내렸다."

세 사람은 한참 웃었다.

"그래도 정을 못 다시고 이놈이 관가에 발고를 해서 그 동네 소작인들을 몽땅 잡아다 물고를 냈다. 임두령 성질에 그놈을 그냥 두었겠냐? 이번에는 바로 밤중에 그 작자 집으로 쳐들어가서 이놈을 꽁꽁 묶어가지고 나와 숨이 꼴깍꼴깍할 만큼 두들겨 팬 다음에 당장 그 소작인들을 풀어주겠다는 다짐을 받고 읍내 정자나무에다 또 그렇게 매달아놨다."

달주는 지난번 밤실 김진사 꼴이 생각나 더 크게 웃었다. 임군한은 그렇게 패서 달아매는 것이 버릇인 모양이었다.

"그자를 그렇게 혼쭐을 내도 무작정 혼쭐을 낸 것이 아니고 거기도 미리 그만한 그루를 앉혀놓고 혼쭐을 낸 것이다. 어느 날 관상쟁이가 하나 그 동네에 나타났는데, 그 동네 사람들 사주나 관상을 손바닥에 놓고 보듯 하는구나. 부모는 언제 죽었고, 언제 무슨 큰 액을 당했고, 자식은 지금 몇인데 앞으로 몇이 더 있다는 등 쪽집게로 찝어내듯 한다. 그 소문이 나자 그 김가 집에서도 그 관상쟁이를 불렀다. 이 집에 가서도 기가 막히게 맞추는구나. 그런데 이 관상쟁이가 한참 사주를 풀어나가다가 계속 혀를 차며 고개만 갸웃거리고 있잖겠냐? 궁금증이 난 김가는 왜 그러느냐고 아무 걱정 말고 사실대로 말하라고 하는구나. 관상쟁이는 몇 번이나 머뭇거리다가 거듭 채근해서야 아무래도 이 댁에 험한 액이 닥쳐올 것 같은데 액이 닥쳐도 줄줄이 연달아서 닥칠 것 같다며, 그 액이 닥칠 달을 하나하나 써주는구나. 그런데, 정말 그 관상쟁이가 말한 첫 액이 닥친다는 바로 그 달에 아까 그 정자나무에 매달린 일이 일어났구나. 그 관상쟁이 한 번 신통하지 않냐?"

월공은 한참 웃었다.

"그 김가한테 험하게 당하고 살다가 그 작자를 잔뜩 두들겨 패놓고 집을 나와 산채로 들어온 놈이 있었다. 임두령 밑에 있다가 지금은 전주 근방 어느 부잣집에 짱박혀 있는 놈이다. 그 관상쟁이는 그 작자한테서 그 동네 웬만큼 사는 사람들 형편을 소상히 알아가지고 그 동네에 들어가 관상을 보고 사주를 봤던 것이다."

두 젊은이는 그제야 배시시 웃었다.

"그 관상쟁이는 이 사람 저 사람 아무나 봐주라고 하면 낭패라 미리 복채를 아주 비싸게 받아 처음부터 돈 있는 사람들만 봐줬던 것이다. 그런데 그 두 번째 액도 지난여름 그 관상쟁이가 말한 꼭 그 달에 닥쳤고, 바로 이 달에는 더 큰 액이 닥칠 달인데 며칠 전에 그런 일이 닥치려다 말았다. 아침에 일어나니 쥐가 한 마리 죽어 있었는데, 이 쥐가 죽어도 예사로 죽은 것이 아니라 입에 숯을 물고 죽어 있었다. 그 집에 원한이 있는 사람이 죽어서 쥐로 환생을 해가지고 그 집에 불을 질러 보복을 하려고 숯불을 물고 가다가 죽은 것이다. 이미 얼마 전에 도승이 하나 그 집에 탁발을 나가 알쏭달쏭한 소리로 그런 일이 있을 것이라는 암시를 해놓기도 했다."

월공은 웃으며 말했고 두 사람도 웃으며 듣고 있었다.

"이쯤 되면 아무리 무쇠 같은 놈도 액막이를 하려고 허둥대기 마련이다. 그 도승은 슬쩍 알쏭달쏭하게 운만 떼어놓고 사라져버리기 때문에 웬만한 사람들은 그 도승을 찾아 계룡산으로 금강산으로 헤매기 마련인데 그 집에는 그게 어떻게 먹혀들었는지 아직 알 수가 없다.”

월공은 웃고 나서 말을 이었다.

“내일 아침에 만날 스님들이 바로 그 도승들이다. 내일 그 도승들이 일을 하고 올 동네는 장성읍내 가는 길처 신흥에서 조금 들어가는 동넨데, 그 집에도 초벌일이 끝나 그 도승들이 그런 수작을 부리고 온다. 그 집은 전부터 굿을 좋아하는 집이라 그게 쉽게 먹혀들어 그 주인이 당장 내일부터라도 그 도승을 찾아 팔도를 헤맬지 모른다. 그러면 몇 달을 그렇게 헤매게 두었다가 지리산 토굴 같은 데서 그 도승을 만나게 한다. 그렇게 되면 그 집 재산은 그 도승의 손에 반쯤 들어오는 셈이다.”

월공은 껄껄 웃었다. 두 사람도 따라 웃었다.

“그런데, 장성읍내 김부자란 작자는 하도 강퍅하고 독살스런 놈이라 그게 얼마만큼 먹혀들었는지 도무지 짐작이 안 간다. 그 마누라는 안달복달하겠지만, 그 마누라가 남편한테 꽉 쥐어사는 형편이라 일이 어떻게 되어가는지 모르겠다. 그래서 너희들이 오늘 그 집에 가서 그것을 알아보고 또 다른 일을 한 가지 하고 와야겠다.”

“무슨 일인데요?”

용배가 성급하게 물었다.

“과객질하는 것으로 꾸며 그 집에 가면 을식이라고 그 집에 짱박혀 있는 놈을 만날 것이다. 우선 그 쥐 죽은 일을 그 김가가 업보로 받아들이는 눈치인가 아닌가 그것을 알아보고, 그 다음 너희들이 오늘 저녁에 할 일은 적당한 시간에 세 사람이 밖에 나가 그 집에서 혼불이 나갔다고 떠들어대는 것이다."

"혼불이오?"

"혼불 몰라? 죽을 사람한테서 혼이 그렇게 미리 나간다는 그 혼불 말이다. 그 혼불을 그 집에 있는 을식까지 세 사람이나 보았다고 하면 영락없이 믿을 게 아니냐? 바로 그 집 안채 지붕에서 나갔다고 하고 또 꼬리가 달렸다고 해야 한다. 꼬리 달린 것은 남자 혼불이고 꼬리가 없는 것은 여자 혼불이라고들 한다. 그러니까 그 김가가 죽을 징조가 나타난 것이다. 하하."

월공은 웃고 나서 말을 이었다.

"쥐 죽은 일에다 혼불까지 나갔다고 해노면 웬만해서는 먹혀들 것 같은데, 그게 먹혀들면 그 작자 재산도 반은 덜어낼 수가 있다."

"전 재산이 얼만데요?"

"천 석이 넘는다. 그런 놈일수록 한번 무너지면 크게 무너지는 법이라 일 되기에 따라서는 더 덜어낼 수도 있겠지. 혼불까지도 안 먹혀들면 이번에는 진짜로 안채에다 불을 질러야겠으니 그러면 어찌겠는가, 그것도 을식한테 물어봐라."

월공은 웃고 나서 말을 이었다.

"일이 험상스런 대목이 많아 꺼림칙할 때도 있을 것이다. 그러나 우선 그 작자들이 하도 험한 놈들이니 그렇게라도 버릇을 고쳐주어야 하고, 또 그런 놈들 돈을 그렇게밖에는 울궈낼 방법이 없으니 하는 수 없다. 그자들이 그렇게라도 당해서 사람이 되고 그런 부정한 돈이 제대로 쓰여 중생의 고통을 던다면 그들로서도 세상에 덕을 베풀고 업원에서 벗어나게 될지 모를 일이다. 그러니 꺼림칙한 생각이 들더라도 대의를 생각해서 그런 생각에 얽매이지 말아야 한다. 아까 나로서는 이게 보살행이라고 했다마는, 나는 한생을 초열지옥에 떨어져 화염 속에서 허덕일 각오를 하고 나섰다."

월공은 단호한 목소리로 말했다. 그의 표정은 진지했다.

"진산 방가 놈 재산도 몽땅 덜어내 버리지요."

용배가 웃으며 말했다.

"그 작자도 벌써 점찍어놨다. 알아보니 그 집에는 칠성이라는 듬직한 동학 도인이 머슴으로 있더구나. 그걸로 큰일 하나를 덜었다. 틈만 나면 곧 손을 댈 작정이다."

"그 작자는 아주 알거지를 만들어버립시다."

"더 궁리해 보자마는, 그 집은 여러 가지로 일하기가 좋을 것 같다. 우선 그 방학주란 놈이 못된 놈이라 그놈한테 앙얼을 한번 크게 입혀 방필만을 깜짝 놀라게 해노면 일은 얼음에 박 밀듯 될 것 같다."

용배가 유독 통쾌하게 웃었다.

갈재에서 나졸이 당하고 오자 고부 군아는 발칵 뒤집히고 말았다. 군수 조병갑趙秉甲은 화가 머리끝까지 치밀어 마른 땅에 새우 뛰듯 했다.

더 잡아놓은 고기를 놓쳤을 뿐만 아니라 미끼까지 덜궈, 꿩도 매도 다 놓치고 열 명 가까이 되는 포교와 나졸들이 팔을 싸매고 대가리를 처맨 꼴로 파지가 되어 돌아왔으니 기가 막힐 노릇이었다. 조병갑은 미친년 널뛰듯 마룻장을 구르며 산멱 찔린 돼지 소리로 동헌 기왓골이 들썩이게 악을 썼다.

지금 당장 쫓아가 기어코 화적을 치고 오라고 불같이 영을 내렸다.

"화적 떼를 당장 치는 일은 한번 고쳐 생각할 일이 아닌가 하옵니다."

성깔이 조금 누그러지는 기미를 잡아 이방이 침착하게 말했다.

"멋이라고?"

조병갑은 이방을 잡아먹을 듯이 쏘아봤다.

"화적들은 이미 이쪽에서 쳐들어올 것을 짐작하고 벌써 다른 데로 피해 버렸을 것 같습니다. 따로 사람을 풀어 이놈들의 동태를 제대로 정탐을 한 연후에 치는 것이 순서일 듯하옵니다. 수는 모두 몇 명이나 되며 병장기는 어떻고 또 산채가 있는가, 있다면 어디에 있는가, 이런 것을 두루 정탐한 다음 물샐틈없는 계책을 세워 불시에 들이치면 일망타진할 수가 있을 듯하옵니다. 은수교로 말하면 이번 일에는 크게 실수를 하였으나 이런 일에는 그를 내놓고 달리 내세울 사람도 없으니 한번 기회를 주어 화적 떼를 토벌하게 한 다음에 공과를 따져도 늦지 않을 듯하옵니다."

이방은 조리 있게 말했다. 타고난 능청에 십수 명의 수령을 주물러온 솜씨라, 객기와 뚝심밖에 없는 조병갑쯤 손 안에 있는 물건 주무르기였다.

"그러면 명색 관복을 입은 벙거지 체신에 저 꼴로 험하게 당했는데 가만히 손 개얹고 앉아 있잔 말이오? 그 따위로 물러터진 꼴을 보이면 백성한테 도대체 어떻게 관의 위엄을 세우겠소?"

조병갑은 이방의 말이 옳다보니 자기 경망한 꼴에 화가 났던지 터무니없이 큰소리로 악을 썼다.

"가만히 손 개웠고 있자는 것이 아니옵니다. 개구리가 움츠리는 것은 멀리 뛰자는 속셈이 아니겠습니까? 그놈들에 대한 정황이 깜깜한 판에 천방지축 날뛰다가 만에 하나 또 그놈들한테 당하는 일이라도 생기는 날에는 그때야말로 백성 앞에 관의 체통이 말이 아닐 것이옵니다. 꿩 잡는 것이 매이오니 날짜 걸리는 것쯤 크게 괘념 않으셔도 좋을 듯하옵니다. 제대로 정탐을 할 때까지 지그시 참고 계시다가 놈들을 본때 있게 쳐서 줄줄이 엮어오는 날에는 그때야말로 사또 나리의 원모에 백성이 감복을 할 것이옵니다."

이방은 끝에 가서 슬쩍 아첨을 떨었다.

"당신들 생각은 어떻소?"

조병갑은 말없이 앉아 있는 형방과 수교를 쏘아보며 물었다.

"이방 말씀이 득책인 듯하옵니다."

형방은 고개를 깊숙이 숙이며 대답했다.

"수교는 어떻소?"

조병갑은 수교를 쏘아보며 물었다.

"저도 이방 어른 말씀이 득책인 듯하옵니다."

수교도 고개를 주억거리며 대답했다. 그러나 수교는 자기대로 다른 생각이 있잖은가 싶게 눈빛이 안으로 잦아들고 있었다.

"좋소. 그럼 수교 당신한데 한번 기회를 주겠소. 이 일은 계책을 세우는 일에서 놈들을 치는 일까지 모두 당신이 책임지고 하시오. 내일 아침까지 화적을 칠 계책을 소상히 세워 오시오. 계책이 빗나가거나 달리 실패를 하는 날에는 이번 일까지 한꺼번에 책임을 묻겠소.”

조병갑은 단단히 을러멨다.

“분부대로 거행하겠사옵니다.”

수교는 고개를 주억거렸다. 그러나 여전히 안으로 잦아드는 눈빛이었다.

“호방은 좀 어떻소?”

“그대로 *조섭을 하고 계십니다.”

이방이 대답했다.

“자고로 아비 죽인 원수는 잊어도 여편네 빼앗아간 원수는 못 잊는다고 했소. 아무리 종놈이라고 한들 데리고 살던 여편네를 빼앗기고서야 눈이 안 뒤집힐 놈이 어디 있겠소?”

조병갑은 호방 편잔을 주고 나서 말을 이었다.

“이방은 이 일에 달리 대처할 방도는 생각해 보지 않았소?”

“그놈들 치는 것밖에는 달리 계책을 생각해 보지 못했사오나 차제에 동학도 놈들을 물고를 내버리는 것이 어떨까 싶사옵니다. 삼례 집회 뒤에 이놈들 콧대가 사뭇 높아졌사옵고 이놈들이 설치는 바람에 세상 민심이 그리 쏠리고 있는 듯하옵니다. 지금 세간에는 후천개벽이 어떻고 금방 세상이 뒤집어질 것같이 별의별 참언이 다 돌고 있사온데 이 참언의 진원지가 모두 동학배들이옵니다. 그런 기세에 얹혀 만득이 같은 종놈들까지 그렇게 설치고 나오는 듯하옵니다. 이번에 이놈들을 모조리 잡아다 아주 뿌리를 뽑아버리는 것이 어떨까 하옵니다.”

이방은 이를 앙다물며 계속했다.

"이놈들 참언 퍼뜨리는 것이 얼마나 황당한지 한번 들어보시겠습니까? 얼마 전 정읍 내장산에서 바위가 하나 제절로 자빠져 쪼개진 일이 있사온데, 그 바위 속에서 사람이 타고 다니는 말이 나왔다는 것입니다."

"바위에서 말이 나오다니?"

"그 쪼개진 바위 사이에서 말이 나왔다는 것이옵니다."

"어떻게 거기서 말이 나왔다는 말이오?"

"그러기 황당하다는 것 아니옵니까? 지난번에는 제가 마침 거기를 갈 일이 있어 이 눈으로 똑똑히 보았기에 말씀이옵니다마는, 눈으로 직접 보고 나니 소문이 너무도 황당하여 어이가 없었사옵니다. 항간에 떠도는 소문만 들었을 때는 소문이 하도 그럴싸해서 저도 긴가민가했사온데, 제 눈으로 보고 나니 기가 막혀 말이 안 나올 지경이었사옵니다. 그 바위 속에서 말이 나오려면 바위의 크기부터 웬만해야 할 것이고 쪼개진 자리라도 움푹해야 할 것인데, 바위 크기란 게 예사 조랑말 크기도 못 됐사오며 쪼개진 자리도 수박 쪼개논 것 같이 *민틋했사옵니다. 그 바위가 쪼개지던 날 밤 크게 바람이 불며 소나기가 억수로 쏟아졌던 모양이온데, 그 비에 바위 밑이 파이자 바위가 넘어지며 기왕에 금이 갔던 데가 갈라진 것뿐이었사옵니다. 누구든지 한눈에 뻔한 일이온데 그런 허황한 것을 가지고 그런 터무니없는 소리를 만들어 퍼뜨리고 있사옵니다. 이것이 바로 그 동학도란 놈들의 상투적인 수작이옵니다."

이방은 입침을 튀겼다.

"눈으로 보아 사실이 그렇게 명백하다면 되레 그놈들이 허황된

놈들이라고 웃음거리가 될 게 아니오?"

"아니올습니다. 백성이 얼마나 우매하고 어리석은지는 그런 데서도 알 수 있는 일이온데, 그 바위가 쪼개진 형상을 제 눈구멍으로 본 놈일수록 되레 한술 더 떠서 그 소문을 더욱 부풀리고 있사옵니다. 제가 거기 갔을 때만 하더라도 그 바위를 구경하러 온 사람들로 장이 섰사온데, 내려오다 주막에서 그 작자들 말하는 것을 들어보니 제 눈으로 본 놈들이 더 혀를 내두르며 겁먹은 시늉을 하지 않겠습니까?"

"그럼 도대체 그 바위에서 말이 나왔으니 어쩐단 말이오?"

살벌하던 자리가 엉뚱한 이야기로 한가해지고 말았다.

"바로 그 점에 참언의 요체가 있는 듯하옵니다. 장수 나면 용마 난다는 속언이 있사온데, 이 세상을 구할 진인을 태울 용마를 땅이 냈다는 소리가 되기 때문이옵니다. 그날 바람이 몹시 세차게 불었던 모양인데, 그 근방 사람들은 한결같이 그날 밤 그 말이 울며 달려가는 울음소리를 들었다는 것입니다. 더구나, 그 말이 남쪽으로 달려가며 울더라니 기가 찰 노릇입니다."

"남쪽으로? 그게 어떻다는 거요?"

"그것은 전래의 참언과 아귀를 맞추려는 수작이옵니다."

"전래의 참언이라니?"

"전부터 항간에서는 저기 남해에서 진인이 나온다는 참언이 있사온데, 바위에서 나온 말이 그렇게 남쪽으로 달려갔다는 것은 섬에 있는 그 진인을 태우러 갔다는 이야기가 되는 것이옵니다."

"허허, 이놈들이 미쳐도 예사로 미친놈들이 아니구만."

조병갑은 실소를 했다.

"이것이 모두가 동학도들의 못된 수작이온데, 그놈들이 하는 소리라면 모두가 이렇게 터무니없고 황당하기 짝이 없는 소리들이오나, 그게 백성한테는 그대로 먹혀들어가고 있으니 바로 이것이 이만저만 큰 변이 아닌가 하옵니다."

"그 진인인가 뭣인가 그것이 나오면 어쩐다는 게요?"

"이 어지러운 세상을 그가 바로잡는다는 것이옵니다. 동학도들은 입만 벌렸다 하면 후천개벽이 어떻고 세상이 금방 뒤집어질 것같이 허황한 소리들을 하는데, 이 진인이란 그 후천개벽을 할 장본인이 바로 그 사람이라는 소리옵니다. 그러니까, 지금 이 세상을 뒤엎으려고 하늘은 진인을 내고 땅은 말을 냈다는 소리옵니다. 역모의 속셈이 역연한 소리가 아니고 무엇이겠사옵니까?"

"이런 불측한 놈들!"

조병갑은 대번에 눈을 부릅떴다.

"지난번 선운사에서 비결을 꺼낸 뒤로 그 고을에서는 동학도들이 부쩍 늘어 지금 무장 사람들은 열에 아홉은 동학도가 되었다 하옵니다. 우리 고을에서도 지금 뿌리를 뽑아야 할 줄로 아옵니다."

이방이 이렇게 나오는 데는 그만한 까닭이 있었다. 조병갑의 관심을 그쪽으로 돌려 은수교의 할 일을 새로 만들어내어야 갈재 산적 치는 일을 후무릴 수 있기 때문이었다.

"이 고을 접주 중에서는 전봉준, 김도삼 같은 자들이 우두머리라 할 수 있소?"

"그렇사옵니다. 이 고을에서는 무장 손화중이나, 금구 김덕명, 태인 김개범 같이 한 고을을 쥐락펴락하는 거두는 없사오나 전봉준, 김도삼, 정익서 같은 자들이 두목급이옵니다."

그때 여태 말이 없던 형방이 조심스럽게 나섰다.

"제가 알기로는 전봉준은 요사이 동학에서 손을 뗀 듯하옵니다. 그는 원체 가세가 궁해서 논 서 마지기로 여섯 식구가 근근이 호구를 하는 처지옵니다. 전에는 말목장터 남의 약방에서 일을 거들어 푼돈을 만지다가 그것도 여의치 않아 집어치우고, 요사이는 남의 묏자리나 잡아주고 그것으로 근근이 집에 쌀되나 보태주는 것 같사옵니다. 그 짓 말고는 달리 살아갈 방도가 없다 보니 그 일에만 매달려 밤낮 산만 싸대고 있다 하옵니다."

형방이 차근히 말했다.

"형방은 어찌하여 그자의 동태를 그리 소상히 아시오?"

조병갑은 아니꼬운 눈초리로 형방을 돌아보며 물었다.

"얼마 전 장인 초상 때 그자가 장인 묏자리를 잡았기로 잠시 자리를 같이한 적이 있사옵기에, 일부러 근황을 알아보고 또 넌지시 의중을 떠본 적이 있사옵니다."

형방이 그때 전봉준을 만난 것은 사실이었다. 그러나 의중을 떠보았다는 것은 거짓말이었다. 형방의 장인은 동학도로, 생전에 사위를 만나면 곧잘 동학 이야기를 했는데, 그때마다 전봉준의 사람됨을 말하며 혹시 전봉준에게 무슨 일이 생기면, 그런 자리에 있을 때 잘 감싸주라고 당부하기를 잊지 않았다. 이런 난세에는 어느 구름에 비가 올지 모르는 법이니 그런 사람 거들어주어 손해 볼 것이 없을 거라며 그가 비범한 인물임을 여러 번 말했다. 처음에는 건성으로 들었으나, 하도 여러 번 되새기는 바람에 도대체 전봉준이 어떤 인물인가 한번 만나보고 싶은 생각이 없지 않았다. 그런데, 공교롭게도 그 장인 초상 때 그를 만나게 됐던 것이다. 평소 장인과의 친교 때문이었던지 그가 묏자리를 잡았다는 것이다.

형방이 장인 초상에 가자 조문객들이 너나없이 형방 곁으로 달라붙어 아첨을 떨어댔다. 어떻게든 틈을 *여투어 그 곁으로만 비비고 들며 고개가 땅에 닿도록 굽실거렸다. 상주는 저만치 놔두고 엉뚱하게 사위가 주인이 된 꼴이었다.

그때 전봉준이 들어왔다. 거기 모였던 사람들의 눈이 똥그래지며 전봉준과 형방을 번갈아 보았다. 상가는 썰렁해지고 말았다. 마치 대밭에서 재잘거리던 참새 떼들이 무슨 위해를 느끼고 소리를 뚝 그친 꼴이었다.

전봉준은 이런 분위기를 전혀 눈치 채지 못한 듯 스스럼없이 문상을 하고 차일 한쪽에 앉아 부조 상을 받았다. 모두 형방 눈치만 살필 뿐 아무도 선뜻 전봉준 곁으로 가는 사람이 없었다. 상주가 가서 대좌를 했다. 전봉준은 막걸리를 두어 잔 마신 뒤 자리에서 훌쩍 일어서 버렸다.

형방은 다음날 산소에서 전봉준을 또 만났다. 자기가 형방이라는 것을 모를 리가 없는데 전봉준은 자기쯤 안중에 없는 것 같았다. 형방은 그런 전봉준이 괘씸하기는커녕 어딘가 범접할 수 없는 그의 위풍에 되레 기가 꺾이고 말았다. 전봉준이 한쪽으로 가는 틈을 보아 그쪽으로 갔다.

"나는 이 고을 형방 김형호올시다. 이렇게 수고를 해주셔서 감사합니다. 생전에 빙장어른께서 자주 말씀을 하시기에 한번 뵙고자 했더니 이렇게 뵙게 되어 반갑습니다."

"감사합니다."

그날 저녁, 치상 뒤의 그 번잡스런 속에서도 형방은 따로 방을 하나 치우게 하여 전봉준과 둘이만 앉아 술상을 받았다.

전봉준은 별로 말이 없었다. 주는 잔만 받았고 이쪽에서 하는 이야기만 들었다. 그러나 이야기하는 쪽에 부담을 주는 것은 아니어서 형방은 취한 김에 되잖은 이야기를 꽤 늘어놨다. 나중에는 엉뚱한 소리까지 했다.

"내가 비록 이런 자리에 있소마는, 그렇게 막된놈은 아닙니다. 알아볼 만한 사람은 알아볼 눈도 있는 놈이오. 무슨 일이 있으면 언제든지 말씀하십시오. 나는 누구를 봐주기로 마음만 먹으면 화끈하게 봐주는 놈이오."

형방은 술이 깬 다음 너무 채신머리없이 주사를 떨었다 싶기도 했으나 그때 만난 전봉준의 인상은 꽤나 오래 남아 있었다.

조병갑은 전봉준에 대해서 더 따지지 않았다. 아전들이 면전에서 이렇게 나올 때는 겉으로는 뭐가 어떻다고 뻔드레하게 둘러대지만 다 그만한 뒤가 있다는 것쯤 빤히 알고 있는 터였다.

"전봉준이란 놈은 예삿놈이 아닙니다."

느닷없이 수교 은덕초가 단호한 소리로 자르고 나섰다.

"비록 동학에 입도한 지는 얼마 되지 않고, 접주가 된 지도 얼마 되지 않습니다마는, 동학 교단에서는 손화중 같은 거두들하고 맞먹는다고 합니다. 동학에 입도한 것으로 치면 김도삼이나 정익서 같은 자들이 훨씬 먼저인데 그들을 제치고 이 고을 접주가 되었다는 것부터가 그렇잖습니까? 더구나 그자는 *건뜻하면 백성을 모아 군아로 끌고 와서 등숩네 멋이네 시끄럽게 하는 놈입니다. 그 아비 전창혁이라는 자도 똑같은 자인데, 배들 안통뿐만 아니라 고부 전 고을에서 전봉준이라면 모르는 사람이 없을 지경입니다."

수교가 이렇게 나오는 데는 물을 것도 없이 이방하고 똑같은 속셈에서였다. 자기는 지금 당장 몰리고 있는 판이라 한층 더 절실했다. 갈재 사건이 잘못 풀리는 날에는 제 모가지가 날아갈 판이었다.

그는 우선 갈재 화적을 칠 생각이 전혀 없었다. 조병갑 서슬에 못 이겨 예예 했지만, 그것은 단순히 면전의 대답이었을 뿐 속셈은 따로 있었다. 조병갑한테는 화적을 칠 계책이랍시고 *괴발개발 그럴싸하게 그러다 바친 다음 화적의 동태를 정탐한답시고 요란을 떨면서 군수한테는 화적들이 그런 짓을 저질러놓고 얼마나 겁이 났던지 소리개 뜬 마당에 병아리 새끼들처럼 종적을 감춰버리고 한 놈도 없다고 그럴싸하게 거짓말을 꾸며 우선 시일을 끌 참이었다. 그러면서 동학도 잡아들이라는 영만 떨어지면 그놈들을 잡아다 매양 쥐 잡듯이 조져대면서 군수가 다른 고을로 갈려가기를 기다리자는 것이다. 조병갑이 이 고을에 도임해온 것이 지난 5월이니 다른 놈 같으면 벌써 두 번도 더 갈려 갈 때가 된 것이다. 조병갑은 조정에 뒷배가 든든하니 혹시 여기에 더 눌러 있다 하더라도 어떤 핑계를 비벼내서든 화적을 치러 가지는 않겠다고 작정했다.

화적 떼가 어떤 놈들인가? 칼 쓰는 솜씨며 심지어는 손짓 발짓 모두가 한가락씩 긴다난다 하는 재주를 지녔을 것이고, 더구나 이 세상에서 몰리고 쏠려 볕바르게 살지 못해 화적이 된 놈들이라 벙거지를 보았다 하면 찰원수 보듯 눈에 살기부터 오를 놈들이 아니겠는가? 그런 놈들과 섣불리 대적을 했다가는 모가지가 무 토막보다 더 속절없이 날아갈 터였다. 놈들은 이판사판 *뒤꼭지에다 사자밥을 싸매고 덤빌 테니 사람이 그렇게 독기가 올라노면 예사 놈들도 섣불리 닦달을 할 수가 없는 법인데, 항차 그런 싸움에는 이골이 난 화적임에서랴. 설사 그놈들을 모조리 잡아온다 하더라도 이쪽에 이익이 무엇이겠는가? 값 안 드는 치사 한마디가 고작일 터요, 그 공이 아무리 크다 한들 자기한테 감영의 영장을 시킬 리도 없었다. 사정이 이 꼴로 칼 물로 뜀뛰긴데 골이 비었다고 그 따위 미련한 짓을 하겠는가? 더구나 패하는 날에는 이번 책임까지 묻는다고 했으니 섣불리 나섰다가 그들한테 당하는 날에는 설사 모가지가 달려온다손치더라도 이미 죽은 목숨이나 다름이 없을 것이었다.

"아까 이방께서 말씀하셨지만, 삼례집회 갔다 온 뒤로는 제놈들 앞에서 감사도 벌벌 떨었다고 큰소리를 치며 곤댓짓을 하고 다니는 바람에 우매한 백성 놈들이 관을 우습게 볼 뿐 아니라, 민심이 온통 동학도들한테로 쏠리고 있어 이러다가는 관의 위엄은 헌신짝이 될 지경이옵니다."

조병갑은 눈을 가늘게 뜨고 은덕초를 이윽이 건너다보고 있었다. 조병갑은 여기 아전들이 보통내기들이 아니라는 것을 잘 알고 있기 때문에 이자들 말이라면 빤한 것도 일단 한번 의심을 해보고 넘어가는 버릇이 있었다. 이런 놈들한테 잘못 감겨놓으면 큰코다친다는 것을 너무도 잘 알고 있었다. 조병갑은 여기 부임하고 나서 유독 여기 아전들이 보통내기들이 아니라는 것을 알고 그들 보기를 도둑놈 보듯 했으며, 항상 돌다리도 두드려보고 건너가는 조심성을 보이고 있었다.

"동학도들 문제는 더 두고 보기로 하고 우선 그 화적들 칠 계책이나 잘 생각하시오."

조병갑이 잘라 말했다. 입에 거품을 물었던 두 사람은 머쓱해지고 말았다.

"그리고 이방은 이 달 안으로 미납 세미가 한 톨도 남지 않도록 모두 받아내시오. 알겠소?"

"예."

이방은 고개를 굽실거렸다.

조병갑은 동학도도 동학도지만 이 은가들이 이렇게 분란을 일으키고 실수를 한 계제에 이 작자들 콧대를 한번 야무지게 꺾어놓을 참이었다. 조병갑은 도임 초에 동학도들을 잡아다 몇 놈 조져봤지만 모두가 가난한 놈들뿐이어서 별로 나오는 것이 없었다. 그놈들을 잡아다 조져봤자 아전들이나 포교 놈들 좋을 일만 시킬 것 같아 동학도는 별로 손을 대지 않고 돈푼이나 있는 놈들만 잡아다 조졌던 것이다. 거기다 이번에는 살변이 나는 통에 그걸로 재미를 보느라 동학도들은 안중에도 없었다. 더구나 지금 자기는 더 크게 우려먹을 계획을 하나 세우고 있는 참이었다.

8. 임금님 여편네

달주하고 용배는 해거름에 장성읍내 조금 아래 있는 월평리에 당도했다. 김부자 집은 물어볼 것도 없었다. 동네 가운데 솟을대문이 덩실한 집이 김부자 집이 틀림없었다.

"계시오?"

용배가 대문 앞에 서서 소리를 질렀다.

"누구요?"

젊은이 하나가 대문을 열고 고개를 내밀었다. 머슴인 듯했으나 얼굴이 미욱해 보이는 게 월공이 여기 짱박아놓은 사람은 아닌 듯했다.

"누구요?"

쇠죽솥에 불이라도 때고 있었던지 손에 부지깽이 든 얼굴이 벌겋게 익어 있었다.

"지나가는 과객인데 하룻저녁 신세를 지자고 왔소."

그래도 이자가 혹시 짱박인지도 모르겠다 싶어 월공이 가르쳐준 대로 용배는 왼손으로 귓불을 만지작거리며 말했다. 반응이 없었다.

"어디서 오요?"

"충청도서 오는디, 함평까지 갑니다."

"이리 와보시오."

"누구냐?"

행랑채 방문이 열리며 환갑이 갓 넘었을까 한 늙은이가 내다봤다. 청지긴 듯했다.

"충청도서 오는 사람인데, 함평까지 가다가 날이 저물어 하룻저녁 묵어가자고 왔소이다."

과객질에는 염치가 밑천이라 용배는 공손하게 허리를 주억거리며 사뭇 정중하게 말했다.

그때 저쪽 나무벼늘 뒤에서 스물댓 살쯤 되어 보이는 사내가 한 손에 도끼를 들고 땀을 훔치며 이쪽으로 돌아오고 있었다. 이자도 머슴이 분명했으나 여기 이 불 때다 나온 젊은이하고는 눈빛부터가 달랐다. 용배가 버릇인 듯 귓불을 만지작거리며 그를 봤다.

"웬 사람들이요?"

작자는 도끼를 기둥 곁에 세워놓더니 손가락 마디를 꺾으며 다가왔다. 을식이란 자가 틀림없었다. 손가락 꺾는 모양이 월공이 말한 대로였다. 용배는 을식한테도 하룻밤 신세를 지자고 공손하게 말했다.

"우리 집에서는 안 돼요. 다른 디로 가보시오. 전에는 우리 집이서도 과객을 많이 받았소마는, 얼마 전에 과객질하던 작자한테 도둑을 한번 맞은 뒤로는 사람을 안 재우요."

을식이 퉁명스럽게 말했다. 용배는 뜻밖이었다. 손가락 마디 꺾는 것을 보면 짱박이가 틀림없는데, 이런 엉뚱한 소리를 하다니 어리둥절하지 않을 수 없었다. 순간, 번쩍 스치는 생각이 있었다. 나중에 혹시 무슨 눈치 채일 일이 생길지 모르니 부러 이렇게 한번 뻗대어 그런 의심을 미리 막으려는 수작이 아닌가 싶었다. 맞춰온 짱박이다 싶었다.

"그러면, 우리가 도둑놈같이 불량해 보인단 말이오?"

용배가 툭 쏘았다.

"형장들이 불량하게 뵌다는 것이 아니고 전에 사람 재웠다가 그런 일이 있었다는 것인께 노엽게 생각 마시오."

"축객을 하려면 곱게 하실 일이지 도둑놈이니 뭐니 그런 소리를 할 것은 뭐요?"

"허허, 그리고 본께 내가 말을 쪼깐 주변머리 없이 하기는 한 것 같소."

을식은 청지기 늙은이를 돌아보며 멋쩍게 웃었다.

"그리고 본께 젊은 사람들이 솔찮이 *꺽지네."

늙은이는 눈을 오긋하게 뜨고 노려보고 있었다.

"이 젊은이들 생긴 것이 불량하게 생기지는 않은 것 같소. 지가 망발한 허물도 있고 한께 사랑방에 끼여서 재워 보냅시다."

을식이 웃으며 늙은이한테 말했다.

"음마! 우리 집에 관상쟁이 한나 나왔네."

늙은이는 방문을 닫아버렸다.

"그러면 나도 몰겄소."

을식은 방에다 대고 퉁명스럽게 소리를 지르고 나서 두 사람에게 눈을 찡긋해 보였다.

"영감님, 해는 다 저물었는디, 어디로 가겠습니까? 적선하십시오."

용배가 사정을 했다.

"허 참, 사람 성가시게는 해싸네. 재워!"

문도 열지 않고 안에서 소리를 질렀다.

"나 따라오시오."

을식은 두 사람을 저쪽으로 데리고 갔다. 사랑방 문을 열어주었다. 방안이 깜깜했다. 을식이 외양간으로 들어가 쇠죽 아궁이에서 나무젓가락으로 불잉걸을 하나 집어왔다. 윗목에 주먹만 한 사기 등잔이 촛대에 비스듬히 매달려 있었다. 심지에다 불잉걸을 대고 후후 불어 불을 밝혔다.

"지난번 일이 실수 없이 되었는가 알아보고, 주인 눈치가 어쩌던가 그걸 소상히 듣고 오라고 합디다. 제대로 안 먹혀들었으면 진짜로 불을 지르든지 다른 방도를 생각하겠답니다."

용배가 나직이 속삭였다.

"그때 주인이 마침 아파서 끙끙 앓고 있었는디, 주인 예팬네 눈치를 본게 웬만큼 뜸이 들어가고 있는 것도 같어. 그 스님을 어디 가서 찾을 수 없겠냐고 함시로 그 스님을 보면 얼굴을 알겠냐고 나한테 두 번이나 물었그마. 그 스님을 찾아나선다면 주인마님이 아무 말도 않겠냐고 했등마는, 으짜면 모른대끼 가만 있을 것도 같다고 하등마. 내 생각에는 불을 지르거나 다른 방도는 더 쓰지 말고 쪼깐 더 두고 보는 것이 으짜까 싶그마."

"알겠소. 그리고 오늘 저녁에 할 일은 이 집에서 혼불이 나갔다고 하랍디다."

월공의 지시대로 설명했다.

"사람이 죽을라면 혼불이 나가는 것인게, 주인 영감이 죽을 징조 매이로 혼불이 나가도 남자 혼불이 나간 것으로 하라, 이것이구만. 그러겄어, 크크."

그때 누가 들어오는 기척이 나자 말을 멈췄다. 이 집 다른 머슴인 듯했다. 작자는 코가 끝을 잡아 매달아논 것같이 콧구멍이 한참 하늘로 올라간 들창코였다. 이 집에는 청지기 말고 머슴이 셋인 듯했다.

그때 아까 불 때던 머슴이 밥상을 들고 오고 찬모가 또 하나를 들고 왔다. 밥이 세 그릇은 감투밥이고, 두 그릇은 보통이었다. 부잣집 답게 반찬도 어지간했다.

"거꿀아, *새내끼 얼마나 남았디야?"

밥을 먹고 나자 곰방대에 담배를 피워 물며 을식은 아까 불 때던 머슴한테 물었다.

"두 타래나 남아쓰거이오."

들창코도 담배를 태워 물었다.

"오늘 저녁에는 털맹이 한 켤레씩 삼고 나서 섶나무 묶을 새내끼 꽈사 쓰겄은께 짚 두어 뭇 훑어서 축이게."

을식이 들창코한테 말했다. 들창코가 뻥한 콧구멍으로 담배 연기를 내뿜으며 밖으로 나갔다.

그때였다. 밖에서 사람 소리가 났다.

"어이, 여기도 손 들었네. 나도 한 분 모시고 오는디."

사십대의 사내가 비슷한 나이의 사내와 함께 들어왔다. 사내는 턱에 염소수염같이 노란 *모지랑수염을 달고 있었다.

"영광 사시는 인디 우리 쥔네 집에 부고 갖고 오셨다가 날이 저물었구만."

모두 인사를 했다. 좀 만에 젊은이가 두 사람 더 왔다.

"충청도서 왔으면 거그서는 동학도들 닦달이 어쩌?"

모지랑수염이 두 젊은이에게 물었다.

"거기라고 다르겠소. 여기보다 더했으면 더했지 덜하든 않을 것이오."

용배가 대답했다.

"죽일 놈들, 동학도들이 제 애비, 에미를 잡아묵었다고 그 지랄들인가? 만식이 아범도 오늘 잡아간 모냥이구만."

"거그는 삼례 안 갔는디?"

을식은 눈이 둥그레졌다.

"관가 놈들 미치고 환장한 지가 은제라고 미친개들이 기 개리고 고동 개리던가?"

"동학도들이시오?"

용배가 넌지시 물었다.

"꼭 도인이래서보담도 그놈덜 하는 짓거리가 해도 너무한게 하는 소리시."

꽁무니를 빼는 것 같았다.

"충청도 사람덜은 말이 느리다등마는 형씨는 그러코 안 느리구만이라잉. 했어유우 하고 한참 늘어진다든디……"

나중에 들어온 젊은이 말에 모두 웃었다. 그는 코 곁에 큰 점이 하나 있었다.

"충청두 사람덜 말이 느리다는 소리로 이런 얘기가 있어. 부자간에 산에 나무를 하러 갔는디, 아들놈은 산 몰랭이쯤에서 나무를 하고 아부지는 산 발치쯤에서 나무를 했던 모냥이여. 아들이 한참 나무를 하다가 잘못해서 큼직한 바우를 하나 궁글쳐부렀구만. 이놈의 바우가 궁글어가도 해필 즈그 아부지한티로 솟켜가네그랴. 아부지, 바우덩어리 궁글어가유우."

모지랑수염은 '유우' 소리를 한참 늘어지게 뺐다. 모두 웃었다.

"말이 얼마나 느렸던가, 유우 소리가 끝나기도 전에 바우는 궁글어가서 아부지를 치어부렀어."

모두 배를 쥐고 웃었다.

"시상이 참말로 한번 지대로 뒤집어질라고 그런가 어쩐가, 간 디마다 별의별 소리들이 다 나도는디, 그쪽에서는 멋이라고들 하던가. 계룡산인가 그 산이 충청두 있는 산이제?"

모지랑수염이었다.

"예, 바로 우리 집이 그 산 밑이오."

"그라면 떨어지게 알겠구만. 그 산이 맹산이라 도승덜이 많이 난다는디, 그 산에서 도승이 냈다는 비결은 그것이 먼 소리란가? 조선 팔도에 있는 솔나무가 하루아침에 희어진다는 소리도 있고……."

요사이 한창 떠돌아다니는 비결 이야기가 여기서도 나왔다. 용배는 듣던 대로 대강 말해주었다.

"나라 꼬라지가 하도 험해논게 시방 나라 안 일도 걱정이제마는

외국 놈들이 우리나라를 통채로 생킬라고 하는 통에 그것이 더 큰일
이락 합디다. 일본 놈들이야, 아라사(러시아) 놈들이야, 미국 놈들이
야, 불랑국 놈들이야, 이런 놈들이 우리나라에 들어와서 임금님 사
는 조정까지 제 안방 드나들대끼 드나든다지 않소?"

영광 사내였다.

"맞소. 그 소리는 나도 들었소. 지금 일판은 다른 일보담도 그 일이
젤로 큰일이라고 합디다. 지난번 필암서원 짐 지고 가서 얘기하는 것
들어본께 그놈들이 설쳐도 보통으로 설치는 것이 아니락 합디다."

점박이였다.

"아따, 이것들이 땃땃한께 발동을 하는구나."

*신날을 걸어 총을 서너 개 내고 있던 들창코가 위통을 훨렁 벗었
다. 등잔을 자기 앞으로 잡아당기며 옷을 뒤집었다. 이를 잡기 시작
했다.

"아따, 이놈 봐라."

보리알만한 *수퉁니를 한 마리 잡아 화로에 넣었다. 이 튀는 소리
가 밤알 튀는 소리였다.

"어어, 그놈의 이 튀는 소리 화로 뽀개지겄다."

모두 킬킬 웃었다.

"지금 나라가 이 꼴이 된 것이 달래 그런 것이 아니고 민빈가 임금
님 여편넨가 그년이 제 친정 일가를 끼고 설치는 통에 그런다며요."

영광 사내였다.

"암탉이 울면 집안이 망한다는디, 예팬네가 그러코 설친게 나라
꼴이 요 모냥 요 꼴이제 멋이겄어. 촌사람 집구석에서도 예팬네가

지랄하면 되는 일이 없는 법인디, 한 나라 정사에 예팬네가 나서서 설치면 그놈의 정사가 정살 것이여?"

"그런 것도 그런 것이제마는 그년이 당골레한테 미쳐갖고 시방 그런 야단이 없다고 합디다. 금강산 일만 이천봉에다 봉마다 쌀을 한 섬쓱 올래놓고 불공을 디리고 자빠졌다고 안 하요."

"멋이라우? 금강산 일만 이천 봉에다 봉마다 쌀을 한 섬씩 올래 놓고 불공을 디래라우?"

영광 사내 말에 들창코가 우득우득 서캐 씹던 입을 멈추고 물었다.

"지금 고을 수령들이 미치고 환장해서 뜯어가는 것도 바로 그 밑천 대느라고 그 지랄이다요. 그 쌀섬을 나르느라고 시방 한양서 강원도 금강산까지 짐바리, 마바리가 꼭 개미 떼들 이사 갈 때 알 물고 가는 꼴이락 합디다."

"허허, 쌀섬이 한양서 금강산까지 줄을 서라우? 우리 같은 놈은 넉 달 동안 뼛골을 빼도 쌀 한 섬이 되까마까 한디, 아무리 임금 예 팬네라고 멀쩡한 쌀을 갖다가 일만 이천 봉 산봉우리마다 올려놓고 불공인가 염불인가를 드린단 말이오? 그 미친년 천벌을 맞아도 여러 벌로 맞아사 쓰겄구만."

점박이였다.

"그런 일뿐만 아니고 이 예팬네가 시방 일을 저질러도 큰일을 저지르고 있다는 것 같소."

"큰일이라니, 또 먼 일을 저지르고 자빠졌단 말이오?"

모지랑수염이었다.

"아까, 왜놈이야, 양놈이야, 이런 놈들이 우리 궁중을 제놈들 안

290

방 들어댕기대끼 들어댕긴다고 했는디, 그것이 그냥 안방 출입만 하고 마는 것이 아니라 이 예팬네가 왜놈 한나하고 눈이 맞았다는 것 같소."

"아니, 멋이라우? 명색이 임금 예팬네가 왜놈하고 눈이 맞아라우? 그라면 왜놈하고 서방질을 했단 말이오?"

모두 입이 떡 벌어졌다. 신 삼던 손이나 새끼 꼬던 손들을 멈추고 모두 멍청한 표정으로 사내 얼굴을 건너다보고 있었다.

"내 눈으로 안 본 일인께 알겠소마는 요새 한양갔다 왔다는 사람 치고 입 달랬다는 사람은 다 듣고 와서 하는 소리가 그 소립디다."

"예끼, 여보시오. 그래도 명색이 한 나라 왕비가 되아갖고 서방질을 하다니, 그것이 말이 되겠소."

점박이가 웃으며 핀잔을 주었다.

"그런 말도 안 되는 소리가 말이 되아갖고 한양 사람들은 시방 낙심에 땅이 꺼진당께 탈이 아니오? 지금 임금은 젊어서 너무 색을 바치다가 당창(매독)에 걸려서 사내구실 못한 지가 수십 년이 되었답디다. 임금 예팬네도 사람인디, 수십 년을 굶어노면 아랫도리가 잘잘 끌리제 밸 조화가 있겠소?"

"오매, 그라제마는 임금이 다 당창에 걸래라우?"

"걸려도 되게 걸렸답디다."

"그라먼 임금은 또 어리막창 논다니하고 외입질을 했다는 소리요?"

"그 속이사 누가 알겠소마는 당창 걸렸다는 소리는 틀림없는 것 같습디다. 첨에 임금 예팬네가 아들을 한나 낫는디, 나놓고 본께 똥구먹이 없더라지 않습디여."

"똥구멍이 없어라우? 그라면 똥을 으뜨코 쌀 것이여?"

"똥을 못 쌌은게 죽었지라우. 지가 아무리 임금 새끼라도 똥을 못 싸면 배아지가 터져 디지제 밸 조화 있겄소."

모두 피글피글 웃었다.

"그러제마는, 아무런들 임금 예팬네 체신에 서방질이사 하까라우? 더구나 서방질을 할 놈이 없어서 왜놈하고 하다니 나는 곧이가 안 드키오."

점박이였다.

"이놈 저놈 붙다가 물 건너온 놈 좆맛은 으짠가 보자 하고 맛을 봤을지 누가 알어?"

을식이 말에 모두 와 웃었다.

"그런께, 임금 예팬네는 서방질을 해도 한길 웃길로 노는구만 잉." 모두 웃었다.

"어어, 이놈들도 서방질을 한다냐, 본서방하고 붙었다냐, 붙어도 야물딱지게는 붙었네."

이를 잡던 들창코가 옷 한 부분을 까발려 점박이한테 보였다.

"이놈들도, 한 놈은 쬐깐한 것이 왜놈인 것 같다."

"허허, 그런께, 캄캄한 디서 사는 그녀러 새끼들도 금방 궁중 풍속을 따라서 왜놈을 골라 서방질을 한단 말이냐?"

모지랑수염 말에 와 웃었다.

"예끼, 이 오살한 연놈들, 그래 붙을 놈이 없어서 왜놈하고 붙어? 붙은 채로 타 죽어라."

들창코는 붙은 채로 이를 화로에 털어넣었다.

―투둑.

불 속에서 이 터지는 소리가 둔탁하게 나며 그 부분 재가 조금 풍겨올랐다.

"집구석이 망할라면 제석항아리에 말 좆대가리가 들어온다등마는, 나라가 망할란께 임금 예팬네 사타구니에 쪽바리 좆대가리가 다 들어가는 모냥이구만잉. 이놈의 나라 망조 기별은 지대로 받아났구만."

모지랑수염의 우악스런 소리에 모두 와 웃었다. 그는 생긴 것 같지 않게 말이 걸쭉했다.

"이놈의 나라야 폴새 올빼미 날새부렀지라우. 지난 추석에 무장 선운사에서 비결 나온 것만 하더래도 그것이 예삿일이겠소?"

영광 사내였다.

"영광서 오셨다면 선운사 가까운 디서 왔은께 쪼깐 물어봅시다. 그 비결이 책이 한 권이라는디, 그라면 그 비결에 먼 소리가 씌어 있다요?"

들창코가 짚신 *도갱이를 감아 올리려던 손을 멈추고 물었다.

"그것은 동학도들만 알고 시상에 소문을 안 낸다는디 남쪽 섬에서 진인이 나와 새로 나라를 세운다는 소리는 틀림없다는 것 같습디다."

"동학도들 하는 말이 금방 천지개벽이 된다등마는 그런께 천지개벽은 제대로 될 모냥이요그랴."

"그 요새 동학도들이 관에서 그러코 잡도리를 해도, 삼례도 몰려가고 야단들이글래 나는 저 사람들이 멋을 믿고 저러는고 했등마는 그런께 믿어도 그러코 크게 믿는 디가 있은께 그러구만."

들창코였다.

"그런 무서운 비결이 나와서 이미 동학도들 손에 들어갔으면 시상이 뒤집혀도 금방 뒤집힌다는 소린디, 감사야 수령이야 그 작것들은 지금 멋을 믿고 동학도들을 잡아다 조지까라우? 시상이 뒤집히는 날에는 그놈들은 죽어도 초죽음 자린디."

"개벽이 되면 양반 상놈이 없어진다고 하든디 그것도 참말이라우?"

여태 말이 없던 거꾸리가 끼어들었다.

"양반 상놈이 없어져도 그냥 없어지는 것이 아니고 그쩍에는 양반 놈덜이 상놈들을 모두 하늘같이 떠받드는 시상이 된다요."

영광 사내였다.

"그라면 관속붙이들이나 양반 놈들이 우리 같은 상놈들을 그로코 하늘같이 떠받든단 말이오?"

"그렇지라우."

"허허, 음지가 양지 되고 양지가 음지 된다등마는, 그런께, 그 소리가 그냥 허투루 하는 소리가 아니었구만."

"아무리 천지개벽이 된다고 저 서릿발 치는 것들이 상놈들을 그러코 받드까라우? 즈그들도 체맨이 있는디."

"지금 동학에는 세 가지 못 들어오는 사람들이 있소. 권불입權不入이락 해서 권세 있는 놈 못 들어오고, 반불입班不入이락 해서 양반 못 들어오고, 부불입富不入이락 해서 부자 놈들 못 들어오요. 이런 놈들이 못 들어온다는 소리가 먼 소리겠소?"

영광 사내가 제법 그럴듯하게 풀이를 했다.

"기왕에 천지개벽이 될라면 그것들보고 상놈덜 받들고 말고 하락

할 것도 없이 그냥 싹 쓸어 없애불제 그럴까? 그놈덜이 상놈이 되아 갖고 떠받든닥 해도 껄쩍지근해서 그것이……."

들창코가 코맹녕이 소리로 말했다.

"아무리 천지개벽이 된다고 사람 목숨이 쉽잖은 것인디, 쓸어뿔 기까지 해사 쓰겄소? 그놈들도 그런 시상이 되면 개심을 많이 하겄지라우."

영광 사내였다.

"제길, 공자 같은 소리 하지 마시오. 나는 그런 시상만 오면 그놈들이 떠받들기 전에 몇 놈 조져놓고 볼라요."

들창코가 이를 앙다물었다.

"아이고, 나는 그런 천지개벽까지는 너무 과남하고 더도 말고 논 닷 마지기만 내 것으로 가져보는 시상이 와봤으면 원이 없겄그만."

거꾸리였다.

"참말로, 관속배들한티 안 띠기고 이녁 번 것 이녁이 묵고 사는 시상만 온닥 해도 그것이 어디여? 우리 집은 군포만 안 내고 사는 시상만 온닥 해도 온 식구가 춤치겄소."

"그런 천지개벽이 한번 되기는 되는디, 절로 되는 것이 아니랍디다. 가만히 앉아서 그런 개벽이 되기만 기달르고 있을 것이 아니라, 그런 시상이 빨리 오게 모두 합심을 해야 한다더만이라우."

영광 사내였다.

"합심이라니, 천지개벽을 사람의 힘으로 하간니, 우리 같은 놈들이 합심을 한단 말이라우?"

들창코가 영광 사내를 향해 눈을 크게 떴다.

"이번 삼례집회 보시오. 거그 나간 것이 동학도들만 아니락 합디다."

"그런디 삼례집회는 그것이 으짠 속이라요? 인자 동학도덜 못 잡아디릴 것이라고 큰소리 깡깡 쳐쌌등마는 더 험하게 잡아디리기만 합디다."

"혹 띠로 갔다가 붙이고 왔등만."

"그렇지 않습니다. 지금 동학도들이 제대로 한번 일어날 것이랍니다."

용배가 끼어들었다.

"지대로 일어나다니, 어뜨코 일어난단 말이오?"

들창코가 물었다.

"두고 보십시오. 그대로 있지 않을 것이랍니다. 곧 한양으로 몰려 올라가서 이번에는 조정에 다 대들 것이랍니다. 그때는 동학 교조 신원뿐만 아니라 백성 뜯어먹는 탐관오리들을 전부 쫓아내라고 다 그칠 것이라 합디다."

"잣것. 관가 놈덜 닦달하는 일이라면 이참에는 나도 따라나설랑만."

모지랑수염이었다.

"모도 한양으로 올라가면 다른 것도 다른 것이제마는 그 임금 예팬넨가 그 찢어 쥑일 금강산 일만 이천 봉에다 쌀 갖고 지랄하는 짓거리부텀 닦달을 해사 안 쓰겠소?"

거꾸리였다.

"임금 예팬네가 하는 일을 백성덜이 으뜨코 닦달을 하것이여?"

"쪽발이덜하고 서방질까장 하는 년인디, 지 같은 것이 멋이라고 닦달을 못 혀?"

"그란디 임금 예팬네가 서방질한다는 소리가 그것이 참말이까? 임금님이나 그 왕비는 말하자면 양반 중에서도 상양반인디, 그런 이 덜도 우리맨키로 여자 생각이 나고 남자 생각이 나깨라우?"

거꾸리는 사뭇 진지한 표정이었다. 모두 크게 웃었다.

"그라면 너한테 하나 물어보자. 임금님도 애기 낳는다는 것은 알고 있지야?"

모지랑수염이었다.

"그것이사."

"그라면 애기를 날라면 남자하고 여자하고 어쩨사 애기를 낳냐? 여자 혼자 애기를 낳냐?"

모두 웃었다. 거꾸리도 바보스럽게 웃었다.

"임금도 우리매이로 입 달리고 코 달리고 눈 달리고 연장 달랬어. 눈은 멋을 보라고 있고, 코는 냄새를 맡으라고 있어. 임금님한테도 연장을 달래놨으면 멋하라고 달래놨겠냐? 오짐이나 깔기라고 달래 놨겠냐?"

"그래도 임금은 글도 많이 읽고, 하여간 우리 같은 사람하고는 다른 사람 아니오?"

"글을 읽었으면 대가리로 읽제 연장으로 읽었다냐? 그래 연장으로 읽었다 치지. 연장이 글을 읽어서 여자를 봐도 그것이 안 일어서 불면 그것이 연장이겠냐?"

모두 와 웃었다.

"눈이 멋을 못 보면 그것은 봉사다. 그람, 연장이 그것이 안 일어서면 그것은 멋이냐?"

"고자지라."

을식이 대답하자 모두 웃었다.

"맞어, 고자여. 눈은 잘 볼수록 존 눈이고, 연장은 그것이 잘 일어설수록 존 연장 아니겠냐? 그놈들은 날이면 날마다 육미복탕에 잣죽으로만 사는디 일어서도 얼마나 짱짱하게 일어서겠냐?"

모지랑수염 말에 또 모두 웃었다.

"절간에 중놈들은 어쩌관대, 깊은 산속 절 안에 틀어박혀 부처님 앞에 눈 내리깔고 나무아비타불 관세음보살, 목탁 뚜드리고 앉았은께 그런 속으로는 부처님인 중 알제마는 그놈들 의뭉주머니는 우리 같은 촌놈들 뺨쳐. 애기 못난 년들이 절간에 가서 불공디래갖고 애기 낳는다는 소리가 멋이간디? 남편놈 연장이 션찮애서 남편 것 갖고는 안 된께 중놈들한테 가서 씨를 받는 것이여. 중놈들이 괴기 안 묵고 주색잡기 않는다고 하는디, 그놈들은 쇠고기를 멋이라고 함시롱 묵는 중이나 아냐? 도치나물이라고 함시롱 묵어, 도치나물."

"멋이라우? 도치나물이라우?"

점박이 물었다.

"고사리나물이나 취나물 같은 것은 사람의 손으로 뜯어 무친 것인께 손나물이다. 그러면 소는 멋으로 잡냐?"

모두 와 웃었다.

"아따, 그놈들 말 한본 그럴듯하게 맨들었네."

점박이가 감탄을 했다.

298

"그뿐이간디, 술은 또 멋이라고 함시롱 묵는 중 알어?"

"그것은 또 멋이라고 한다요?"

"술보고는 곡차라고 혀. 보통 차는 나무 잎사구 대린 것인디, 술은 곡식으로 맨들거든. 그래서 곡차여."

"그놈들 말 맹긴 것 기막히네."

모지랑수염은 계속했다.

"그러면 살보시란 소리는 먼 말인 중 아냐?"

"살보시?"

점박이 뇌었다.

"중들한테 동냥 주는 것을 시주라고 하제? 그것을 보시라고도 혀. 절에 곡식이나 돈을 주는 것을 그냥 보시라고 하면, 살보시는 멋을 주는 보시까?"

"살을 주는 보시?"

이미 웃물이 돌아 피글피글 웃는 사람들도 있었으나 젊은 축들은 뚤럼한 표정이었다.

"어디 거꾸리 한번 알아맞춰 봐라. 그 살이 먼 살이겠냐? 되아지를 잡아서 되아지 살을 갖다 준다는 소리겠냐? 소를 잡아서 쇠고기를 갖다 준다는 소리겠냐?"

"그런 살은 아닌 것 같은디……."

"남녀 간에 그 짓하는 것을 보고 살 섞는다고 하잖냐? 이 멍충아."

을식이었다.

"오매, 그런 보시도 있다요?"

거꾸리는 골을 붉히며 놀라는 표정이었다.

"너는 어쩌디야? 새벽이 되면 연장이 팽팽히 서서 성님 성님 하잖디야? 중덜도 사람인디, 그놈들이라고 안 그러겠냐? 그래서 여자 신도덜이 대거리로 댕김시롱 살보시를 하는 것이여. 쇠고기를 도치 나물이라고 함시롱 퍼묵대끼 놈의 예팬네를 묵을 때는 살보시락 함시롱 잡수서."

"허허, 그런께 그놈들은 그런 보시까지 받음시롱 사는구만잉. 팔자는 그놈들 팔자가 상팔자네. 작것 나도 다 때려치고 중질이나 갔그나."

점박이 말에 모두 웃었다.

"중놈들도 다 이런 속인디, 아까 임금 예팬네가 서방질한다는 소리가 곧이 안 들겨. 소가 간내났을 때 보면 으짜디야? 제때에 안 붙여주면 묵을 것을 지대로 묵디야, 잠을 지대로 자디야? 소는 사람보담 그 속으로는 점잖은 편인디도 그래. 그런디 임금 예팬네라고 맻 삼 년을 틀어막아노면 무사하겠어? 날이면 날마다 기름진 것으로만 잘 처묵고 할 일 없겄다, 그라면 생각나는 것이 멋이겄어?"

"임금 예팬네는 왜놈들하고 서방질로 세월 간 줄 모르고 중놈들은 도치나물에 살보시로 신세가 늘어지고, 시상 한본 자알 돌아간다."

을식이 장탄식을 했다.

"이런 소리 못 들어봤어? 어떤 중놈이 쇠고기를 사갖고 가더라여, 스님도 괴기를 잡수시냐고 물은께 묵다 남은 술이 쪼깐 있어서……"

모두 와 웃었다.

"그런께 묵다 남은 술이 있어서 안주할라고 쇠고기를 사간다는

얘기구만."

"스님도 술을 잡수냐고 한께, 장인이 와서 대접하니라고, 스님도 장인이 있단 말씀이요 한께, 그 양반이 남의 눈에 안 띌라고 잘 안 오시는디, 마누라하고 첩년이 대판 싸움이 붙어서 화해를 붙일라고 오신 바람에……."

모두 배를 쥐고 웃었다.

"이건 쪼깐 다른 이얘긴디, 그것이 좋기는 참말로 존갑습다. 우리가 건듯하면 좆같은 놈, 좆같은 년 하고, 험한 디는 그것을 갖다 대는디, 실상은 이 시상에서 고루고루 좋기는 그것을 내놓고는 없는 것 같습다."

을식이 차근하게 뜸을 들였다. 그는 벌서 짚신을 한 켤레 삼아놓고 새끼를 꼬며 이야기를 했다.

"그것이 멋이 그로코 좋단 말이여?"

모지랑수염이 물었다.

"들어보씨오. 잇날에 삼강오륜이 반듯하기가 대쪽 같은 양반 놈이 한 놈 살았더라요. 이놈이 물려받은 재산에다 이 시상에 나와 갖고 그럴 것이 없이 살다가 칠십줄에 앉았구만이라우. 하루는 먼 생각이 꼴랬든지 매누리들을 모다 안방으로 불러들이는구만이라우. 매누리가 싯인디, 큰매누리부터 차례대로 윗목에 와서 얌전하게 앉히는구만이라우. 매누라기들아, 나도 인자 이로코 나이를 묵어 칠섭줄에 앉았은게 놈의 나이를 안 묵어가냐? 느그들이 나를 잘 구완해서 크게 탈은 없다마는 나이는 못 속이는 것이라 거울을 본께 얼굴에 저승꽃이 훤하구나. 얼굴에 저승꽃을 볼 때마둥 궁금한 것이 있어서 오늘은 느그들한테 한본 물어볼라고 이로코 오라고 했다. 그것이 멋인고 하니, 사람이 죽으면 여러 가지로 환생을 한다는디, 나는 죽으면 멋으로 환생하는 것이 질 좋까 그것이 항상 궁금하다. 내가 원한다고 그대로 되는 것은 아니겄제마는 그래도 무엇으로 환생했으면 조까 그것이 궁금하구나. 그래서 느그들 생각은 어쩐고 하고 한번 들어볼라고 이로코 불렀다. 내가 죽으면 멋이 되었으면 좋겄는지 느그들 생각나는 디로 한번 말을 해봐라. 어디 큰매누라기 너부텀 말을 해봐. 그러자, 큰매누리가, 돌아가시면 염라대왕님이 되십시오. 염라대왕님이 되면 이승에 임금님매이로 저승을 이러고저러고 다 맘대로 하는갑습디다. 염라대왕이 되라고? 으음, 그것 괜찮겄구나. 그러자 둘째 매누리가 염라대왕도 좋제마는 그보다 더 높은 옥황상제님이 되십시오. 으음, 기특한 소리다. 셋째 너는 내가 죽어서 무엇이 되었으면 쓰겄냐? 그러자 셋째 매누리가, 염라대왕도 좋고 옥황상제도 좋제마는 그보다는 좆이 되십시오."

모두 와 웃었다.

"머, 멋이? 조, 좆이 되라고? 여태 헤벌쭉했던 시아버지는 대통 맞은 뻥아리맨키로 입이 열어논 절간 대문이 되아부렀구만이라우. 그러자, 셋째 매누리 하는 말이, 염라대왕이 되든 옥황상제가 되든 한번 죽으면 그만이제마는, 좆은 죽었다살았다 하거던이라우. 그란께 아부님도 돌아가시면 좆이 되아갖고 죽었다 다시 살아났다 하십시오."

모두 배를 쥐고 웃었다.

"그 말을 듣고 나등마는 이 늙은이 아가리가 바지게로 찢어지더랴."

모두 또 한바탕 걸쭉하게 웃어제꼈다.

"개똥밭에 뒹굴시룽 이슬을 다 받아묵고 살아도 이승이 좋더라고, 염라대왕이고 옥황상제고 다 쓸디없고, 좇으로 살더래도 이승이 낫겄던 모냥이제."

"산 개가 죽은 정승보단 낫다는 말도 있잖어?"

그때 용배가 나섰다.

"동학이 불교나 천주학하고 다른 것이 바로 그것이오. 불교는 죽어서 극락 가고, 천주학도 죽어서 천당에 간다는 것입니다. 모두 이렇게 죽은 뒷이야긴데, 죽은 뒤 일이야 지옥이 있는지 천당이 있는지 누가 압니까? 동학은 죽은 뒤가 아니고 우리가 지금 살아 있는 이 시상을 개벽시킨다는 것입니다."

"진인이 남해바다에서 나온다는 소리도 있던디 그것은 먼 소리라요?"

점박이 묻자 영광 사내가 나섰다.

"그런 소리가 진작부터 있소. 진인이 나와서 시상을 바로잡는다는 소리지라우. 그런디, 그 소리가 지난번 선운사에서 나온 비결에 똑똑히 씌어 있다는 것 같소. 진정출어해도眞鄭出於海島 선멸이민先滅李閔 후멸왜이後滅倭夷라 씌어 있다요, 지인 정도령이 남쪽바다 섬에서 나와서 먼저 이가하고 민가들을 모두 없애고 그 다음에 왜놈들을 없앤 다음 나라를 세운다는 소리지라우."

밤이 깊어 한 사람씩 자리에 눕기 시작했다.

"밤이 늦은 것 같소. 잡시다."

을식이 쓰다 남은 짚 토막으로 방바닥을 대충 쓸었다. 모두 변소에 다녀왔다.

그때 거꾸리가 용배 곁으로 왔다.

"동학을 믿을라면 어뜨코 하면 돼요?"

낮은 소리로 은근하게 물었다.

"이 근방 접주를 찾아가서 입도식을 하면 되요. 아무도 모르게 찾아가서 입도식을 하시오."

용배가 역시 낮은 소리로 말하자 고개를 끄덕였다.

"우리가 여기서 자겠소."

용배가 문 앞을 가리켰다.

"아이고 그것이 먼 말씀이라우. 손님을 어디다 찬다다 모시겠소. 저 안으로 가시오."

거꾸리가 한사코 말렸다. 더 우길 수가 없어 거꾸리 다음 자리에 눕기로 했다.

이불은 없었다. 웬만한 살림집에도 이불이 없는 집이 많은데, 이런 사랑방에 이불이 있을 리 없었다. 모두 입은 채로 누웠다. 모두 그렇게 단련이 된 사람들이었다.

더 변소에 갈 사람이 없는 것 같았다.

"가만 있자, 변소에를 갔다 오는 것이 좋을 것 같다."

"나도 가야겠다."

용배 말에 달주가 따라나섰고 을식도 따라나섰다. 세 사람은 오줌을 눴다.

"오매, 저것이 먼 불이지요?"

용배가 잔뜩 놀란 소리로 저 안채에 들릴 만큼 크게 소리를 질렀다.

"아이고, 저것이 먼 불이여?"

을식도 잔뜩 겁먹은 소리로 크게 소리를 질렀다.

"멋이여?"

그때 거꾸리가 문을 열고 내다봤다. 안방 쪽에서도 문이 열렸다.

"혼불이구마. 바로 저 지붕에서 나갔제?"

을식이 중얼거렸다.

"아, 혼불이 그렇게 크요. 꼬리까지 달렸구만."

용배가 크게 말했다. 방에 누웠던 사람들이 뛰어나왔다. 행랑아범도 나왔다.

"멋이 혼불? 어디서 나갔어?"

거꾸리였다.

"안채 지붕에서 나갔소. 밥그릇만 합디다. 꼬리까지 달렸습디다."

용배가 겁먹은 소리로 대답했다.

"꼴랑지가 달래라우? 오매, 그람 남자 혼불인디."

"쉿!"

그때 을식이 소리쳤다.

"멋이 으짠다고 야단들인가?"

저쪽에서 주인마누라가 신을 끌며 달려왔다.

"혼불이 나간 것 같그만이라우."

을식이 시르죽은 소리로 말했다.

"꼴링지가 딜랬드라고?"

주인마누라는 겁먹은 소리로 조심스럽게 물었다.

"예, 밥사발만 한디, 꼴랑지가 길쭉하게 달랬등만이라우. 집을 한

바쿠 삐잉 돌등마는 저쪽으로 날아갔소."

을식이 조심스런 소리로 말하며 손을 저어 비잉 도는 시늉을 했다.

"그것이 우리 집에서 나온 것이 적실하등가?"

"예, 저는 과객인데요, 안채 지붕에서 느닷없이 떠올라서 집을 한 바퀴 돌았습니다."

용배가 대답했다.

"모도 입들 다물게."

주인마누라는 힘없이 말을 해놓고 돌아섰다. 그들도 말없이 모두 방으로 들어갔다.

불공드리는 여자들 배행꾼으로 꾸미고 광주까지 왔던 만득이 내외는 그날 밤을 그 여자들 집에서 자고 다음날 아침 일찍 운주사를 향해 광주를 떠났다. 샛길만 골라 화순과 능주읍내의 기찰을 피한 다음 도암면 효자동이란 동네를 지나 산등성이로 올라섰다. 그 너머에 운주사가 있다고 했다. 고개를 내려가던 내외는 깜짝 놀라 발을 멈췄다. 조그마한 절인 줄 알았는데, 골짜기며 산등성이에 엄청나게 큰 탑들이 수없이 서 있었기 때문이었다. 대여섯 길 가까운 탑들이 껑충껑충 하늘 높이 치솟아 있었다.

내외는 골짜기로 내려가면서 절을 찾았으나 얼른 절이 눈에 띄지 않았다. 저렇게 큰 탑들이 저토록 많은 깐으로는 절도 엄청나게 규모가 클 것 같았으나, 여염집 같은 집들이 옹기종기 서너 채 모여 있을 뿐 정작 절은 보이지 않았다. 골짜기를 쳐다봐도 절은 없었다.

내외는 당황했다. 골짜기가 너무 적어 그런 큰절이 있을 것 같지도 않았다. 아무래도 그 여염집같이 생긴 집이 절인 모양이었다. 대문에 현판이 붙어 있는 것이 틀림없었다. 여기저기 서 있는 우람한 탑들과 이 쬐만한 절을 비교해 보니, 그 탑들 모양이 꼭 *헛가게 걸어낸 빈 말뚝 꼴이었다.

조심스럽게 안으로 들어섰다. 저쪽에서 중이 하나 바가지를 들고 부엌으로 들어가고 있었다.

"지허 스님이라고 여그 기신가라?"

만득이가 조심스럽게 물었다. 그 중이 대답을 하기 전에 저쪽 방문이 열렸다. 서른 살이 조금 넘었을까 한 중이 내다봤다.

"어디서 왔소?"

조용한 목소리였다. 눈에 빛이 나고 이마가 훤칠했다.

"지허 스님을 찾그만이라?"

"어디서 왔소? 내가 지허요."

"아이고."

만득이는 감격해서 우선 허리부터 굽혔다.

"월공 스님이 찾아가라고 해서 왔그만이라."

만득이는 품속에서 월공의 편지를 꺼내 지허한테 넘겼다. 지허는 편지를 읽고 나더니 반색을 했다.

"어서 이리 들어오시오."

내외는 조심스럽게 안으로 들어갔다.

"잘들 오셨소. 여기서 며칠 푹 쉬어가시오."

"감사하그만이라."

만득이는 사뭇 깊숙이 고개를 숙였다.

"나이는 어뜨코 되시오?"

스물여덟이라 했다.

"내가 오 년 장일세. 말을 놓네. 지금도 이렇게 먹물 옷을 입었네마는 전에는 나도 자네같이 좋이었네. 자네들처럼 도망쳐나와 이렇게 중이 됐어."

지허는 호탕하게 웃었다. 지허는 밖에 나갔다가 금방 다시 들어왔다.

저녁상이 들어왔다. 조그마한 상에 멀건 맨죽이 세 그릇이었다. 제물 남은 것인 듯 호박고지나물 한 가지와 배추김치 한 보시기의 *쥐코밥상이었다.

"절이 가난해서 이렇네."

김치는 김장김치 명색인 듯한데, 색깔이 절여놓은 배추 색깔 그대로여서 얼핏 절에서는 고춧가루를 먹지 않는가 싶었다. 고춧가루뿐만 아니라 양념이라고는 마늘 한쪽 다져넣지 않은 듯, 김치 맛이란 게 꼭 절인 배추에 소금 찍어 먹는 맛이었다.

상을 물리자 지허는 자기 지나온 이야기를 했다. 단순히 자기가 살아온 푸념을 늘어놓자는 것이 아니라, 자기가 살아온 것을 보고 이제부터 너희들도 한몫의 인간으로 어엿하게 살아가라는 뜻이 은연중 내비치고 있었다.

밤이 이슥해서야 지허는 내외한테 방을 비워주고 다른 방으로 갔다.

다음날은 날씨가 푸근했다. 만득이는 짚을 얻어다 식전에 유월례 짚신을 한 켤레 삼았으며, 아침밥을 먹고 나서는 자기 것을 삼았다.

308

한 짝을 삼아 도갱이를 올리고 있을 때였다.

"이리들 나와 절구경이나 하세."

지허가 그들을 불러냈다.

"자네들 지금까지 가본 절이 어디어딘가?"

대문을 나서며 지허가 물었다.

"정읍 내장사에 한번 가봤고 금산사에도 가봤소."

"음, 그 절들에도 탑이 많지? 허지만, 이 절에 있는 탑들을 보게. 그런 절하고는 딴판으로 탑이 많을걸세."

지허는 여기저기 세워진 탑을 가리켰다.

"그런 절에서 본 탑하고 여기 있는 탑들은 조금 다른 데가 있지? 어떤 점이 다른가?"

만득이는 대답을 못했다.

"우선, 이 절에 있는 탑들이 그런 절에 있는 탑들보다 더 큰 것 같지?"

"예, 더 크요. 우리 동네도 재를 한나 넘으면 탑선리란 동네에 큰 탑이 있는디, 그 탑보담도 여기 있는 탑이 배나 높구만이라."

"또 다른 점이 있을걸세. 어디 한번 알아맞춰 보게."

"글씨라, 솜씨들이 쪼깨 서툰 것 같고……."

"바로 맞췄네. 저 탑 만든 솜씨들 보게. 뚝머슴이 메주 주물러논 꼴 아닌가? 내장사 같은 절에 있는 탑들은 꼭 대패질해 논 것같이 반듯반듯하고 씨게도 딱딱 맞아떨어지는데, 저기 저 답 보게. 서선 쪽 청국장 끓일 메주 같잖은가?"

지허가 웃으며 말했다. 정말 그랬다. 지허가 가리킨 탑은 옥개가 둥근 것이었는데, 청국장 메주같이 뒤틀려 있었다.

"내장사나 다른 절에 있는 탑들은 사람으로 치면 비단옷을 맵시 있게 차려입은 양반 매무새고, 이 절 탑들은 꼭 자네나 나같이 *여섯 새 무명옷을 입은 시골 무지렁이 행색일세."

지허가 껄껄 웃었다. 만득이도 따라 웃었다.

"이런 탑들이 이 좁은 골짜기에 스무 개에 가깝네. 저기도 있고 저쪽 골짜기에도 있어."

지허는 여기저기 있는 탑들을 하나하나 가리켰다.

"저 돌집에 계시는 이는 누군지 아는가?"

지허는 절 앞에 있는 조그마한 집처럼 생긴 석조 감실을 가리켰다. 방 한 칸 넓이의 돌집 석실에 부처가 앉아 있었다.

"부처님 아니오?"

"석가여래 부처님이 아니고 미륵보살님일세. 저쪽으로 돌아가면 또 하나 저런 미륵보살님이 이쪽 미륵보살님하고 등을 대고 앉아 계셔."

그쪽으로 돌아가 봤다. 정말 똑같은 모양의 미륵보살이 이쪽 미륵보살과 서로 등을 대고 앉아 있었다. 불공을 많이 드렸는지 한쪽에는 촛농이 더뎅이져 있었다.

길가며 산기슭이며 묏등의 망두석 같이 석불이 즐비하게 흩어져 있었다. 사람 크기도 있었으며 사람보다 조금 큰 것도 있었고, 어떤 것은 대여섯 살짜리 어린애만한 것도 있었다. 이렇게 크고 작은 석불들이 수없이 널려 있었다. 그런데, 석불들이 모두가 한결같이 서툰 솜씨였다. 꼭 어린아이들이 흙으로 사람 형상을 빚어놓은 것같이 간신히 사람 형용을 갖추고 있을 뿐이었다.

지허는 저쪽 산등성이를 향해 길을 잡아서며, 여기저기 흩어져 있는 석불을 가리켰다. 누가 여기서 석불을 만들어서 제대로 된 것은 가져가고 그 처질 거리를 이렇게 아무렇게나 내던져놓은 것 같았다.

"여기 좀 보게."

산자락을 조금 올라가다가 지허는 발을 멈추며 바위 밑을 가리켰다. 칠성바위라는 바위 밑이었다. 한 곳이 처마처럼 들린 바위 밑에 크고 작은 석불들이 옹기종기 모여 있었다. 꼭 사람들이 어디를 가다가 비를 만나 바위 밑에서 비를 긋고 있는 꼴이었다. 어른만한 크기도 있었고, 예닐곱 살짜리 어린애만한 것도 있었다. 다섯 좌였다.

"꼭 한식구가 모여 있는 것 같지?"

"예, 꼭 한 식구 같소."

지허가 웃으며 문자 만득이 내외도 따라 웃었다. 지허는 다시 산길을 올라가기 시작했다. 산등성이에 올라섰다.

"저기 저 동네 보이지?"

지허는 남쪽으로 한 5리 떨어진 동네를 가리켰다.

"저 동네 이름이 중장털세. 옛날에는 저 장에는 장꾼들이 거의 중들이었던 모양일세. 그래서 중장이고 저 장터에 중장터란 이름이 붙은 것 같아. 이 근방에 중이 얼마나 많이 모여 살았으면 중장이란 이름이 붙었겠는가? 이 근방에는 여기 말고도 자잘한 절이 몇 있기는 하네마는, 이런 탑이나 석불을 보면 이 절이 제일 컸던 모양일세."

만득이는 고개를 끄덕였다.

"저 중장터를 지나 한참 가면 장흥 유치 암천리 골짜기란 깊은 산골이 나오네. 장흥 갈 때 그리 갈걸세마는 거기에 별나게 높은 산은 없지마는 이 근방에서 거기가 제일 깊은 산골짜길세. 이 절에는 한때 도망쳐 온 종들이 중이 되어 종들만 살 때가 있었다는 소리가 전해오네. 전국 각지에서 도망쳐 온 종들이 중이 되어 살다가 추쇄가 떴다 하면 모조리 그 깊은 산속으로 도망쳐 추쇄를 피했던 것 같네. 여러 모로 도망쳐 온 종들이 살기에는 이만한 곳이 없을 것 같아. 바로 이렇게 생긴 데를 풍수들은 비산비야非山非野, 산도 아니고 들도 아닌 데라고 해서 길지로 치는데, 비산비야라면 이만한 데가 드물다는 걸세. 그런게 종들이 이런데 와서 농사를 지어먹으며 중노릇을 하다가, 추쇄가 떴다 하면 도망쳐서 산속으로 깊이 숨을 수가 있었으니 도망쳐 온 종들한테는 길지 중에 길지였겠지.”

만득이는 연신 고개를 끄덕였다.

“또 저걸 보게.”

산등성이로 올라서며 마당만한 너럭바위를 가리켰다.

“이게 뭔가?”

“이것도 미륵보살님 아니오?”

“맞네. 미륵보살님이네. 그런데 이 미륵보살님은 누워 계시잖은가? 그래서 누울 와자 와불臥佛이라고 하네. 아까 석실에 있던 미륵보살님은 서로 등을 대고 있지만, 여기 이 미륵보살님들은 둘이 나란히 누워 계시잖은가?”

엄청나게 큰 석불 두 개가 부부처럼 다정하게 나란히 누워 있었다. 사람 배꼽 높이의 평퍼짐한 석불이 길이는 너댓 길쯤 되어 보였으며, 두 석불을 합친 폭도 그만한 넓이였다.

"여기에는 그럴듯한 전설이 전해지고 있어."

지허는 차분히 이야기를 시작했다.

"옛날에 비결이 하나 났는데, 여기다 하루낮 하룻밤 사이에 석불 천좌하고 탑 천 기를 세우면 한양이 이리 옮겨온다는 것이었네. 그래서 여기 모여 살던 중들은 항상 그 궁리뿐이었네. 수백 년 동안 어뜨코 했으면 여기다 하루낮 하룻밤 사이에 천 불 천 탑을 세울 수 있을까 맨날 그 궁리였어. 무장 선운사 미륵보살님 배꼽에 들어 있는 비결이 세상에 나오면 한양이 망한다는 소리에 그 근방 사람들이 맨날 그 비결을 꺼낼 궁리를 했던 것하고 꼭 같지. 지난번에 동학도들이 무장 선운사 배꼽에서 비결을 꺼내자고 결정을 하듯 여기서도 어느 날 여기다 천 불 천 탑을 세우기로 작정을 했네. 이 운주사에 있던 중들이 앞장을 서서 이 근동 백성하고 힘을 합쳐서 천 불 천 탑을 세우기로 한걸세. 그래서 수만 명이 모여 닭이 울자마자 일을 시작했구만. 그런게 다음날 닭이 울 때까지가 꼭 하루겠지. 그런데 일을 시작하자 느닷없는 일이 벌어졌네. 여기저기 박혀 있던 수많은 바위들이 저절로 벌떡벌떡 일어서더니만 떼를 지어 이리 몰려오지 않겠는가?"

"바우들이 떼를 지어갖고 몰래와라?"

만득이가 놀라 물었다.

"그래, 저기 남해안 섬이며 갯가며, 영암 월출산, 무안 유달산 할 것 없이 바위라고 생긴 바위는 모두 일어서서 이 운주사를 향해 몰려오네그라. 이렇게 바위들이 제절로 걸어오니 일하는 사람들은 또 얼마나 신바람이 났겠는가? 서툰 솜씨들이었지만 잔뜩 신바람이 나노니 일손 돌아가는 것이 입안에 헛바닥 놀듯 하고, 손발이 척척 들어맞기가 도둑놈들 손발 맞듯 하는구만. 여기저기서 탑이 쑥쑥 올라가고 석불들이 모양을 드러내고, 닭 울기 전에 영락없이 천 불 천 탑이 만들어질 판일세. 새벽 입시가 되자 일이 거진 끝나고 마지막 한 가지 일만 남았구만. 탑 천 기를 다 만들고 석불도 천 좌를 다 깎아 마지막 이 와불만 세우면 일이 다 되는 판일세. 그런데 그때 그만 닭이 울어버렸다지 않는가? 모두 어찌나 정신없이 일을 했는지 닭 소리를 못 들었는데, 닭이 울었다는 걸세. 그러자 일하던 사람들은 모두 기가 막혀 제자리에 주저앉고 말았구만."

"그런께 일을 다 해놓고 마지막 이것 하나만 세우면 되는 판인디 그 지경이 되았그만이라?"

만득이도 애석한 듯 쯔쯔 혀를 찼다.

"그렇지. 이 미륵보살님을 덜 깎은 것도 아니고 이렇게 다 깎아놓고, 이제 할 일이라고는 딱 한 가지, 이 미륵보살님을 세우기만 하면 일이 끝나는 판인데, 닭이 울어버렸다니 얼마나들 기가 막혔겠는가? 땅을 치고 통곡을 하는 사람도 있고, 대가리를 바위에다 짓찧는 사람까지 있었네. 모두가 그렇게 원통해하고 있는 판인데, 또 닭이 우는 걸세. 그런데 가만히 별자리 짐작을 해보니 첫닭이 이미 운 것이 아니라 바로 그것이 첫닭 우는 소리여. 그런게, 아까 닭이 울었다는 소리는 어떤 놈이 일을 훼방놀라고 일부러 거짓말을 했던 걸세."

"우매, 어뜬 때려죽일 작자가 그런 거짓말을 했으까라?"

"그 거짓말을 한 사람이 누구겠는가?"

"허허, 내가 그것을 어뜨코 알겠소?"

만득이는, 몇백 년 전에 있었던 일을 내가 어떻게 알겠느냐는 듯
크게 웃었다.

"관가 놈들일세."

"관가 놈들이라?"

만득이가 한껏 놀라는 표정이었다.

"관가놈들이 일하는 데 스며들어 일 되어가는 것을 보고 있다가
그런 거짓말을 한 걸세."

"왜 관가 놈들이 그런 거짓말을 했으까라?"

"한양이 이리 옮겨온다는 것이 무슨 소린지 아는가? 한양이 그대
로 옮겨온다거나 지금 한양에 있는 임금이 이리 온다는 것이 아니고
새 임금이 들어서고 새 나라가 서서 바로 여기가 도읍이 된다는 소
릴세. 지난 추석 때 무장 선운사 미륵보살님 배꼽에서 동학도들이
비결 꺼냈다는 소리 들었지?"

"예."

"거기서는 한양이 망한다고 했는데, 여기서는 옮겨온다고 했지만
한 나라가 망하고 새로 나라가 선다는 것은 마찬가질세. 그런디, 하
필 우리같이 도망쳐 온 종들이나 하잘것없는 무지렁이들만 살고 있
는 이런 데가 한양이 된다는 소리는 또 무슨 소리겠는가? 바로 그런
하잘것없는 무지렁이들이 주인이 되는 세상이 된다는 소릴세. 그런
세상은 동학에서 말하는 후천개벽하고 똑같은 세상일세."

지허는 계속했다.

"그런 일이 있어서 여기를 천불천탑동이라 하는데, 가만히 생각
해 보면, 하루 사이에 석불 천 좌하고 탑을 천 기나 세워야 그렇게

된다는 점에 그럴듯한 이치가 있어. 그렇게 큰 불사를 일으키면 부처님의 소응으로 그렇게 될 것이라고들 생각하겠지만, 그것은 겉으로 그렇게 생각하게 한 것이고 더 깊은 속셈은 다른 데 있네. 그 많은 석불을 깎고 탑을 세울라면 얼마나 많은 사람이 달려들어야 되겠는가? 사람이 그렇게 많이 모여도 아무 사람이나 모이는 것이 아니라 나라가 뒤바뀌기를 바라는 뜻을 가진 사람들이 그렇게 많이 모일 것이고, 그런 사람들이 모여도 하루 사이에 그 어마어마한 일을 해낼 만큼 많은 사람이 모여야 된다는 소리거든. 그런 뜻을 가진 사람들이 그렇게 많이 모여 그런 일을 합심해서 한 가지 하게 되면 그 힘으로 무슨 일은 못하겠는가? 그런게 그 비결은 그런 뜻을 가진 사람이 많이 모여라. 모이되 그냥 오합지졸로 모일 것이 아니라 천 불 천 탑을 쌓을 만한 큰일을 한번 해서 똘똘 뭉쳐라. 그렇게 뭉치면 엄청난 힘을 낼 것이니 그때는 썩어문드러진 왕조 하나쯤 거뜬히 쓰러뜨리고 새 나라를 세울 것이다. 이런 소릴세. 그런데 새 세상이 오기를 바라는 그런 사람들은 어떤 사람들이겠는가? 모두 이 세상에서 천대받고 몰리고 쏠린 자네나 나 같은 사람들이 아니고 누구겠어? 그럼 그런 사람들이 새 나라를 세우면 어떤 나라가 될 것인지 그것은 뻔한 일이지. 바로 우리 같은 사람들이 주인이 되어 모든 일을 주장하고 사는 세상이네. 양반이나 돈 있는 부자들이 아니고 바로 자네나 나 같은 사람들이 말일세. 선운사 미륵보살님 배꼽에 이 세상을 뒤엎을 비결이 벼락살하고 같이 봉해져 있다는 소리도 따지고 보면 그 뜻이 이와 비슷하네."

"우리 같은 사람들이 주장하고 사는 세상도 올 수가 있으까라?"

만득이는 눈알이 튀어나올 것 같았다.

"지금 동학에서 말하는 후천개벽이란 소리가 바로 그 소릴세. 관가 사람들 눈을 피하자니까 겉으로는 수심정기 어쩌고 하네마는 바로 그런 세상으로 이 세상을 개벽하자는 소리네."

만득이는 어리벙벙한 듯 그저 눈만 말똥거리고 있었다.

"그라먼 그런 시상이 은제나 오까라?"

"곧 와!"

"금방이라?"

"얼마 전에는 이 미륵보살님이 땀을 뻘뻘 흘렸다는 소문이 이 근방에 퍼졌었네. 햇볕이 쨍쨍 나는데 이 미륵보살님이 마치 소나기라도 맞은 것같이 흥건하게 젖었더라는 걸세. 이 미륵보살님이 혼자 일어나시려고 용을 쓰다가 그렇게 땀을 쏟은 것이라는 소문이었네. 이제 때가 왔다는 징조 아니겠는가?"

만득이는 뚝배기에 든 두꺼비처럼 눈만 말똥거리고 있었다.

"이 미륵보살님이 누워 계시는 것을 보게. 제대로 누우려면 머리를 비탈 저 위쪽으로 두르고 누워야 할 것인데, 거꾸로 아래쪽으로 두르고 누워 계시지 않는가? 만약 사람이 이렇게 누워 있다면 한참도 못 누워 있을 걸세. 미륵보살님인들 얼마나 불편하겠는가? 미륵보살님이 이렇게 잘못 누워 계신다는 것은 지금 이 세상도 이 미륵보살님이 불편하게 누워 계시는 것처럼 크게 잘못되어 있다는 뜻일세. 그래서 지금 이 세상은 바로 이 미륵보살님이 불편한 만큼 우리 중생들이 살아가기도 이렇게 불편하네."

내외는 아리송한지 연방 눈만 씀벅이고 있었다.

"이 절 이름이 운주사運舟寺네. 운반할 운 자, 배 주 자, 물 위에서 배를 저어간다는 뜻일세. 이 골짜기 생긴 형국이 배 같기도 해서 붙은 이름일걸세마는, 그게 두루 이치에 맞게 붙인 이름일세. 배가 움직일라면 물이 있어야 할 게 아닌가? 그럼 무엇이 물이겠는가? 이 세상의 중생들이 바로 이 배를 띄울 물일세. 양반이나 부자 같은 사람들이 아니고 우리 같은 중생들, 나나 자네 그리고 농사짓는 농투산이들이 물일세. 그 중생들이 힘을 타서 그 운기가 합해지면 그 힘으로 이 배가 뜨는 것일세."

지허가 자리에서 일어났다. 만득이 내외도 따라 일어섰다. 올라왔던 길을 되짚었다. 아까 석불들이 바위 밑에 한 가족처럼 옹기종기 모여 있는 데 이르렀다. 지허가 그 앞에서 또 걸음을 멈췄다.

"이 미륵보살님들을 다시 잘 보게. 종들 소원 중에서 제일 큰 소원이 무엇인가? 종들 소원이 어디 한두 가지겠는가마는 그래도 그 중 제일 큰 소원이 무엇이겠어?"

그렇게 묻고 보니 막연했다. 만득이는 지허를 건너다보고 있었다.

"종들은 사는 것만 종으로 사는 것이 아니라 마소같이 부모 자식이 따로따로 팔려가기도 하고 이번에 자네들 부부같이 사랑스런 부부가 생나무 가지 찢어지듯 억지로 찢어지기도 하네. 자네 부부가 갈라진다고 생각할 때 자네들 심정은 어쩌던가? 종들 제일 큰 소원은 비록 종으로 살더라도 한 가족이 한 집에 모여 사는 것일세. 비록 종살이를 하더라도 한 집에서 같이 사는 것이 제일 큰 소원 아니겠는가?"

지허가 웃으며 말했다.

"저 석불들 잘 보게. 부부하고 자식들하고 그대로 한 가족이 아닌가? 여기 모였던 종들도 그것이 제일 큰 소원이라 한 식구를 이렇게 한데 모아 자기들 소원을 나타내 놨던 것 같네. 바로 이런 게 이 절에 한때 종들이 몰려 살았다는 사실을 말해 주는 것 같네."

지허 말에 유월례는 옷고름을 눈으로 가져갔다.

만득이 내외는 넋 나간 사람들처럼 그 앞에 멍청하게 서 있었다. 유월례는 옷고름으로 연신 눈물을 닦고 있었다.

"나는 먼저 갈 테니 저 뒤까지 구경하고 오게."

지허는 혼자 절로 갔다.

내외는 그 가족 석불 앞에 한참 서 있다가 천천히 내려왔다. 아까 봤던 석불들을 하나하나 다시 뜯어봤다. 엉성하게 깎아놓은 수많은 석불들의 모습은 여기 모였던 중들이 제각기 자기 스스로의 모습들을 하나씩 저렇게 깎아놓은 것 같기도 했다.

"그런디, 미륵보살님들이 어째서 전부 코가 저 모양이여."

만득이가 중얼거렸다.

"참말로 그라네요잉."

석불들은 한결같이 코가 떨어져 나갔거나 있어도 한쪽만 있거나 시늉뿐이었다. 귀를 만들어놓은 것을 보면 코도 제대로 만들었을 법한데 모두가 그 모양이었다.

"미륵보살님 코를 쫓다가 물에다 갈아서 마시면 아들 못 낳는 사람들이 내번에 아들을 낳는다능마는 그런 사람들이 쫓아간 것 같소."

"멋이, 아들 못난 사람이 미륵보살님 코를 쫓아갔단 말이여?"

만득이는 화난 얼굴로 아내를 돌아봤다.

"예, 그러면 영락없이 아들을 낳는다요."

"미륵보살님이 저러고 섰은께 그냥 돌덩어리간디 코를 쫓아간단 말이여?"

"아들 갖고 싶은 욕심에 그러겠지라."

"아무리 아들을 갖고 싶더라도 할 짓거리가 따로 있제 그런 짓을 하고도 무사할 것 같어?"

만득이는 마치 자기 아내가 그런 못된 짓을 하기라도 한 것처럼 눈을 흘겼다. 미륵의 코를 갈아 그 물을 마시면 아들을 낳는다는 속설이 있었다. 그래서 아들을 못 낳는 여자들이나 아예 자식이 없는 사람들이 미륵의 코를 쪼아가거나 갈아갔는데, 약방에서는 그걸로 한약까지 만들어 파는 수도 있었다. 비고산이란 환약이 그것이었다.

내외는 절 뒤로 돌아갔다. 세상에 나서 오랜만에 부부가 한가하게 거닐어보고 있었다. 이렇게 매인 데 없이 한가해 보기는 둘이 다 평생 처음이었다.

한참 말이 없이 걷고 있던 만득이가 넌지시 유월례를 돌아보며 입을 열었다.

"미륵보살님 코를 갈아 마시면 참말로 아들을 난다고 해?"

"효험이 있다는 것 같습디다."

"그런디, 멀쩡한 코를 저로코 쫓아가도 죄를 안 받을까?"

"괜찮은께 그런갑제라."

"그러면 우리도 쪼깨 쫓아가까?"

만득이가 멋쩍게 웃으며 유월례를 돌아봤다. 유월례는 그냥 웃고만 있었다. 만득이는 주변을 두리번거렸다. 돌멩이를 하나 집어들었다. 미륵 곁으로 갔다.

"오매, 그러다가 스님들이 보시면 으짤라고 그라요?"

"거그 서서 누가 이리 온가 봐!"

만득이는 돌멩이로 미륵의 코를 내리찍었다. 몇 번 내리찍었으나 어림없었다. 만득이는 고개를 갸웃거렸다. 다시 정확하게 겨냥을 해서 힘껏 내리쳤다.

"떨어졌다."

만득이는 소리를 질렀다. 손가락 한 매듭만한 돌조각 하나를 주워들었다. 만득이는 *입이 바지게가 되며 돌조각을 유월례한테 보였다. 내외는 마치 무슨 보물이라도 얻은 듯 돌조각을 들여다봤다.

"어디다 잘 간수해."

유월례는 품속에서 바늘쌈을 꺼냈다. 옷섶을 한 군데 잡고 바늘땀을 떴다. 옷이 타졌다. 거기 돌조각을 넣고 바늘로 꿰맸다.

"거그다 그래 노먼 잊어불 염려는 없겠구만."

만득이는 입이 잔뜩 벙그러졌다. 유월례도 골을 붉히며 웃었다.

9. 첩자

　"정익수 씨 나오시오."

　사쟁이가 옥문을 열며 말했다. 나졸이 정익수를 데리고 나갔다. 정익수는 형리 김치삼 앞에 앉았다. 능글맞고 표독스럽기로 고부 바닥에 소문난 자였다. 이자한테 걸렸다 하면 천하 없는 장사도 배겨나지 못했다.

　"당신 삼례 갔지라?"

　"갔소."

　"누가 가지고 합디여?"

　"누가 가자고 해서 간 것이 아니라 법소에서 통문이 오기를 갈 만한 사람은 다 나서야 한다고 했글래 나도 나섰지라."

　"갈 만한 사람이라니?"

　"집안 손대야 길양식이야 그런 형편이 닿는 사람이지라."

"차림은 어떻게 하고 갔지라?"

"평소 나들이할 때 차림으로 갓망건에 도포를 입고 갔소."

"삼례 가서는 누구하고 얼려댕겼지라?"

"여그서 간 사람들하고는 다 얼렸소."

"전주도 갔었지라?"

"갔소."

"고부서 삼례 간 사람은 몇 사람이나 되지라?"

"많소."

"이름을 대보시오."

"그 한한 사람 이름을 어뜨코 다 대겠소?"

"아는 대로 대시오."

뚜렷한 사람 몇 사람만 댔다.

"당신 동네서 간 사람도 대시오."

"못 대겠소."

"배짱이구만."

김치삼이 빙긋 웃었다. 정익수는 뻗대고 있었으나 이 작자 웃는 모습을 보니 등골이 오싹했다. 그 여유는 두고 보자는 배짱인지도 몰랐다. 더구나 정익수는 어째서 자기만 잡아왔는지 가늠이 안 가 더 답답했다. 다른 고을처럼 동학도들을 마구잡이로 때려잡는 것도 아니고 느닷없이 자기만 잡아온 것이다. 이 작자가 문초하는 것을 보면 사태를 짐작할 수 있지 않을까 싶어 적당히 뻗대면서 대답을 하고 있었다.

"정익서 씨하고는 어떻게 되지라?"

"친형님이오."

"고부서 동학 우두머리라면 전봉준, 김도삼 그리고 정익서 씨를 시지라?"

"그럴 것이오."

"거그 갔다와서는 어디서 잤지라?"

"우리 집이서도 자다 한 동네 김주만 씨 댁에서도 잤소. 우리 외숙님 댁이오."

"나졸들이 잡으러 갔을 때 김주만 처하고 자고 있더라는디, 그 여자하고는 언제부터 그런 사이가 됐소?"

"멋이라고라?"

정익수는 눈이 둥그레지며 되물었다.

"눈으로 보고 온 사람들이 한 말인디, 시치미 뗄 것 없잖소?"

김치삼이 음충맞게 빙글거렸다.

"김주만 씨는 내 외삼촌이오. 세상에 그런 천벌 맞을 소리가 어디 있단 말이오?"

"허허, 음양에는 원래 천벌이 없는 법이오. 그래서 외숙모하고 같이 자도 천벌을 안 때렸지라."

작자는 더 음충맞게 빙글거리며 구슬렸다.

"세상에 누가 그런 소리를 했지라? 나는 그 집 고방에서 혼자 자다가 잡혔소."

"당신이 그 방에서 외숙모하고 같이 자고 있는 줄을 알고 나졸들이 그 집을 빙 둘러쌌는디, 둘러쌀 때 벌써 인기척을 느끼고 그 여자는 방을 나갔것지라."

"천벌을 맞을 수작이오."

정익수는 부드득 이를 갈았다.

"당신 나이가 서른이고 그 여자는 마흔싯인게 양쪽이 다 놈의 살들이 삼삼할 나이들이그만이라. 운우지정이 질퍽했겠소."

김치삼은 연신 빙글거렸고, 정익수는 숨을 씨근거렸다.

"언제부터 둘이 그로코 찰떡같이 찰지게 붙어뿌렀소?"

"여보시오!"

정익수는 숨을 씨근거리며 김치삼을 노려봤다.

"여자 맛이란 것이 일 도盜, 이 비婢, 삼 과寡, 사 낭娘, 오 처妻라 했는디, 나는 도적질로 남의 여편네하고도 그 짓을 못해 보고 종도 없이 산게 비도 못해 봤소마는, 생피란 것은 고것이 도 중에서도 두 벌 시 벌로 도둑질을 하는 심이라 그로코 한번 붙어노먼 그 맛이 참말로 숨넘어갈 것이여, 크크크."

"여보시오. 사람 잡어왔으면 문초나 하시오."

정익수는 목에서 가래 끓는 소리로 숨을 씨근거리며 내질렀다.

"내가 그랗게 시방 장난하고 있는 중 아시오? 이것이 시방 문초요, 문초. 여보시오. 언제부터 그로코 찰지게 붙기 시작했소?"

김치삼은 책상에다 한손으로 턱을 괴고 붓끝을 정익수 앞에 까닥거리며 벙글거렸다.

"천벌 맞을 소리 그만 하시오."

"어허, 나도 고것이 늘상 묘하다는 생각인디리, 그렇게 고것이 없는 생구먹을 억지로 뚫는 것이 아니고 기왕에 뚫애진 구먹을 쒸시는 것이라 그란가 으짠가 생피를 붙어도 천벌이 없다는 것이 묘합디다.

그것이 하늘이 소관하는 일이라서 연놈이 붙었을 적에 천벌을 때려
불먼 관에서 이라고저라고 안 따져도 될 일인디, 하늘이 천벌을 안
때린게 인벌을 때릴라고 시방 이 야단 아니오. 다 알고 있는 일인게
싸게 대답하시오."

"으음."

정익수는 입을 다물고 숨만 씨근거렸다.

"그 부인이 여그 와서 자복을 했는디, 기어코 시침을 딸라요?"

"멋이라, 우리 숙모님이 여기 잡혀왔단 말이오?"

정익수는 눈이 둥그레졌다.

"거 보시오. 우리 앞에서 거짓말을 해보았자 서 발도 못 가서 꼬
리가 밟히오. 이것이 그 부인이 자복한 *공초요. 속시언하게 읽어보
시오."

김치삼이 공초첩 한 권을 정익수 앞에 내던졌다. 정익수는 멍청
하게 공초첩과 형리를 번갈아 보았다. 김치삼은 웃으며 자리에서 일
어섰다.

공초는 대충 이런 내용이었다.

자기는 현 남편의 후취로, 남편하고는 나이가 열일곱 살이나 층
이 지는데, 남편은 환갑을 넘어 하초가 구실을 못한 지가 벌써 수삼
년이라 평소 항상 색에 주리고 있던 차에, 족질인 정익수가 자기 집
고방에 숨어있게 되자 밥을 가지고 그 방에 드나들게 되었다. 그러
다가 정익수 요구로 몸을 허하게 되어, 첫날에는 1회 둘째 날부터는
연거푸 2,3회씩 정사를 했다. 이 일이 세상에 알려지는 날에는 패가
망신을 하게 생겼으니 용서를 해달라. 전처소생의 남매는 아직 미장

전이요, 자기는 문화 유씨로 이 고을에서는 반명을 떨치고 있는 집안이니 친정까지 망신을 하게 생겼다. 한 번만 용서를 빈다.

정익수는 공초첩을 받는 순간 두 어깨가 축 내려갔다. 김치삼은 여전히 벙글거리며 돌아왔다.

"말도 안 되는 수작이오."

정익수는 공초첩을 홱 내던지며 이를 부드득 갈았다. 그러나 김치삼은 유들유들 웃었다.

"그 부인은 지금 자기한테 *외봉쳐 논 쌀이 넉 섬이 있는게 한 섬을 더 보태 닷 섬을 내놓겠담시로 용서를 해달라고 비대발괄을 하고 있소. 그래 정상이 불쌍해서 어찌할까 생각을 하고 있는 참인디, 당신이 그로코 잡아띠면 하는 수 없이 생피죄로 치죄를 하여 흑백을 가리는 수밖에 없겄그만이라. 사또 나리께서 육방관속을 거느리고 동헌에서 치죄를 하면 흑백이 환하게 가려질 것이오."

김치삼이 태연하게 말했다.

"천벌을 받을 것이오. 그분은 내 외숙모요."

정익서는 숨을 씨근거리며 김치삼을 노려봤다.

"허허, 남자 양물이란 게, 그것을 나도 하나 걸걸한 놈을 달고 있은께 말씀이오마는, 그것이 원래 눈도 코도 없는 것인디, 외숙모를 알아본다요? 알아본들 외숙모라고 쒸시면 안 들어갈 리도 없지라."

김치삼이 눈썹 하나 까딱하지 않고 벙글거렸다.

"으음."

정익서는 분을 참지 못해 입술을 부르르 떨었다.

"정 그렇다면 면질을 합시다."

김치삼이 문을 발딱 열었다.

"저기 곳간에 가둬논 여자 데리고 오게."

김치삼은 나졸한테 소리를 질렀다.

"쟁우면 여자라우?"

"그래."

"흐으!"

정익수는 두 주먹을 쥐며 신음소리를 내뱉었다.

좀 만에 정익수 외숙모 유씨가 들어왔다. 몸매가 유독 가냘프고 얼굴이 갸름한 유씨는 하얗게 질린 표정으로 들어섰다. 들어오다 정익수를 발견하고 우뚝 발을 멈췄다. 유씨는 원망에 가득 찬 눈으로 정익수를 멍청하게 건너다봤다.

"아무런들 세상에 이렇게 허무맹랑한 소리를 할 수 있단 말이오?"

정익수가 유씨를 향해 소리를 질렀다.

"아니, 그럼, 조카가 그런 말을 몬자 하지 않았단 말인가?"

"내가 몬자 이런 말을 해라?"

정익수는 유씨와 김치삼을 번갈아 보며 소리를 질렀다.

"글머?"

유씨는 정익수를 멀거니 건너다봤다. 정익수를 바라보던 유씨는 이내 보릿자루 무너지듯 그 자리에 힘없이 허물어져 방바닥에 엉덩이를 턱 내렸다. 얼굴이 백짓장이 되며 상체가 뒤로 벌렁 나자빠졌다. 그대로 까무러치고 말았다. 정익수는 벌떡 일어났다. 그러나 어떻게 손을 쓰지 못하고 안절부절이었다.

"능청도 가지가지구먼."

김치삼은 당황하기는커녕 엉뚱한 핀잔을 주며 문을 벌떡 열었다.

"냉수 한 사발 떠오게!"

김치삼이 나졸을 향해 소리를 질렀다.

"냉수 떠오거든 입에 머금었다가 얼굴에 뿜으시오."

김치삼은 던지듯 말을 해놓고 또 방을 나가버렸다.

"정신 차리시오!"

정익수는 조심스럽게 유씨의 고개를 들어 올려 흔들며 소리를 질렀다.

나졸이 냉수를 떠왔다. 정익수는 냉수를 잔뜩 머금어 유씨의 얼굴에 확 뿜었다. 유씨가 이내 몸을 움직이며 좀 만에 게슴츠레 눈을 떴다. 정익수는 소맷자락으로 유씨의 얼굴을 닦아주었다. 유씨는 한참 만에 정신을 차리고 몸을 추스렸다. 물에 젖은 자기 옷을 보며 소매로 얼굴을 닦았다.

"도대체 어찌 된 일이오?"

정익수가 다급하게 물었다.

"조카가 그렇게 자복을 했다고 하길래 천부당만부당한 소리라고 펄펄 뛰었등마는, 조카가 없는 소리를 하겠냐고, 그러면 사또 나리가 동네 사람들하고 친척덜 다 불러다놓고 동헌에서 치죄를 한다고 안 그런가? 그람 그 우세가 어딘가? 그래서 커가는 아그덜 생각해서라도 용서를 해달라고 했등마는, 용서를 할라면 양쪽 말이 맞아야 용서를 하든지 말든지 할 것 아니냐고 다ㄱ치글래 그냥 묻는 대로 예예 했제 으쨌당가?"

유씨는 흑흑 느껴 울었다.

"아무리 그란다고 없는 일을 있다고 해사 쓰겄소?"

정익수는 환장하겠다는 표정이었다. 그때 김치삼이 들어왔다.

"세상에 생사람을 잡아도 이렇게 잡을 수가 있단 말이오?"

정익수는 김치삼을 향해 소리를 질렀다.

"으음, 그 동안 서로 말을 맞췄다는 수작이렷다? 사통한 연놈치고 제대로 부는 놈 못 봤등마는 잘들 논다. 허기사, 숙질간에 붙은 연놈들이면 심지가 바로 박혔을 턱이 없지. 사령!"

김치삼이 또 문을 벌떡 열며 소리를 질렀다.

"이 예팬네 도로 끗고 가!"

유씨는 흑흑 느껴 울며 얼굴을 싸쥐고 끌려갔다.

"붙은 것은 뻔한 일인게 그건 더 따질 것 없고, 뒷일이나 의논합시다. 두 가지만 우리 말을 들으면 이 일은 없는 것으로 하겠소. 첫째는 이번 고부서 삼례 간 사람들 이름을 한나도 빠짐없이 다 적을 것이요, 두 번째는 이 다음부터 당신 형님하고 전봉준, 김도삼 이자들 움직임을 낱낱이 우리한테 알리겠다는 맹약서를 쓰는 것이오. 한마디로 딱 잘라서 말하면 앞으로 우리하고 한통이 되자 이것이지라. 우리하고 한통만 되아노면 손해볼 것이 없소. 당장 당신 동네서 사람이 잡혀오더라도 당신 말이라면 대번에 풀어줄 것인게 그것만도 어디요?"

김치삼은 말을 해놓고 정익수 얼굴을 빤히 건너다보고 있었다. 정익수도 눈만 말똥거리며 김치삼을 건너다보고 있었다. 그러니까, 이제부터 군아의 첩자가 되라는 것이었다.

"당신 생피죄를 쉽게 생각하는 것 같은디 이 죄가 보통 죄가 아니오. 우선 동헌 치죄하는 꼴이 어떤지 대강 들어 아시지라. 이 죄를 지대로 치죄를 할 적에는 우선 증인만도 이삼십 명, 많을 때는 오륙십 명도 넘소. 그 짓은 원래 은밀한 곳에서 이루어지는 것이라 그냥 남하고 사통한 연놈도 나 사통했소 하고 순순히 부는 연놈이 없는 법인디, 생피 붙은 것들은 오죽하겠소. 그런게 생피에는 증인도 더 많을밖에라. 계집 쪽 증인으로는 그년 행실을 알아봐야 할 것인게, 그 남편 되는 놈을 비롯해서 그 시가집 식구 전부하고 이웃 사람까지도 물러오는 수가 있고 그전 행실도 알아봐야 할 것인게, 친정 동네 사람들도 몽땅 끌어오는 수도 있소. 남자 쪽도 마찬가지지라. 사또 나리 마음 꼴린 대로 오십 명도 좋고 백 명도 좋소. 그로코 수십 명을 끌어다 세워놓고 생피 붙은 연놈을 그 앞에 끌어냅니다. 거기서 묻는 말이란 것이 또 들을 만하잖겠소?"

작자는 제물에 또 혼자 키득거렸다.

"당신 경우에는 멋을 묻겠는가 한번 생각해 봅시다. 먼저 사또 나리께서는 당신 외숙이란 사람한테 묻는구만이라. 김아무개는 내가 묻는 말에 이실직고하렸다."

작자는 잔뜩 거드름이 붙은 소리로 가성을 써서 사또 말씨를 흉내 냈다.

"당신 부인 유씨가 말하기를, 당신은 하초가 제 구실을 못한 지가 수삼 년이나 되었다고 하는디 사실인가?"

자자는 또 키득거렸다.

"남자가 제구실을 못하여 여편네 욕정을 채워주지 못하면, 여편네는 필시 암내 난 괭이처럼 앙탈을 부렸을 것은 정한 이치인디, 저 여편네는 평소에 어떻게 앙탈을 부렸든고?"

표독스런 눈으로 김치삼을 노려보고 있던 정익수는 이내 손발에 맥이 탁 풀리고 말았다. 김치삼이 말하는 동헌 치죄 광경이 선하게 떠오르며, 거기 끌려올 사람들 얼굴이 하나하나 눈앞에 아른거렸다. 정익수는 머리에서 윙 소리가 나는 것 같았다.

"그 꼴을 당하든지 우리 말을 듣든지 양단간에 결정하시오. 지금 당장 대답하라는 것이 아닌게 가서 잘 생각해 보시오."

김치삼은 혼자 키들거리며 정익수를 건너다봤다. 정익수는 하도 어이가 없어 멀거니 김치삼을 건너다보고 있었다. 상피죄 어쩌고 하기 남의 일같이만 여겼더니 정말 기가 막혔다.

김치삼은 나졸을 불러 정익수를 옥으로 데리고 가라 했다. 정익수는 몽둥이 맞은 놈처럼 멍청한 얼굴로 끌려나왔다.

이것은 이방 등 아전들의 수작이었다. 조병갑을 움직여 동학도들을 타작해서 한바탕 재미도 보고 또 은수교의 갈재 실수를 모면해 보려던 계획이 마음대로 되지 않자 보다 장기적인 계획을 세운 것이다.

"저 앞에 배들에 금년 농사는 잘 지었소?"

조성국이 이주호에게 물었다.

"웬만큼 지었지요."

"무자년 같은 때는 얼마나 먹었소?"

"무자년 가뭄이사 그 가뭄이 보통 가뭄이었소? 보 밑으로 십분지 일이나 묵었을까?"

조성국은 고개를 끄덕였다.

332

"어째서 남의 동네 농사 걱정까지 하시오?"

이주호가 거듭 웃으며 물었다.

"저로코 큰 들에 보가 하나뿐인 것 같던디, 그것 갖고는 물이 부족하지 않소?"

"거그밲이는 보를 막을 데도 없제마는, 시절이 웬만하면 그 보 한 나 갖고도 끄뜩없소. 그 정읍천은 내장산 안통 물이 다 흘러온게 그 보가 그래뵈도 수원이 아조 깊소. 배들 소출을 통털어 어름잡으면 만 석은 난다 해서 그 보를 만석보라 하는디 만석보라면 이 근방에서는 소문난 보 아니오? 그런디 뜽금없이 어째서 남의 동네 보를 갖고 그로코 염려를 해싸시오?"

이주호가 웃었다.

"쪼개 알아볼 일이 있소. 저쪽 태인천이 바로 만석보 밑에서 합해진게 그 태인전까지를 싸잡아 그 밑에다 보를 막아노면 무자년 가뭄 같은 것도 끄득없겠는디 그라면 으짜겠소?"

이 정읍천과 태인전이 합쳐 흐르는 것이 동진강이었다. 이 호남평야에는 삼례 옆을 흐르는 만경강과 이 동진강이 이 평야를 위아래로 가로지르고 있어 이 두 강이 이 호남평야의 젖줄이라 할 수 있었다.

"아니, 태인천까지를 싸잡아 막는다면 우선 그 일이 얼마겠소? 두 강이 합쳐지면서 강폭이 시 배도 더 넓어지는데다가 또 수심이 그만큼 깊어진께 일로 치면 지금 있는 보 열 개 막는 푼수는 될 것이오. 그로코 막어봤자 그 태인천은 바로 그 욱에 보가 있이는게 거그서 보맥이를 단단히 해불면 거그서 물이 몇 방울이나 내려오겠소?"

조성국이 하도 *진진하게 묻는 바람에 이주호도 곧이곧대로 대답을 해주었다.

"아무리 보맥이를 잘한다 하드래도 보밑이란 것이 그것이 아니지라. 더구나 그로코 큰 본디 아무리 보맥이를 잘한들 땅속으로 스며드는 물까지야 잡을 수가 있겠소."

"하기는 그렇소마는 그 엄청난 공사에 비하면 그것이……."

조성국 말이 아무래도 뭔가 있는 것 같아 이주호는 눈치를 보며 말끝을 흐렸다.

"실은 여기다 새 보를 막자고 내가 사또 나리께 진언을 했소."

"멋이라? 거그다 새 보를 막자고 사또 나리께 진언을 했어라?"

이주호는 깜짝 놀라 입에 물었던 담뱃대를 빼며 물었다.

"이로코 모두가 손이 놀 때 그런 일을 해노면 가뭄이 들더래도 농사 걱정이 없을 것 아니오? 무자년 가뭄 같은 때는 물 한 섬이 쌀 한 섬이나 진배없었는디, 그럴 때를 대비해서도 그렇고, 평소에도 그로코 든든하게 보를 막아노면 농사를 얼마나 안심하고 짓겠소."

"그래도 수백 년 동안 그 보로도 농사를 지었는디……."

이주호는 여전히 말꼬리를 흐렸다.

"옛날이야 일이 너무 크게 거그까지는 미처 엄두를 못냈겠지라. 거그다 그로코 크고 단단하게 보를 막아놔 보시오. 그 보가 가뭄을 열흘간만 더 버텨줘도 그것이 어디요?"

이주호는 어리둥절했다. 더구나 조성국이 진언을 해버렸다니 일을 좋은 쪽으로 생각해 보아야겠다 싶었다. 동시에 그 일이 제대로 성사가 되면 조성국의 좌수 자리는 영락없겠다는 생각이 머리를 치고 갔다.

"그이도 이런 데까지 골살이를 나왔으면 그런 큰일이래도 한 가지 해놔사 공덕비가 서더라도 그럴싸하게 스잖겠소."

조성국은 껄껄 웃었다. 이주호는 그제야 웃으며 고개를 끄덕였다.

조성국은 조병갑과 동성동본이었다. 조병갑이 여기 군수로 도임해왔을 때 먼저 그것부터 알아봤는데 자기와 동본이라는 사실이 밝혀지자 옳다구나 하고 무릎을 쳤다. 전에 향청 좌수를 하다가 은가들한테 밀려난 뒤로 이를 갈고 있는 판인데 기회가 왔다고 생각했기 때문이다.

그래서 존문편지가 왔을 때 조성국은 자기를 소개하는 긴 편지와 함께 예물과 돈을 두둑이 싸 보냈다. 그 편지에는 자기와 동성동본이라는 사실을 밝히는 것은 물론 자기가 전에 좌수 자리에 오래 있었던 터라 이 고을 사정을 잘 알고 있으니 무슨 일에든지 불러주시면 견마지로를 아끼지 않겠다고 끝을 맺었다. 조성국은 이만저만 달필이 아니어서 늘 그 글씨가 자랑이었는데, 이때처럼 자기 글씨가 자랑스러운 적은 별로 없었다. 편지 내용도 내용이지만, 자기 글씨를 보면 대번에 마음에 들 것이라 생각했기 때문이다.

존문편지란 수령이 새로 도임해 오면 그 고을에서 명망 있는 사람들에게 보내는 인사장인데, 이게 원래의 취지와는 달리 요사이 와서는 세금 고지서 같은 것이 되어버리고 말았다. 그 편지를 받으면 반드시 자기 살림 형편에 따라 방불한 액수의 예전과 함께 답서를 보내야 했기 때문이다. 그 예전이 부실하면 대번에 보복을 당했다.

이주호는 전부터 조성국과 가까이 지내는 사이였지만, 그가 이번에 정읍 김진사 집에 딸 중매를 선 뒤로부터는 혀를 맞물고 살다시

피 했다. 이주호가 지난번 호방한테 당할 때는 그가 먼데 나들이를 가고 없었기 때문에 그와 의논할 틈이 없어 경황 중에 그 많은 돈을 뜯기고 말았는데, 그 소리를 들은 조성국은 호방 놈을 가만두지 않겠다고 펄펄 뛰며 이를 갈았다.

"호방 놈이 나하고 감역 나리 사이를 잘 알고 또 나하고 사또 나리 사이를 잘 알면서도 그렇게 나온 데는 그만한 까닭이 있소. 요사이 수령들 재임 기간이 얼마씩 안 되기 때문에 이 사또도 금방 갈려 갈 것이라 짐작하기 때문이오. 그렇지만 두고 보시오. 이 사또 나리 뒷배가 어떤 사람이라고 금방 갈릴 것 같소. 이놈이 명을 재촉하고 있소."

"그렇다면, 혹시 사또 나리하고 나눠 먹은 게 아닐까요?"

"그럴 리가 없소. 그런 일이 있었다면 사또 나리께서 이감역이 어떤 사람이냐고 나한테 한마디라도 물었을 법한데 그런 일이 없었소."

"그렇지만, 지금은 입을 딱 봉하고 있습디다. 나도 생각이 있으니 혼사가 성사될 때까지만 피차에 기둘룹시다."

이주호가 간곡하게 부탁을 했다.

조성국은 어떻게든 은가들한테 밀려난 좌수 자리에 권토중래하는 것이 평생소원이었으므로 조병갑한테 알랑거리는 것도 그렇고 정읍 김진사 같은 세가에 드나들며 이주호 집과 중매를 선 것도 다 그런 속셈에서였다. 이주호는 속빈 강정일망정 감역 감투를 쓰고 떵떵거리며 향교에서도 큰소리를 치고 있는데다 재산이 만만찮았기 때문이다.

좌수 자리가 요사이 와서는 권한이 거의 없어져 수령의 손발 노룻밖에 못했지만, 그래도 양반이 앉는 자리라 실권은 없어도 중인들인 아전 지치라기들하고는 격이 달랐으며, 그 자리를 이용하기에 따라서는 실속이 없는 것도 아니었다.

원래는 이 향청 좌수는 고을의 풍속을 바로잡고 아전들을 규찰하며 정령을 민간에 전달하는 등 수령을 보좌하고 자문하는 지방의 자치 기구였으므로 전에는 사람에 따라 수령과 거의 대등하게 유세를 부리기도 했다. 지금도 무슨 부역을 한다거나 잡세를 걷을 때는 좌수와 의논을 해야 했으나, 요사이 웬만한 수령들은 그런 일에마저 좌수 따위는 거의 안중에 없었다. 그래도 수령이 갈릴 때마다 새 수령에게 당연히 바치게 되어 있는 임뢰가 호방과는 거의 같고 이방의 반은 되었으니 그런 대로 실속이 제법 쏠쏠하다는 이야기가 되었다. 요사이 가장 큰 실속은 아전들과 마찬가지로 죄수 빼내 주고 그 예전 받아먹는 것이었다. 좌수 체면이 있기 때문에 한 달이면 큰 죄목 하나씩은 차례가 오는 셈이었다.

조성국이 이 자리에 그렇게 연연하는 것은 옛날 해먹던 가락수가 있는데다 우선 은가들에 대한 원한 때문이었다.

"사또 나리가 당신 눈으로 한번 현장을 보자고 한게 불원간 모시고 오겠소. 그때는 이 댁에서 대접을 한번 잘 하시고 그 봇일을 묻거든 대답을 잘해 주시오."

"잘 알겠소."

"그런디, 이빈에 이 근빙 동학도들노 삼례에 많이 갔었지라?"

"잘은 모르겠는디 우리 동네서는 여남은 명 갔다 왔다는 것 같소. 여그는 전봉준하고 김도삼 같은 자들이 있어논게 동학이 더 성한 편이오.”

“실은, 이번에 사또 나리께서 동학도들을 닦달할라고 하는 것을 내가 말렸소. 그 봇일을 할라면 이쪽 사람들을 불러내야 할 것인디, 별로 실속도 없이 미리 실인심을 하는 것도 득책이 아닐 것 같고, 더구나 전봉준이 보통내기가 아니라놔서 섣불리 건드리면 이 일에 득이 되지 않을 것 같아서 말린 것이지라.”

“그냥 두는 것이 그 일에 득일지 아닐지…….”

이주호가 고개를 갸웃거렸다.

“그게 무슨 말씀이시오?”

“삼례 갔다 온 뒤로는 우리 동네 놈들만 하더래도 콧대가 사정없이 높아진 것 같소. 차제에 그런 놈들 콧대를 한번 팍 꺾어놔사 그런 일에도 고분고분하잖겠소?”

이주호가 단호하게 말했다.

그는 요사이 자기 일로 보더라도 이 작자들이 기가 콱 꺾여 벌벌 기어야 무슨 일에든지 자기한테도 호락호락할 것 같았다. 더구나, 지난번 김이곤이 삐딱하게 나온 것도 그 동안 콧대가 높아진 탓이고 또 조망태가 소작을 준다고 해도 어정쩡했던 것도 다 그 때문이었다. 더구나, 김이곤 입에서는 소작 몇 마지기 가지고 동네 인심 굳히고 있다며 자기를 노골적으로 비난하더라는 소리까지 들어오고 있었다.

“허허, 그렇게 듣고 보니 그럴 것도 같소. 나는 전봉준이 늘 소두를 서서 관에 대적을 하는 것을 보면 이자가 배짱이 보통이 아닌 것 같아서 이 일에도 먼 심통을 부릴지 몰라 그랬등마는 그럼 다시 생각해 봅시다. 지금 사또 나리는 그 봇일에 바짝 달아 내 말이라면 먼 말이든지 듣소."

"잘 생각해 보시오. 무식한 것들은 매뿪이는 약이 없소."

조성국은 고개를 끄덕이며 웃었다.

"그런디, 명년 과거가 이월 초순이라지라?"

"그래서 혼삿날이 하순으로 났잖소?"

"요새 과거판이라는 것이 다 아는 속이라 그 댁에서도 그만한 단 도리를 할 것이요마는, 만사는 불여튼튼인게 나도 다문 얼마라도 거 들고 싶은디, 조좌수 의향은 어떠시오?"

"아이고, 거그까지 마음을 쓰고 기시그만이라. 저쪽에서야 불감 청이언정 고소원이겄지라."

"체면 닦음이래도 할라면 얼마나 보태주면 쓰겄소?"

"그야 다다익선이겄지라."

"한 만 냥쯤 생각하고 있는디, 으짜겄소?"

"아이고, 만 냥이오?"

조성국은 깜짝 놀랐다.

"그래도 그 정도는 보태사 가지고 가는 사람도 걸음걸이가 활발 하잖겄소?"

이주호는 껄껄 웃었다.

"역시 이감역답소."

조성국은 서릅 호낭하게 웃었다.

과거판에는 돈을 써야 되므로 자기고 거기 만 냥쯤 보태겠다는 소리였다. 이주호는 어떻게든지 이 혼사가 이루어져야겠다고 이 혼사에다 자기 생애를 걸다시피 하고 있었으므로 돈이 아깝지 않았다. 경옥이 소문 때문에 앓으나 서나 그 걱정이어서 명년 이월이 십 년 만큼이나 길게 느껴졌고, 그 사이에 그 소문이 어떤 병통을 낼 것인가 가슴이 죄어 그렇게라도 호의를 베풀어 만약의 경우에 대비하고 싶었다. 우선 호방한테 보복을 하기 위해서라도 이 혼사가 기어코 이루어져야 했다. 만약에 이 혼사가 이루어지지 않는 날에는 그런 일이 허사가 되는 것은 둘째고 집안 망신이 말이 아닐 것 같았다.

"아룁니다요."

행랑아범이었다. 자리에 비스듬히 누워 호방한테 돈 뜯긴 일을 생각하며 제물에 숨을 씨근거리고 있던 이주호는 툭 쏘았다.

"먼 일인가?"

"전에 쩌그 말목 살던 이갑출이라고 안 있음겨?"

"멋이?"

이주호는 벌떡 상체를 일으키며 입에서 장죽을 뗐다. 문을 탕 열었다.

"그 이갑출이 나리를 뵈러 왔다고 왔그만이라."

행랑아범은 무슨 죄라도 진 것처럼 지레 잔뜩 오그라졌다.

"멋이, 말목 살던 갑출이 시방 여그 와서 나를 보잔다고?"

"예, 시방 앞마당에 서 있구만이라."

"아니, 그 새끼가 어디서 굴러댕기다가 뜽금없이 여그를 왔단 말인가?"

이주호는 눈살을 모으며 소리를 질렀다. 행랑아범은 그 자리에 말없이 서 있었다.

"내려감세."

"갑출이 멋하러 왔으까라?"

감역댁도 놀란 표정으로 물었다.

"그 미친 새끼가 멋하러 왔는지 누가 알겠어."

이주호는 장죽을 물고 자리에서 일어섰다.

사랑방 댓돌에 검정 고무신이 한 켤레 얌전하게 놓여 있었다. 이주호는 커엄, 헛기침을 크게 하며 방문을 열었다.

"아이고, 행님 참말로 오랜만이구만이라. 인사 받읍시다."

이주호가 들어서자 이갑출은 생글거리고 일어서며 절할 자세를 취했다.

"멋이, 행님?"

이주호는 그대로 서서 이갑출을 허옇게 노려봤다.

"어허. 아니, 그러면 행님이 행님이 아니면 멋이다요?"

이갑출이 능글맞게 생글거리며 가볍게 다그쳤다.

"나는 너 같은 동생은 둔 적이 없어. 인사고 지랄이고 멋하러 왔는지 그것이나 말해!"

이주호는 아랫목에 앉으며 고개를 한쪽으로 치운 채 퉁명스럽게 내쏘았다.

"하여간, 행님이야 절을 받으시든지 안 받으시든지 지 인사는 지 인산께 저는 절을 할라요. 행님이야 절을 받으시든지 안 받으시든지 그것은 행님 알아서 하씨요."

이갑출은 이주호 옆구리를 향해 얌전하게 큰절을 했다.

"멋하러 왔어?"

이주호는 저만치 한쪽에 있는 놋쇠 재떨이를 장죽 대통으로 걸어 휙 나꿔오며 툭 쏘았다.

"가만히 생각해 본게 그보담도 몬자 따져볼 것이 한 가지 있구만이라. 으째서 행님이 지한테 행님이 아닌지 그것을 나는 통 모르겠구만이라. 으째서 같은 아부지 자식인디 행님이 아니고 동상이 아니라요?"

이갑출은 여유만만한 어조로 따졌다.

"멋이 으짜고 으째?"

이주호가 눈알을 잔뜩 모로 세워 허옇게 이갑출을 노려봤다.

"멋이 으짜고 으짠 것이 아니라, 지는 행님을 행님으로 알고 있는디, 으째서 행님이 지 행님이 아닌지 그것을 통 모르겠다, 시방 그 말씸이구만이라."

"이놈아, 나는 너 같은 동생 둔 적이 없단 말이다. 어서 할 이얘기 있으면 그것이나 해!"

이주호는 대통으로 놋쇠 재떨이를 깡 치며 소리를 질렀다.

"아따, 간에 금 가겠소. 말씸을 쪼깨 조단조단 합시다. 금방 나 같은 동상 둔 적이 없다고 하샜는디, 행님이 동상을 맘대로 두고 말고 한다요. 자식 낳는 것은 부모 소관인께 부모들이 두고 말고 하제라."

이갑출이 능글맞게 물고 늘어졌다.

"이 자석아, 잔소리 그만하고 할 말 있으면 그것이나 어서 하란 말이여!"

이주호는 숨을 씨근거리며 도끼눈에 한껏 날을 세워 소리를 질렀다.

"할라요. 말을 할라는디, 기왕에 말이 나왔은께 이것부텀 개탕을 쳐놓고 말을 해도 해사 쓰겄구만이라. 행님하고 지하고 나온 모판이 다르다고는 하제마는 행님도 치자 곤자 그이 뿌리에서 떨어지고, 지도 그이 뿌리에서 떨어졌는디, 으째서 행님이 지 행님이 아닌지 그것을 쪼깨 갤채주씨오."

이주호는 기가 막히다는 표정으로 멍청하게 이갑출 얼굴만 건너다보고 있었다. 이갑출은 말을 계속했다.

"그이가 행님이 나온 모판에는 지대로 씨를 붓어서 행님을 낳고, 지가 나온 모판에는 오짐이라도 깔개서 지를 내질렀으까라? 뜨물에도 애기 선다는 말이 있기는 있제마는 그것은 우스개로 하는 말이고, 사람이고 짐승이고 오짐으로 새끼 밴다는 소리는 못 들어봤그만이라. 그란디, 으째서 저하고 행님하고 행제지간이 아닌지 내가 원체 무식해서 그란지 통 모르겄그만이라. 그것을 지 같은 무식한 놈도 쪼깨 알아묵게 말씸을……."

"이런 때래쥑일 놈우 새끼, 시방 니가 나한테 그런 푸악하러 왔냐?"

이주호는 숨을 씨근거리며 재떨이를 집어들었다.

"허허, 으째서 이라시오? 기왕 참은 김에 쪼깐만 더 참으시고 지 말씸을 들어보시오."

이갑출은 눈썹 하나 까딱하지 않고 능글맞게 웃으며 손을 내밀어 까닥까닥 다독거리는 시늉을 했다.

"그러먼, 그것은 이따 다시 따지기로 히고라, 할 이얘기나 하락 해싸신께 그 이약부텀 말씸을 디리지라. 객지밥을 묵음시로도 그래도 같은 핏줄이라고 나는 항상 여그 안부를 살피는디라, 그로코 안

부를 살피다가 얼핏 들어본께 여그 막내 조캐가 정읍으로 혼사가 이뤄진다는 소리가 디키등만이라. 정읍 김진사라면 근동을 깡깡 울리는 사람인디, 그리 혼사가 이뤄진다는 소리를 들은께 지도 기분이 영판 괜찮습디다. 그런디, 또 얼핏 들잔께 먼 요상스런 소리가 들리드구만이라. 여그 조캐가 이 동네 어뜬 총각놈하고 눈이 맞아갖고 애기를 배뿄렀다는 소리도 있고, 그것을 읍내 군아 호방인가 호박인가 그 때래쥑일 자석이 알아갖고 으짜고 으짜고 해서 뒷손으로 돈이 왔다갔다 했다는 소리도 있고……."

"멋이?"

이주호는 이갑출 말을 채뜨리며 눈에서 불이 번쩍했다. 눈알이 금방 튀어나올 것 같았다.

"놀래시는 것 본게 그것이 사실은 사실이구만이라. 하애간, 그 때래쥑일 호방놈우 새끼가 그런 일을 알아갖고 농간을 부랬으면 그 백여시 같은 놈이 농간을 부래도 크게 부랬겄구나 생각한게 대번에 눈에 산불이 써지등만이라. 그 호방 놈우 새끼를 쫓아가서 박치기로 기냥 대갈통부텀 수박 뽀개대끼 칵 뽀개놓고 볼라다가 가만히 생각을 해본께 대가리를 뽀개든지 모가지를 비틀든지 그 몬자 사정 내막을 알아볼 만치는 잘 알아본 담에 뽀개도 뽀개사 쓰겠등만이라. 여그 큰조캐가 줄포를 내왕했다는 소리도 있고 그라글래 그라면 돈이 왔다갔다 했다는 소리가 틀림없는 소리 같습디다. 그래서 우선 뒷손으로 돈이 왔다갔다 했다는 것부텀 알아볼라고 줄포 돈 맨친다는 점빵이면 조선놈들 점빵은 두말할 것도 없고 일본 놈들 점빵까장 그런디 백혀 있는 내 쫄다구덜을 시켜서 전부 알아봤등마는 그란께 돈이

가도 큰돈이 갔등만이라. 그런 일이 있으면 아무리 미워도 지한테 말씸을 허실 일이제 멀라고 그런 새끼한티 그로코 많은 돈을 주실 것이오. 이랄 때 보더라도 촌사람들은 할 수 없습디다. 허허."

이갑출은 능청맞게 껄껄 웃었고, 이주호는 몽둥이로 뒤통수라도 맞은 놈처럼 멍청한 눈으로 이갑출만 건너다보고 있었다. 이주호는 입술이 하얗게 질려 부들부들 떨고 있었다. 한참 숨을 씨근거리는 것 같더니 이내 입을 열었다.

"시방 니가 으디서 그런 말도 안 되는 소리를 듣고 와서 씨부리고 앉었냐?"

이주호는 숨을 씨근거리며 떠듬떠듬 말했다. 시치미를 떼고 있었으나 말소리부터가 알아보게 기가 꺾여 있었다. 저놈이 이 일을 저렇게까지 소상하게 알아버렸으니 어찌해야 할 것인지 기가 막히는 모양이었다.

"허허, 먼 말씸을 그로코 하시오. 내가 호방 그 새끼 대가리를 뽀갤라고 작정을 했을 적에는 그런 내막을 빔인히 알아봤겠소. 다 알고 있는 일인디 멋을 숨길라고 그라요. 매칫날 이상만이 뉘 집에서 얼매짜리 어음을 가져갔고 그 어음을 호방 놈이 매칫날 추신했고 그런 것을 시방 지가 다 적어갖고 왔소. 그른께 그런 일이 있었냐 없었냐 그런 것은 여그서 이야기하잘 것이 없고라, 으짜께라. 그 호방 놈우 새끼를 당장에 쫓아가서 대갈통부텀 칵 받어서 조근조근 이야기를 하께라? 그래도 지가 그 동안 줄포 같은 갯바닥에서 짠물을 묵어도 맻 년을 묵었다고, 그런 새끼 하나 지대로 닦달을 못하겠소. 지박치기 한 방이면 그놈의 새끼 대갈통은 뽀개져도 여러 쪼각으로 영판 볼 만하게 뽀개질 것이오."

박치기 한 방이라고 할 때는 머리통을 홱 내둘러 박치기를 하는 시늉까지 했다.

"이놈아, 어디서 그런 앞도 뒤도 없는 소리를 듣고 와서 시방 이 난리가 난리냐? 어디서 그런 소리를 들었냐? 어디 그것부텀 말을 해 봐라."

이주호는 숨을 씨근거리며 차근하게 말했다. 깔아뭉개자고 작정을 한 것 같았다.

"허허, 참말로 깝깝해도 영판 깝깝하시요잉. 지가 이 집 들어와 본 지가 내 생전 첨인디, 이런 소리를 여그까장 와서 할 적에는 헛소리 듣고 와서 하겠소? 지가 그러코 우습게 뵈이오. 줄포 갯바닥 짠물이 그로코 쉰 것이 아녀라. 그런 디서 건들거리고 댕긴께 밑천이 대갈통 한나뿐인 중 아시는 것 같은디 나도 눈치가라, 짹 하면 고것이 참새 소린지 알고 척 하면 고것이 줄포 갯바닥 파도소린지 다 아요. 지를 그냥 말목서 건들거리다 쫒개난 옛날 행내기 이갑출로 보지 마시오. 나도 홀어무니 뫼시고 산전수전을 겪을 만치 겪었고라, 죽을 고비도 여러 본 냉긴 놈이오. 보실라?"

이갑출이 팔목을 쑥 걷어올렸다. 큼직한 칼자국이 있었다. 이주호는 얼핏 상처로 눈이 갔다. 서너 치나 되는 큰 상처였다.

"또 보실라?"

이번에는 왼쪽 동정을 축 내렸다. 젖꼭지 위에 역시 큼직한 칼자국이 있었다.

"칼 한나는 일본 칼이 기가 맥힙디다. 그래서 나도 그 칼 더 안 맞

346

일라고 요새는 그 칼솜씨 익히느라 정신이 없그만이라. 지가 이런 좋잖은 것 자랑할라고 여그 온 놈이 아니오. 아닌게, 하애간에 그것은 그것이고, 이 집 재산이 우리 아부지한티서 물려받은 재산인께 반은 내 재산인디, 그런 새끼한티 그로코 쉽게 재산을 축내면 쓰겄소? 그런 대가리를 칵 씹어도 션찮은 놈우 새끼한티."

이갑출은 이를 앙다물고 주먹을 쥐며 을렀다.

"멋이여? 이 집 재산이 으짜고으째?"

이주호는 다시 눈을 크게 떴다.

"아니, 내가 틀린 소리 했소?"

이갑출이 여태 능글맞게 해죽거리던 얼굴을 대번에 으등그리며 말꼬리를 빠듯 추켜올렸다.

"허허, 시방 이놈이 못할 소리가 없네."

이주호는 미치겠다는 표정이었다.

"아니, 못할 소리가 없다니라? 지가 틀린 소리 했으께라? 아까 첨에 따지든 소리를 다시 한본 똑땍이 따져봅시다잉. 치 자 곤 자 그이가 당신 나온 구먹에다 씨를 깔길 적에는 지대로 씨를 깔개서 당신을 뽑아내고, 지가 나온 구먹에다는 오짐이라도 깔개서 나를 뽑아냈냐 말이오? 안 그랬으면 당신이나 나나 똑같이 한 애비 뿌리에서 떨어졌은께 당신도 그이 아들이고 나도 그이 아들인디, 으째서 당신만 그이 재산을 독식을 하고 나는 찬밥 한 덩어리 차지가 안 온다요? 그것은 또 그런다치고 당신이 허방에 쏟아넌 재산을 찾지는디 으째서 그로코 똥걸레 씹어 자신 상판을 하고 기시지라?"

이갑출은 말마디를 마디마디 꼭꼭 씹어서 사금파리 씹어뱉듯 했다.

"허허, 환장하겠네, 환장하겠어."

이주호는 이 새끼를 때려죽이지도 못하고 정말 미치고 환장하겠다는 표정이었다.

"멋이라? 행님이 환장을 해라우? 환장은 참말로 지가 환장을 해도 한두 불로 환장을 하는 거이 아니라 여러 불로 환장을 하겄는디 행님이 환장을 해라? 으째서 이 집이서는 멋이 이로코 거꾸로만 되아간다요?"

"이 때래쥑일 놈우 새끼야, 너하고 나하고 웬수가 졌으면 먼 웬수가 졌간디 뚱금없이 끼대와서 이 지랄이냐, 엉?"

이주호가 이를 앙다물며 소리를 질렀다.

그때였다. 문이 열리며 이상만이 썰렁한 얼굴로 들어섰다.

"으음, 니가 상만이지야. 그간 잘 있었냐? 반갑다. 나는 전에 말목 살던 이갑출이다. 그런께 느그 작은아버지여. 앉거라."

이갑출은 언제 무슨 일이 있었느냐는 듯이 흔연스럽게 웃으며 이상만을 반겼다. 이상만이 벼락 맞은 꼴로 멍청하게 자기 아버지와 이갑출을 번갈아 봤다.

"너는 멀라고 오냐. 나가 있어라."

이주호가 힘없는 소리로 쏘았다.

"이놈아, 왜 그로코 장승맨키로 섰냐? 작은아부지가 오랜만에 이러코 왔으면 인사를 해사 쓸 것 아니냐, 응?"

이갑출이 소리를 질렀다.

"허!"

이상만은 어이가 없다는 듯이 먼지 날리는 소리로 웃었다.

"웃어? 내가 너보담 나이는 여남은 살 아랠 것이다마는 작은아부지는 작은아부진디 으짤 것이냐? 촌수란 것이 그래서 나이 적은 성은 없어도 나이 적은 아재비는 있는 법이다. 이놈아, 알았으면 인사를 하란 말이다, 인사를!"

이갑출이 더욱 거세게 소리를 질렀다.

"먼 일이라요?"

이상만은 아직도 몽둥이 맞은 표정으로 자기 아버지에게 물었다.

"나가 있으란 말이다."

이주호는 입술이 하얗게 질려 말소리에 힘이 없었다.

"나갈 것이 아니라 너도 알아서 쓸 일인께 거그 앉거라. 씨언하게 내가 말을 해주마. 읍내 호방인가 호박인가 그 자석이 여그 날 받아논 작은조캐가 으쨌다고 이 집에서 돈을 울궈가도 적잖게 울궈갔글래 시방 그놈 대갈통을 뽀개불라고 그 의논을 하러 왔다. 이 집 재산이 느그덜이 지키고 있은게 모도 느그덜 재산인 중 알제마는, 우리는 행제가 단둘이 뿐인께 반은 내 재산이여. 그런디 그런 때래쮝일 놈한티 재산을 그로코 허망하게 뺏개뿌러사 쓰겄냐? 내가 시방 느그 아부지하고 의논을 하고 있는 것이 그것인께, 너도 몬자 나한티 인사부텀 하고 거그 앉어서 같이 의논을 하자."

이갑출은 능글맞게 생글거리며 혼자 차치고 포치고 독장을 쳤다.

"내가 이얘기를 할 것인께 너는 나가 있으란 말이다."

이주호가 빠듯 성깔을 부렸다.

"허 참."

이상만이 기가 막히다는 표정으로 문을 열고 나갔다. 이갑출은 이상만이 나가는 것은 더 채근하지 않았다.

"내가 오늘 여그 온 것은이라, 호방 놈우 새끼 처치자하자는 것이 제 다른 생각은 한나도 없는게 그놈우 새끼를 으째사 쓰겄는가 잘 생각해 보시오. 갔다가 낼 모레 다시 올란게 잘 생각해노시오. 그때 까장도 시침만 띠고 기시면 그때는 지 혼자 가서 그 새끼 대가리를 박살을 내불든지, 그놈우 새끼 모가지에다 일본 놈들 단도를 꽂아불든지 할라요. 그란디 기왕에 여그까장 왔은게 한 말씸만 더 디리고 갈랑만이라. 옛날에 우리 아부지가 우리 어매 얼굴에 반해갖고 첩을 삼을 적에라, 전남팬한티 논 닷 마지기를 주고 우리 어무니를 뺏다시피 했고, 그라고 우리 어무니 앞으로는 논 열닷 마지기를 주셌는디, 당신덜은 우리 어무니한테 주셌든 그 논까지 싹 뺏어가부렀지라? 우리 어무니보고 이것이 당신 논이라고 할라면 양안(量案 등기)을 내노라고 큰소리치던 당신 목소리가 내 귀에 지금까지 쟁쟁하그만이라. 우리 어무니는 그것이 한이 되아서 죽어 땅에 묻혀도 그 한으로 송장이 지대로 안 썩을 것이그만이라. 시방 내 말은 먼 말이냐 하면 우리 아부지가 우리 어무니한티 준 재산까장도 그로코 뺏아다 지킨 양반이 으째서 호방 같은 그 개쌍놈우 종자한티는 그로코 쉽게 뺏기냐 이 말이오."

이갑출은 말을 꼭꼭 씹어뱉었다.

"그란께 시방 니 말은 옛날 그 논을 돌래주라는 소리냐?"

이주호는 눈에 빛이 나며 다급하게 물었다.

"멋이라? 내가 그까짓 논 열닷 마지기 땀새 이라고 온 중 아시오? 호방 같은 그런 새끼한테 그로코 재산을 축내는 것을 본께 이 재산을 지대로 못 지킬 것 같아서 인자 나도 이 재산 더 축나기 전에 내 모가치를 찾아사 쓰겠다는 생각이 들기는 드요마는, 오늘 온 것은 그것이 아니고 그 호방놈우 새끼를 어뜨코 처치할 것인가 그것을 의논하자고 온 것뿐이오."

이갑출은 끝내 한 자락을 깔면서 만만찮게 나왔다.

"허허."

이주호는 어이가 없는지 혼자 웃었다.

"으째서 웃소. 내 말이 같잖다, 이것이오?"

이갑출은 어디 한번 대답을 해보란 듯이 능청맞게 웃었다.

"알았다. 알았은께 매칠 뒤에 다시 만나자. 내가 줄포로 가든지 할 것인께 가서 너를 어뜨코 하면 만날 수 있는지 그것이나 말해놓고 가거라."

이주호는 성깔을 누그리고 조용히 말했다.

"알았소. 알았는디라, 이런 일 갖고 서로 오래 가면 피차에 졸 것 없은께 모래까지 기두를라요. 줄포 오시거든 다까무라 상회라고 안 있소? 거그서 이갑출이라 물어보시면 나 있는 디를 금방 아요."

"알았다."

"그람, 이만 물러갈라요. 물러가겄다라, 이갑출이 옛날 이갑출이 아닌께 호방 그놈 처치하다가 혹간에 내가 다치잖으까 그런 걱정은 한나도 하지 마시오잉. 내 밑에서 밥 묵고 사는 건달만도 여남은 되고라. 또 혹시나 관가를 걱정하실란시 모르겄는디, 나도 다 그만한 뒷은 있는 놈인께 그런 것은 염려 노시오. 나는 먼 일을 하든지 목심을 걸어놓고 하는 놈이라 무선 것이 없소마는, 혹간에 그놈한티 당해도 쉽게는 안 당할 것이오. 요새는 일본서 들어온 물건은 멋이 든지 좁디다마는, 칼도 일본 칼이 솔찮이 쓸 만합디다. 그럼 나는 가요잉."

이갑출이 자리에서 훌쩍 일어섰다.

10. 새 세상으로 가는 길

운주사에서 이틀을 쉰 내외는 아침 일찍 떠날 차비를 했다. 정말 오랜만에 마음 푹 놓고 쉬어본 이틀이었다. 뒤가 조금 쫄밋거리지 않는 바는 아니었지만, 지허가 마치 친동기처럼 살뜰하게 마음을 써주는 바람에 지허의 그늘에 든 것만도 마음이 그렇게 푸근할 수가 없었다.

지허도 바랑을 메고 나섰다. 장흥까지 바래다주라는 월공의 부탁이 있기도 했지만, 마침 장흥 다음 고을인 강진 만덕사에 볼일이 있다는 것이다.

내외는 여기 올 때 행색으로 지허 뒤를 따랐다.

중장터를 지나 남쪽으로 길을 잡아들었다. 중징디에서 서쪽으로 가면 남평현이 나오고 여기서 남쪽 산골짜기로 들어가 재를 하나 넘으면 장흥 유치 암천리 골짜기 운월리란 동네가 나온다. 이 암천리 골짜기는 어찌나 깊은 산골이든지 이 근방 사람들이 깊은 산골을 빗대 말할 때, 무주 구천동 다음으로 일컫는 곳이었다.

일행은 운월리를 지나 암천리 골짜기를 내려가 점심참에 보림사에 당도했다. 전국 31본산 중의 하나인 대사찰이었다. 보림이란 불교와 관련된 산 형국을 말하는 것으로, 똑같은 형국이 인도에 하나, 중국에 하나 그리고 여기 조선에 하나 이렇게 셋이 있어 삼 보림이라 한다는데, 그 산의 모양이 셋이 다 한 틀에 박아낸 듯 똑같다는 것이다.

그렇게 보아 그런지 여기는 산세가 다른 데보다 좀 별나 보였다. 이렇게 깊은 산중이면서도 이렇다 하게 높은 산이 없고, 모두 낮은 원추꼴의 그만그만한 산들이 첩첩이 연이어 있었다.

"저쪽 암자에서 오늘 저녁 자고 가세. 나는 먼저 갈 테니 자네들은 절 구경이나 하고 내려오게. 저기 산으로 들어가는 샛길 보이지? 구경하고 그리 와!"

지허가 절 곁에 있는 암자를 가르쳐 주고 먼저 갔다.

만득이 내외는 한참 동안 절을 구경하다가 암자로 갔다. 지허는 자기보다 한두 살 손아래로 보이는 스님과 이야기를 하고 있었다.

"들어와서 스님께 인사드리게."

내외는 방안으로 들어와 공손하게 절을 했다. 그 스님도 맞절을 했다. 도명度溟스님이라 했다.

"혹시 이 담에 여기를 지날 일이 있거든 이 암자에 들러 신세를 지게. 나하고는 막역한 도반이네. 조금도 어려워할 것 없네."

지허가 말했다.

"지허 스님한테 이야기 들었소. 혹시 여기를 지나칠 일이 있거든 여기서 묵어가시고, 또 달리 어려운 일이 있더라도 내가 힘 될 일이 있거든 알리시오."

키가 헌칠한 도명은 여간 침착하고 과묵해 보이지 않았다. 도명은 보살할미를 불러 저쪽 방에 불을 때라고 했다. 만득이는 자기들이 때겠다고 방을 나갔다. 만득이는 군불을 때고 유월례는 보살할미 일을 거들었다. 통나무가 많이 쌓여 있어 만득이는 도끼를 찾아 그것을 모두 팼다.

두 스님은 웬 이야기가 그렇게 많은지 저녁을 먹고 나서도 밤늦게까지 이야기를 했다. 월공한테도 그런 분위기를 느꼈지만, 지허와 도명도 뭔가 자기들대로 따로 크게 하는 일이 있는 듯했다. 안으로 잦아든 눈빛에 예사롭지 않은 긴장이 감돌고 있었다. 월공과 함께 무슨 일을 하는지 자기들대로 따로 하는지 그것은 알 수 없는 일이지만, 염불이나 하며 조용히 도만 닦는 것 같지는 않았다.

다음날 아침 일찍 식은 밥 한 덩어리씩을 더운물에 놓아먹고 한 덩어리씩을 따로 보자기에 싸서 챙겼다. 점심이었다. 암자를 나오려던 지허가 다시 돌아섰다.

"저런 차림으로 읍내를 지나기가 쪼깐 멋하그만. 자네는 따로 하나 맞추고 저 지게를 이 사람한테 줘사 쓰겠네. 부동서 옹기를 사서 옹기장수 행색으로 꾸미고 읍내를 지나가야 인심이 될 것 같네."

"그러겠소. 내외가 되어노니 여그까지 파발이 떴다면 너무 표가 나겠소."

도명은 선선히 지게를 내주었다.

이 암천리 골짜기는 예사로 긴 골짜기가 아니었다. 이 골짜기를 따라 흐르는 내가 탐진강인데, 장흥읍내를 지나 강진으로 빠지는 강이었다. 탐진이란 탐라 즉 제주 가는 나루터라는 뜻으로 제주도를 드나들 때는 이 강의 하구인 강진으로 드나들었으므로 그런 이름이 붙었다. 남도에서는 영산강과 섬진강 다음으로 큰 강이었다.

암천리 골짜기를 빠져나가자 논배미가 조금씩 커지고 조그마한 들판이 나오더니 다시 골짜기가 병모가지처럼 좁아졌다.

싸온 점심을 길가에서 먹고 조그마한 재를 하나 넘으니 큰 들판이 눈앞에 펼쳐졌다. 저쪽은 장흥읍내고 재 바로 아래는 부동면이었다. 재를 다 내려왔을 때 지허가 발을 멈추고 내외를 돌아봤다.

"저기 옹기굴 있잖은가? 여기서 옹기를 사서 옹기장수 행색을 갖추세. 여기는 아전들하고 나졸들이 드세기로 소문난 고을이네. 아무 일이 없더라도 여기를 지날라면 여간 조심을 해야지 않네. 자네들이 금방 살림을 시작하게 될지 모른게 살림 장만해 주는 셈치고 내가 몇 개 사주겠네."

"감사하그만이라."

옹기굴로 갔다. 옹기가 잔뜩 쌓여 있었다. 물색 좋은 걸로 항아리와 중두리, 동이, 뚝배기 등 한 짐씩 이고 갔다. 영락없이 옹기장수 내외였다.

"아까 말했네마는 여기 장흥은 아전들이 드세기로 소문난 고을인데, 상전 따라 하배라고 나졸들도 사납기가 *살쾡기 한가질세. 여기는 역참도 전라도에서는 삼례역 다음으로는 나주역하고 이 장흥역을 칠 만큼 큰 곳인데, 또 역졸들도 드세기가 나졸들 못잖네. 화순 모기 세 마리가 영암 모기 한 마리를 못 당하고, 나주 역졸 셋이 장흥 역졸 하나를 못 당한다는 소리가 있을 지경인게 알 만하지 않은가?"

지허가 웃으며 말했다.

"그럼 나주 역졸들은 *물썽하단 말인가라우?"

만득이가 멍청하게 물었다.

"거기 역졸이라고 다르겠는가마는 장흥 역졸 드세다는 소리를 하자고 괜히 나주 역졸들을 끌어다 댄 것이겠지."

모두 웃었다.

"아까 아전 이야기가 나왔은게 말이네마는 팔도에서 어디 아전이 제일 드센 줄 아는가? 전라도 감영 아전일세. 한양서 골살이 나가는 벼슬아치들더러 무서워하라는 것이 셋이 있는데, 그것은 평양 기생하고, 충청도 양반하고, 전라도 아전이라는구만. 관속붙이들이 평양가서 기생한테 잘못 빠졌다가는 패가망신하기 십상이요, 충청도에서 가서 양반한테 잘못 보였다가는 감투가 날아가기 일쑤고, 전라도와서 아전들한테 잘못 말려들었다가는 관복 입은 허수아비가 된다는 걸세. 전라도는 어느 고을이나 아전들이 그렇게 드세다는데, 유독 여기 장흥 아전들이 흉악한 모양일세."

"고부 아전들도 드세기로 소문났다든디라."

"요새 세상에 관속붙이나 아전들치고 험하잖은 놈들 있겠는가마는, 그렇게 유독 험한 데가 있는기부데."

말없이 앞장서 걷던 지허가 무엇이 생각난 듯 앞산을 가리키며 두 사람을 돌아봤다.

"저 앞에 높은 산 있잖은가?"

지허가 들판 건너 저 앞에 우뚝 솟은 산을 가리켰다.

"저 산이 억불산이란 산이네. 중턱에 뼈쭉한 바위 하나 보이잖는가? 저 바위가 며느리바위라는 바월세. 저 바위에 재밌는 이야기가 있구만. 저 바위 아래 있는 동네쯤 됐던가 모르겠는디, 옛날에 옛날에 저 동네에 아주 고약한 늙은이가 하나 살고 있었던 모양일세."

지허는 차분히 이야기를 시작했다. 여기 나졸들이 드세다는 바람에 마음이 죄어, 내외는 건성으로 지허의 이야기를 듣고 있었다.

"이 작자가 소문난 부잔데 어찌나 인색하던지, 인색하기로도 소문이 났어. 그냥 인색하기만 한 것이 아니라 사람도 형편없이 못돼먹었던지 성미가 아주 독살스러웠던 모양일세. 하루는 그 집에 스님이 탁발을 갔네. 대문 앞에서 독경을 하자 그 늙은이가 바가지에 뭘 담아가지고 나오면서 자루를 벌리라고 하는구만. 스님이 고마워서 자루를 벌리니까 자루에다 무얼 후북히 쏟아넣잖겠는가? 이게 뭔가 하고 보니 쇠똥이야."

"우매!"

유월례는 가볍게 비명을 지르고 지허는 껄껄 웃었다.

"곡식 자루에다 쇠똥을 퍼부어넣었으니 꼴이 뭐가 됐겠어? 스님이 멍청하게 늙은이를 건너다보고 있자, 이 작자가 그냥 돌아서고 마는 것이 아니라 스님한테 *폭백까지 말이 아니구만. 이 중놈아, 썩 물러가지 못하느냐. 이 담에 또 왔다가는 그때는 다리몽둥이를 부질러놓고 말겠다. 늙은이가 잡아먹을 듯이 닦달일세그랴. 스님은 하릴없이 돌아설밖에. 그 스님이 한참 가고 있자니까, 누가 스님 스님 하고 부르면서 달려오지 않겠나? 스님 죄송합니다. 우리 시아버님께서는 성미가 원래 저러시니 용서하십시오. 며느리는 간절하게 시아버지 죄를 빌면서 떠온 곡식을 내미는구만. 그러자, 이 스님이 며느리를 이윽이 건너다보고 있더니만, 내가 한 가지 일러줄 말이 있으니 명심했다가 꼭 내 말대로만 하시오. 며칠 뒤에 여기에 큰 홍수가 나서 온 천지가 온통 물에 잠기고 말 것이오. 비가 오기 시작하거든 바로 집을 나와 저 산으로 도망치시오. 도망을 치되 꼭 한 가지 명심할 일이 있소. 도망칠 때 별일이 있어도 뒤를 돌아보면 안 됩니다."

"뒤를 돌아보지 말라고라?"

만득이가 물었다.

응, 뒤를 돌아보지 말라는 걸세. 그 스님은 한참 가다가 돌아서더니 다시 그 며느리를 부르는구만. 꼭 내 말 명심해야 합니다. 무슨 일이 있어도 뒤를 돌아보지 마시오. 뒤를 돌아보면 큰일납니다. 이러고 신신당부를 했어. 정말 며칠 뒤에 장대 같은 비가 쏟아지는데 비 쏟아지는 기세가 예사롭지 않거든, 며느리는 식구들한테 이게 예사 홍수가 아니라며 피하자고 했구만. 그러나 비가 쏟아진다고 집에서 나가 피하자고 하니 누군들 그런 소리를 들을 까닭이 있겠는가? 며느리는 하는 수 없이 혼자 집을 나와 저 산으로 도망치기 시작했네. 비가 어찌나 무섭게 쏟아지든지 들판이며 동네가 금방 물에 잠기고 마네그랴. 며느리는 정신없이 산으로 도망쳐 올라갔어. 자기 동네며 집이 어떻게 되는가 궁금했으나 뒤를 돌아보지 말라고 두 번 세 번 당부하던 스님 말이 생각나서 꾹 참고 돌아보지 않았구만. 고개가 자꾸만 뒤로 돌아가려는 것을 마치 손으로 붙잡아 당기듯이 용을 쓰고 돌아보지 않으며 산으로 산으로 올라가는구만. 그때 그만 우광쾅 벼락이 치지 않겠나? 영락없이 자기 집에다 벼락을 때리는 것만 같네그랴. 며느리는 자기도 모르게 그만 뒤를 돌아보고 말았어. 그러자 그 순간, 며느리는 그 자리에 딱 굳어버리고 말지 않겠는가? 바로 저 바위가 그 며느리가 굳어 된 바위라는 걸세."

지허가 이야기를 끝내며 웃자 내외도 따라 웃었다.

"그 스님이 어째서 그 며느리보고 뒤를 돌아보지 말라고 했는 줄 아는가?"

지허가 물었다.

"돌아보면 그렇게 바위가 되어분게 그랬겠지라우."

만득이는 뻔한 소리를 뭣하러 묻고 있느냐는 듯 대답했다.

"허허, 맞기는 맞네. 그런데, 돌아본다고 왜 저렇게 바위가 되어 버렸을까?"

만득이는 말이 막히고 말았다. 그거야 신불의 조화인데, 거기까지야 사람의 지혜로 어떻게 알 수 있느냐고 생각하는 듯했다.

"이런 며느리바위 이야기는 여기만 있는 것이 아니고 우리나라 곳곳에 비슷한 이야기가 많네. 이야기가 여러 가지로 조금씩 다르기는 하지만, 끄트머리 돌아보지 말라는 소리를 한 것하고, 돌아보지 말라고 했는데 결국 돌아본 바람에 저렇게 바위로 굳어버렸다는 대목은 모두가 같지. 이 이야기의 깊은 이치는 바로 이 돌아보지 말라는 대목에 숨어 있네. 큰 홍수가 진다는 것은 마치 그렇게 홍수가 진 것같이 세상이 천지개벽이 된다는 소릴세. 그건 하늘이 땅이 되고 땅이 하늘이 된다는 소리가 아니고 그만큼 크게 세상이 뒤바뀐다는 소리지. 동학에서 말하는 후천개벽의 그 개벽하고 같은 소리네. 그럼 이렇게 세상이 크게 뒤바뀌고 나면 그 뒤에 오는 세상은 어떤 세상이냐? 그것이 어떤 세상인가는 그 이야기 속에 답이 나와 있네. 이 이야기에 나오는 시아버지같이 못된 사람은 그 홍수에 떠내려가듯 다 없어져 버리고, 며느리같이 힘없고 착한 사람들이 세상을 주장하고 사는 그런 세상일세. 한 나라나 한 가정이나 마찬가진데, 한 가정에서 보면 시아버지는 어떤 사람이고 또 그 밑에 있는 며느리는 어떤 사람인가? 시아버지는 한 집안의 우두머리로 집안을 좌지우지하는 사람이고, 며느리는 그 집에서 제일 밑에 눌려서 말도 제대로 못하는 사람 아닌가? 그것을 한 나라로 치면, 시아버지처럼 위에서 큰소리치며 백성을 누르고 사는 사람들은 관속배나 양반, 부자 이런 사람들이고, 시아버지한테 눌려 사는 며느리처럼 관속배나 양반들한테 눌려서 당하고 빼앗기고 사는 사람들은 수많은 백성일세. 그러니까 관속배들이나 양반, 부호들은 시아버지 격이고 그 밑에 눌려 사는 백성은 며느리 격이 아니겠는가? 이런 소리는 자네들한테는 좀 어려운 소릴세마는, 음양의 이치로 보더라도 지금 이 세상은 강한 자 즉 양의 세상인데, 이제 약한 자 즉 음의 세상이 온다는 걸세. 동학에서 말하는 궁궁을을弓弓乙乙이란 소리는 여기에다 근거를 두고 하는 소릴세. 궁궁을을이란 약할 약弱자를 풀어논 글자들인데, 참언에 이르기를 이로움은 궁궁을을에 있다 했네. 이게 무슨 소리냐하면, 이로움 즉 앞으로 좋은 일은 약한 사람한테 있다는 소리어. 앞에 한 이야기에서 남자인 시아버지가 죽고 여자인 며느리가 살았다는 것은 무슨 소리겠는가? 시아버지는 양이자 강한 자이고 며느리는 음이자 약한 사람일세. 그러니까 이런 옛날이야기도 앞으로 세상이 그렇게 뒤바뀐다는 소리를 말해 주는 걸세."

지허의 이야기를 내외는 열심히 듣고 있었다.

"앞으로 올 세상은, 시아버지같이 누르고 사는 사람과 며느리같이 눌려 사는 사람이 뒤바뀌고, 시아버지같이 심성이 뒤틀린 사람과 며느리같이 제 심성을 가진 사람이 뒤바뀌고, 시아버지같이 혼자만 먹고 살려고 움크리는 사람과 며느리같이 나눠 먹는 사람이 뒤바뀌고, 하여간 그런 것이 한번 크게 뒤바뀌는 세상이 오네. 그럼 그것이 어떻게 오느냐? 그것도 아까 그 이야기 속에 다 대답이 나와 있네. 홍수가 나서 세상을 싹 쓸어갔지 않은가? 홍수가 무엇인가? 비가 와서 물이 크게 모인 것이 홍수 아닌가? 빗방울 한 방울 한 방울은 아무것도 아니고, 한 방울 한 방울로는 티끌보다 더 하찮은 것인데, 그 하찮은 물이 모여 홍수가 되어 세상을 쓸어버렸네. 그 물이 무엇이냐 하면 백성일세. 백성은 한 사람 한 사람으로는 빗방울처럼 순하디 순하고, 한 사람 한 사람으로는 잡초 한 포기처럼 약하네. 그 한 방울 한 방울의 물이 모여 홍수를 이루고 그 홍수가 세상을 쓸어버리듯이 앞으로 이 세상은 그 물 한 방울같이 순하고 힘없는 백성이 홍수로 모여서 세상을 뒤엎어 천지개벽을 이룬다 이 말이네. 지난번 운주사에서 운주사라는 배를 띄우는 것은 물이고, 그 물은 백성이라고 하잖던가? 여기서도 똑같은 이치네. 음양으로 따지더라도 불은 양이고 물은 음이여. 음의 세상이 온다는 말하고도 그대로 아귀가 맞잖은가? 그러니까, 앞으로 이 세상은 물같이 순한 백성이 들고일어나서, 한 방울 한 방울 빗방울이 모여 그렇게 무시무시한 홍수가

362

되듯 백성 한 사람 한 사람이 모여 마치 홍수처럼 이 세상을 뒤엎는 다는 소릴세."

지허는 또 껄껄 웃었으나 내외는 여전히 법당에 앉은 새댁 꼴로 지허의 말을 듣고 있었다.

"아까 그 스님이 며느리보고 돌아보지 말라고 신신당부를 한 것은 또 무슨 이친 줄 아는가? 내가 처음에 이 소리를 하다가 이야기가 여기까지 왔구만. 그것이 무슨 뜻이냐 하면, 그 며느리처럼 새 세상, 동학에서 말하는 선천의 세상에서 후천의 내 세상으로 넘어가는 길목에서는 선천의 세상 즉 그 시아버지가 주장하던 세상에 대한 인정이나 인연이나 정분 같은 것을 칼로 베듯 끊어버리라는 소릴세. 팔 베어버리고 달아난다는 소리가 있잖은가? 손을 잡으면 제 팔이라도 베어버리고 달아나거라. 그때는 선천 세상과 맺어진 온갖 끈을 인정사정 두지 말고 잘라버리라는 소리여. 앞으로 후천의 새 세상이 온다. 오는데 그때는 뒤를 돌아보지 말라. 만약 돌아봤다가는 그 며느리처럼 저 바위 꼴이 되어 천년만년 한을 남길 것이다. 바로 이 소리네. 시부모건 친부모건 남편이건 자식이건 자기하고 함께 새 세상으로 가는 사람이 아니면 인정사정 두지 말고 연을 끊어버리고 새 세상으로 가라는 것일세."

지허는 또 한 번 껄껄 웃었다.

"그런데 그만 그 며느리가 그 스님의 말을 순간적으로 잊고 저도 모르게 뒤를 돌아보자 그 자리에 굳어 저렇게 바위가 되어버렸네. 그 며느리가 저렇게 바위가 되어 천년만년 저렇게 서 있는데 그것은 또 무슨 이친 줄 아는가? 새 세상으로 가는 길목에서 그런 인정을 끊지 못하고 어물어물하다가는 새 세상으로 못 가고 저 꼴로 천추에 한을 남긴다는 교훈일세. 선천의 세상에서 후천의 새 세상으로 넘어갈 때 가장 중요한 일이 무엇인가를 세상 사람들한테 알려주려고 그 며느리를 저렇게 바위로 굳혀서 세워논 걸세. 백성이 아무리 크고 단단하게 뭉쳐 홍수가 세상을 싹 쓸어버리듯이 선천의 세상을 쓸어버려도 선천의 세상에 대한 정분을 끊지 못하면 후천의 새 세상에 못 간다는 소리네. 그때만은 인정사정 두지 말고 독살스러워야 한다. 인정 두고 사정 두고 인연에 걸려 충그리고 정에 쏠려 눈물 흘리다가는 못 간다. 못 가고 저렇게 천년만년 한을 남긴다. 이 소리가 아니겠는가? 바로 여기서 후천의 세상으로 가는 데 제일 조심해야 할 것이 무엇인지 알 수 있을 걸세."

지허는 아까와는 달리 가볍게 한숨을 한번 쉰 다음 계속했다.

"그럼 그 후천의 세상이 어떤 세상이냐, 아까 잠깐 말을 했네마는 자네들은 이것이 노상 궁금할 걸세. 며느리같이 힘이 없고 착하고 서로 같이 나눠먹는 그런 세상인데, 그런 세상은 극락 천당같이 하늘나라에 있는 세상이 아니네. 그 세상도 이렇게 사람 사는 바로 이 세상이여. 우리가 사는 바로 이 세상인데 다만 양반, 상놈이 없고 빈부, 귀천이 없고 누르는 사람이 없고 눌리는 사람이 없는 그런 세상일세. 그런 세상을 동학교주 최수운 선생은 스스로가 본을 보였네. 그것이 뭣이냐 하면 그이가 집에서 부리고 있던 여자종이 두 사람 있었는데, 그 하나는 양녀를 삼고 하나는 며느리를 삼았네. 바로 이것일세. 그 종들한테는 이거야말로 세상이 개벽한 것이 아니고 뭣이겠는가?"

364

지허의 이야기는 진지했다.

"지금 자네들이 이렇게 옛날 쥔네 집을 뛰쳐나와 새 터전을 찾아가는 것도 마찬가지네. 바로 지금 자네들이 이렇게 가고 있는 이 길은 선천의 못된 세상을 버리고 후천의 새 세상을 찾아가는 길이네. 지금까지 살던 종살이의 그 험한 선천의 세상을 버리고 후천의 세 세상을 찾아가고 있네. 최제우 선생댁 종들처럼 그 주인이 그냥 풀어주어서 거저 얻은 세상이 아니고 자네들 힘으로 치고받아 빼앗아낸 세상일세. 얼마나 소중한 세상인가? 자네들은 가서 새 세상을 살되, 그 홍수 때 며느리처럼 어정쩡하게 뒤를 돌아봐서는 안 되네. 이전에 자네들이 종이었다고 남한테 굽혀 사는 것도 뒤를 돌아보는 것이요, 혹시 추쇄가 떠서 자네들을 잡아가려고 할 때 거기 순순히 잡혀가는 것도 뒤를 돌아보는 것이네. 만약에 잡으러 오거든 몽둥이가 있으면 몽둥이로 작살을 내고 도끼가 있으면 도끼로 찍게. 인정사정 두지 말고 찍어. 인정을 두었다가는 자네들이 죽네. 설사 그렇게 해서 죽더라도 그 죽음은 값진 죽음이네. 종이 아니라 제대로 사람으로 죽었으니 값진 죽음이고 그렇게 독살을 피워야 주인들이 무서워서 다른 종을 못 잡으러 갈 테니 값진 죽음이네. 아까 그 옛날이야기에서는 자기 식구들까지도 돌아보지 말라고 했고 알고 돌아본 것이 아니라 자기도 모르게 돌아봤는데도 저렇게 바위로 굳어버렸네. 뒤를 돌아보지 말라는 이 말이 얼마나 무서운 말인가? 새 세상을 찾기보다는 그 새 세상을 새 세상답게 지키고 살아가기가 너 어려울지 모르겠네. 마음을 차돌처럼 단단히 먹고 옛 생각은 독사처럼 모질게 버리게. 그리고 이제 멀잖아 눌리고 사는 사람들이 한꺼번에 일어날 때가 오네. 그럴 때는 자네들도 같이 나서야 할 걸세. 그때 비로소 자네들은 진짜로 새 사람이 될 걸세."

지허는 껄껄 웃었다. 내외의 눈에는 빛이 나고 있었다.

장흥읍내에 들어서고 있었다. 만득이는 어디서 그 드세다는 나졸들이 나타나지 않는가 쭈뼛거리는 표정이었다. 그러나 어디서도 나졸들은 보이지 않았다.

일행은 기찰 한번 당하지 않고 용케 읍내를 빠져나왔다. 무사히 읍내를 빠져나오자 안심이 되는 듯 만득이는 한숨을 내쉬었다. 제일 마음이 쓰였던 곳을 무사히 지나치고 나니 이제 정말 살았다는 생각이 들었다. 읍내에서부터는 강둑길을 타고 내려갔다. 5리쯤 가다가 지허가 걸음을 멈췄다.

"이제 우리가 갈릴 때가 된 것 같네. 자네들은 저 동네 쪽으로 가게. 저 동네를 지나 강을 건너 재를 넘으면 어동이란 동네가 나오네. 거기서 5리 남짓 가면 묵촌일세."

"이것 참말로 섭섭해서 으짜께라우."

만득이 내외는 헤어지기가 못내 섭섭한 듯했다.

"내가 강진을 들러 다른 데 또 일을 좀 보고 이리 지나게 될 것이네. 그때 자네들한테 들를지 모르겠네."

"오매, 참말로 꼭 들러주씨오."

유월례가 간절하게 말했다.

"알았네. 안심하고 가게. 월공이란 사람이 여간 깐깐하잖은 사람이라 그 사람이 지시한 데라면 안심하고 살 수 있을 걸세. 겨울 해라 해가 금방 떨어지네. 어서들 가게."

지허가 재촉했다.

"그라면 살펴 가십시오."

만득이 내외는 크게 절을 했다.

내외는 길을 가면서도 자꾸 지허가 가는 쪽을 돌아봤다. 지허가 걸음을 멈췄다. 웬일인가, 내외도 걸음을 멈춰 섰다.

"뒤돌아보지 말고 가게. 뒤돌아봐서는 안 되네. 어서 갈 길만 가!"

지허가 껄껄 웃으며 소리를 질렀다. 지허는 다시 걸음을 옮겼다. 내외도 옮겼다. 유월례 눈에서 굵은 눈물이 흘러내렸다.

만난 지가 사흘밖에 되지 않았지만, 그 사이 너무 깊은 정이 쌓이고 말았다. 만득이 내외는 이 세상에 나와 처음으로 마음을 열어 사람대접을 해주는 사람을 만난 것 같았다. 마치 친동기나 다름없었다.

징검다리를 건너 자울재로 올라붙었다. 지허는 저쪽 사인바위라는 큰 바위 밑을 가고 있었다.

"우리가 그 동네 가면 그 양반이 으뜨코 해주께라우?"

말없이 앞서 가던 유월례가 물었다.

"아까 지허 스님도 말씀을 하셨제마는 그 월공이라는 스님이 보통 스님이 아닌 것 같더구만. 지금 우리가 찾아가는 이방언이라는 어른이 어떤 어른인가는 모르겄는디, 월공 스님 말씀이라면 괄시하지 못할 처진 것 같어."

"그라면, 소작이라도 맻 마지기 얻어주께라우?"

"글시, 그랬으면 참말로 좋겄는디……."

"소작을 못 얻으면 품팔이를 하더래도 남의 집에 얹혀 살그나 드난살이는 하지 맙시다."

"그라고 잡제마는 시방 우리 처지에 찬밥 더운밥 개리겄어."

만득이는 볼 부은 소리를 했다.

"그래도 이로코 나와 숨어 살기로 작정할 적에는 남한테 천대받지 말고 살자는 것인디, 여그 와서도 그렇게 살라면 멀라고 오꺼시오. 품팔이를 하더래도 이녁 집이라고 이름 붙은 방 한 칸은 가집시다."

"그러기는 한디, 하여간 이방언 접주라는 이가 어뜨코 해줄지도 모르겄은게 가서 행팬 보아감시롱 작정을 해!"

"우리가 무슨 짓을 한들 우리 둘이 목구멍 못 에우고 살겄소. 그 양반이 당신 집이서 그냥 지내라고 어정쩡하게 말씸하시면 당신이 단단히 말씸을 하시요. 아까 지허 스님이 말씸하시대끼 이런 일에는 맘을 독하게 묵고 말을 해사 쓰요. 우리가 여그까장 이라고 올 적에는 놈의 집에 얹혀살라고 왔겄냐고, 그 은혜는 죽을 때까지 안 잊을 텐게, 기왕에 걷어주신 김에 소작 마지기라도 지시해 달라고 하씨오."

유월례는 야무지게 말했다.

"하여간, 행팬 보아감시롱 잘 말할 것인게 염려 말어."

"당신이 말하기 애러면 지가 말씸을 디릴라요."

"우리를 받아준 것도 감사한께 첨부터 그래쌌지 말고 차근차근 행팬 보아감시로 이얘기하잔 말이여."

자울재는 생각했던 것보다 가파르고 높은 재였다. 그들이 재 꼭대기에 올라섰을 때는 해가 서쪽으로 설핏 기울어 있었다. 빠른 걸음을 쳤다.

묵촌에 이르자 해가 구멍을 찾아들고 있었다. 이방언의 집은 꽤나 컸다. 덩실한 기와집에 대문간도 우람했다. 대문 옆에다 옹기짐을 받쳤다. 만득이는 머리에 두른 수건을 풀어 땀을 닦으며 안으로 밋밋이 들어갔다. 머슴인 듯한 자가 나왔다.

"누구요?"

"이 댁이 이방언 어른 댁 맞지라우?"

만득이는 사뭇 고개를 주억거리며 물었다.

"어디서 왔소?"

"어디서 왔다기보담도라우, 몬자 접주 어른을 봐사 쓰겄은께, 누가 찾아왔다고 말씀 쪼깨 드려 주실라요?"

"누가 찾아왔다고 말씸을 디릴라면 어디서 사는 누가 찾아왔다고 해사 쓸 것 아니오?"

"쩌그 북도서 왔다고 그렇게만 말씀드리시오."

"북도라우? 그러면 전주 그런 디 말이오?"

"예, 맞소."

작자는 새삼스럽게 만득이 내외를 번갈아 보더니 행랑채 저쪽으로 갔다. 거기 토방에 신이 여러 켤레 놓여 있었다. 머슴이 문을 열고 뭐라 하자 이방언이 밖으로 나왔다.

"월공 스님이 보내서 이러고 찾아왔구만이라우."

만득이 내외는 깊이 고개를 숙여 절을 한 다음, 품속에서 월공의 편지를 꺼냈다. 이방언은 선 자리에서 피봉을 뜯었다. 읽고 나더니 이내 반색을 했다.

"잘 왔네. 오니라고 고생들이 많았겄네. 기찰에 시달리지는 안 했는가?"

이방언은 안방으로 내외를 데리고 가 자기 아내에게 인사를 시키며 만득이 내외의 형편을 간단하게 이야기했다. 이방언의 아내도 사람이 무던해 보였다. 만득이 내외는 적이 마음이 놓였다.

"나는 시방 손님이 있은께 이따 따로 이야기하세."

이방언이 밖으로 나갔다.

"얼핏 들었네마는 고상 많이 하고 살았구만. 우리가 거들어주는 데까지는 거들어줄 것인께 마음들 푹 놓게."

"감사하구만이라우."

내외는 고개를 깊숙이 숙였다.

이방언 아내는 머슴한테 행랑채 갓방으로 내외를 들게 하라고 했다. 만득이는 밖에 받쳐놨던 옹기짐부터 지고 들어와 한쪽에 받쳐놓은 다음 그 방으로 들어갔다. 아무도 없는 방이었으나, 이런 방에 들어앉기가 송구스러워, 내외는 마치 상전 댁 안방에 든 것처럼 다소곳이 앉았다. 방바닥이 뜨끈했다. 사랑방인 듯했으나 머슴들이 쓰는 방은 아닌 듯 정갈했다. 벽에는 한시 족자가 걸려 있고, 이불도 한 채가 단정하게 개어 있었다.

밥상이 들어왔다.

"아이고 이거 미안스러 으짜께라우?"

유월례는 문턱 너머로 윗몸을 내밀어 밥상을 받았다. 죽이 두 그릇씩이었다. 고구마까지 썰어 넣은 좁쌀반지기였다. 부잣집 밥상다운 점이라면 김치가 좀 맛이 있어 보이고, 젓갈이 올라 있다는 정도였다.

내외는 굴풋하던 다음이라 죽 두 그릇씩을 게눈 감추듯 했다. 밥

370

상을 내다주면서 보니 다른 손님상도 똑같았다.

상을 내고 한참 있으려니 다시 안방으로 오란다는 것이다. 내외는 안방으로 갔다. 무릎을 꿇고 윗목에 나란히 앉았다. 무슨 죄라도 짓고 대죄하는 앉음새였다.

"편히들 앉게."

거듭 편히 앉으라고 해서야 내외는 조심스럽게 고쳐 잡았다.

"월공의 편지를 보니 자네들 형편이 딱한 듯한데, 이제 걱정들 말게."

이방언은 안심부터 시켰다. 그는 허우대도 훤칠했지만 목소리도 여간 거쿨지 않았다.

"우리 집은 사람 출입이 번다해서 아무래도 따로 나가 살아야겠는디, 이 동네다 방을 얻어주고 소작 마지기라도 지시해 주면 으짜겄는가?"

이방언은 잡담 제하고 알맹이부터 말을 했다.

"예, 어르신네 처분대로 따르겠습니다."

만득이는 글자 그대로 불감청이언정 고소원이어서 사뭇 허리를 굽실거렸다.

"자네들한테 살 마련을 해주면 돈이 드는 일은 내중에 월공이 계산을 하겠다고 했구만. 웬만한 행랑칸이 하나 있는게 내일부터 그 집에 자리를 잡도록 하게."

"아이고, 감사하그만이라. 그 은혜는 평생 안 잊겄습니디요."

만득이는 두 번 세 번 고개를 굽실거렸다.

"나한테 고맙다고 할 것이 아니라 내중에 월공한테 고맙다고 하게."

정말 월공이 거기까지 마음을 썼다니 부처님이 따로 없다 싶었다.

"월공은 자네들을 깊숙한 데로 보내라고 했네마는, 그냥 내 곁에 있도록 하게. 만에 하나 불의의 일이 생긴다 하더라도 내 곁에 있는 것이 더 안심이 될 걸세."

"예, 무엇이든지 어르신네 분부대로 따르겠그만이라."

"그리고 동네 사람들한테는 전주서 살다 온 내 친척이라고 할 것인게 이담부터는 나보고 아저씨라고 부르게. 오늘부터 자네들은 택호가 달린 양반, 남원 댁일세."

"오매, 그래도 쓰께라우?"

"자네들은 본시 양민이었는데, 잠시 운수가 불길해서 그런 고생을 했다고 생각하게."

이방언은 껄껄 웃었다.

"훈장님 주무신게라?"

밖에서 인정기가 있었다. 이 신새벽에 누굴까? 전봉준은 마침 눈이 띄어 있던 참이었으나 대답을 하지 않고 기다렸다. 집에 들었던 지가 너무 오래 되어 모처럼 집에 와서 자고 있던 참이었다.

"훈장님, 저 승종입니다."

방문 앞에 바짝 다가와서 문에다 입을 대고 속삭였다. 제자 김승종 목소리였다.

"승종이가 웬일이냐?"

전봉준이 문을 열었다.

"잠깐 기다려라!"

전봉준은 등잔을 더듬어 등잔받이에서 관솔을 찾았다. 화로에서 불씨를 뒤집어 유황 묻은 관솔 대가리를 디밀었다. 퍼렇게 유황이 끓으며 불이 댕겼다. 등잔에 불이 붙은 다음, 불이 붙은 관솔을 밖으로 내밀었다. 김승종 뒤에 여러 사람이 있었다.

하나는 김승종과 같은 제자 정길남이고 나머지 둘은 낯선 얼굴들이었다.

"누구냐?"

"읍내서 왔다는디, 말을 안 하요."

젊은이 하나가 방문 앞으로 바싹 다가왔다.

"형방이 보내 왔는디라. 이 골 동학 두령들을 잡아들이라는 사또 영이 떨어졌다고 피하라등만이라."

낮은 소리로 속삭였다.

"잠깐 들어오게."

젊은이가 방 안으로 들어섰다. 전봉준은 바깥에다는 잠깐 기다리라 해놓고 문을 닫았다. 새벽바람이 몹시 찬 듯 얼굴이 하얗게 얼어 있었다.

"자네는 누군가?"

"저는 군아 나졸이고 같이 온 사람은 형방댁 머슴인디라. 둘이 다 동학도그만이라. 형방 나리께서 날 새기 전에 멀리 피하라 하시구만 이라."

"무슨 일이 있다딘가?"

"나리께서는 그 말만 전하라고 하는디, 요새 사또 나리 심기가 안 좋그만이라. 살범 탈옥사건도 있고 또 지난번 갈재서 여그 나졸들이 화적들한테 당한 일이 있잖은가라? 그 분풀이를 동학도들한테 할라고 하는 것 같그만이라. 지난번 탈옥사건은 동학도들이 도술을 비래서 빼갔다는 소문이 났다는 소리를 듣고 더 화가 난 것 같그만이라."

나졸은 낮은 목소리로 속삭이듯 말했다.

"알았네. 어둔 길을 오느라 고생했네. 그런디, 형방이 자네들한테 이런 심부름을 보낸 것을 보면 형방도 자네들이 동학돈지 알고 있단 말인가?"

"눈치를 채고 있는 것 같은디, 형방 나리가 전부터 소인을 깊이 믿고 있는게 눈감아주고 기시는 것 같그만이라."

전봉준은 고개를 끄덕였다.

"접주님 앞인게 말씀인디라, 고부 군아 나졸들만 하더라도 동학도들이 서너 사람 되그만이라."

"대충 알고 있네. 본색들이 드러나지 않게 각별히 유념하게. 훗날 크게 쓰일 때가 있을 걸세."

"잘 알겠그만이라. 접주님 앞이라 이런 말씀을 드렸제 지금까지 이런 속으로는 어디 가서 입 한번 이끗한 일이 없그만이라."

작자는 손사래까지 활활 치며 말했다.

"노장은 병담을 아니하고 양고는 심장한다는 말이 있네. 양고란 도가 트인 장사치를 말하잖는가? 늙은 장수는 남 앞에서 함부로 병담을 말하지 않고, 도가 트인 장사치는 좋은 물건이 들어오면 깊이 감춰 둔다는 말일세."

"무슨 말씀인지 잘 알겠그만이라."

"자네 이름이 멋인가?"

374

"황보라매라고 하그만이라."

"황, 보, 라, 매?"

"예, 진서로는 보배 보 자, 쪽 람 잔디, 진서로 쓸 때만 그리고 그냥은 황보래미, 황보래미 그러지라우."

"알았네. 그럼 가보게."

전봉준은 두 사람을 사립까지 배웅을 하며 등을 두들겨주었다. 그는 두 제자에게 산매 가서 김도삼 씨한테 곧장 말목으로 나오란다고 전하라 했다.

"아버님 주무시오?"

"안 잔다, 누구더냐?"

전봉준이 안방문을 열고 들어갔다. 안쪽으로는 사내아이들 둘이 누워 자고 있었다. 큰아들 용규龍圭, 막내아들 용현龍鉉이었다. 큰딸 옥례玉禮, 둘째딸 성녀姓女는 가운데 방에서 잤다. 전봉준은 두세 살 터울로 위로 딸 둘, 아래로 아들 둘이었다. 아내는 작년에 세상을 떠 식구는 여기 이 아이들 넷에 아버지를 합쳐 여섯이었다. 큰딸이 설 쇠면 스물인데, 아직 시집을 보내지 못해 그게 마음에 크게 걸려 있었다. 진작부터 여기저기서 혼담이 들어왔으나, 하도 찢어지는 형편이라 조금만 더 기다려보잔 것이 그만 스물에 꼭지가 차게 생겨 마음이 조급했다.

"또 좀 나갔다 와야겠습니다. 그러지 않아도 한 달 가량 남도 쪽을 한번 돌려던 참인데, 읍내서 피하라는 기별이 왔습니다. 이걸로 가용 쓰십시오."

은자 50냥이었다.

그때 막내 용현이 부스스 일어났다. 그는 열세 살이었다. 눈을 비비며 요강 곁으로 가 철철 오줌을 쌌다.

"아부지 또 어디 가?"

잠에 취한 소리로 물었다.

"오냐, 또 다녀올 데가 있다. 할아부지랑 누님들 말 잘 듣고 서당에 가도 공부 열심히 해야 한다."

"공책 맬 종우 살란께 돈 쪼깨 주씨오."

"그래라."

전봉준은 주머니를 끌러 은자 두 닢을 꺼냈다.

"성하고 둘이 몫이다."

"하!"

용현은 두 손을 내밀어 돈을 받으며 입이 바지게로 벌어졌다. 손에 돈을 쥔 채 이불 속으로 들어갔다.

"요새 이 작자들 극성 피우는 꼬락서니가 심상찮다. 어디 가든 크게 조심을 해야 할 것 같다."

전창혁은 장죽을 빨며 말했다.

"아부지!"

그때 용현이 불렀다.

"왜?"

"어지께 성하고 나무하로 갔는디, 산 임자가 쫓아와서 나무한다고 때릴라다가, 니가 전봉준 아들이냐고 하등마는, 그렇다고 한께 안 때렸어. 나무도 안 뺏고, 우리 동네 아그덜 전부."

용현은 아버지 덕택에 위기를 모면하게 되어 그런 아버지가 몹시 자랑스러운 모양이었다.

"이놈아, 아부지 이름을 그로코 함부로 부르는 법이 어딨어?"

할아버지가 나무랐다.

"그 사람이 그로코 불러쓴께 나도 그로코 불렀제 기냥 불렀소? 전 자, 봉 자, 준 자, 이로코 부른지 나도 알아라."

용현이는 당돌하게 대거리를 했다.

할아버지도 웃고 말았다. 전봉준도 따라 웃었다. 저 또래 아이로 서는 이런 경우는 또 어떻게 부르는지 알 수가 없겠다 싶어 우습기도 한 모양이었으나, 이놈이 당돌하게 대거리를 하는 게 귀여운 모양이었다. 큰아들 용규는 암뜬 편이었으나, 용현은 이만저만 고집이 세고 개구쟁이가 아니었다. 동네 아이들을 심하게 두들겨패기도 하고 늘 말썽을 부렸으나, 전봉준이나 그 할아버지는 이 용현을 유독 귀여워했다. 아이들을 두들겨패도 제놈보다 더 큰 놈들을 두들겨패거나 패는 까닭이 언제나 당당했다.

이 아이가 이때부터 3년 뒤에 벌일 엉뚱한 일을 이들이 안다면 부자는 어이가 없을 것이다. 전봉준이 공주 대접전에서 일본군과 관군의 연합군에게 패하고 나서 사형을 받은 뒤, 이들 두 형제는 정읍 산외면 동골로 시집간 첫째누님 옥례 시가에서 더부살이를 하고 있었다. 열아홉 살인 용규는 고분고분 쇠꼴을 베는 등 제 밥벌이를 했으나 열여섯 살인 용현은 늘 말썽만 부리다가 나중에는 사돈네 황소를 훔쳐가지고 도망치다 뒤쫓아오는 동네 사람들한테 붙잡히고 말았다. 천하의 호걸 전봉준 아들답게 열여섯 살밖에 안된 녀석이 훔쳐도 *덤턱스럽게 소를 훔쳤던 것이다. 그때 동네 사람들은 영웅과 도

적이 백지 한 장 차이라고 웃었다. 용현은 그 길로 그 동네서 영영 사라져버리고 말았으나, 그를 도둑놈이라고 비난하기는커녕 열여섯 살에 그런 간 큰 짓을 했던 일 때문에 자기 아버지와 함께 두고두고 전설적인 이야깃거리가 되었다.

"다녀오겠습니다."

전봉준은 아버지 앞에 가볍게 고개를 숙였다.

"아부지, 올 때 엿 사와!"

"오냐."

"이노옴, 일어나서 인사를 해야지, 발딱 누워서 그게 어디서 배워먹은 버르장머리냐?"

할아버지 호령소리에 놈은 벌떡 일어났다.

"다녀오씨오!"

크게 고개를 숙이며 소리를 질렀다. 전봉준은 아들 머리를 쓰다듬어주고 밖으로 나왔다.

말목장터까지는 5리쯤 되는 길이었다. 전봉준은 그 어름에 있는 창동 조만옥한테 들러 관의 움직임을 귀띔한 다음, 정익서한테도 소식을 전하고 같이 피하라 했다.

닭이 세 홰째 홰를 치고 있었다. 섣달 밤답게 새벽바람 끝이 살을 질렀다. 녹다 얼어붙은 눈길이 발아래 사금파리 깨지는 소리로 서걱거렸다. 말목에 이르러 지산약방 골목으로 들어갔다. 한참 만에 김도삼이 왔다.

"피신 겸 나하고 원평으로 해서 정읍까지만 동행합시다. 김덕명 씨를 만날 일이 있으니 그이를 만나고 정읍에 최경선 씨가 와 있을 테니 거기서부터는 최경선 씨하고 남도를 돌아오겠소."

전봉준은 정읍서 최경선을 만나 그와 함께 장성, 영광, 함평, 무안, 영암, 해남, 강진, 장흥, 보성, 흥양, 순천, 광양을 지나 섬진강을 건너 하동, 구례, 곡성, 순창, 남원을 거쳐 돌아올 참이었다.

두 사람은 장거리를 빠져나왔다. 만석보 쪽으로 길을 잡아 섰다. 김도삼은 형방이 체포령 소식을 전해 왔다는 소리를 듣고 깜짝 놀랐다. 전봉준은 형방의 장인하고 관계를 대충 설명한 다음 그 장인 초상 때 형방을 만났던 일을 얘기했다.

"그래도 이쪽에서는 그런 사람들한테 깊은 속은 주지 않는 것이 좋을 것이오. 그 사람들은 어느 구름에 비 올지 몰라, 고욤나무건 감나무건 여기저기 그루를 앉혀놓고, 두 길마 세 길마 보자는 수작일 것이오. 그런 자들일수록 자기 앞에 조금만 불똥이 튀길 낌새가 있으면 뒤통수를 칩니다."

"허지만, 고마운 일 아니오? 아까 심부름 온 나졸이 우리 교도라는데, 그 나졸이 교도라는 것을 눈치를 채고 있으면서도 모른 체하고 있는 듯합니다."

"어찌 됐든, 그런 데 종사하고 있는 놈들은 믿어서는 안 됩니다."

"조심은 해야겠지요."

점심참이 넘어 원평에 이르렀다. 양지바른 골목에 사람들이 몰려 있었다.

"아이고 녹두장사 아니시오?"

전봉준을 알아보고 다가오는 사람이 있었다.

전봉준은 여기 황새머리란 데서 열여덟 살 때까지 살았는데, 그는 어렸을 때 씨름판에서 녹두장사란 별명을 얻었다.

전봉준은 키가 작았지만 힘이 장사여서 열다섯 살 때는 중씨름판에서 판을 했는데, 이 녹두장사란 별명 역시 그 얼마 뒤에 씨름판에서 얻은 것이었다. 전봉준이 열여덟 살 때 여기를 떠나기 직전이었다. 금구읍내에 *난장이 얼려 그 씨름판에서 원평 장사가 판을 해서 황소를 탔는데, 금구 건달들이 찌거리를 붙어 그 소를 못 가지고 가게 하자 전봉준이 거기 굿 보러 나온 원평 사람들을 싹 모아가지고 금구 건달들을 위협하여 당당히 소를 끌고 빠져나왔던 것이다.

금구읍내 사람들과 원평 사람들은 늘 앙앙불락 무슨 일에나 앙숙간이었는데, 드세기로 소문난 금구 건달들을 물리친 전봉준은 대번에 영웅이 되다시피 전부터 아이들 사이에서 불려오던 녹두장사란 별명이 퍼졌던 것이다. 그는 힘도 장사였지만, 그런 위급한 때 거기 있는 사람들을 모아 군중의 힘으로 그 소문난 건달들을 물리친 솜씨나 그 건달들의 보복을 두려워하지 않는 그 배짱 때문이었다. 전봉준은 바로 그 뒤 거기를 떠났지만, 원평 사람들은 웬만한 사람은 그를 지금까지 기억하고 있었다.

"이라고 댕개도 괜찮소? 여그 송태섭 씨가 잡혀갔소."

"송태섭 씨가?"

전봉준은 깜짝 놀랐다.

"예, 바로 엊저녁에 잡아갔다요."

전봉준이 김도삼을 돌아봤다.

"고부에도 체포령이 내리고 여기서도 그런 일이 있었다면 이건 예삿일이 아니잖겠소?"

김도삼이 눈살을 찌푸리며 말했다.

"인자 가만있어서는 안 될 것 같소. 여그서는 시방 파옥이라도 하자고 야단들이오."

사람들은 전봉준을 빙 둘러싸며 흥분을 했다.

"판은 막바지에 온 것 같소. 인자 수라고는 이판사판 교도들이 쳐들어가서 옥문을 때려뿌수는 수밖이는 수가 없소."

사람들은 주먹을 휘두르며 다짜고짜 언성을 높였다.

"두고 봅시다."

전봉준이 침착하게 말했다.

"허허, 전접주님 입에서도 두고 봅시다요? 두고 봅시다, 두고 봅시다, 접주님들은 동학경전에서 그 소리밲이는 못 읽었소?"

"접주님, 나를 쪼깨 보씨오. 죄 없이 두 번이나 잽해 가서 논밭전지 다 날리고 이로코 다리뼈까지 뿔러졌소. 나는 인자 재산이라고는 벼룩 한 마리 쭈그려 앉을 땅 한 뙈기 한나도 안 남았고라. 몸뚱이는 장독에 골병에 살아 있어도 산 목심이 아니오. 내 눈에는 뵈는 것이 없소. 쳐들어갑시다. 기왕에 신세 조진 김에 원이라도 풀고 죽어야겠소. 이 골에 나 같은 놈이 한둘이 아니오."

사내는 이를 앙다물며 주먹을 쥐어보였다. 목소리에는 독이 올라 있었다.

"쳐들어갑시다. 입 달랬다는 사람은 다 똑같은 소리요."

"쳐들어가는 일이 쉬운 일이 아니오. 또 그 소립니다마는 더 두고 봅시다."

핀잔을 받으면서도 *고산 강아지 감 꼬챙이 물고 나서듯 두고 보자는 소리밖에 더 할 말이 없어 전봉준은 웃으며 사람들을 달랬다.

전봉준은 중구난방으로 다그치는 그들을 겨우 빠져나와 장터 주막거리를 향했다. 임군한과 맥을 통하고 있는 주막으로 갔다. 주인 문만호는 동학도인데 동학도들의 모든 연락이 그에게 닿고 있었다.

주막거리에도 사람들이 웅성거리고 있었다. 주막은 셋이 몰려 있었다. 전봉준이가 앞장을 서서 그중 제일 큰 주막으로 들어섰다. 주모가 전봉준을 알아보고 반색을 했다.

"아이고, 어서 오시오. 안으로 드십시다."

주모는 행주치마 자락으로 물 묻은 손을 닦으며 안으로 들어갔다.

"고부 전접주님 오셨소."

주모가 안방 문에다 대고 소리를 지르자 문이 발딱 열렸다. 주인 문만호가 퉁겨나왔다.

"아이고, 오샜그만이라."

사내는 원행 나갔다 온 상전 맞듯 사뭇 고개를 주억거렸다.

"날씨가 차요. 어서 안으로 드십시다."

두 사람은 방으로 들어갔다. 전봉준은 스스럼없이 아랫목에 앉았다.

"송태섭 소식 들으셨소?"

"들었네."

"자기 집에서 안 자고 다른 디서 자고 있는디 밤중에 덮쳤다는 것 같그만이라."

"요새 여기도 지목이 심했던가?"

"말씀 마시오. 날마다 잡아가는 굿이었소. 잡아가기도 뭇으로 잡

아갔지라. 그로코 잡혀갔다하면 몸이 성해 갖고 나온 사람은 몇 안
돼요."

"김접주는 어디 계신가?"

"손접주님하고 어제 법소에 가셨다는 것 같소."

문만호는 은밀하게 할 말이 있다는 표정을 지으며 전봉준 귀로
입을 가져갔다.

"어제 임처사가 접주님 드리라고 돈을 갖다 놨소."

임처사란 임군한을 가리키는 호칭이었다.

"이따 주게."

전봉준이 낮은 소리로 말했다.

"그럼 우리는 가겠네. 나는 정읍으로 해서 영광으로 가네. 김접주
오시거든 그렇게 말하게."

전봉준은 자리에서 일어섰다. 김도삼이 먼저 방을 나갔다. 문만
호는 장롱을 따서 조그마한 보자기 하나를 내놨다.

"얼마라던가?"

"천 냥입니다."

전봉준은 돈을 받아 전대에 챙겼다.

11. 오순녀

전봉준과 김도삼이 정읍을 향해 들길을 걸었다. 이 들판은 모악산 줄기가 드리우는 산자락에 펼쳐진 들이다. 금구 북쪽에 우뚝 솟은 모악산은 금산사를 어미닭이 병아리 안듯 끌어안고 들판에다 산자락을 넓게 드리우고 있다.

전봉준은 저만치 황새머리라는 동네를 보면서 혼자 깊이 한숨을 쉬었다. 옛날의 추억과 함께 가슴 저미는 회한이 되살아난 것이다. 이 황새머리는 전봉준이 십대의 어린 시절을 살았던 동네였다. 전봉준 아버지는 가난한 살림에 이사를 자주 다녔다. 전봉준은 고창 당촌서 태어났는데, 그가 어렸을 때 아버지는 전주 봉황이란 데로 이사를 갔다가 다시 이 황새머리로 이사를 왔다. 전봉준은 여기서 살다가 18세 때 집을 나가 천하를 주유했으며, 전봉준이 집을 나간 사이 그 아버지는 김개남이 사는 지금실 밑에 동골이란 동네로 또 이사를 했고, 지금부터 사오 년 전에는 다시 지금 사는 고부로 이사를 했던 것이다.

전봉준이 이 황새머리에서 살다가 집을 나간 것은 오순녀吳順女라는 처녀 때문이었다. 서로 마음에 두고 있던 처녀가 부모들의 강권으로 동네 총각한테 시집을 가게 되자 전봉준은 집을 나가 천하를 떠돌았던 것이다. 그런데 오순녀와는 인연이 얄궂어 전봉준이 동골에서 고부로 이사 온 뒤 그 오순녀 집이 동골로 이사를 가서 지금도 거기서 사는 바람에 자기가 이사와 버린 동골마저 오순녀에 대한 회한의 한숨 속에 휩싸이고 말았다.

오순녀는 황새머리에서 제일 예쁜 처녀였고 집도 부자였다. 순녀가 젖가슴이 부풀어오를 무렵부터 전봉준은 순녀만 보면 실없이 가슴이 뛰었고, 순녀도 전봉준을 보면 유독 골을 붉혔다.

여기는 양반 고장이라 다른 동네보다 유독 내외가 심해서 전봉준과 오순녀는 어쩌다가 골목 같은 데서나 부딪치는 것 말고는 서로 만날 수가 없었다. 순녀는 차츰 나이가 차면서부터 밖에 나오는 일이 더욱 드물어 골목에서 스치는 일도 점점 뜸해졌다. 순녀 집은 논이 6백여 마지기나 되는 부자여서 순녀는 논밭일은 그만두고 밥도 남이 해주는 밥을 먹던 터라 다른 처녀들처럼 우물길에 나오는 일도 없었다.

이따금 그럴싸한 핑계를 만들어 한 동네에 사는 지기 외삼촌 댁에 잠깐 오는 것이 고작이었고, 어쩌다가 동네에 혼사 같은 일이 있거나, 추석 같은 명절이면 다른 처녀들에 휩싸여 얼굴을 내놓는 정도였다. 그때마다 전봉준과 오순녀는 서로 눈길을 부딪치며 가슴을 두근거렸다. 혼례를 치르는 대사집에 가면 오순녀는 처녀들 틈에서 전봉준을 찾아 눈을 번득이는 것이었고 전봉준도 처녀들 속에서 오순녀를 찾아 눈을 번득였다. 그러다가 서로 눈이 부딪치면 못 볼 것이라도 본 듯 얼른 눈을 피하는 것이었으나, 그렇게 눈이 부딪칠 때는 가슴속에서 심장이 얼어붙고 숨이 꺽꺽 막혔다. 그 눈길이 다른 사람한테 들킬까 싶어 가슴을 죄면서도 저도 모르게 눈길은 서로를 찾아 화닥닥 부딪쳤고 또 화닥닥 피했다.

그래서 전봉준은 동네서 혼사 날 받아놓은 처녀가 있으면 마치 자기 장가갈 날이라도 기다리듯 정작 장가가고 시집가는 당사자들보다 더 마음을 죄며 그날을 기다렸다.

순녀 외삼촌 김근택은 이 동네서 식자가 제일 많이 든 사람이었으나 전봉준 집처럼 집이 가난해서 손수 농사를 짓고 나무를 해다 뗄 지경이었다. 유유상종, 그는 전봉준의 아버지와 가까이 지냈는데 전봉준이 나이를 먹으면서부터는 전봉준과도 얼려 곧잘 시국담을 했다. 전봉준은 이따금 그 집에 오는 순녀를 볼 수 있어 일부러 평계를 만들어 그 집에 드나들었다. 조정에서 일본 사람들을 불러다가 우리 군대 조련을 시키게 되었다거나, 청국 군함이 인천 앞바다에 몇 척이 나타났다는 따위 한양 소식을 들으면 전봉준은 으레 김근택 씨 집으로 달려가 그 소식을 전하고 그로 인한 시국의 추이를 제멋대로들 이야기하기도 했다. 김근택은 그 스스로가 바깥출입이 잦기도 하여 그가 어디 나들이를 나갔다 오면 전봉준을 부르는 수도 있었다. 전봉준과 김근택이 시국담에 한참 열이 올라 있을 때 오순녀가 나타나기라도 하면 전봉준은 한층 신바람이 나서 일본이나 미국, 아라사 등 열강의 침략 야욕을 신랄하게 비판했다. 그럴 때면 김근택은 자네 말이 맞다고 맞장구를 쳐주었고 오순녀는 전봉준의 말에 귀를 기울이기도 했다. 전봉준은 아편전쟁이며 태평천국의 난 등 그 방면의 자기 지식을 은근히 과시하며 열을 올렸다.

오순녀는 하루가 다르게 숙성한 처녀의 풍성하고 여유 있는 분위기가 무르익어가고 있었다.

오순녀와 전봉준은 동갑이었는데, 그들이 열여덟 살 나던 해에 어디서 순녀한테 혼담이 들어왔다는 소문이 났다. 그 소리를 듣는 순간 전봉준은 어디 낭떠러지에서 떨어지는 것 같은 충격을 받았다. 누가 순녀한테 혼담을 넣었다는 것 그 자체가 부당하기 짝이 없는 일로 느껴졌다. 마치 자기 아내를 어떤 놈이 집적이는 것 같은 느낌이었다. 그러나 따지고 보면 자기와 순녀는 생판 남남이 아닌가? 혼담이 이루어져 그리 시집을 간다더라도 자기가 어쩔 것인가?

전봉준은 안타까운 마음을 어디다 호소할 데가 없었다. 이런 일을 의논할 가까운 친척 하나 없는 것이 새삼 답답하게 느껴졌다. 그런 친척이 있다 하더라도 내가 순녀한테 장가가겠으니 중매를 서달라고 할 수는 없었지만 지푸라기라도 붙잡고 싶은 안타까운 마음에 자기 주변이 되돌아보이던 것이다.

순녀를 두고 자기편에 서줄 사람은 순녀 외삼촌 김근택밖에 없었다. 그러나 전봉준은 그 일로는 입이 벌어지지 않았다. 전봉준의 속마음을 알 까닭이 없는 김근택은 엉뚱한 시국담만 늘어놨다. 만날 때마다 하는 이야기라, 김근택으로서는 자연스런 일이었으나, 그때부터 전봉준 귀에는 그런 소리가 전혀 엉겨오지 않았다.

얼마 뒤 그 혼담이 깨졌다는 소문이었다. 전봉준은 후유 한숨을 내쉬었다. 그러나 조급한 마음은 마찬가지였다. 다른 데서 또 혼담이 들어오지 말라는 법이 없었기 때문이다.

전봉준은 어머니한테 말을 해볼까도 여러 번 생각했으나, 역시 입이 떨어지지 않았다. 설사 말을 한다 하더라도 그 집하고 살림 형편을 비교하며 펄쩍 뛸 것이 뻔했다.

전봉준은 풀방구리에 새앙쥐 드나들 듯 거의 날마다 김근택 집을 드나들었으나 그 일로는 입이 얼어붙기라도 한 듯 말이 나오지 않았다.

그러던 어느 날이었다. 느닷없이 길목에서 오순녀와 맞닥뜨리고 말았다. 전봉준을 본 오순녀는 전보다 더 골을 붉혔다. 두 사람은 잠시 걸음을 멈췄다. 오순녀는 다소곳이 고개를 숙였다. 전봉준은 숨이 멎는 것 같았다. 이내 오순녀가 주변을 한번 살피더니 까만 눈을 들어 전봉준을 쳐다보았다.

"순식이 집에서 혼담이 들어온 것 같아."

"멋이, 이 동네 순식이?"

순녀는 고개를 끄덕여놓고 바쁜 걸음으로 전봉준 곁을 지나쳤다. 이 동네 순식이라면 자기보다 세 살이나 손아래 아이였다. 그러나 그 집은 논이 백 마지기가 넘는 부자였다.

전봉준은 몽둥이라도 한대 맞은 놈처럼 명청하게 그 자리에 서 있었다. 전봉준은 이날 오순녀의 까만 눈을 일생 동안 거의 하루도 잊어본 적이 없었다. 전봉준은 그날부터 밥맛을 잃고 말았다. 밥알이 모래알 같았다.

전봉준은 김근택 집으로 갔다.

"순식이 집하고 순녀 집에 혼담이 있다는 것 같던디 어뜨코 됐다요?"

전봉준은 몇 번이나 망설이다가 겨우 입을 뗐다.

"잘은 모르겠네마는 지금까장 들어온 혼처 중에서는 살림부텀 질로 난 것 같그만. 닷 섬지기면 그 살림이 어딘가?"

전봉준은 닷 섬지기란 말에 가슴이 칵 막혀오는 것 같았다. 기껏 일곱 마지기인 자기 집과 비기면 백여 마지기는 하늘과 땅 차이였다. 평소 부자를 부러워하지 않았던 것은 아니었으나, 이때처럼 섬지기로 셈하는 농사가 엄청나게 느껴진 적은 없었다.

안빈낙도, 나물 먹고 물마시고 팔을 베고 누워도 성현의 가르침을 따라 사는 것이 선비의 으뜸가는 도리요, 금덩어리를 돌같이 보는 것이 바로 그게 선비의 기개니라.

서당 훈장의 이런 소리를 지금까지 금과옥조로 생각해 오던 전봉준이었으나, 이런 지경에 당해서 보니 그게 얼마나 맥없는 소린지 몰랐다.

전봉준의 속마음을 눈치 챈 김근택은 그 아내와 의논을 한 것 같았고 내외가 넌지시 순녀의 부모들한테 전봉준의 이야기를 해본 것 같았다. 며칠 뒤 김근택은 전봉준을 앉혀놓고 무겁게 입을 열었다.

"일이 안 되고 본게 자네한테 헛 생색만 내는 것 같아서 말하기가 거북히네마는, 자네가 순녀한테 마음이 있는 것 같글래 우리 내외가 여러 가지로 그쪽 부모들한테 자네 말을 했네. 그런디 그쪽에서는 별로 마음이 없는 것 같네. 요새 세상에는 돈이 질 아닌가? 사람이 아무리 잘나도 돈 없으면 사람 축에 못 드는 것이 요새 세상인심이네. 돈이 양반이고 돈이 사람이여."

퇴짜 맞은 게 몹시 불쾌한 듯 김근택은 핀잔조로 말했다.

"아무리 세상인심이 그래도 세상에는 눈알이 제대로 백힌 사람이 있는 법이네. 사람을 제대로 알아보는 사람이 있는 거여. 이 세상에 여자가 어디 하나뿐이던가? 이럴수록 마음을 느긋하게 묵고 중심을 잃지 말아야 하네."

김근택은 전봉준을 위로했다. 전봉준은 하늘이 노래지는 것 같았다. 여태 무심하게 바라보았던 산천과 하늘이 갑자기 생소하게 느껴졌다. 손발에 힘이 빠지고 목구멍에 침이 말랐다. 이런 일로 목매달아 죽었다는 사람의 심정을 전봉준은 비로소 알 수가 있을 것 같았다. 지금 자기가 당하고 있는 이런 일을 많은 사람이 당했을 것인데, 이럴 때 그런 사람들은 어떻게 했는지 궁금했다. 전봉준은 무슨 중대한 일이 있으면 여태 배운 글귀를 생각해 보는 버릇이 있었다. 마음을 잠시 가라앉히고 혹시 무슨 그럴 듯한 소리가 없었던가 생각해 보았다. 그러나 그런 글귀는 한마디도 없었다. 비슷한 소리도 없었다. 전봉준은 새삼스럽게 놀랐다. 세상을 두루 살아 세상만사를 다 아는 것같이 이래라저래라 하는 성현의 말 가운데 이런 경우에 알맞은 말이 한마디쯤 있을 법했는데 그런 말이 한마디도 없는 것 같았다. 도대체 그런 사람들이 이런 절박한 일을 당해보기나 했으랴 싶은 생각이 들며, 이런 기막힌 경우를 당해보지도 않고 사람 사는 법도가 어떻고, 이러쿵저러쿵 하는 성현들의 말이란 얼마나 한가한 소리들인가 싶었다. 이런 경우에는 아무 쓸모도 없는 그런 성현의 말을 믿고 살아온 지금까지의 생애는 인생의 겉만 살아온 것같이 느껴지기까지 했다.

혼담은 그쪽으로 무르익어 사성이 오고 추석 며칠 뒤로 혼사 날까지 났다는 소문이었다. 행여나 했던 마지막 기대까지 무너지고 말았다. 전봉준은 김근택 집을 계속 드나들었다. 순녀가 한 번쯤 거기나올지 모른다는 생각에서였다.

그러던 어느 날이었다. 김근택 아내가 전봉준에게 넌지시 귀띔을했다.

"순녀도 즈그 어무니한테 자네 말을 했던 것 같네. 이것은 큰일날 소린께 자네만 알고 말게마는, 그 어무니는 자네 쪽에 마음이 없지도 않았던 모냥인디, 순녀 아부지가 튼 것 같네. 아부지가 트는디야 별수 있겠는가? 사성이 온 뒤 순녀가 얼마나 울었던지 눈이 퉁퉁부었대. 끌끌."

김근택 아내는 애처로워 못 견디겠다는 표정이었다.

추석이 다가오고 있었다. 명절이 다가오면 언제나 그렇듯 어린이나 어른이나 모두 명절을 기다리는 마음으로 들떠 있었다. 더구나, 이번 추석에는 금구에서 난장을 튼대서 젊은이들이나 아이들은 한층 더 들떠 있었다. 향청을 수리할 경비를 마련하려고 난장을 튼다는데, 씨름판에는 황소가 한 마리 걸렸다는 것이다.

어른 아이 없이 난장 소문으로 떠들썩했다. 젊은이들은 나무하러가는 뒷벌이니 소 먹이는 잔디밭이나 웬만한 자리만 있으면 씨름손을 잡고 뒤엉켰다. 저마다 판을 할 꿈에 부풀어 솜씨를 가다듬었다.

다른 동네 아이들보다 유독 황새머리 아이들이 극성이었는데, 거기에는 그만한 까닭이 있었다. 3년 전 여기 원평에서 난장을 텄을 때 중씨름판에서 전봉준이 판을 했기 때문이다. 그때 전봉준은 자기보다 몸피가 거의 두 배나 되는 놈을 눕히고 판을 했던 것이고, 그때부터 전봉준은 소년장사로 이름을 날렸다.

중씨름은 15, 6세 전후 아이들 판인데 그때 전봉준이 판을 할 때는 이 판에 무명이 한 필 걸려 있었다. 상을 받은 무명을 풀어 온 몸뚱이에 감고, 동네 아이들 무동을 타고 의기양양하게 동네로 들어왔다. 동네 사람들은 모두 내다보고 좋아라 했다. 전봉준은 천하를 얻은 듯 의기양양 무동을 탄 채 동네 골목을 한 바퀴 돌아왔다. 순녀가 제 식구들 틈에서 내다보고 좋아라 웃는 것을 보았을 때는 하늘로 날아가는 기분이었다. 그런데, 정작 칭찬을 들어야 할 집에 오니 날벼락이 기다리고 있었다. 회초리를 든 아버지가 눈을 부릅뜨고 있었던 것이다.

“이노옴, 글을 읽어 진사에 뜻을 두어야 할 장부가 상것들하고 씨름판에나 어울린단 말이냐? 그 따위 경망한 짓을 하고도 어찌 선비라 할 것인가?”

진사란 과거를 보아 벼슬길에 나간다는 소리였다. 전봉준은 여태 아버지한테서 이렇게 무서운 꾸중을 들어본 일이 없었다. 목침 위에 올라서서 종아리를 열 대나 맞았다. 전봉준은 그때는 정말 자기가 잘못했다고 생각했다.

그러나 철이 들면서 조금씩 세상 물정을 알게 되자 그때 아버지가 말하던 진사의 뜻이란 게 얼마나 허망한 백일몽인가를 알게 되었다. 처음부터 끝까지 돈으로 흥정되는 과거에 합격한다는 것은, 자기 같은 가난뱅이로는 글자 그대로 하늘에서 별 따기였다.

추석날이 되었다. 동네 아이들은 예닐곱 살 조무래기에서부터 나이 찬 어른들까지 갈 만한 사람은 다 난장판으로 몰려갔다. 그러나 전봉준은 전혀 관심이 없었다. 전봉준은 하루 종일 방구석에 틀어박혀 꼼짝을 하지 않고 있었다.

밤이 돼서야 정자나무 밑으로 갔다. 난장판 이야기로 떠들썩했다. 전봉준은 한쪽에 앉아 그들 이야기를 듣고 있었다. 저쪽에서는 동네 처녀들이 한데 모여 노는 소리가 떠들썩하게 들려왔다.

난장은 새로 장을 개설하거나, 이번 금구에서처럼 공적인 돈이 필요할 때 그 경비를 마련하려고 트는 것이 예사였다. 기간은 닷새가 보통이었으나, 더러 열흘 동안 트는 경우도 있었다. 이번은 닷새였다. 난장에는 노름과 씨름판이 주종이었다. 법률로 금하고 있는 노름을 관에서 허락을 한 터라 팔도의 노름꾼과 건달들이 모여들었다. 난장을 트면 음식 장수뿐만 아니라 예사 장처럼 별의별 장사치들이 다 몰려들기 때문에 거기서 자릿세를 받고, 노름판에서는 돈을 딴 사람한테서 일정한 비율로 돈을 뜯었다. 마치 노름방을 벌려준 집에서 불공을 뜯는 격이었다.

씨름판에는 황소가 한 마리 걸려놓으니 처음부터 열기가 대단한 모양이었다. 발 들여놓을 틈이 없더라고 했다. 이번 씨름판에는 남원 장사도 오고, 구례 장사, 부안 장사 등 손꼽히는 장사들이 다 왔다고 했다. 동네 아이들은 난장 이야기로만 신명이 났으나 전봉준은 멍청하게 딴 데를 보고 앉아 있었다. 추석달이 유난히 밝았다. 처녀들의 쾌지나칭칭 나네 소리가 달빛을 타고 동네 안통에 퍼지고 있었다.

전봉준은 자리에서 일어나 집을 향했다. 처녀들이 놀고 있는 집 쪽을 연신 돌아보면서 걸었다. 전봉준은 자기 집 앞에까지 갔으나 선뜻 돌아서고 싶지가 않아 사립문 앞에서 실없이 다시 돌아섰다. 그러나 정자나무 밑으로도 가고 싶지 않았다. 처녀들이 노는 집 쪽 골목으로 발을 옮겼다. 얼마 가지 않아서였다. 저쪽에서 이리 달려오는 사람이 있었다. 순녀라는 것을 직감했다. 순녀도 깜짝 놀라 걸음을 멈췄다. 그도 전봉준을 알아보고 이쪽을 빤히 건너다보고 있었다. 꼭 이러자고 미리 약속이라도 했던 것 같았다.

"저 뒤로 가!"

전봉준은 순녀의 손을 덥석 잡아 길가의 섶나무 벼늘 뒤로 끌었다. 순녀는 전봉준이 서두는 만큼 잽싸게 따라왔다.

"무슨 수가 없으까?"

전봉준은 다급하게 물었다. 순녀는 전봉준에게 잡힌 손을 빼려했다. 전봉준은 더 세게 틀어쥐었다.

순녀는 손을 맡긴 채 얼굴을 들어 전봉준을 빤히 쳐다보았다. 나뭇가지에 부서진 달빛 아래서 순녀의 까만 눈이 전봉준을 애처롭게 쳐다보고 있었다. 전봉준도 말없이 내려다보고 있었다. 이내 순녀의 양쪽 볼에 두 줄기 눈물이 흘러내리고 있었다. 전봉준은 순녀의 손만 더 힘 있게 틀어쥐며 눈물이 흘러내리고 있는 순녀 얼굴을 말없이 내려다보고 있었다.

그때였다. 저쪽에서 조무래기들 한패가 킬킬거리며 이쪽으로 몰려오고 있었다.

"이리 숨자!"

앞에 도망쳐오던 조무래기들이 킬킬거리며 느닷없이 나무벼늘 뒤로 홱 쏠려들었다. 조무래기들이 무춤했다.

기겁을 한 순녀는 두 손으로 얼굴을 싸고 도망치고 말았다. 조무래기들은 한참 동안 멍청하게 전봉준을 건너다보고 있다가 무춤무춤 뒷걸음질을 쳤다. 전봉준은 넋 나간 꼴로 그 자리에 멍청하게 서 있었다.

조무래기들 입에서 흘러나온 소문은 삽시간에 동네에 쫙 퍼지고 말았다. 모두 쉬쉬 하며 귓속말로 건너다녔으나, 소문이 소문이라 날개라도 돋친 듯 온 동네에 퍼져버렸다. 소문은 끝내 순녀 어머니 귀에까지 들어가고 말았다.

"먼 소리가 이런 생사람 잡을 소리가 있다냐?"

어머니가 순녀한테 새파랗게 다그쳤다. 순녀는 흑흑 느껴 울기만 할 뿐이었다.

"그라먼, 그 소문이 헛소문이 아니고 참말이란 말이냐?"

순녀가 우는 것을 본 어머니는 입이 딱 벌어지고 말았다.

"말을 쪼깨 해봐라. 나무벼늘 뒤에서 봉준이하고 으짜고 있었다는 소리가 그런께 그것이 참말이란 소리냐?"

순녀는 두 손바닥에다 얼굴을 파묻고 어깨만 들썩이고 있었다.

"아니, 시상에 먼 일이 시방 이런 일이 있다냐?"

어머니는 억장이 무너져 얼굴빛마저 하얗게 질리고 있었다.

"어뜨코 된 일이냐? 속이나 알자. 어서 말을 쪼깨 해봐라. 어서 말을 해봐!"

순녀 어머니는 가쁜 숨을 내쉬면서도 감정을 수습하느라 안간힘을 썼다.

"이것이 시방 울고 있을 일이냐? 이 일이 보통 일이여? 날 받아논 년이 남의 총각하고 으쟀다니 이것이 시방 보통 일이냐 말이다."

순녀 어머니는 자기 가슴을 쥐어뜯으며 종주먹이었다. 그러나 순녀는 그냥 느껴 울고만 있었다.

"그란께, 그날 저녁 놀러갔다 오다가 거그서 짜박 그놈을 만났는디, 니가 안 갈락 해도 그놈이 너를 억지로 그 나무벼늘 뒤로 끗고 갔지야?"

어머니는 좋을 대로 말을 밸라 물었다.

"틀림없구나. 그랬으면 그랬제, 그놈의 자석을 가만둬서는 안 되겠다. 그놈의 자석이 억지로 끗고 간 것이 틀림없구나. 그렇지야?"

순녀 어머니는 시퍼래지며 다그쳤다. 순녀는 이내 고개를 저었다.

"멋이여? 아니라고? 그라면 손이라도 잡고 니 발로 나무베늘 뒤로 갔단 말이냐?"

순녀는 울음을 그쳤으나, 대답은 하지 못했다.

"어서 말을 해봐라, 복장이 터져 못 살겠다. 속이나 알게 말을 해봐."

"그 사람한테는 허물이 없소."

순녀는 또렷한 목소리로 대답했다.

"머, 멋이라고? 그놈한테 허물이 없다니, 그럼 니가 그놈한테 꼬리를 쳤다는 말이냐? 혼삿날 받아놓고 열흘도 안 남은 년이 그래 놈의 사내한테 꼬리를 쳤단 말이여?"

어머니는 숨을 헐떡이며 종주먹이었으나, 순녀는 대답하지 않았다.

"오매, 오매. 시상에 먼 일이 시방 이런 일이 있으까? 양반 집안에 화냥년이 났구만, 화냥년이 났어. 망했다, 망했어. 우리 집은 인자 망했어."

어머니는 제정신이 아니었다.

"오매 오매, 이것이 먼 일이까? 혼사 깨지는 것은 그만두고 집안이 망했어. 화냥년 난 애비가 의관 쓰고 문중 출입을 하겄냐, 향교 출입을 하겄냐? 사당에는 먼 낯으로 드나들며, 동네 골목엔들 먼 광대를 쓰고 얼굴을 내놓겄냐?"

어머니는 질탕관에 두부장 끓듯 바글바글 끓었다.

"시상에, 이것이 먼 일이 이런 일이 있으까? 느그 아부지나 나나 너를 키울 적에 크게 부실한 디가 없었는디, 마가 끼었으면 먼 마가 으뜨코 끼었간디, 일이 생겨도 이런 일이 생기까? 조상 봉대도 그만큼 정성을 드래서 했으면, 조상들도 내려다보고 있었을 것이고, 묏자리 하나도 그런 쪽으로 부실한 구석이 있다는 소리도 못 들었는디, 시상에 날벼락도 유분수제 이것이 시방 먼 일이까?"

어머니는 그대로 방바닥에 몸뚱이가 녹아내리기라도 할 것 같았다. 어머니는 이내 말없이 멍청하게 순녀를 건너다보고 있더니 크게 무얼 결심이라도 한 것 같았다.

"그럴 리가 없다. 우리 집안이 대대로 어뜨코 내려온 집안이고, 우리가 어뜨코 키운 너라고 니 사날로야 그런 일이 있겄냐? 씨가 있고 종자가 있고 가풍이 있는니 어뜨코 그런 일이 있겄어? 이것은 틀림없이 동네 여편네들이 맨들어낸 소리다. 조무래기들이 잘못 본 것을 갖고 말을 맨들어냈다. 우리 동네 여편네들같이 입싼 여편네들도 없어. 발뒤꿈치 나오면 엉뎅이 나왔다고 하는 년들이다. 그렇지야? 내 말이 틀림없지야? 내 말이 틀림없을 것이다."

순녀 어머니는 멋대로 말을 하며 허물을 동네 여편네들한테로 돌려버렸다.

"내 말이 틀림없다, 틀림없어. 못된 여편네들이 말을 맨들어낸 것이여. 시상에 말을 맨들어도 맨들 말이 따로 있제, 시방 이런 소리가 먼 소리라고 그런 주둥아리를 놀린단 말이냐? 길이 아니면 가지를 말고, 말이 아니면 하지를 말랬는디, 그래 할 말이 따로 있고 욍길 말이 따로 있제, 주먹만 한 조무래기들 말을 그것이 말이라고 챙겨 듣고 부풀래도 이로코 부풀래서 생사람을 잡는단 말이냐? 이년들을 내가 가만둬서는 안 되겠다."

어머니가 이를 앙다물며 을러멨다.

오순녀 어머니는 그 달음으로 김근택 아내 등 가까운 친척 여자들을 대여섯 명 불러 모았다.

다음날이었다. 김근택이 전봉준을 보잔다는 것이었다. 전봉준은 올 것이 왔구나 했다. 전봉준이 들어서자 김근택은 곰방대를 빨며 한동안 말이 없었다. 말을 꺼내기가 몹시 거북한 모양이었다.

"말을 하기가 여간 난감하지 않네마는, 내가 자네하고 평소에 가까이 지냈던 정분도 있고 해서 이런 말을 하는 것인께, 내가 한쪽으로 치우쳐서 말을 한다고 생각하지는 말게."

김근택은 말을 해놓고 또 한참 동안 뜸을 들이고 있었다.

"그 집서 자네한테 부탁을 해달라는 이얘긴디, 기왕지사는 기왕

지사로 탓을 않을 것인게 더나 말썽이 없게 해달라는 것이네. 그 두
집 새에서는 동네 애기덜이 잘못 보고 헛소문을 낸 것으로 피차에
양해가 된 것 같네. 그란게 자네도 그리 알고 더나 말이 없게 해달라
는 것이구만. 자네 지금 심정을 모를 바는 아니네마는, 일은 벌써 크
게 다른 길로 가부렀은게 그리 알고 깊이 생각하게."

전봉준은 입을 처깔한 듯 꾹 다물고 앉아 김근택 말만 듣고 있
었다.

"무슨 일이든지 힘을 써서 될 일이 있고, 안될 일이 있네. 수레가
고개를 넘으면 제 힘으로 굴러가지 않던가?"

전봉준은 가볍게 한숨을 깔아 쉬었다. 두 사람 사이에 잠시 무거
운 침묵이 흘렀다. 전봉준한테서 무슨 말을 기다리던 김근택은 끝내
말이 없자 다시 자기가 입을 열었다.

"전에도 이야기했네마는, 순녀가 자네하고는 연분이 안 닿는 것
같네. 세상에 여자가 어디 하나뿐이던가? 마음을 든든히 먹고 이 고
비를 넘기게."

"감사하요."

전봉준은 고개를 숙여 인사를 하고 훌쩍 일어섰다. 그 집을 나와
들길로 나섰다. 처음부터 어디를 가자고 작정을 하고 나선 것이 아
니었다. 그냥 발길 따라 나선 것이다. 벼가 누렇게 익어가는 들판에
는 가을 햇볕이 따갑게 쏟아지고 있었다. 얼얼한 기분이었다. 들판
에는 여기저기서 새 떼를 쫓고 있었다. 저쪽에서 두 처녀가 노래를
부르고 있었다. 참새가 오지 않아 심심한지 노랫소리가 한가했다.

새야 새야 녹두새야

웃녘 새야 아랫녘 새야

전주 고부 녹두새야

함박 쪽박 딱딱 후여

처녀들의 노랫소리가 오늘따라 야릇한 감개를 몰고 왔다. 전봉준은 생각에 잠겨 하염없이 들길을 걸었다(〈새야 새야 파랑새야〉 노래는 농민전쟁 이전에 이미 이런 내용으로 불리고 있었다. 황매천은 이 사실과 함께 이 노래를 한자로 기록해 놓은 바 있다).

전봉준은 집을 나가기로 결심했다. 순녀가 시집을 가기 전에 집을 나가야 한다고 생각했다. 순녀가 남의 아내가 되어 사는 것을 보고는 도저히 이 동네서 살 수가 없을 것 같았다. 어디로 갈 것인가, 여러 가지로 궁리를 굴려보았다. 전에 여기서 서당 훈장을 하던 지산 선생이 고부 궁동면 말목장터에서 약방을 내고 있으니 그 선생을 찾아가 그런 일을 배울 수도 있었다. 지산 선생은 서당 학동들 가운데서 자기를 제일 예뻐했던 터라 두말없이 받아줄 것 같았다.

사실 전봉준은 전부터 집을 나갈 생각을 막연하게 하고 있기도 했다. 여기서 농사 일곱 마지기 들여다보고 있어보았자 백 년 가도 그 팔자를 면할 수 없을 것 같아서였다. 약방 말고 또 한 가지 길은 이따금 자기 집에 자기 아버지를 찾아오는 풍수를 따라다니며 풍수질을 배우는 것이었다. 천하를 내 집 삼고 훨훨 돌아다니는 것만으로도 답답한 마음이 풀릴 것 같았다. 그 풍수는 후암 선생이라는 경상도 하동 사람으로 아버지와는 절친한 사이였다. 그는 지금도 이따

400

금 자기 집에 찾아오는데, 그때마다 전봉준의 총명한 머리와 사람됨을 극구 칭찬하는 사람이었다.

전봉준은 광주를 거쳐 동복, 화순, 능주를 지나 나주에 이르렀다.

그날은 마침 나주 장날이었다. 나주는 전라도에서 전주와 함께 두 개밖에 없는 목牧이니, 전라도의 두 번째 수부라 할 수 있는 곳이었다. 그러나 여기는 동학이 제대로 뿌리를 내리지 못하고 있는 곳이었다. 양반들이 드센데다 그만한 인물이 없었다. 오권선이란 사람이 맡고 있었으나, 교세가 보잘 것 없었다.

전봉준은 장판으로 들어섰다. 만날 사람이 있었기 때문이다. 청년 시절 금구 씨름판에서 연을 맺었던 김일두가 여기서 푸줏간을 지내고 있었다.

"아이고, 접주님!"

김일두는 고기를 팔고 있다가 전봉준을 보자 반색을 했다. 곁에 있는 비슷한 나이의 사내에게 칼을 넘기고 밖으로 나왔다.

"그 동안 한 번도 여길 지나실 일이 없었단 말이오?"

김일두는 *처녑을 한가닥 크게 썰어가지고 나와 전봉준을 주막으로 끌었다.

청년 시절 금구 씨름판에서 헤어진 뒤 전봉준은 3년 만에 뜻밖의 자리에서 김일두를 만났다. 장성 갈재 밑 목란 주막에서였다. 김일두는 전봉준을 만나자 반가워 못 견뎠다. 한번은 전봉준 집을 찾아갔더니 원행을 나갔다고 해서 못 만났다며, 이렇게 만날 줄은 몰랐다고 어린애같이 좋아했다. 김일두는 고향이 정읍이었는데, 나주에서 푸줏간을 내고 있는 자기 큰아버지가 자식이 없어 그리 양자로 갔다는 것이다.

전봉준은 그 뒤 나주를 지날 일이 있으면 간혹 그 푸줏간에 들렀다. 김일두는 겪어볼수록 사람이 신실하여, 얼마 전에는 임군한한테도 소개를 했다. 그 뒤 임군한과도 의기가 투합하여 꽤 가까이 지내는 것 같았다.

"접주님, 오늘 일정이 어떻게 되시지요? 웬만하면 여기서 주무시고 가십시오."

"무슨 일이오?"

"청이 하나 있소이다."

김일두는 전봉준에게 잔을 권하며 새삼스럽게 정색을 했다.

"외람된 말씀이오나, 오늘 저녁에는 우리 집에서 소찬이나마 저녁을 대접할까 합니다. 아시다시피 우리 백정들은 세간의 동네에서 멀리 떨어져 우리끼리만 따로 모여 사는 형편이라, 세간 사람들도 우리 동네에 내왕이 없고, 우리 또한 다른 사람들이 오는 것을 좋아하지 않습니다. 그런 동네로 모시기가 조금 주저됩니다마는, 긴하게 의논할 일이 있어 모시고자 합니다."

김일두의 어조는 여느 때 없이 정중하고 간절했다. 허물없이 지내던 간으로는 이쪽에서 당황할 정도였다.

백정은 팔천 중에서도 제일 밑바닥 천민이라, 양반들은 두말할 것도 없고 예사 상민들도 그들과 가까이 하는 일이 없었다. 고기 사는 일 말고는 가까이 말을 건네는 것조차 꺼려했다. 세상 사람들이 그들 동네에 오는 일은 별로 없었지만, 어쩌다 하는 수 없이 올 일이 생기면, 마치 문둥이 동네라도 온 것같이 볼일만 얼른 보고, 누가 칼을 들고 쫓기라도 한 듯, 등 밀리는 걸음으로 황급히 내빼던 것이다. 그래서 그들도 그런 사람들이 자기 동네에 오는 것을 몹시 꺼려했다. 쭈뼛거리며 일을 보고 급하게 내빼는 꼴도 보기 싫었지만, 도살장에서 나는 비린내에 코를 싸쥐는 꼴도 아니꼬웠고, 더구나 자식들 앞에서까지 똑똑 말을 부질러 하대하는 소리도 새삼스럽게 듣기 싫었던 것이다.

"여기 접주를 찾아볼 일이 있으니 그 사람을 만난 다음에 가리다."

"오늘 만나기로 기별이라도 해두셨는가요?"

"아닙니다."

"그럼, 사람을 놔봐야겠소. 지목이 심해 집에 없을 거요. 세지 쪽으로 갔다는 소리를 들었소."

"기별이 닿거든 모레나 글피 영암에서 만나잔다고 전하라시오."

"알겠습니다."

김일두가 잠깐 나갔다가 들어왔다. 사람을 보내놨다고 했다. 한참만에 오권선 집에 갔던 사람이 돌아왔다. 역시 집에 없다는 것이다. 전봉준이 전하라는 대로 전했다고 했다.

전봉준과 김일두는 해거름에 김일두 집을 향했다. 김일두는 패랭이를 쓰고 앞을 섰다. 김일두가 사는 백정들의 동네는 나주읍내에서 영산강둑을 타고 한참 내려간 강가에 있었다. 잿등이란 곳이었다. 네댓 채의 집이 옹기종기 모여 있었고, 바로 강가에 따로 큰 집 한 채가 있었다. 도살장인 듯했다. 김일두 집은 그중 조금 큰 집이었다.

부엌에서 일을 하던 김일두 아내는 치맛귀로 물 묻은 손을 닦으며 마당으로 나왔다. 허리를 깊숙이 숙여 전봉준에게 인사를 했다. 전봉준도 허리를 똑같이 깊이 숙여 맞절을 했다. 서서 하는 절로는 전봉준이 여태 이렇게 깊이 허리를 숙여본 일이 없었다. 김일두 아내는 저고리에 동정이 없고 옷고름은 단추를 달고 있었다. 백정들은 여자나 남자나 동정을 못 달게 되어 있고, 옷고름도 넓고 긴 옷고름은 못 달게 되어 있으며, 치마도 말기를 달지 못하게 했다. 그리고 남자들이 나다닐 때는 반드시 패랭이를 써서 멀리부터 그가 백정인지를 알아보게 했다.

그때 저쪽 방에서 스물이 갓 넘었을까 한 젊은이가 하나 나왔다. 젊은이를 본 전봉준은 눈이 휘둥그레지고 말았다. 허우대가 헌칠하고 얼굴이 준수하기가 여간 귀골이 아니었다. 그런데, 머리가 깎여 있었다.

"옷 갈아입고 이쪽 방으로 온나."

젊은이는 다시 제 방으로 들어가고 김일두는 전봉준을 안방으로 안내했다. 아랫목으로 자리를 권했다.

젊은이가 옷을 갈아입고 들어왔다. 역시 동정이 없고 옷고름은 쥐꼬리 같았다.

"제 자식 놈입니다."

젊은이가 전봉준 앞에 너부죽이 절을 했다.

"김만수라 하옵니다."

전봉준은 푸줏간에서는 한 번도 이 젊은이를 본 적이 없었다. 아까 처음 보았을 때는 얼핏 무슨 사연이 있는 사람이 여기서 피신이라도 하고 있는 게 아닌가 했다. 준수한 얼굴을 보니 새로 갈아입은 옷에 달린 옷고름이 새삼 처량하게 보였다.

상이 들어왔다. 마음먹고 차렸는지 그들먹했다.

"술을 따라 올려라!"

만수가 무릎을 꿇고 주전자를 들었다. 전봉준이 잔을 들었다. 정중하게 술을 따랐다. 노랗게 잘 익은 청주였다. 술구더기가 알맞게 떴다. 김일두도 아들한테서 잔을 받았다.

"드십시다."

두 사람은 술을 주욱 들이켰다.

"편히 앉아 한잔 받게."

전봉준이 만수한테 잔을 넘기며 말했다. 만수는 무릎을 꿇은 채 잔을 받았다. 전봉준이 술을 따라 주었다. 만수는 고개를 돌리고 조심스럽게 잔을 기울였다. 만수는 빈 잔을 전봉준한테 다시 넘기고 술을 따랐다. 술을 받은 다음, 전봉준이 거듭 편히 앉으라고 해서야 만수는 자세를 고쳐 앉았다.

"아들을 참 잘 두셨소."

"예, 몸도 강단지거니와 총기도 어지간하여 사람 하나만 내놓기로 하면 누구한테 별로 꿀릴 것이 없습니다만……."

김일두는 말끝을 흐렸다. 몸은 자기 아버지의 저만 때보다 더 단단해 보였다.

"저놈한테까지 조상의 천한 가업을 그대로 물려주기가 너무나 가슴이 아파 지나새나 마음에 얹혀 있는 것이 그것입니다. 여러 모로 궁리 끝에 5, 6년 전에는 부처님한테 귀의나 시킬까 하여 탁발 나온 스님한테 딸려 보냈더니, 연이 닿지 않았던지 지난봄에 환속을 하고 말았습니다. 그래도 절에 있는 사이 글을 깨쳐 까막눈 신세는 면했으나 그것만이라도 득이라면 득이 아닌가 싶습니다."

김일두는 전봉준에게 잔을 넘겼다. 비로소 머리 깎은 사연을 알수 있었다. 자식 이야기를 하고 있는 김일두 눈자위에는 여태 보지못했던 회한의 그림자가 짙게 드리워 있었다.

"오늘 소인이 접주님을 이런 누추한 데까지 모신 것은 이런 넋두리나 하자는 것이 아니옵니다. 이놈을 접주님께서 맡아 주십사 하는간청을 드리고자 해서입니다. 이것은 오늘 갑자기 작정한 일이 아니고 이미 작정을 하여 저 아이하고도 의논을 끝내 놓고 접주님 오시기만 기다리고 있던 참입니다. 접주님을 찾아가 뵙게 하려고도 생각했으나, 임두령 말이 쉬 이쪽에 한번 오실 거라 해서 기다리고 있었지요."

전봉준은 너무나 뜻밖의 말에 입으로 가져가려던 잔을 멈추고 김일두를 빤히 건너다보고 있었다.

"조상을 잘못 만나 비록 천하게는 태어났습니다만, 타고난 재기가 있어 눈치도 웬만하고, 남을 도우려는 협기도 어지간합니다. 처음 절에서 돌아왔을 때는, 팔자가 그런가 보다 하고, 천업일망정 먹고 살 길은 이 길뿐이니 아비의 업을 이으라 했으나, 부처님한테 귀의는 못 했어도 살생을 금하는 절 풍속 하나는 몸에 배었는지, 칼을잡으려 하지 않습니다. 군사는 창칼을 들어야 싸움을 할 것이고, 농투산이는 연장을 들어야 농사를 지을 것인데, 이놈이 칼을 마다하니여기서야 어데다 쓰겠습니까?"

김일두는 쓸쓸하게 웃었다. 전봉준은 김일두 말솜씨에 새삼 놀랐

다. 귀의니 환속이니 유식한 어휘하며 의젓한 어조가 양반 뺨칠 지경
이었다. 만수의 의젓한 기품도 뿌리가 있는 것이 아닌가 싶었다.

"소인이 어렸을 때 아버님이나 할아버님한테서 배운 것이라고는
객기를 부리지 말란 것 한가지뿐이었습니다. 네가 백정이라고 세상
사람들이 하대하는 것을 하나하나 아니꼽게 생각하고 대들다가는
이 세상 전부를 뒤엎어야 한다. 너한테 그럴 힘이 있느냐? 지는 것이
이기는 것이다. 네가 부딪쳐 이겨야 할 것은 네 마음 하나뿐이다. 항
상 이런 소리만을 듣고 자랐습니다. 전에도 한번 이야기한 적이 있
습니다마는 씨름판에서 다 이겨논 씨름을 져주기란 이만저만 어려
운 일이 아니었습니다."

전봉준은 금구 씨름판의 광경이 선하게 떠올랐다. 전봉준이 황새
머리에서 집을 나오기 바로 그 앞 해의 일이었다. 그때는 난장이 아
니었지만 추석 때 씨름판이 크게 벌어졌는데, 낯선 씨름꾼 하나가
이름 있는 씨름꾼들을 물리치고 승승장구 올라오고 있었다. 드디어
그가 정읍 백정의 아들이라는 사실이 밝혀져 말썽이 생겼다. 그러나
군중은 백정이면 어떠냐고 소리를 질러 다시 씨름판이 어우러졌고,
그는 드디어 막판 상씨름판에 오르고 말았다. 모두 손에 땀을 쥐었
다. 판은 일승일패로 치달아 마지막 한판을 남기고 있었다. 손에 땀
을 쥔 군중은 이상하게도 모두 그 백정을 응원하고 있었다. 씨름손
을 잡고 몇 번 휘돌던 그가 제대로 배지기를 걸었다. 그런데, 이게
웬일인가? 금방 제낀다 하는 순간 그만 허무하게 판이 뒤집히고 말
았다. 마지막 힘을 쓰던 그가 거꾸로 모래판에 나자빠지고 만 것이
다. 그는 씁쓸하게 웃으며 일어나 손의 모래를 털며 군중 속으로 사

라지고 말았다. 군중은 어이가 없어 입만 떡 벌리고 제자리에 서 있었다.

"귀에 못이 박혀 있던 선친들의 말이 아니었더라면, 나는 그 씨름판에서 함성을 지르는 군중의 운김에 들떠 그대로 그자를 *메어꽂졌을 것이고, 그랬더라면, 나는 금구 건달들 등쌀에 상은 그만두고 제발로 금구바닥을 걸어 나오지도 못했을 것입니다. 혼자 쓸쓸하게 금구바닥을 빠져나왔을 때는 꼭 섭섭한 기분만은 아니었습니다. 한편으로는 개운하기도 했습니다. 씨름에도 이긴 셈이고, 나를 이기기도 했으니 두 가지를 이긴 셈이었지요. 하하."

김일두는 비로소 호방하게 웃었다. 전봉준은 김일두한테서 범인으로서는 쉽게 흉내도 못 낼 달인의 모습을 보는 것 같았다.

"항상 나는 외토리였고, 세상 사람들은 한 번도 나를 편든 적이 없었습니다. 세상 사람들이 내 편을 들어 주는 것은 그 씨름판에서 처음이었습니다. 그래서 그때부터 항상 빗보기만 하던 세상을 달리 보게 되었지요. 그런데, 근자에 동학을 접하고 나서 비로소 우리 같은 천민도 한몫의 사람으로 쳐서 싸안아 주는 데가 있다는 것을 알게 되었습니다. 사람은 곧 하늘이다. 다 하늘일 뿐 귀천이 없다. 이 소리를 듣고 느낀 내 기분이 어떠했는 줄 아십니까? 꼭 금구 씨름판에서 내가 상대를 옆구리에 추어올렸을 때, 와 하는 군중의 소리를 듣는 것 같았습니다. 저 아이도 이 근래 동학에 입도를 했습니다. 나는 동학의 이런 교리를 세상에 펼치는 일이라면 내 목숨까지도 기꺼이 내놓겠다고 결심하고 있습니다. 아마 저 아이도 나하고 같은 생각일 것입니다. 저 아이를 맡아서 써주십시오. 사람을 사람으로 보

408

는 동학의 일이라면 불속엔들 못 뛰어들겠습니까?"

김일두의 말은 한마디 한마디가 뼛속에서 우러나오는 소리같이 비장했다. 조상 대대로 천대만 받고 살아오던 저 밑바닥 천민의 뼛골에 사무친 원한이 가슴을 쾅쾅 치고 있는 것 같았다.

"부모자식 간의 연을 끊어 절간으로 쫓기까지 했던 다음이니 아무것도 괘념할 것이 없습니다. 그때는 일신 하나만 이런 천직에서 벗어나기 위해서도 그랬는데, 세상을 구하고, 더구나 우리 백정들의 한을 푸는 일인데야 더 이를 말씀이 있겠습니까? 나도 자식 하나 없는 것으로 칠 것이요, 저 아이도 부모 없는 외토리다 생각하면 그만일 것입니다."

전봉준은, 구구절절 비장하기 이를 데 없는 김일두의 말을 들으며 뚝배기에 든 두꺼비처럼 눈알만 뒤룩거리고 있었다. 전봉준은 앞에 놓여 있는 잔을 주욱 들이켰다.

"절에서는 무슨 공부를 어떻게 하였더냐?"

전봉준이 물었다.

"처음에 가서는 나무하고 밥 짓고 그런 잔일을 함시로 언문과 진서로 되어 있는 불경 공부를 했습니다. 1년 뒤에는 다른 스님을 찾아가 계를 받았으나, 스님 말씀이 별로 크게 와 닿는 것이 없었습니다. 그래도 한번 내친걸음이니 열심히 정진을 하자고 마음을 도사려먹고 공부를 했습니다. 그러면서 마침 거기에 무술이 출중한 도반이 하나 있어 틈틈이 무술을 익히기도 했습니다."

"무술?"

"예, 십팔기를 익혔습니다."

"또?"

"그것밖에는 별로 한 일이 없습니다."

"동학 이야기는 어디서 들었느냐?"

"절에서 젊은 스님한테 들었습니다. 젊은 스님들 사이에서는 일해 선생 이야기를 많이 합니다."

"일해? 서장옥 선생 말인가?"

전봉준은 깜짝 놀라 물었다.

"예."

"그래, 스님들은 일해 선생을 어떻게 말하고 있더냐?"

"두 갈랩니다. 노승들은 파계승이라고 *치지도외하는 것 같고, 젊은 스님들 사이에서는 일해야말로 크게 깨쳐 제대로 보살행의 대도를 찾은 스님이라 하기도 합니다."

전봉준은 고개를 끄덕였다.

전봉준은 김일두 집에서 늦게까지 술을 마시다가 느지막이 읍내로 나와 김일두가 미리 잡아놓은 여각에 들렀다. 김만수는 당장 내일부터 전봉준을 수행하기로 했다.

다음날 아침 만수는 웬 나귀를 한 마리 끌고 왔다.

"웬 나귀냐?"

"아버님께서 접주님 행보를 가볍게 해드리려고 진직 마련해 두었던 것입니다."

"뭣이?"

전봉준은 깜짝 놀랐다.

◉ 녹두장군 3권 어휘풀이

가마솥에 기름 밭는 소리 애가 닳는 소리.

가시가 세다 앙칼지고 고집이 세다.

갈마들이로 서로 번갈아

건뜻하면 걸핏하면.

고방庫房 '광'의 원말.

고산강아지 감 꼬챙이 물고 나서듯 한다 감이 많이 나는 강원도 고산의 강아지가 먹을 것도 없는 감 꼬챙이를 빨려고 물고 나선다는 뜻으로, 가난한 사람이 평소에 좋아하는 것이면 남도 좋아하는 줄 알고 그것만 내미는 경우를 이르는 말.

공초供招 조선 시대에, 죄인이 범죄 사실을 진술하던 일.

곽란에 약 지러 가듯 하다 다급한 일에 다급하게 대처하는 경우를 이르는 말.

관재官災 관청에서 비롯되는 재앙. 또는 관아의 억압이나 착취 따위로 인하여 받는 재앙.

괴발개발 고양이의 발과 개의 발이라는 뜻으로, 글씨를 되는대로 아무렇게나 써 놓은 모양을 이르는 말.

군색스럽다 자연스럽거나 떳떳하지 못하고 거북한 데가 있다.

군포軍布 조선 시대에, 병역을 면제하여 주는 대신으로 받아들이던 베.

근친覲親 시집간 딸이 친정에 가서 부모를 뵘.

기이다 어떤 일을 숨기고 바른대로 말하지 않다.

꺽지다 성격이 억세고 꿋꿋하며 용감하다.

꼭지마리 물레 따위를 돌리는 손잡이.

꼼꼼쟁이 '구두쇠'의 사투리.

꿍심 '꿍꿍이셈'의 사투리.

난장 정해진 장날 외에 특별히 며칠간 더 여는 장.

당골레 당골래. '무당'의 전남 사투리인 '당골'을 달리 이르는 말.

대끼 '-듯이'의 사투리.

대석臺石 바닥을 받치고 있는 돌.

덤턱스럽게 매우 크고 푸지게

도갱이 짚신이나 미투리의 뒤축에서 돌기총까지 이어진 줄.

도도록하다 가운데가 조금 솟아서 볼록하다.

동각洞閣 마을 사람들이 모이는 집.

동곳을 빼다 항복할 때 상투를 풀고 고개를 숙인 데서 나온 말로, 굴복한다
　　는 뜻.

동구리 대나무 줄기나 버들가지를 촘촘히 엮어서 만든 상자. 음식을 담아 나
　　를 때 쓰며, 아래위 두 짝으로 되어 있다.

뒤꼭지에 사자밥을 싸매고 덤비다 저승사자에게 대접할 사잣밥을 이마에
　　붙이고 다닌다는 뜻으로, 언제 죽을지 모르는 위험한 처지에서 생활하고
　　있는 경우를 비유적으로 이르는 말.

등장 나간 동네 뻗정다리 같다 축에 들지 못한 사람을 일컫는 말. '등장等
　　狀'은 여러 사람이 이름을 써서 관청에 올려 하소연하던 일을 뜻한다.

뒤란 집 뒤 울타리의 안.

디래다봄시로도 들여다보면서도

맬개싸서 말려서

메어꼰졌을 '메어꽂았을'의 사투리.

면례縮禮 무덤을 옮겨서 다시 장사를 지냄. 또는 그런 일.

모숨 한 줌 안에 들어올 만한 분량의 길고 가느다란 물건.

모지랑수염 볼품없이 짤막하게 난 수염.

몸치 '몸살'의 사투리.

몸피 몸통의 굵기.

몽중노소문답가夢中老少問答歌 조선 철종 12년(1861)에 최제우가 지은 가사
歌辭. 노소老少의 문답을 통하여 동학東學의 깨달음을 노래한 것으로,《용
담유사》에 실려 있다.

무망간無妄間 (주로 '무망중에' '무망간에' 꼴로 쓰여) 별 생각이 없이 있는
사이.

무지르다 가로질러 가다.

물썽하다 몸이나 성질이 물러서 손쉽게 다루거나 대할 만하다.

민틋하다 울퉁불퉁한 곳이 없이 평평하고 비스듬하다.

반나마 반 조금 지나게.

방불하다 거의 비슷하다.

백두白頭 탕건宕巾을 쓰지 못하였다는 뜻으로, 지체는 높으나 벼슬하지 못한
사람을 비유적으로 이르던 말.

보장報狀 어떤 사실을 상관에게 보고하던 공식 문서.

볼아져 '밭아'의 사투리. 근심, 걱정 따위로 몹시 안타깝고 조마조마해져서.

부애 부아. 노엽거나 분한 마음.

불뚝성이 살인낸다 불뚝하게 성을 내는 사람은 순간적으로 이성을 잃고 걷
잡을 수 없는 사고를 일으키게 됨을 이르는 말.

불잉걸 불이 이글이글하게 핀 숯덩이.

사날 제멋대로만 하는 태도.

사성四星 사주단자.

살쐐기 여름철에 나는 피부병. 쐐기에 쐰 것같이 살이 부르터 가렵고 따끔거린다.

살전 살돈. 어떤 일을 하여 밑졌을 때 본래의 밑천이 되었던 돈을 이르는 말.

새내끼 새내키. '새끼'의 사투리.

새퉁맞다 조금 어처구니없이 새삼스럽다.

선차先次 차례에서의 먼저.

선화당宣化堂 각 도의 관찰사가 사무를 보던 정당正堂.

소루하다 생각이나 행동 따위가 꼼꼼하지 않고 거칠다.

송기松肌 소나무의 속껍질. 쌀가루와 함께 섞어서 떡이나 죽을 만들어 먹기도 한다.

쇠지랑물 외양간 뒤에 괸, 소의 오줌이 썩어서 검붉게 된 물. 거름으로 쓴다.

수퉁니 크고 굵고 살진 이.

순라巡邏 순라군이 도둑, 화재 따위를 경계하느라고 도성 안을 돌아다니던 일.

승새 피륙의 올.

신날 짚신이나 미투리 바닥에 세로 놓은 날. 네 가닥이나 여섯 가닥으로 하여 삼는다.

아주까리 대에 개똥참외 열리듯 연약한 과부에게 장성한 자식이 여럿 있는 경우를 비유적으로 이르는 말.

안팎곱사 안팎곱사등이. 가슴과 등이 병적으로 튀어나온 사람을 뜻하는 말로 안팎으로 하는 일이 잘 안되어 답답한 경우를 비유적으로 이르기도 한다.

어글어글 생김새나 성질 따위가 너그럽고 부드러운 모양.

어레미 바닥의 구멍이 굵은 체.

여섯새 예전에, 날실 120올로 천을 짜던 일. 또는 그렇게 짠 천.

여우다 결혼을 시키다.

여투다 돈이나 물건을 아껴 쓰고 나머지를 모아 두다.

오금(을) 박다 다른 사람에게 함부로 말이나 행동을 하지 못하게 단단히 이
　　　르거나 으르다.

온새미로 가르거나 쪼개지 아니한 생긴 그대로의 상태로.

외봉치다 물건을 훔쳐 딴 곳으로 옮겨 놓다.

우귀于歸 전통 혼례에서, 대례大禮를 마치고 3일 후 신부가 처음으로 시집에
　　　들어감.

욱대기다 난폭하게 윽박질러 위협하다.

윤음綸音 임금이 신하나 백성에게 내리는 말. 오늘날의 법령과 같은 위력을
　　　지닌다.

입갑 '미끼'의 사투리.

입이 바지게가 되다 입이 찢어지게 웃은 경우를 이르는 말.

정무공貞武公 최진립(崔震立 1568~1636). 조선 후기의 무신. 임진왜란 때 의병
　　　을 일으켜 전공을 세우고 정유재란이 일어나자 결사대 수백명을 인솔하
　　　여 서생포에 침입한 왜적에 대항해 양호楊鎬·권율權慄과 함께 도산島山에
　　　서 대승했다. 병자호란 때 용인에서 싸우다 전사했다.

제금 '딴살림'의 사투리.

조근조근 낮은 목소리로 자세하게 이야기를 하는 모양.

조섭調攝 조리調理.

종주먹 (주로 '대다' '들이대다' 따위와 함께 쓰여) 쥐어지르며 을러댈 때의
　　　주먹을 이르는 말.

쥐코밥상 밥 한 그릇과 반찬 한두 가지만으로 아주 간단히 차린 밥상.

직첩職牒 조정에서 내리는 벼슬아치의 임명장.

진진하게 매우 재미있게

질지이심疾之已甚 몹시 미워함.

집장사령執杖使令 장형杖刑을 집행하는 일을 맡아 하던 사람.

짚등우리 탐학한 고을 수령을 지경地境 밖으로 몰아낼 때 태우고 가던 등우리.

찔벅거리다 '집적거리다'의 사투리.

처녑 소나 양 따위의 반추위의 제3위胃. 잎 모양의 많은 얇은 조각이 있다.

청맹과니 사리에 밝지 못하여 눈을 뜨고도 사물을 제대로 분간하지 못하는 사람을 비유적으로 이르는 말.

총각대방總角大方 두레에서 일을 총지휘하는 사람.

추쇄推刷 도망한 노비나 부역, 병역 따위를 기피한 사람을 붙잡아 본래의 주인이나 본래의 고장으로 돌려보내던 일.

치지도외置之度外 내버려 두어 문제로 삼지 아니함.

칠보족두리 새색시가 쓰는 족두리. 사방에 금박을 박고 여러 가지 패물로 꽃 모양을 만들어 꾸민다. 소례복에 갖추어 쓴다.

코뚱을 퉁기다 콧방귀를 뀌다.

퇴치다 퇴하다. 주는 물건 따위를 거절하여 물리친다는 의미.

투가리 '뚝배기'의 사투리.

트릿하다 맺고 끊는 데가 없이 희미하고 똑똑하지 않다.

폭백暴白 성을 내며 말함.

한코 조지다 여자와 상관한다는 말을 천박하게 이르는 말.

해깝다 '가볍다'의 사투리.

헛가게 때에 따라 벌였다 걷었다 하는 가게.

416